目 CATALOGUE 录

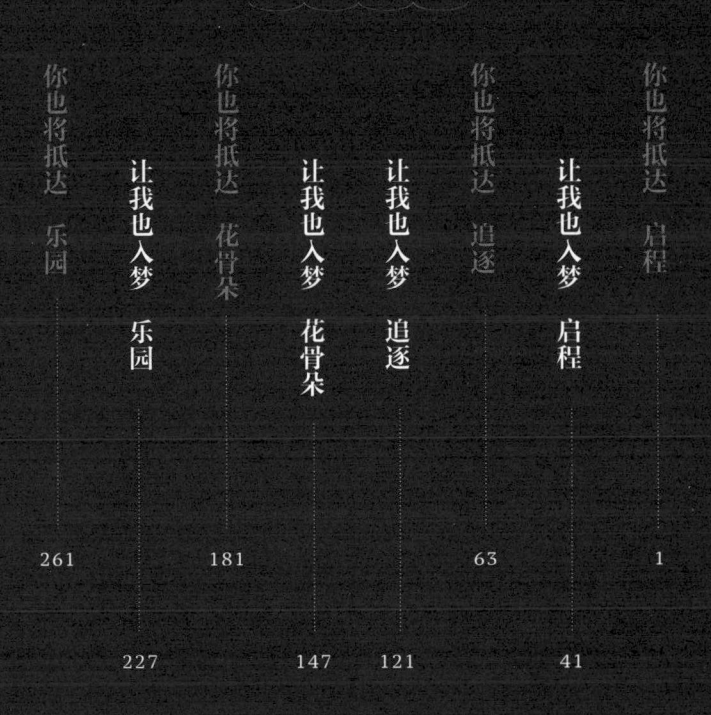

你也将抵达　启程　让我也入梦　启程　1　41

你也将抵达　追逐　让我也入梦　追逐　63　121

你也将抵达　花骨朵　让我也入梦　花骨朵　181　147

你也将抵达　乐园　让我也入梦　乐园　261　227

你也将抵达＊启程

*引自佩索阿《D.T.》

1 ....

午后，笑笑挣扎着醒来。

天花板是陌生的，被子是陌生的，枕头和床都不舒服，一股狰狞气从胆缝儿蹿到鼻尖，闻一闻胃都要缩起来。她打了个激灵，手脚反而摊在床上，像晒干的海星。无所谓了，已经身处险境好些天了。她想再度入睡，之前的十几小时里她屡次这样，此刻却无法做到。新年头一天，对她而言什么都没有改变。

吐掉漱口水，笑笑望向镜中的自己，想着昨夜村头的寥落烟花。这只是元旦，到农历新年时，烟花应能盛放。上海一般见不着，上次见时，镜中人还是孩子，在和平饭店吃过年夜饭，听过老年爵士乐队爷叔们的演奏，去外滩赏过灯吹过江风，回家走延安路高架，恰逢烟花升起，一车人哇塞叫出来，妈妈摇下车窗，清冷空气里年味涌动，一团一团颜色闪着光砰砰砰砰炸，在极远方在极近处在任何想象得到或想象不到的地方，车呼呼呼向前开，仿佛在摇曳群星间开上了一条天路。

笑笑故意念起些好事情，来给自己的二〇二〇开个年，但记忆不受控制，调动出来的开遍了天的花火一晃就不见了，只剩下漆黑天幕，当初压根儿没注意过的背景，此时密密沉沉看不透。说看不透也是不想看，那儿是黑洞洞的嘴，往什么地方看都是张大的嘴，一口一口把她围逼住。这嘴还没真正显形，蒙了层油皮候在天外一寸，只需轻轻一戳，"嗖"，她就被吸进去了。不，她不要那样的结果，不能混作胃袋里的骨肉血渣，在那之前她得死！

镜中人仓皇无依，笑笑抚摸面颊，却触上冰冷镜面。她振作起来往脸上拍爽肤水，涂精华和润肤霜，用气垫打个底，画好眉毛抹上润唇膏，最后把头发绾成髻。做完这些，笑笑感到新年真正开始了。此时标准意义上的一天已经过半，白昼正由盛转衰，纷乱飞舞的问题碎片咔嚓咔嚓合拢成一张完整的生活版图。她感到沮丧，并且有一瞬间期待夜晚和睡梦的再次来临。

笑笑用胶囊机做了杯咖啡，倒不饿，也许是睡过了点的缘故。没有新邮件，她坐上窗边摇椅开始回复微信，足足一千多条未读。新年祝福占了一部分，因为很少设置群消息免打扰的缘故，所以日常早晨都会有几百条未读，她不想错过任何一条可能有用的消息。每个人都是资源，她在都柏林参加圣三一大学的学生联谊时就深刻明白了这一点。

笑笑迅速读完群消息，然后开始回祝福。她看人下菜碟，不说样子话，再聊几句工作或生活。有些人她反而搁着，输入栏打一个空格前置对话框，提醒自己稍晚再回。可能是晚上，甚至是明天。千篇一律的节日祝福堵塞信道，适当的错峰是额外的人际机会。

家族小群里满是红包和特意圈她的祝福，她塞了个八千八百八十八元的大红包，附言感谢家人信任，想了想又写上今年的目标——不少于百分之十五。EMBA同学大群里她不说话，只发几个真人飞吻比心动图（她做了套自拍表情包），今年一起更美更强。投资人小群里她多讲了几句市场判断：影视到头了，地产风险开始上升，新消费值得关注，医药和养老领域前景非常好，虽然主要精力放在二级市场，但也关注着几个新消费项目，时机成熟再细说。马上有人问具体什么赛道，她答饮品、咖啡，然后发了个"只能说到这里"的动图。另一人说好赛道啊，多弄个小基金分分钟，只要能投进去，她说跟定大佬是能喝口汤的。又有人赞说还是Stephanie人脉广长袖善舞，她回以嫣然一笑。群里大哥开口，说还闭着关吗，都几天没见你发朋友圈了，她说找了个清静地方待几天理理今年的思路，妆都不化发不出美照了呀，大哥说想看，然后群里开始接龙，笑笑没办法，走去卫生间在梳妆镜上噘嘴一吻，人站出镜外单拍了唇印，审过照片，袖子卷过肘，勾手重拍一张露肤版，背景杂物打了马赛克发进群里。

做完这些笑笑活泛许多，死什么死啊，辛苦了多少站路才走到今天，家里衣帽间那一排排包，尤其排头四个Birkin正踮着脚在给她鼓劲，还有左一杆子香奈儿粗花呢右一杆子MaxMara羊绒大衣，连同装着它们的小两百平两室两厅独居公寓，车库里的红宝石色911，齐齐探出小爪子钩住她，提醒彼此间有羁绊着呢。当然了，毫无疑问的，板上钉钉她得要捍卫它们！

借着略好起来的心情，她查了自己的美国融资账户，她看多医药，重仓了一个产品，可才几天工夫，融资标的浮亏三十万美金。相对总值来说，亏这点不算亏，但她本指望挣到钱填坑的。看错了吗？要认亏反手融券做空吗？这念头闪一闪就在无力感中化掉了，奇迹不会从天而降。

她乘着滑落的情绪去看了眼嫌疑人的微信，倒还没动静，也没发新朋友圈。可能是时差的关系。

她拉开房门走了出去。

一周前，她尚在犹豫到底该去夏威夷冲浪还是参加一堆新年活动，状况突发。她六神无主，既无出游兴致，对原本左右逢源的party也疑惧丛生，只想找个洞藏着。于是她躲到这里，一间新年也只有她一个客人的小民宿。这儿到县城要走二十多里泥泞老路，县城到吕梁又是一百里，吕梁机场几乎都是支线，航班极少，也没通高铁，不管铁路公路都得再花两三个小时才能到太原。如此舟车辗转，让这里压根儿成不了旅行目的地，又不是来吃苦扶贫。

民宿其实是个旧屋改造节目的合作项目，危房重建成清水泥结合传统红砖土墙的宅院，还铺上了地暖。笑笑曾在公众号里见过介绍，屋主是个带着小孙儿的爷爷，打算把空着的房间拿出来外租，要打造一个"远离尘世的桃花源"。当时笑笑查过位置，太原她都没去过，吕梁更是听都没听说过，"桃花源"甚至不在吕梁市区，心想这也太"远离尘世"了，看照片挺美的宅院，加上交通成本也就美得不过如此，更料他决计做不出民宿生意来。惊惧大作那天，她只想有个洞钻进去躲起来，想起了"桃花源"。订酒店的平台上没收录，重新翻出公众号文章，联系过去问明再无别客，挂了电话一场号哭，觉着冥冥间就是她的归所了。飞到太原机场包车开过来，高速下国道，国道转县道，最后上了颠簸土路，凛冬暮日，黄土灰天，一个伶仃人在逃窜。她从车窗里伸出头，山水移转，一切都黯淡险恶，她想真适合啊，只要往里头一钻，荒丘埋骨世间再无此人，她又想真是人到末路，看哪儿都是穷山恶水乱葬岗了。

　　前院不大，只在中间植了株枣树，地上铺碎白石子。枣树歪脖，枝干旁逸斜出，做过造型似的，秃着叶子也能撑起小院气场。围住院子的走廊通向各间房，像北京四合院，不过另一头还有个两三亩地的枣树林后院。太阳好得出奇，把碎白石晒发了光，笑笑从地暖屋子出来都不觉冷，怕有十来度。前两天还是零下，新年一到就换了季节。她琢磨着其中的征兆，沿廊走到主厅，推门进去。

　　厅堂没开地暖，烧着壁炉，一个穿青布袄的花白头发老头坐在长桌前写毛笔字，听见门响，抬头对笑笑笑笑。

　　"新年好哇，健健康康的。"

　　"冯叔新年好，有什么吃的吗？"

　　"下些儿饺的哇？"

　　"麻烦您。"

　　笑笑坐在饭桌边，冯老头不紧不慢补上最后几笔，喝一口茶，又给炉里添过火，这才往厨房去。老头支棱着粗大骨架，高过笑笑半个头，皮肤粗粝得像用砂纸磨过，大步流星不显老态，经过的时候刮起一阵风，笑笑嗅着味道，才明白他刚才喝的不是茶，是酒。

　　"来烤一哈火，暖和。"出门前他说。

　　笑笑套了件厚绒卫衣，饭桌边坐久了心里凉，听新柴噼噼啪啪在炉里响，走过去站进太阳里烤火，自然看见了老头写的字，心猛地一撞。

墨迹淋漓，白底上一个大大的"奠"。

"奠"边一盏小酒杯，小半瓶零拷白酒，另搁着先前写好的一些条幅。"伤心难尽千行泪，哀痛不觉九回肠"，又有"音容已杳，德泽犹存""精神不死，风范永存"，还有"呜呼哀哉""抱恨终天""驾鹤西归"。

笑笑觉得有只鬼掀起脖领子吹气。门咿呀一响，冯老头把饺子放在了饭桌上。她看着老头走过来，一点儿不想聊这方面话题，但正被堵上，只能礼貌性问一声。

"这是家里有人过世了？"

老头坐回位子，笑呵呵答："给村里几个老的写一点，他们知道俺能写字。"

这手字只能说工整，谈不上好，但偏远小村五十岁往上的文盲率不低，知道怎么握毛笔杆子就不容易了。

笑笑本不是真问，但听了这回答，不禁追问一句："给活着的人写？"

"是了，活着也有死的时候，谁晓得踩哪个点儿腿一蹬？趁着精明，自个儿收拾利飒了，闭眼那会子心里也落儿定，可对？"

又说："俺就给多写几张，好叫他们有个挑选。"

冯老头六七十岁的模样五十岁的筋骨，和死并不挨着，说起这事情，新年头一天里写丧联，就像新年头一天里嗑香瓜子，不值一提又理所当然。还不光他，要挑字的村里人，分明也是不挑晦气的。

笑笑这几天时时惦记着死，猛撞见有人这样对待死，竟恍了神，冯老头叫醒她，说饺子该凉了。

笑笑一个饺子嚼了好久不知道咽下，咽下了也觉不出味道。和冯老头不一样，她惦记着死不是不怕死，而是要逃避比死更可怕的事情。她如果真不怕死，前两天就死了，等不到新年。想死不甘心，不死又害怕，这么干耗着折磨着。

比死更可怕的是什么？街上看见快递员骑着电驴逆行或者闯红灯，

笑笑会想难道超时比死更可怕吗？通俗小说里读到少女心头起一句"若真那样，还不如死了的好"，她会想哪可能真为这个去死呢？那时的她还不懂，死只是刹那刀光，又或者是无知觉的深海，与之相比，活着却是每时每刻的获得和失去，是永不停歇的承负，哪有死轻易啊。拿现在的处境来说，她穿着漂亮衣服招摇已久，享有所有人的称赞和艳羡，忽然这衣服要被取消掉了，她即将在所有的称赞者面前赤裸，即将落回那潭曾发誓永不再陷入的泥淖。

年末的时候，笑笑盘算来年，觉得风光无限好。那时她的证券账户还只是娱乐，杠杆比例很低，亲戚们放在她手上的钱，EMBA同学放在她手上的钱，固然有点儿窟窿，但那几个项目如果能跟进去，就真是平地起高楼了，占的份额哪怕卖掉，也足够填窟窿有余。但她怎么会卖掉，那是最蠢最没有远见的做法，一无所有都能圈到几千万，真有了货真价实的项目，能圈进来的不是更多？一亿，两亿，三亿，哪来的窟窿呢？

梦醒在五天前，十二月二十七。她打开不常用的邮箱，发现有一封两天前来自爱尔兰的圣诞问候邮件，发件人是现在还在圣三一念博士课程的前男友周嘉喆。信里的后半段和客套无关，她不敢置信地来回看了三遍，心胆俱裂。

前几天有人在学校里到处打听你的情况，他有一些你的照片，其中有一张我们在校图书馆的合影，我都忘记是哪天拍的，我们有过太多照片了，那真是一段美好的回忆不是吗？我在学校里当助教，他找到我喝了杯咖啡。他对你的学校经历很感兴趣，奇怪的是他以为你在这儿念过书，急于找到一些当年你的熟人，显然他有个关于你的计划。我们聊了一些你的往事，希望不会对你造成困扰。对了，他说他叫Alex，应该是中国人，但他没说自己的中文名字。

有人在查她!

Alex 在查她!

Alex 是谁?

这封邮件说得不清不楚,她立刻回信询问详情。回完信觉得太慢,要打电话过去,发现已经没有这位前男友的电话号码。这些年她每年换新手机,系统从安卓换到苹果,天知道哪一次备份出的问题。她只好另追一封邮件,问他现在的电话号码。直到今天都没等来回信,怎么有那么多人和她一样不每天检查邮箱啊!

周嘉喆到底说了些什么? 针对她的计划又是什么? 聊起了一些往事,希望不会造成困扰? 这话说得阴阳怪气,当时分手可不算愉快啊!而且这个 Alex 想要找到"一些人",他还找了谁? 笑笑清楚地明白,自己从根子上是经不起查的,之所以光鲜到今天,是没人动这方面的心思。学历不是个事儿,金融圈有问题的多了,读 EMBA 都没人认真查过她学历,但拔起萝卜扯出泥,从周嘉喆开始,当年一起玩的谁没借给过她钱? 她是带着一屁股债从都柏林消失的! 如今她倒不是没钱,而是不想再和从前的世界扯上关系。可是这样一来,Alex 随便找一两个她当年的玩伴,就会知道她信用有大问题,甚至很可能周嘉喆就已经说了。

消息一传回来她就完了。她粗略算过,光本金就有两千多万亏空,都花到哪里去了,衣服包包手表首饰车能花这么多? 她的同学圈子和所谓闺蜜圈子这下要过节了,事情会传得比火箭还快,辛苦积攒的人脉一反噬,国内就没有立足之地了。而且肯定会被抓吧,逃出国也会发通缉令吧? 把她当成家族骄傲的爸爸和亲戚会怎么样? 那些脸在小时候是冰冷的,她用尽办法让这些脸一分分热起来,到后来她甚至会看着这些脸快意地想,你知道我刚买了个包吗,用你打算买房子的钱! 现在她要跌回去了,又要看到那些真实的嘴脸了,她发了誓不要再看到的,不想看到,也只有死了。

饺子吃了小半碗，就无论如何吃不下去了。应该算是好吃的，但笑笑现在吃不出味道。这些天都是这样，会有少数时刻，她觉得一切都将好起来，能闯过这一关，但很快这不知所谓的勇气就缩回骨头缝里，她又卷进彷徨、恐惧、焦虑、愤怒激荡而成的旋涡中。她庆幸冯老头毫不多管闲事，否则一个单身女孩选在这里跨年，三餐无定时整天不出门，随便关心上一句，她应付起来耗的就都是心血。她的世界和乡叟的世界距离太远，她遇到的问题对于冯老头来说，连理解起来都困难吧。可此刻笑笑却忽然想和冯老头说上几句话。冯老头理解不了她的世界，她又何尝能理解冯老头的世界呢？那居然是个可以包容死亡的世界呢，那会是个可以免于恐惧的世界吗？笑笑不禁想，如果自己的事情放在他身上，扔进他的世界里，会怎么样呢？

笑笑在椅子上收起一条腿，手支在颔下。这是一个混沌的姿态，既是防卫的收拢的封闭的，又是放松的舒适的半开放的。她转过半个身子问冯老头。

"冯叔，你们村里日子过得怎么样？"

冯老头"唉啊"了一声，继续写字。笑笑不解其意。冯老头山西话里带了点儿普通话口音，她经常听不明白。

"日子是苦呢还是甜？"

"甜！"冯老头停下笔，抬头看她，"这房子多好了！"

"我是看你写这个字啊，过得这么好，不忌讳这个？一般都说，活得没盼头就不怕死，还是说什么都见过了，什么都满足了，也会不怕死？冯叔，我问这个没事吧？"笑笑冲冯老头笑笑。

"么事，"冯老头摆摆手，又滋滋喝了口酒，说，"咋不怕死，可怕不怕不都得死？所以得甘心，活这把岁数可以了。"

既然都得死，那就只能调整自己的心态。笑笑感到失望，冯老头的心态对她毫无帮助，她的人生才刚刚开始，眼看就要攫取丰盛果实了呀，这怎么甘心呢？

笑笑无意再继续话题了，可冯老头却反问她。

"闺女，你这是遇见过不去的事儿了？喝口酒不？"

笑笑想，居然明显到连老头儿都发现了？但可不这么明显吗，不光是刚问的这两句，她这个客人其实哪哪儿都不正常。

"喝一口。"她说。

老头用小瓷茶杯满了酒递给笑笑，又从壁炉边的垫子堆上取过一个，掸了灰放在矮几边，招呼笑笑紧着火坐。

酒入喉，既烈且劣，辣到呛。

"闺女你才多大，能有甚过不去的坎儿？"

笑笑反倒笑起来："坎和年纪可没有关系，否则到了您这个年纪，不得碰上天大的坎吗？"

"小时候觉得过不去的坎，到年纪大时再遇见，那就不算什么。坎是一样的坎，人哪，是不一样的人了。"

笑笑笑笑。这么个老头儿，别说出国了，有没有去过北上广深？自己碰到的事情，说出来他都理解不了吧？或者他就把自己简单理解成个骗子呗，自己骗到的数目对他也是天文数字吧。

老头儿也是好心，笑笑这么想着，又喝了口酒。

"事儿嘛，头一回逢见着慌，第二回第三回，就知道个脉络了，就不慌了。"

笑笑苦笑："还想着第二回第三回哪？那倒是真不会了。"

可不就是两个世界的人吗，她又想。

"俺说不到点儿上，但灾啊难啊，回过头看都差不多。"

"冯叔，"笑笑打断他，"能回头看的坎，那就是能过的坎啊。"

冯老头蹙起眉毛，打量她一番，说："害上病了？俺瞧着也不像啊。"

"那倒的确没有。"

"人能活，坎就能过，觉着过不了，那是心里头过不了，是怕。"

冯老头仰脖把一杯酒都倒落肚里，再满上杯，又给笑笑也满上。

"的确是心里过不了，是怕。但我可真瞧不见路在哪儿。打个不太恰当的比方，就比如您在城里喝酒打架，拳打脚踢扇耳光，怎么疯怎么折腾。结果回来有人告诉，挨您打的一个是市长一个是省长，明天省长市长就来村里视察工作，来您家家访了。怎么办？您还一大家子都在乡上镇上当公务员，吃穿靠政府发工资，还都贷着款，所以不光是您一个人的事，跑都跑不掉。您怎么办？"

"俺还揍市长，还揍省长？"冯老头乐不可支。

"一个比方，就是说捅了个自己完全兜不住的大娄子。"笑笑脸上火烫，再灌一大口，拿手指指自己，"我，我捅的娄子。怕？对，是怕。因为这个后果不是我能担得起的。"

"哦……"

"怕得不知道该怎么办，怕得想死。接下来要面对的事情我都不敢去想，还不如就死了的好。"笑笑脑子里知道不该说，说也白说，嘴里却突突突说个不停，她想让自己停下来，就又灌了口酒，呛得咳嗽，眼泪鼻涕一起咳出来，止都止不住。她想忍一下别太难堪，都忍了这么多天现在真没必要，但这个小缺口堵不起来了，一转眼她就被淹没摧垮，脑子里嗡嗡作响，一边痛哭一边一阵一阵地抖。

冯老头取来纸巾，笑笑蒙头抓起来一团团擦，一团团扔，正上气不接下气的时候，听见老头说："俺有个不害怕的法子，讲给你听听看？"

"哪有什么办法！你不要骗我了你！"笑笑叫嚷，她的情绪还没宣泄完，还想不管不顾哭下去直至晕倒，什么礼节仪态都滚一边去，她还是个孩子，谁来饶饶她谁来救救她！

笑笑不再去听冯老头说什么，流淌的眼泪仿佛形成了一层水膜，把她和外部世界隔绝开。她只管不停地抽纸巾擦眼泪鼻涕，直至一盒纸巾全部用光。

这时候她听见一种不寻常的声音。

铮……铮铮……铮……

这声音把她奋力喷吐的情绪雾茧拨开，让她重新回到房间里，回到新年下午的炉火边。她发现冯老头不知何时老农似的蹲在一边，背着光，藏在阴影里的手拄一柄尖刀，刀尖冲下，锋刃在水磨石地面上来回刮动。

铮铮……铮铮……铮……

笑笑吓得一激灵，一时间竟不敢去看老头的眼睛，心里飞快地转着念头，想他不至于干什么的，新年第一天啊，又想新年第一天不顶用，他还写悼联呢；想自己的住客信息是公开的，有安全保障，又想这是个平台上没有的黑民宿，入住时也没有联网上传身份信息。

笑笑的视线从刀尖转到老头脸上，他正在端详她，带着些许不耐烦。

"不哭啦？"

老头说着，倒转刀刃，抓起笑笑的手，把刀柄硬塞到她掌中。

"抓着。"

笑笑下意识地握住刀，老头拽她起来，相隔一臂，老年人的浊热气息滚滚而来。老头还抓着她的手，帮她端住刀，然后把胸膛迎上来，刀尖戳得棉衣凹陷下去。

"杀过人么有？"老头问。

笑笑闻到一股酒气，尖叫着使劲撤刀，老头松了手，她噔噔噔退了好几步，一屁股坐在地上。

"你干什么！"她吓得脸色发白，发现自己还握着刀，连忙把刀扔在地上。

老头嘿然而笑，分明也显了醉态。

"万一伤到你可怎么办。"笑笑后怕不已。

老头捡起刀放在桌上。

"你这会儿想想，还那么害怕你的坎么？"

笑笑哭笑不得，站起来说："冯叔，这完全两码事。你这么吓我一吓，现在一时顾不上想了，但过一会儿，该怕还是要怕的。"

"那是因为你么真杀人。不然，现在让你害怕的事儿，就算不了甚了。"

笑笑怔住。

冯老头说得没错，如果她现在杀了一个人，压根儿就不会去操心什么有人调查自己，比起杀人，假学历算什么，骗钱算什么。她本觉得自己遇上了比死更可怕的事，以至于想用死来逃避，但现在冯老头让她明白，她遇见的根本不是最可怕的事情，还差得远呢。冯老头当然不是要她真杀一个人，而是类似禅宗的顿悟棒喝，一念之间天地不同。一个乡野老人，竟然有这样的智慧！又或者，纯粹是个醉老头子误打误撞点醒了她。

对笑笑来说，这一念之差倒不至于豁然开朗，前景依然黯淡，但此前无路可走的绝望感消失了。她想，真到了扒皮那天，固然难堪，倒也不必死，被扒掉的这层皮，不过是过去十年里长出来的，未来还有好多个十年，谁说不能新长出块好皮呢？她又想，直到今天 Alex 都还没有放她的料，如果能截住他，搞定他，这事情不就化解了吗？她再想，直到今天 Alex 都还没有放她的料，有没有可能他还没有查清楚，掌握的情报还不充分，如果给他的调查设置障碍，是不是会有帮助？

一旦意识到自己还没到最坏处境，笑笑的脑子就像新上过油的轴承，嗖嗖嗖转了好多圈。这时候她听冯老头又说："俺不知道你撞见甚事，知道了也不懂，但俺懂咋能不怕。你要真逼在崖边上了，没得地儿可退了，你试试往前多走一步。"

笑笑本以为懂了老头的意思，这会儿却又糊涂了，说："悬崖边多走一步那不就摔死了吗？"

老头嘿嘿一笑。

"换掉筋骨皮，脱胎再做人。"

这仿佛是一句神秘的谶语，冯老头也不解释，扫掉一地纸团子，坐回桌前继续写他的悼联去了。

笑笑饿起来，她回去吃那碗饺子，饺子凉了，却比先前香，吃出滋味了。她又开始想那个神秘的 Alex，朋友圈里叫 Alex 的有一个排，这些天她日里夜里盘算，有一个 Alex 格外值得怀疑。

这人其实和笑笑只见过两面，是个做区块链的，尖嗓门，爱说话，云里雾里地说，透着股笑笑熟悉的味道。他约了笑笑好几次，摆明了车马要追求，让笑笑有点儿意外。她以为既然自己嗅着了他的味儿，他多少也能嗅着点儿自己的，作为同类，场面上热络，私底下还是保持距离的好。觉得他可疑有两个原因：其一，这是几个月来互动较多的 Alex 之一，但最近一个多星期他攻势疲软了，有一搭没一搭的，起变化的时间点和周嘉喆邮件中说的时间点大致相符；其二，看他这几天的朋友圈动态，有币圈区块链相关的内容，有两张微信群和大佬互动的截图，此外就是他在瑞士滑雪的照片，如果没故意做假，那他此时人在欧洲，虽然离都柏林还差着一千公里，但总比人在国内更有嫌疑。

按理说笑笑可以主动找个话茬子试探一下 Alex，但她不敢。她想还是等和周嘉喆说上话，摸清楚再动。本来好端端追求着呢，情话一锅一锅往外端，怎么突然就查起底来了？这会儿笑笑吃着饺子，把从认识 Alex 开始，所有说过的话都捋了一遍，忽然之间答案就跳了出来。真是倒霉到家了，她想。

回屋的路上，笑笑看见冯老头的孙子小豆角在枣树边玩。这个六七岁的男孩比同龄人安静得多，一双眼睛总闪着孤单的光亮，笑笑有时会感觉到他在看自己。此刻他蹲在白石子上，面前放了几个折纸小玩意儿，他不停调整它们的位置，仿佛在为纸偶演员们排练一出剧目。一股旋风猛然降落在院里，折纸在小豆角的惊呼中打着圈儿升向天空，像是被赋予了生命，又颓然四散。笑笑帮着捡了一只，小豆角向她道谢。

"谢谢姐姐。"

变天了，傍晚提前一小时降临，风雨大作。冯老头此前出了门，说去趟县城，要晚归，晚饭让小豆角下饺子。笑笑说还是我来下吧。

傍晚，笑笑收到了周嘉喆的回信。她终于又有了前男友的电话号码。

听着屋外的风声，笑笑祈祷天气别影响通信信号。定一定神，她开始拨电话。

2

笑笑一声大叫，把手机奋力扔出。仅存的理智让她最后时刻调整了方向，手机砸中床褥后弹起，又撞上台灯，"啪嗒"摔在地上。

笑笑喘着气让自己冷静。周嘉喆居然敢挂自己的电话，长能耐了。但自己也确实有点儿失控，和周嘉喆说话，听他提及往事，就像泥鳅翻起河底泥，不耐烦和恼怒不知不觉就冒出来了。更何况他还告诉 Alex 自己欠钱不还，这才忍不住抱怨了一番，好吧，可能在周嘉喆听来，这更接近责骂，这人可是头顺毛驴。

要明白处境，笑笑提醒自己。情况很糟糕，但也许还能挽回，她需要周嘉喆的配合。

平复完心情，她再次拨打周嘉喆的电话。

"现在冷静了？"周嘉喆接起来问她，那口气语调让笑笑险些又没绷住。

"对不起，我太激动了，我应该道歉。主要是那些事情传出去，对我真的特别不利。我回国以后其实过得不好，我需要瞒着爸妈，瞒着所有人，最近一年已经压力大到每天吃安眠药才能睡了。你知道国内那种关系社会、人情社会是什么样的，我又好面子，你知道我的。"

笑笑身段放低口气放软，她想象是在和一个大佬打电话，谈一笔价值亿万的生意，这样一想她就不委屈了，并且立刻进入了状态。

"我已经没有点破你学历了，那才是对你最不利的事情吧。当年你对家里说进了圣三一，我就担心你未来怎么收场，没想到你一直演到了现在。"

"那怎么办嘛。"笑笑拖长了语调，亲昵得仿佛两人从未分手过。

"就是因为收不了场，我才瞒到现在的。我很感激你没告诉 Alex 圣三一的事，可是我欠你还有其他人的那些……那些债，这个事情传出去了，一样会毁掉我的。"

"嘿 Stephanie，你用我信用卡刷掉的就不说了，其他人会借你钱是因为我，你一声不响回国，一万七千欧，你知道我有多狼狈吗？Alex 那副热昏头的样子，简直和我当年一模一样，我只是稍稍提醒了他一下而已。"

"嘉喆，真的很抱歉，当年我太不懂事了。"笑笑把音调降下去，显得既沉痛又诚挚，"欠的钱其实我一直记着，真不是想赖掉，我觉得那时候处理得太糟糕，得要有一天加倍把这个钱还上才行。这两个月我的情况稍微好一点，本来想着今年上半年联系你的。不过……唉，你有国内账户的吧，挂了电话你马上发给我，我打你相当于五万欧的人民币，谢谢那时候你对我这么好。"

"那倒也……不用还这么多。"电话那头的语气终于有了点变化，"你这信用在我这里早破产了，光说还个本我都不敢信。"

"那你看看我现在的信用怎么样，说真的，我收到账号立刻就打！"

"这个不急。那 Alex 的事情，你真的会很麻烦吗？我听他说你在做金融方面的事情？"

"还在学习金融方面的一些知识，刚刚有一点盈利，所以我真的特别担心 Alex 在圈子里坏我名声。"

笑笑不想说得太多，不想让周嘉喆知道其实她现在很有钱，她可以毫无负担地给出十万欧，但给多了反而会让人起别的心思。

"我看他就是想追你，应该不会闹得太厉害。"周嘉喆安慰她。

"如果他拿这个当把柄强迫我和他好呢？你想看到我这样被人欺负吗？"笑笑说得声情并茂，只可惜现在不是视频。

笑笑本来笃定圈子里没人会对一个冷僻的圣三一本科学历起疑心。她是对的，可万万料不到，事情坏在了一个追求者手上。明白过来这点后，她觉得荒谬至极，怎么会这么寸，真是阴差阳错，误打误撞。她对自己的处境连用了两个成语，不禁又想，都有成语，那说明这类事儿是不罕见的，这就叫命运。

和周嘉喆对过一遍，Alex 的行为逻辑基本理清楚了。他的追求屡次被拒，最终挑起了他要和她纠缠斗争下去的恨意。Alex 拿着一张从朋友圈里翻出来的旧图，按图索骥找笑笑的老同学来给她"惊喜祝福"，也就没那么难理解了。

也怪笑笑自己，缺什么在意什么，太喜欢聊圣三一。不光把和周嘉喆谈恋爱那会儿拍的圣三一照片放在朋友圈里立人设，还总提起那座在《哈利·波特》电影里出现过的图书馆，这也的确是好谈资，比起常见的哈佛哥大耶鲁毕业生，她可以给人留下更具个人特征的印象。

第一次见到 Alex 的局上，笑笑就说起圣三一某位著名的经济学大拿 Collette，同时也是"宠爱她的导师"，是如何在图书馆里给她上小课的。她动情地描述那个恢宏的极具宗教感的场所，某个时刻光束投过来，Collette 仿佛油画上的带着光圈的圣母，她的声音像是穿透了几个世纪，每个音节都荡漾着历史的回响。这段子她说过好多遍，每一遍都会增加细节，以至于这从未发生过的事情变得栩栩如生。那天她可能还说了对导师的思念，说了对导师前年退休后身体状况的关切。退休是真的，所以她才敢这么编故事。Alex 想必对她那日的表演印象深刻,确信她对学校特别是 Collette 有着深厚感情。既然如此想念导师,那么在既有的瑞士滑雪行程里加一段都柏林探访之旅,带回一段 Collette 的问候视频,这样的心意最起码能换一顿晚餐吧。所以让周嘉喆录问候视频只是顺便之举,甚至只是礼貌之举,Alex 真正想要找的是 Collette。

Alex 在圣诞假期的前一天走进圣三一校园,在图书馆没问几个人就知道了照片上的男孩如今在学校当助教。喝咖啡时周嘉喆没戳穿笑笑的假学历,录视频时说"大家都很想念你","想念"两个字比了个引号手势。Alex 问这是什么意思,他半开玩笑地说记得还钱啊。Alex 有些吃惊,周嘉喆倒不往下说了,Alex 说他可以帮着先还掉,周嘉喆说没必要,而且也不光是他一个人。Alex 脸色尴尬,周嘉喆反倒安慰他,说谁没有年少荒唐的时候呢,就当作青春记忆吧。所以周嘉喆也确实给笑笑留了余地,没把前女友赶尽杀绝。那顿咖啡的最后,Alex 问周嘉喆有没有 Collette 的联系方式,周嘉喆给了一个电邮地址,这是 Collette 还担任教授时的工作电邮,她未必还在使用。这是周嘉喆留的另一层情分,如果 Alex 真的找到了 Collette,他就会知道 Collette 从没有过那样一个学生,他如果再去查一下公开的毕业生名录,笑笑就彻底崩盘了。Alex 说他会去一封邮件,如果 Collette 及时回复,他就在滑完雪后飞回来约一顿三个人的晚餐。

Alex 至今没有联系周嘉喆。这是个好兆头,Collette 要是否认有这个学生,Alex 应该会打电话追问周嘉喆才对。

"你一定要帮我啊,嘉喆。"笑笑语带哭腔。

"不至于真有严重后果吧,而且现在……不也只能先等等看吗?"

"我很了解这个 Alex,他知道了我的信用问题,一定会毁掉我的。"笑笑当然不了解 Alex,但语气斩钉截铁,"嘉喆,不是所有男人都像你这样的,我有一个计划,你要帮我。"

"什么计划？"

"你想办法找个老太太……"

笑笑的办法是让周嘉喆给 Alex 打电话，说学校里有好几个叫 Collette 的老师，他给错电邮了。但现在也不必再给 Collette 去电邮，因为他已经和 Collette 联系上，如果 Alex 飞回都柏林，Collette 愿意共进晚餐。这个 Collette，当然得找一个人来扮演，因为 Alex 对 Collette 了解很少，所以任务并不困难。而笑笑的债务问题，正好借着这顿晚餐说开，说成是青春期的玩闹，大事化小小事化了，尽可能减轻负面影响。

周嘉喆听得瞠目结舌，说我可不想帮你骗人，笑笑说不是你骗人，是我骗人，你是做菩萨救我。笑笑竭力把自己压低，把周嘉喆架高，说自己正在从泥潭里爬起来，只需要旧日恋人关键时刻拉一把手，说自己已悟昨日之非，发誓此生再不欠人一分钱，请人帮忙产生的费用也不需周嘉喆垫付，她会多打两万欧，收到账号立刻打入总计六十万元人民币。按汇率这相当于七万五千欧了，找个老太太怎么都超不过五千欧。

香喷喷一个三明治，以情做上下两层的面包，以财做中间的牛肉饼，再以恰到好处的啜泣、撒娇为佐料，周嘉喆最终答应"试试看"。

笑笑放下电话，手心湿漉漉的。她刚才又哭又笑地打了半个多小时电话，此刻有一种心力耗尽后的虚脱感。然而又有希望在萌动，这是多日来的第一次，她真切地觉得有盼头了，自己能扛过这一劫！

山重水复疑无路，柳暗花明又一村。二〇二〇年头一天，跨过了这样的难关，今年必定否极泰来！回上海就把家具换成爱马仕的，凑够小房子包配货，然后安排一次地中海之旅吧，包一座岛，所有打不打引号的闺蜜都一起来，帆船、划水、滑翔伞、珊瑚区深潜，痛痛快快玩上半个月，那几个看不过眼的小 bitch，发发善心半途用直升机接她们来岛上玩一天，她们不会拒绝的，然后呢，在大佬们上岛前把她们送走！她心里有份标了高亮的大佬名单，谁会拒绝私人小岛、阳光和美人呢？玩得高兴了，约一架庞巴迪飞去肯尼亚或者坦桑尼亚看犀牛和大象，在大草原的坡地上撑帐篷开红酒野餐，然后开着悍马冲下去追狮子追豹子。钱就得这么花！

肚子咕噜噜地叫，美梦不顶饱。笑笑想起来得下饺子，不光她自己的，还有小豆角的。此刻真实世界才重新落回她的感知里，天光早暗，屋宇昏黑，但没关系，她的世界亮堂堂、暖洋洋。她开了灯，发现门开了条缝，往外面看看，小豆角正端着一大碗饺子走过来。

"姐姐，饺子凉了，我去热过了。"

"小豆角真乖，你自己吃过没有？"

小豆角摇头。

"姐姐吃不了这么多，来，你和姐姐一起吃，你用勺子我用筷子。"

笑笑本来就看这孩子可亲，这会儿正高兴着，留下小豆角一起吃饺子，感觉心里没法痛痛快快告诉别人的快乐被分享了，有一种甜美的满足。热乎乎的饺子在嘴里细细嚼着，一点一点吞落肚里，化作涓涓的热流，像开了口的炼乳罐头，蜜汁绵延不断流淌下来，一圈一圈，一叠一叠地堆在心口，心上的破洞就这么砌好了。

小豆角紧挨着她坐在沙发上，饺子一整只装进嘴里，腮帮子鼓起来，动动动动动，好不容易咽下去，喘出一大口气来。

"小豆角你慢点吃，别噎着。"笑笑说着再舀一只给小豆角。

小豆角点着头，又是一整只装进嘴里，腮帮子动动动动动，咽下去，然后侧过脸来问笑笑。

"姐姐，你是在骗人吗？"

笑笑觉得自己没有听清，她想多问一句，嗓子却忽然哑了。细节串联起来，开着一条缝的门，冷掉又重新热过的饺子……轰隆隆世界响起雷声，那可能是血流的声音，可能是心脏急速搏动的声音，可能是命运嘲弄的声音。有什么东西在嘶吼，在咆哮，一瞬间她出离了愤怒，内心蒸腾到三千度的高温，一万度的高温，火焰要焚尽万物。要杀了他，要杀了他，要杀了他！

她在雷声中醒来，冷却。她的世界里只剩一个声音，一个念头。

一定得杀了他！

她的世界变得扁平，她也跟着压成扁平，陷入一种怪异的冷静里，什么多的都不去想。理智被关在许多个世界之外，被关进遥远角落的壁龛，微小的人形在叫嚷在捶打，是无声的，被静静忽略掉。

"你刚才听到什么了，说一遍给姐姐听听。"

笑笑继续吃饺子，只是不再分给小豆角吃。她一边吃，一边听小豆角竹筒倒豆子一样地复述，点一点头，夸奖他一句，你记性很好啊。又问，你懂姐姐说的是什么吗？小豆角说不是很懂，笑笑说没关系，姐姐解释给你听。这时候手机响起来，笑笑不接，小豆角提醒了几次，她接起来，冯老头在麻将背景音中说话。说了几句挂掉电话，告诉小豆角电话内容。冯老头今晚不回来，县城那边风雨很大，他要等明天雨停再回。倒是正好。

"说个姐姐自己的故事给你听，要听吗？"她问。

小豆角要听，笑笑就开始讲自己的事。

妈妈死了以后，爸爸换新工作，谈女朋友，又换工作，换新女朋友，却把笑笑养在各路亲戚家。在爷爷家的时间最多，余下分配到伯伯姑姑家，感觉到的第一个不同，是跟着大人走路时没人会等她了，想不被落下，得自己紧着脚步。自此她紧着的便也不仅仅是脚步了。后来她被送到爱尔兰读书，很少听到初三就出国的，她清楚原因——处处紧着的自己，终归还是个麻烦。

到了爱尔兰，枷锁尽去，笑笑一下子松弛了。世界扑面而来，头一次，她可以尽情安排自己的人生。成绩唰唰往下掉，她报给爸爸的始终是第一名。这种包装起初是不得已,但几次假期回国,爸爸那头的亲戚们对她颇友善,便发现他们并不关心一个真实的笑笑,只需维系体面的表象就可以了。领悟之后,笑笑很快就精于此道,直到高中毕业没申请上任何一所像样的大学,才算遇上头一道坎。

笑笑告诉爸爸自己进了圣三一,圣三一有学科只读三年,她想只要第二年申请到,就能混过去,毕竟圣三一是所冷门名校,且并没有人真正关心她生活的细节。她和男友住到一起,跟着他参加圣三一的学生聚会,偶尔还去听课,这让她觉得自己简直是个货真价实的圣三一学生了。预支的大学学费很快花完,东凑西借了一阵子,她和男友分手,在欧洲度了一大圈假,巴黎到伦敦的火车上一个北京来出差的投行经理搭讪她,两个人在伦敦喝咖啡吃饭,回国前男的竟然悄悄结掉她酒店房账。她本打算捏着鼻子和男友重归于好以延缓债务,申请圣三一的事儿过几个月再烦心,投行经理带来了新世界曙光。一周后她落地北京,和新男友小好了一阵,被带进了北京的投资圈聚会,认识更多人,再被带进更多聚会。

起初聚会没带来实质收益,除了多开两张大额信用卡,直到她搭到个股票大佬,免了一万块入场费进了私群。她群消息复制到家人群,说自己正跟着导师的金融大佬朋友研究国内股市。这本是她在家族中维系体面的新花样,但亲戚们跟着消息买股票,小有盈利,很快就不满足起来,和她商量能不能把钱放进大佬账户代投。她推了几次,直到爸爸也来和她说。她心里冷笑一声,隔天便称"说服"大佬放出了额度。最初一百万限额,后来涨到两百万,台阶逐级上升,每次都有亲戚为了争额度红眼,账上到了一千多万,有两家把原本存着买房的钱都打了进来。名义上念到大学三年级的时候,她宣布提前毕业,订商务舱从北京飞去都柏林,再飞回上海,避开了毕业典礼——原本是没人会来参加的,但以如今她在家族里炙手可热的程度,就说不准了。

笑笑这故事不是讲给小豆角听的,是讲给自己听的,是讲给她过去和未来的命运听的。讲一会儿小豆角问，姐姐姐姐爱尔兰有多远呀？爱尔兰有这里到城里的几百倍远。哇。停一停又问，姐姐姐姐谈恋爱是什么呀？谈恋爱就是大人过家家。过家家是什么？过家家就是小孩子扮成大人，大人扮回小孩子。再讲一会儿还问，姐姐姐姐咖啡是什么呀？咖啡是香香苦苦的水。小豆角问到股票和基金到底是什么的时候，笑笑叹了口气，说算了，姐姐给你讲个童话吧。

笑笑让小豆角躺在沙发上，头枕着她的膝，想了想，开始讲卖火柴的小女孩。讲到小女孩经过商店橱窗的时候，她用手遮住了小豆角的眼睛，形容起橱窗里琳琅满目的货品。讲到小女孩划亮第一根火柴的时候，笑笑的另一只手覆上了小豆角的口鼻，她感受着手掌的触觉，软软的是小嘴唇，尖尖的是小鼻子，一呼一吸的，有点儿湿润。她知道自己在第一根火柴熄灭的时候就会用力摁下去。

第一根火柴熄灭了。笑笑反倒把手松开，她怕一会儿小豆角挣扎咬到手。小女孩的第二根火柴划亮了，笑笑把手放到小豆角的脖颈上。脖颈柔柔软软的，连喉结都感觉不到，笑笑手掌纤细，却可以把小豆角的脖颈整个环拢上。小豆角的鼻子和嘴皱起来，像是开始觉得不舒服。笑笑耸起肩膀，调整到可以使出浑身力气的角度，开始往下压。笑笑蒙着小豆角眼睛的手不免跟着偏转，露出一条细缝，小豆角眼皮抖动，露出一只黑溜溜的眼珠。笑笑急忙停了力气，把小豆角的眼睛遮遮好，不让他往外看。这个时候，小豆角笑起来。

小豆角红润的嘴咧开一点点，嘴角往上翘，露出一口小牙齿，门牙还缺着两只没有长好。看不见眼睛，眼睛还被蒙着呢，只是一张嘴，画在纸上就是条浅浅的弧线，却是世界上顶顶纯真无邪的一道弧线。

小豆角甜甜美美地笑，像在做一场美梦。笑笑的世界震颤起来了，变形的扁平的世界在刹那间遍布裂缝，继而分崩离析，封印打破了，原来的熟悉的世界又回来了，理智小人也回来了，她这时才能听见她在叫什么，她在叫 —— 你停手啊停手啊停手啊！

她的心跌一跌又荡回来，虚一虚又落了实地。她这时才知道后怕，开始冒汗。天呀，她在心里说，天呀！

也是在这个时候，她才后知后觉地想起冯老头的话。

无路可退，再进一步。

你杀过人吗？

换掉筋骨皮，脱胎再做人。

这真是魔咒一样的话啊！

3

小豆角端着饺子往笑笑的房间走。屋子忽然亮了，光从门缝里满溢出来，朝着小豆角流淌。流过来的光像是纱，拂在小豆角的脸上，毛茸茸的，有嗞啦啦的轻响。小豆角觉得正在走入梦境，时间和空间都在这光的照射下柔软了，摆动出超越往日的幅度。门开得更大了，笑笑探身出来。小豆角说了句话，笑笑又答了句话，小豆角觉得有另外一个自己在现实和迷幻的缝隙里看着这些，魔法又出现了，他开心地想。笑笑让他进屋一起吃饺子，见笑笑第一面时，小豆角就觉得这姐姐亲近，但又不敢太靠近，所以现在真是像一场梦呀。这时他才听见门在身后关上的声音，原来已经进屋了。笑笑把碗接过去，小豆角手里一轻，忽然之间，他觉得有过这样的场景，是在梦中，还是另一场迷幻中？

现实世界占据了上风，小豆角慢慢回过神来，他又经历了一个小小的奇迹，心扑通扑通跳得厉害。他打赌这一定意味着什么，一个预兆，一个指引，一个神奇时刻！这时他就坐在沙发上，坐在笑笑的旁边，姐姐一定遇着开心的事情了，吃着饺子的时候一会儿笑一下，一会儿笑一下，又美又温柔。可是先前她明明不是这样，手舞足蹈又哭又笑的，像在唱戏，有点儿吓人，又有点儿有趣。小豆角渴望知道姐姐再多一点，那是另一个神秘的丰盈的流光溢彩的梦呀，他记起笑笑打电话时说到骗人，就问笑笑。

"姐姐，你是在骗人吗？"

这句话像是打开了一个温度开关，他眼见着姐姐的脸上沁出细汗，可是自己却不觉得热。姐姐问他听到了什么，他回答着，姐姐脸上汗津津的光又褪下去了。他想偷听别人说话是不好的事情，讲着讲着心虚起来，姐姐说没事的你接着讲，你记性真好。小豆角就放心继续说。接完那通电话，姐姐开始说她的故事。小豆角一边听一边想，姐姐的世界真大，那是比从这里到城里更大上几百倍的世界呢，那个世界有那样多的人，那样多的事情，真是太精彩啦。渐渐地，他听不清姐姐说的话了，有一些其他的声音和光影幻化出来，他好喜欢这样的时刻呀，他可以重新踏入这些光影中了，清醒的时候，他总在期待着这种时刻的降临。姐姐，姐姐，姐姐，他开心地喊。然后他吓了一跳，不知道自己有没有真的叫出声来。笑笑继续在说故事，他想还好。可是故事接不上了，他错过了中间一段，笑笑的世界太厉害，少听一段就更难懂了，他忍不住又问股票是什么，基金是什么。

他这一问，笑笑就停下来不讲了。小豆角觉得是自己太笨，让姐姐生气了，可是没有哎，姐姐让他躺下来，让他枕在姐姐腿上，开始讲另一个故事。好久好久，小豆角没有这样安心地挨着另一个人了，他忍不住想，我是醒着的吗，还是在做着另一个梦呢？他蹭了蹭脑袋，想试试会不会醒来。没有醒，姐姐开始讲新的故事啦。应该拧一下胳膊吗，还是不要，是梦也别醒，就这样，就这样吧，等听完这个故事。

卖火柴的小女孩在街上走了很久，没有人买她的火柴。她在一排橱窗前停下来，那橱窗可真亮堂啊。

　　一只手把小豆角的眼睛轻轻遮起来。小豆角在黑暗里跟随着姐姐的声音，想象那面辉煌的橱窗。

　　有几只小天使从顶上垂吊下来，他们都有着羽毛做的洁白翅膀，像旋转木马一样，一边高低起伏，一边一圈一圈地转。藏在角落里的鼓风机时不时吹起风，轻白的绒毛飞起来，在橱窗里下出一场大雪。在小天使的降临中，在漫天的大雪中，地上有一列小火车，翻越有城堡的高山，穿过藏了小木屋的森林，绕过大片大片的田野，田野上有小牛和小羊。

　　小豆角想象着这样华美精彩的橱窗，觉得看见了一个小小的仙境。这时又有一只微凉的手把他的口鼻掩起来，现在他整张小脸都被覆盖住了。小豆角有一点点气闷，这让他想起被子洞，冬天的每个晚上他都爱钻被子洞，把整个人都缩进去，被子里又闷又不透光，却有一种可以让他快速入眠的温暖的安心。他被笑笑的手掌裹着，听她讲小女孩划亮第一根火柴，不由得想，卖火柴的小女孩有点儿可怜呀，她没有被子洞，她很冷的。

　　那一团小小的火柴光里，小女孩看见了一只大大的烤鹅，那只鹅被烤得红通通的，浑身闪动着光泽，那层皮一定又薄又脆，咬一口，满嘴都是油脂香。那只鹅的肚子打开了，从里面滚出一只烤鸭，烤鸭的肚子里又滚出一只烧鸡，烧鸡的肚子里是一只鸽子，鸽子的肚子里有一只鹌鹑，鹌鹑的肚子里还装着一只小麻雀，小麻雀的肚子里塞着什么呢？不知道呀，火柴烧没啦。

小豆角遗憾地唉了一声，但他的嘴被捂着，这唉就又咽回了肚里去。盖着他鼻子嘴巴的手移开了，换到了他的脖子上。遮眼睛，遮嘴巴，遮脖子，小豆角感觉笑笑像在和他做游戏似的。又是讲故事，又是做游戏，真是个大美梦，好幸福呀。上一次做这样的大美梦，还是在他很小的时候呢。小豆角脖子小脸也小，被笑笑的手一把按住，连带着小下巴也被朝上推挤。他顺势嘟起嘴，扮出一个怪脸。这时候遮挡他眼睛的手露出了一条缝，他从指缝里看姐姐，觉得更像在做蒙眼睛扮鬼脸的游戏了，不禁笑起来。

按在脖子上的手拿开了，遮着眼睛的手也拿开了，眼泪滴在小豆角脸上，小豆角一骨碌爬起来问，姐姐你怎么哭啦？笑笑说，卖火柴的小女孩太可怜了，她又冷又饿，什么都没有，火柴也快烧完了。小豆角大吃一惊，说不是有鹅吗，还有鸭子和鸡呀。笑笑说那是假的呀，看得见摸不着，火柴一熄，就都没有啦，她就要冻死啦饿死啦。小豆角的眼泪也滚了出来，说我还以为划一根火柴，就可以满足一个愿望呢，原来都不是真的呀，那她要怎么办呀？姐姐姐姐，你让她满足愿望嘛，一根火柴满足一个愿望，她有一整盒火柴呢，她就有东西吃有衣服穿呀。笑笑抽抽噎噎地往下讲故事，讲小女孩划一根火柴，嗖地出现了一大只烤乳猪，再划一根火柴，嗖地又出现了一件漂亮小棉袄。两个人又哭又笑地把故事讲完听完，小豆角感叹，这样神奇的火柴可太棒了，要是有这样一盒火柴，不不不，有一根神奇的火柴，该有多好呀。笑笑就问，如果你有一根神奇的火柴，点燃它，你看到什么？如果可以办到，姐姐帮你实现它。

小豆角闭起眼睛，想象自己握着一根神奇的火柴，刺啦，火柴燃烧起来，那团火光中他最想看到的，是什么呢？

"姐姐……乐园。和姐姐一起去乐园！"

"乐园？"

"上海的乐园呀。"小豆角睁开眼睛,那里面正流淌着希望的光。

"和姐姐一起在乐园玩整整一天,还要看晚上的乐园烟花!"

然后他仿佛觉得自己说出了不得了的话、不像样的话,脖子缩一缩,小心翼翼地问:"姐姐,你真的可以带我去乐园吗?"

笑笑看着小豆角,她的眼睛里还有未干的泪水,折射出迷幻的光彩,正向小豆角投射出一场斑斓的梦境。

"你想什么时候去?"

小豆角蹦起来。

"现在就去,现在就去!"

"明天一早,我带你去好不好?就我和你,我们去乐园。"

小豆角简直要哭了,他仿佛看到了橱窗里的那些小天使,他们从天上飞下来,吹出一个又一个透明的梦幻泡泡,升腾,升腾,升腾,他被一个泡泡盛装着,四周尽是七彩浮光流影,旋转,旋转,旋转,升向温柔的夜空。

4

窗外电光闪过,天地为之一白。呜的一声风响,一阵雨泼在了玻璃窗上,发出急促的哒哒声,片刻后又是一阵雨,风再强三分,有形有质,压得玻璃嗡嗡震颤。

笑笑围着打开的行李箱忙碌,收拾所有干净的不干净的衣服,把它们塞进箱子。明天一早,她要离开。

说实话,虽然收拾着箱子,但笑笑对是不是真要走还不太确定。答应小豆角的时候,她被巨大的愧疚支配驱赶着,她想做所有的事情来弥补那一刻的恶念。但现在她却忍不住问自己,真要这么做吗,而且得冯老头允许,否则成拐孩子了。

只是也联系不上冯老头。没有通信信号，肯定是灾害天气损坏光纤和电信基站了。短信里有周嘉喆发过来的银行账号，她回复"收到"，发送失败。微信里有新的好友添加请求，也是周嘉喆，她试了，一样无法通过请求。和冯老头的那通电话是和外界最后的联系，她忍不住这样想。现在通信断绝，大风大雨中，交通也可视为断绝吧，那不成了推理小说里的暴风雪山庄了吗？每次出现暴风雪山庄，肯定要死人。笑笑不禁想，现下这儿只有两个人，她和小豆角。而她恰恰差一点杀了小豆角。

　　收拾完行李，笑笑狠狠冲了把热水澡，吹头发的时候有一度听不见吹风机的声音，她从没想过风声可以大到这个程度，有的时候像吹牛角号，有的时候像刮玻璃，有的时候像用大木槌子撞墙，她甚至担心起墙够不够厚实。这发了狂的风真是应景，因为她也险险做了发了狂的事。怪不得叫杀人魔，真杀了人，那就是魔不是人了，那一时三刻的笑笑不是之前二十多年的笑笑了，现在回过头，她也不认得那一时三刻的自己。但那当然就是自己，是她不变的肉身，是她不可测的魂灵。她开始真正理解冯老头的话，往深渊里踏出一步，此前种种就都不是困扰，因为人已成魔。

　　如今这一步没踏出去，当然是幸事。恶心、恐惧、痛悔，这都是自然而然的情绪，可深渊中炼了一遭，她所思所想，终究和没见过那场面的自己不一样了。她竟有一根触须继续往深渊里探去，那触须在想，如果一个魔鬼要保守秘密，也不一定非得杀人，把人困在身边看起来，也是可以的吧？笑笑把触须收回来，可不能真这么做，她想。如果明天带小豆角走，也只是因为要满足他的梦想，自己答应了的。答应归答应，也许睡一觉，自己又改了主意，没准小豆角也会改主意呢？

　　轰然一声炸雷，这是二九天里的雷声，门窗扑簌簌颤抖。笑笑把窗帘拉紧，蜷缩在床上，听着外面的风声雨声雷声，一切都沸腾起来了，咕嘟咕嘟咕嘟，仿佛一锅孕育着莫测生命的原始之汤。恍惚间有什么东西从深处漂起来，那是褐黑色的血字！

换掉筋骨皮，脱胎再做人。

笑笑惊得睁开眼睛，一时不敢闭上，就这么瞪向空处。风声越发凌厉奇诡，她简直要确信了，外面不只有风，必然有活物！又或者不是活物，是被风从地里刨起来，不知道自己已死的骨殖，张着肋骨扒住砖缝，想要钻进屋子里躲风。她当然明白这是胡想，想要快点入眠，再试着闭起眼，可合拢眼皮根本不顶事，脑子里有什么东西支棱着。就这么过了也许十分钟，也许一小时，她想爬起来看看外面到底怎么回事，却使不动身子，每每觉得起来了，下一刻魂灵又落回身体里，周而复始。突然间一声霹雳，整座屋子颤抖晃动，灵肉合窍，她猛坐起来，一时间不知道刚才的声响是真是幻，耳中似还有余响袅袅。

看了眼床头的iWatch，居然一点半了，暴烈的风声不见了，还有极细微的雨声，但比起先前鬼哭神嚎的风啸，现在外面简直静得让人发慌。她重新躺下去，发现没了风声的静寂非但无法令自己平静，反而有一种压抑感。

是这样的，灾害性天气就是来得快去得快，她给自己解释。

其实还是对未来的担忧，她又给自己做心理分析。

笃。

笑笑一个激灵。什么声音？

笃笃。

不是错觉！笑笑睁开眼睛，头皮发紧。是有人敲门吗？

又没声了，但笑笑睡不下去，她坐起来，轻轻挪动到床沿，没有开灯，赤脚踩在地上，下意识想抓个家伙，但床头只有手机，便也抓在手里，小心翼翼地，黑暗中一步一步走到门边。

是不是小豆角在敲门？

没有猫眼，笑笑不知道一板之隔有没有另一个人。她不敢大声呼吸，等了会儿，慢慢蹲下去，再低，以手扶地，脸也贴在地上，从门下沿的缝隙往外看。她不敢开手机光，只试着靠从门缝里透进的暗弱微光分辨——如果有两只脚站在外面，或许可以看出端倪。

努力分辨光影的时候，笑笑忽然又想，这透进来的是什么光？现在的天气，见不到星星月亮呀！

笃！

笑笑手一软，歪倒在地上，随后又是同样的一声。

不是敲门，是敲墙！笑笑这回辨清楚了，声音是从离门两三米的墙体发出来的，有人在外面的廊道里敲墙。

半夜三更，这宅院里除了自己和小豆角，不该有别人。笑笑冷汗滋滋往外冒，维持着蜷缩姿势不敢动，像只受惊抱团的西瓜虫。先前狂风呼啸时她胡想过山精妖魅，莫非一念成真，有一只正在廊道里游荡？又或者其实还有别人？但这种时候外面多出一个人，才是真正可怕的事情哪。

笃！

又响了一声，还是那个位置。笑笑撑坐起来，也不知哪里来的勇气，竟发了又尖又厉的一声喊。

"谁在外面？"

停了几秒钟，一个声音传了过来。

这声音不太清晰，甚至有些虚弱，但的的确确是小豆角的声音。

"姐姐。"

笑笑慢慢站起来，手在门把手上停了短短一瞬，便拉开了门。

门外竟是有月光的。经过了薄云的稀释，月光散作粉尘似的小点，拌着细雨弥漫在院子里，给原本惊人的景象披了层流动的魔幻之纱，本该有的视觉冲击一时间扭曲偏移了，以至于笑笑先看到的竟然是对面廊下的小豆角。

　　小豆角一动不动地站在房门口，房间里的黄光涌出来，吞没他这块小小礁石，注入院中。小豆角是团披光暗影，看不清面目神情，他好像在看笑笑，又好像在看向院中某处。

　　而此时最该在意的院子，已经天翻地覆。碎瓦断枝满地，院子中央的歪脖子枣树竟被连根拔起，一头还斜在院子里，另一头的树冠砸破了一方廊檐，枯枝直抵在笑笑房间的外墙上。把她从梦魇中惊醒的撼天动地的巨响真实存在——疯狂的龙卷风将枣树一把抓起又狠狠掷还，撞击在屋体上。一股风刮过，强度比先前低了几个数量级，枣树微微颤抖，仿佛死后的神经抽搐，笑笑又听见了"笃笃"的声响，她明白了，是枣树折断的枝丫在敲击墙壁。

　　笑笑轻轻出了口气，喊一声小豆角，小豆角应一声姐姐，应的时候他脑袋偏一偏，然后又转回去。他在看什么？

　　笑笑走出房间，廊道地面冰冷，她这才意识到自己还光着脚。多走这几步，她已经能依稀看清小豆角的脸，自然也知道他在看哪里。院子中央，翻起的树根虬张，原本枣树扎根之处，已经变成黑洞洞一处凹陷。小豆角死死盯着的，就是这方泥洞。

　　笑笑一脚踩进院子，被石子硌得又退回来，从廊道绕行。走到一半，视角让了出来，她看见洞里深褐色的泥土间，露了截灰扑扑的东西，像块布料。再往前走看得更清楚，那灰东西是有褶皱的，是有纹理的。走到小豆角身边，她看明白了，那是个蛇皮编织袋的一部分。

　　那是什么东西？小豆角轻声问。

　　农村的孩子，当然认得出蛇皮袋。他问的是为什么树底下会有个蛇皮袋，问的是蛇皮袋子里面装着什么。

　　笑笑摸摸他的脑袋，在地上捡了根树枝，打开手机光源，踏进院子。整个过程她脑子里空空荡荡，什么都不敢想。

笑笑光脚走在狼藉间，注意避开地上的尖锐物件，把重心往脚外侧和脚后跟转移，但还是每一步都疼得不行。挨到坑边上，手电光扫一扫，抬头看了眼小豆角，又咬牙挪了两步，挡住他的视线。

蛇皮袋子是横着埋的，此时露出了大半袋身，隐约可见袋底一角。笑笑不想蹲下，不想离蛇皮袋太近，所以她弯下腰，左手持手机照定袋子，右手用树枝把袋身上的浮土拨开。没拨弄几下，她就发现了一个破口。

这袋子在树下不知多少年了，菌落侵蚀，不复坚韧。许是本就被树根扎穿，枣树连根拔起后，袋身也连带着撕破了。

笑笑从破口处伸进树枝，钩住边缘，把破损处拉得更开。做这些的时候，她拧紧了眉，咬着半边后槽牙，抽紧了半边面颊，不忍、厌弃、恐惧的表情不由自主地浮现，证明她对即将看见之物已经有所预判。

蛇皮袋的破洞就像个窗口，随着树枝的拨动牵拉，窗口也随之宽窄变换，四方移转。在黯淡的月光粉尘中，在惨白的手电光铺陈下，移动的窗口中露出了内容物的不同部分。起初是一片浅蓝色的布料，然后是一截乳白。拿树枝的手发着抖，猛然把破口往乳白那边一扯，乳白之物完整地显露在窗口下了。

那是一只仅剩了骨头的手，骨骼纤细，腕骨上还露着一截深红色之物——那是个玛瑙镯子，把白骨染出一层暗红光晕。这显然是一只女人的手，五根指骨箕张，仿佛直到生命的最后一刻还在呼救。

笑笑吐出一声小鹿哀呦般的低鸣，手机跌落在蛇皮袋上，跌落在白骨之手的边缘，闪光灯苍白地刺亮着，宛如一枚从蛇皮袋里浮升出来的独眼，死死瞪向天空。

笑笑去捡手机，她拼命给双脚注入力量，以免直接跪倒在蛇皮袋前。颤抖的手在碰到手机的同时，也触碰到了蛇皮袋，触碰到了蛇皮袋里某种坚硬之物。那一瞬间的触觉几乎要摧垮她，要让她放声尖叫。她竟然克制住了。拿起手机时小豆角在身后喊了她一声，她回头喝止，让小豆角不要靠近。

她用树枝钩起蛇皮袋，把白骨和那镯子都掩盖起来，然后扔掉树枝，后退两步抓起小豆角的胳膊，要把他塞回房间。

"姐姐我怕。"

笑笑牵着他绕过廊道，让小豆角在她房里等。

"姐姐马上回来，你在这里等我，别怕，别到院子里来。"

"那是什么？"小豆角又问。

笑笑在他头上摸了一把，把门关上，走到宅院大门处去打电话，打110，打不通，没信号。她起了门闩奔出去，想找个有信号的地方。她在小路上忽奔忽走，奔几步拨一次，走几步再拨一次，转了两个弯，换了不知多少个方向，最终还是不成。

笑笑绝望地停下来。从今天下午开始，她的精神、她的预设的人生轨迹经历了如此多次的打击、变化、转折！以至于她都曾跨出了那样的一步，变身成一个莫测的淋漓的自我了，居然又在半夜里受了这样的一击。

笑笑在雨里打战，气温比白天降了二十度，而她只着单衣。还有痛，痛点在左脚足弓，她光着脚泥泞里一路跑来，不知什么时候受的伤。没有灯，没有星星，没有月亮。那隐约的隔了一层的弥漫月光还在，照不亮任何东西，只是把纯粹的黑化作了混沌。所有事物在视界中露出极小一部分，这极小一部分甚至在白天是瞧不见的——不一样的轮廓，不一样的颜色，一不留神就偷偷变一下，留起神的时候，又传来狰狞的恶意。笑笑努力分辨来路，一瘸一拐越走越不确定。四下里影影绰绰，后脖子有异常强烈的被注视的感觉，她甚至觉得是冯老头在看她。

她当然想起了冯老头，想起了冯老头下午说的话。如果冯老头走这段夜路，是不会怕的吧。他说如果杀过人，就什么都不会怕，那不是比喻，不是什么禅宗哲学，那就是他切身的体验！他是真的杀过人啊！

我住在一个杀人魔的家里!

那株枣树,是吸着血肉生长的啊! 她仿佛又看见了那只泛着奇异光泽的乳白色的失了血肉的手。

那会不会就是他从前的房客,会不会住过她的房间,躺过那张床?

远远一束幽光,笑笑眨眨眼睛,那光便在雨中微微摇曳。她初以为是鬼火,然后意识到那就是她这些天住的地方。光来自小豆角的房间,来自她的房间,一从窗户冒出来就被黑暗吸走了,那棵枣树,那一地白石子,那个土坑和坑里的手,所有这些都拼命地吸着光呢! 吸走光吐出蒙蒙的鬼火来,给她以指引。

笑笑走到跟前。她的身体已经湿透了,也凉透了。门如离开时一样虚掩着,她在门口停下来,一时有些畏惧,随即意识到自己并无别处可去。手机光照到门上的匾牌,黑底红字,桃源居。

5

再度躺到床上已是后半夜,心不安,开着灯等天亮。她半眯着眼,耳中听见各种响动,有人远远近近地说话,真真切切。她又知道这不是现世的声音,她卡进梦与真实的间隙里了。怎么天还不亮? 笑笑在幻听中想。怎么闹钟还没响? 她已经等得精疲力竭。因为睡意全无,她开始挣扎着坐起来,歇一会儿,攒了力气再挣扎着坐一会儿……

最后一次睁开眼睛,她还倚在床靠上,身体软得像抽掉了骨头。窗帘缝里有光,笑笑吃了一惊,连忙下床,脚才沾地就觉得难以支撑,头晕眼花间瞥见床尾站着一个人,等意识到是小豆角的时候,已经狠狠打了个哆嗦,人也随之彻底清醒。看窗外,天已蒙蒙亮。

"你爷爷回来了吗?"笑笑发现自己的声音哑得陌生。

小豆角摇摇头。

笑笑松一口气，让小豆角去门外等，又叫住他，不想让他一个人经过院子。这时候她才发现小豆角已经穿好棉袄，背好小包，早就回过自己房间了。

赶紧走赶紧走，笑笑心里催着自己，跌跌撞撞去洗漱换衣。坐到镜前化妆的时候发现没化妆包，昨晚收拾好塞进行李箱了。这会儿化的哪门子妆？她为自己的愚蠢想法生气。从前她信奉颜值主义，不管任何处境先把自己收拾好，起码对着镜子的时候提气，但颜值对冯老头有用吗？对蛇皮袋里的那只手有用吗？穿鞋的时候发现左脚肿得厉害，应该穿袜子保护，但没袜子，她光脚穿鞋几年了，也是为了好看。她松开鞋带把脚塞进去，走两步，没昨晚痛，这可未必是好事。

笑笑昏昏沉沉收拾停当，拖着行李箱走到门口，小豆角一声不响跟在边上。她跨出门，小豆角也跨出门，紧紧跟随。

这孩子真要跟自己走？经历这么大变故后还要去乐园吗？这么深的执念？

甭管昨晚答应过他什么，那可是看见尸体之前的事情。现在的头等大事是从这鬼地方逃出去，离那个鬼老头远远的，带上小豆角不是故意招惹杀人犯吗？

雨不下了，甚至出了半吊子太阳，枣树倒卧如昨夜，白天光线好，更触目惊心。笑笑不想去看，但视线不自觉地往那儿一溜，蛇皮袋还在。没人动过，当然还在。笑笑不禁又想，小豆角回过自己房间，他动过吗，他看到了吗？

笑笑望向蛇皮袋，小豆袋也望了过去。笑笑一把蒙住他的脸，把他的脑袋别过来。她的手掌触到了小豆角长长的睫毛，触到了小豆角尖尖的鼻子，触到了小豆角软软的嘴唇。她想起昨天晚上了，在她即将成为恶魔时，是同样的触觉呀。小豆角是个好孩子，现在她要把这个孩子独自留在这里，留在他的杀人犯爷爷身边吗？但是，也不能说就该待在自己身边吧？报警让警察把冯老头抓了，然后警察会管小豆角的，对吧？或者他总还有其他长辈吧？

笑笑在大门前驻足，感觉衣服被扯动，低头看，小豆角轻轻抓住了她的衣角。

他觉察到了。他竟如此乖觉。

刹那间电流刺透她，笑笑此刻终于明白，自己的心境为什么总是容易被这个孩子拨动。

那不就是年幼时的自己吗？

无母缺父，早早就要看人眼色，处处都得乖巧，但内心深处，还藏着一个梦。

当年没有人能拉一把自己，现在，自己也要松开小豆角吗？

小豆角仿佛有所知觉，说出一句恳求："姐姐，带我走吧。"

笑笑一咬牙："走，我们去乐园。"

小豆角蹦起来。

大门没落门闩，昨晚没顾上。笑笑把行李箱提过门槛，一阵风吹过来，连打了一串哆嗦，不用摸也知道额头火烫。她忽然发现自己没想清楚要怎么走，手机没信号叫不到网约车，难道要去拦过路车吗？

"你都怎么去城里？"笑笑问小豆角。

"坐车去呀。"

"坐你爷爷的车？"

"还有长途车。"

"在哪儿坐长途车？这会儿有吗？"

"有的，姐姐你跟我来。"

小豆角冲在前面引路，笑笑跟上去。依稀就是昨夜冲出去的路，夜里这条路通向危险通向恐惧，现在则通向希望。

这是村子一天里最热闹的时间，尽管地处村尾，路上行人不绝。村里人互相认得，遇上小豆角都会定睛看一看，然后再端详一眼笑笑。小豆角也不招呼人，闷头走路，笑笑则不由想着，如果被人问起来要怎么说。正担心的时候，一个黄脸妇人在小豆角前头弯下腰，问小豆角去哪儿，笑笑一颗心刚提起来，小豆角张开手，喊一声"飞咯"，哒哒哒向前跑去。

从曲曲折折的村路拐出来，两个人站在县道边候车。这个站点没有标志物，也没有别的等车人，小豆角又安静下来，踮着脚往来车方向眺望，仿佛刚才的活跃只是心中小野兽的临时放风。

笑笑吹了一路风，刚才又被吓了一吓，这时感觉头晕比起床时好些。手机信号变成两格，看似有了4G的信号标识，但微信连不通，打车软件也定不了位。所以还是只能老老实实地等不知何时会来的长途车。笑笑在心里模拟了很多次，如果正撞上冯老头要怎么办。冯老头不知道枣树被拔起来，不知道尸体被发现了，所以是有机会的，小豆角只好还给他，趁他回家的空当拼命拦一辆车逃跑。其实闹起来也不怕，光天化日的，就叫破他杀了人，院子里埋着尸体，他能拿自己怎么办，还不得被围观的人送进公安局？村里人再亲亲相隐，也不可能包庇一个杀人犯吧？

然而再怎么模拟，笑笑也没办法感到一丝一毫的安心。她不想再面对这个杀人魔，恶魔会做什么人可想不出来，她非常清楚这一点！笑笑回想冯老头问自己"杀过人没有"，当时他脸上那似笑非笑的表情，真是让人不寒而栗。他是杀过人的，他什么都不怕，所以千万不能再碰到他！

"车来了！"小豆角跳起来。

大巴在小豆角和笑笑的招手中缓缓停下，问明了是进城的车，两个人跳上去。其实对笑笑来说去哪里都行，离开村子最重要。

车上空着一大半座位，笑笑和小豆角找了后车厢的位子坐下。大巴启动的那一刻，笑笑提着的心总算放了下来。可是没开多久，车又停了，上来一个中年男人，车慢悠悠地继续往前开，像是随时还会停，也不知道临村的这段路到底有多少个上客点。

沿路都有人烟,车开过饭店,开过杂货铺,又在汽修店前停了。汽修店前有一辆顶起来的灰色长安车,卸了个轮子在补胎,笑笑往灰色长安车多看了一眼,冯老头就有这么一辆车,和这辆车……很像!咚咚咚咚咚,她的心越跳越急。长安车后面放了把椅子,椅子上坐着一个人。大客车上客了,上的什么人笑笑没办法注意,椅子上的人正转过脸来,把目光投向大巴。嗡的一声,心脏把血全都推到头上来,笑笑一把把小豆角的头按到窗下,可她自己逃不开了,远远地,两个人隔着车窗四目相对,笑笑涨得通红的脸上一下子褪尽血色。车重新启动向前开,笑笑僵在那里,做不出任何表情,任何动作,就这么保持着视线相交。冯老头皱起眉头,他从椅子上站起来,大巴开始加速,把他甩在后面。

小豆角把头钻出来。

"怎么了姐姐?"

"没什么。没什么。"

笑笑让自己镇定下来,冯老头没看见小豆角,不知道自己拐跑了他孙子,虽然会疑惑自己离开,但不会立刻追赶。她算着时间,大巴再过半个多小时能进城,冯老头修完车还得有一会儿,等他回家发现尸体被翻出来了,发现小豆角不见了,再来追肯定是追不及了,自己早下车了。而且如果没人告诉他小豆角跟着自己跑了,他都未必会追来。

最好先约上一辆车,提前在城里汽车站等着,或者半途接上自己,这样最保险。笑笑看了一眼手机,发现信号恢复了,手机开始振动不休,蓄了一夜的微信正不停地涌进来,不用看就知道又会是几百条。新短消息少得多,只有三条,笑笑点开图标,准备看见一些垃圾信息然后删除,却发现三条都是来自周嘉喆的。

第一条是,"我加你微信了,你通过一下。我把账号发给你了,你收到吗?"

第二条是，"Hi，虽然我本来也没指望过你还钱，但现在真的有点失望了。无论如何，我打算过一小时给 Alex 打个电话，你看着办吧。"

第三条是，"我居然还会相信你，也是太可笑了。但一个人总要为自己做的事情付出代价，不是吗？"

一条条看下来，笑笑觉得自己从里到外一层层冷冻结冰，她支撑着打开微信，想着通过一下周嘉喆的好友申请。但在首页整列标明着小红数字的未读消息联系人名单里，她看到了 Alex。

Alex 已经好几天没给她发过微信了，但现在，整整躺着九条未读。九条都是长时间的语音微信，而 Alex 之前从来都是打字的。两个人的关系中，作为追求者 Alex 本居于下位，按照社交惯例，打文字理所应当。现在突然转成了失礼的长语音，只能说明一件事——Alex 自认为处于毫无疑问的上位了。

笑笑支起手指，慢慢按向第一条语音微信。手指晃得厉害，点了两次都没能成功播放。她想哭，又想笑。她知道，Alex 将在语音里扒光她所有衣服。

全完了，彻底崩盘！

让我也入梦＊启程

＊引自佩索阿《睡吧，我守着你》

1

"你爹那也是为你吼。"

老肺病的奶奶把好说成吼,她肺管子里永远堵着痰,说开口音的时候,那口痰就会啪嗒嗒地把原本的字拍打成另外的形状。奶奶一边说,一边把乌青色的药膏往马儿背上抹,粗糙的手像把刷子,马儿把背歪来耸去,不肯安安分分地待着,嘴里嚷嚷:"都不用涂,明天就自个儿好了。"

背上几道印子抹好,奶奶把马儿卷上去的衣服拉下来,打量她的胳膊。马儿把药盒抢过来,自己给胳膊上药。

"一会儿汗一出,药全没了。"她一边涂药一边小声嘀咕。

"你爹那是为你吼,你懂不懂?"

"嗞——噫——"马儿装出龇牙咧嘴的模样,就是不接茬。

"姑娘家最得小心着,你才十五。"

"十六哦。"马儿说。

"外面随便去认识男人,不知道底细,转眼就把你拐走卖了。"

"是网上哦。"

"网上不是外面吗?这个网上难道还都是家里面的人,是村子里的人?还一艘船在海上几个星期几个月,这你都信,要么就是渔船,你是要跟着去打鱼吗?你麦子都割不利索呀。"

"是帆船环游世界哦。"马儿晃晃左手,玛瑙镯儿在腕上连转三圈,泛起宝石的光彩,这荧光如海上波光,映入她的眼睛,她不禁笑起来,仿佛已在乘光环游了。

"说一句顶一句,说一句顶一句,你还不死心啊?奶奶我活不了两年了,以后没人能看紧你啦!"

"我该去弟弟那儿啦。"

"弟弟如果问起你的伤,你要怎么说?"

"阿爸打的。"

"你别说。"奶奶叮嘱。

"好哦。那我走啦。"马儿耸耸肩,扯起背包出门。经过柴房,她拐进去拿了滑板绑在背包上,背上身的时候滑板的一头拍打屁股,她笑起来,觉得和好朋友打了招呼。要是昨天被阿爸揍的时候背着你就好啦,马儿对滑板说,你可以帮我扛几下,或者踩着你,刺溜就溜跑了。

七月头,上午九点钟,艳阳高升。马儿从破屋烂房里出来,身上沾惹的阴翳气被浩浩荡荡的光亮一冲,就化作了无形,无边清气托着马儿轻快地跑起来,二叔好黄伯好,她一路打着招呼跑过村尾,吃过啦,要晚上哦,应着的时候她已经跑上了小桥,桥头又有人招呼她,她哎了一声,拖着长音一拐就下到了麦田里。

滑板一颠一颠拍打着背脊,撞到伤处时,马儿就拱一拱肩胛骨。这伤不稀奇,马儿有的是经验,料到十有八九得挨一顿,否则不会拖到她爸出车前一天才跑过去说。她总归要试一试,十六岁的暑假呀,都可以打工了,算成年了吧?有人要带她出海去呢!哗,大海是什么样的啊,阿爸从来不愿意讲,马儿自己在图片上看,在电视上看,可还得算电影院里看的印象最深,大怪兽从海底浮起来,轻轻松松就把航空母舰掀翻,几十层楼高的浪一直推到岸边,哗!马儿使劲地想象大海,她可是很能想象的呢,绕着边缘想,钻到深处想,还可以边想边闻味道,当然那味道也是她一并想象出来的,且每想一次,味道都各有不同。但是大海太大,她想不过来,所以每一次想象大海时,她都会想,真正的大海是什么样的?现在没办法了,阿爸不准,用的却不是奶奶的理由。

"还倔不倔了?放假你就天天在家带着弟弟,让你爹轻松一点。"

"对啊,俺出车去了,俺不回来吗?你盼俺回不来?再说你阿姨一

43

个人带娃不也难吗？也让你阿姨轻松一点，就一个暑假。你懂点事，谁供你吃穿的？谁供你上学的？"

沮丧吗？多少有一点儿，但在这光亮里，沮丧早就没影了。这个暑假不行，还有下个暑假，又或者高中毕业，虽然那有点儿遥远。

天多高远呀，眼前的无边无际延伸的土地呀，飞呀，要飞呀！

飞咯！马儿喊一声，双手张开，滑翔机一样冲进了麦浪里。金灿灿的麦浪在风中摆动，她嗅着麦子的芬芳，不禁想，早晨大海的金色微波，是不是也像这片麦浪一样起伏呢？

从小径穿过田野，可以上到另一条通往城里的柏油路，那儿路况还行，滑板一个多小时就能到老爸在城里的家，也就是弟弟家。这就省下了四块钱车费，一来一回是八块。以往这四年里，马儿每周六周日能攒十六块钱，一年就有大几百，她的旧滑板旧手机和上网费靠的都是这个，还存下来不少。现在这个暑假要是天天过去，那可不少钱呢，这么想想，也是好事。

马儿噔噔噔噔在田埂上跑了一段，然后腾地跳进地里。她得这么斜穿过好多条田埂，走一个最近的对角线。簌簌簌簌，半人高的麦穗摇摆着加倍把香气放送出来。麦香也是一种粮食，闻着香就似吃着食，却又永远都不会饱，格外让人满足。

马儿跑着跑着，渐渐放慢了速度，继而停了下来。她惦记着快点冲进麦田里，跑得太欢快，脑子这会儿才跟上来。最后和她打招呼的那个不是村里人，不是她认得的人，但她又认得。

去年夏粮收得比别家晚，只能人力收割，马儿割到半途，撑腰的时候见那人远远站在田边，扔了镰刀跑去找他，要问他干吗前年躲自己，可是绕过麦垛就不见了他人影。前年春天，她放学出校门，瞅见他在小卖部边盯着自己看，觉得这人脸熟，想起来，再前一年，再前两年，这人都出现过，都是在注意自己，马儿打算上去问问他是谁，可他也是往哪儿一钻，就找不见了。

马儿一跃上了田埂，飞也似的往回跑。她瞧见了，那人还站在桥边上呢。马儿边跑边喊，你别跑啊，你站着啊，你别跑啊。那人果然不跑，就站在原地看着马儿跑来。马儿跑到跟前，倒有些奇怪，问，你怎么不跑了呢？那人笑起来，说不是你让我别跑的吗？马儿说我让你别跑你就不跑呀，早知道我去年，不不不，我前年就这么叫啦。

这人五六十岁的年纪，面貌穿着不像农家人，和县城里的人也不同，说普通话的调儿软，肯定是从更远处来的。

"你去年来瞧过我对不对？也是大夏天，八月头上，我在地里，你站在那儿。"马儿往村西方向指着。

"嗯。"那人点点头。

"你前年也来过，再前年，再再前年……"

"嗯。"

"你谁呀？"马儿瞪大眼睛。

那人四下里望了一圈，说换个没人的地方，我告诉你。马儿说那就去麦田，那儿没人。马儿带着他走上田埂，又下了麦地，往里面多走了百十步，停下来问这里行不行。

这人身材高大，比马儿足足高出一个头，和她爸相仿。这时便答说可以了，然后一蹲蹲进了地里。马儿说干什么呀，要藏起来说的吗？那人说对，藏着点。马儿解下背包抱在怀里，坐到男人的对面。这时马儿就和麦子一般高了，麦穗在耳朵边上飘，怪痒痒的。要是有人远远地瞧过来，麦浪滚滚间露着个男人脑门，对面竖起风帆似的半截滑板，青金色的光一片一片地闪动，一不留神把他们没过，再找就难了。

那人正要开口，却忽地"啧"了一声，摇起头来。

"你一个姑娘，得有自我保护意识。你不认得我，就这么跟我到没人的地方，我要是个坏人，你可就危险了。"

"那你是坏人不？我瞧着不像。"马儿把滑板抱抱紧，说。

"坏人脸上又不刻着字。"

"你这话说得和我爸我奶奶似的。坏人也不这么说。而且我跑得快，坏人可追不上。"

马儿说着忽然把包一扔，脚底装了弹簧似的蹦起来，噌噌噌蹿出去好远，麦田里翻起一条直线。过了一小会儿，马儿溜溜跑回来，捡起包坐回原处，得意地说："你还能追到我？我叫马儿哎，而且我真要跑，会先把包砸你脸上的。"

那人说："还是要小心的。"

马儿撇撇嘴，心想真是和奶奶说话一样一样的。

"可是你为什么知道我叫马儿？"

那人笑起来："我年年来看你，我还能不知道你的名字吗？我不光知道你叫马儿，我还知道你和你奶奶住在村里，你爸在城里安了新家，他开长途货车，老婆是鞭炮厂的财务，生了个娃儿今年四岁，叫小豆角，对不对？"

"你是我亲戚？我爸那儿的？还是……是不是我妈让你来看看我？她干吗不自己来看我？"马儿把自己说激动了，又蹦了起来。

那人摇摇头："你坐下，坐下。我不是你亲戚，也不认得你妈。"

马儿再次坐下，问："那你是侦探吗，那种调查各种事情的人？"

"我是个警察。"

"警察有你这么鬼鬼祟祟的吗？警官证呢，拿来我看看！"

"知道要看警官证，现在你倒是警惕起来啦？我是个退休警察，警官证早就还回去啦。但是我手机里还存着照片，我给你看。"

马儿接过手机。

"人民警察证。黄国宪。上海市公安局？这个，是真的吗？"

黄国宪失笑，把手机拿回来。

"你问我是不是真的？伪造警官证那是犯法的。"

"伪造警官证的照片呢？"马儿习惯性地顶了句嘴，然后又说，"不过我信你是警察啦，去年还有前年，你一下子就不见了，那么会溜，要么是贼，要么是抓贼的。"

"确实是练过的。"黄国宪又笑，但下一刻他的表情就变得严肃起来。

"照理说，这场谈话应该等到你十八岁成年的时候。"

"我已经成年了，十六岁了！"马儿说。

"十六岁是未成年，但十六岁可以去打工了，能挣钱养自己，那也可以视为完全民事行为能力人。你现在打工赚钱了吗？"

马儿想想自己攒的车票钱，只好摇摇头。

"但是你性格很独立，小小年纪也都开始照顾弟弟了，能算半个成年人了。当然更主要的原因，是你十八岁的时候，我不一定能来看你了。"

"为什么？"

"病了，身体不好。"黄国宪摆摆手，"说你的事。"

说了这句话，他却又卡了壳。马儿倒不嚷嚷，等着他。

"警察呢分很多种，有交通警察，有片区民警，有专抓小偷的，还有缉毒警，你看香港片不，那里面干卧底的，也是警察。"

"你是卧底警察？"马儿叫起来。

"我退休前十几年，做的都是打拐警察。"

"打拐？"马儿没听懂。

"打击拐卖儿童的犯罪行为，解救被拐卖的儿童。"

马儿眨了眨眼睛，她的呼吸忽然放缓了，变轻了。

"你的意思，我不是……我不是我爸我妈亲生的？"

"马儿，你是个被拐卖的孩子。"

马儿瞪着老警察，她的呼吸越来越重，几乎呼哧呼哧地喘起来。

47

"我不是！"她斩钉截铁地下了个判断。

黄国宪没有反驳，只是看着面前的女孩儿。

马儿生气了，她腾地站起来，大声地再次说："我不是！"

她把包背起来，像是打算离开。然而下一刻又质问黄国宪："你说了，你是管解救被拐卖儿童的，我要真是被拐的，那你为啥不解救我呢，一年年地，看一眼又走，看一眼又走？"

黄国宪也站起来。他蹲得太久了，晃晃悠悠像要摔倒，马儿扶了他一把。

"马儿啊，"老警察的眼窝深了，眼角的皱纹也多了，他吧嗒了两下嘴，说，"可能你很难理解，但并不是每一对被拐儿童的父母，都会像电影里演的那样，拼命找孩子的。"

接下来他说了一段马儿在往后的日子里时时记起的话。

"夫妻搭伙过日子，哪能天生就合适，这里硌一下，那里硌一下的，得慢慢磨。孩子是条系绳，很多夫妻是因为有了孩子，才能磕磕绊绊地走下去。孩子被拐走了，系绳就断了，夫妻容易散，散了之后各活各的，有的时候，就不再找原来的孩子了，有的时候，原来的孩子找到了，他们也没法顾，顾不上了。原来的孩子，属于他们过去的生活，那个生活现在不存在了，他们有了新的生活，而孩子也有了新的生活。"

他停下来，问马儿懂不懂他说的话，马儿虎着脸不答。他想，这坑坑坎坎的生活，和从里面总结出来的无可奈何的道理，哪里是眼前这十六岁少女可以真正理解的呢？她理解不了，又怎么可能接受呢？可哪怕他化疗顺利多活两年，等到马儿十八岁时再说这些话，又能有什么分别？然而不理解、不接受，话也得要一股脑儿地说出来。

"退休前一年，我逮了个人贩子，顺藤摸瓜找到你，你才十一岁。我第一时间通知了你亲生父母，但是他们都已经没有一个可以让你回去的环境了，说别告诉你，就让你在这里过吧。我也为难，因为你在这里过得也不怎么样，但你不在这里的话，又要去哪里呢。我就只好每年找个时间来看看你，看你还好不，本打算等到你十八岁，再把事情告诉你。"

黄国宪说的时候总等着马儿哭，但马儿除了最初的那点儿愤怒，一直很安静。他见的人多，知道那安静底下藏了东西。毕竟这小女孩儿，看似是多了两个亲人，其实是少了很多亲人。

"那我是从哪儿来的？"马儿问。

"上海。你生在上海。"

"那时候我几岁？"马儿又问。

"两三岁吧。"

"怪不得我不记得呢。我居然生在上海呀，可上海到底是什么样的呀？"

"上海啊，有一条江，江两边的人很多，车很多，楼也很多。上海没有这样的田野，但也很漂亮，那是另一个不一样的世界。"

马儿笑笑："其实我知道，黄浦江，外滩，老租界。是魔都呀，网上都有的。"

老警察点点头。

"我亲生父母，他们是什么样的？"

一高一矮两条身影站在麦田中，太阳明晃晃地晒着，他们却都不觉得。风轻轻地吹，麦子轻轻地摆，他们轻轻地说话。

2

花萍把自己关在里屋打了很长时间电话。有一阵子声音很冲，像在吵架，马儿也听见几句，有一句是"厂里还剩多少钱你不知道吗"，还有一句是"下个月你拿什么发工资，你关门算了"。马儿猜说的是鞭炮厂的事。花萍从里屋出来的时候，已经换上了连衣裙，墨镜架在头上，妆也化得周全，口红很凶！她木着一张脸，看不出喜忧，拎起小坤包，蹬上坡跟凉鞋，甩下一句"晚上你们就弄点面"，出门去了。

小豆角从凉席上爬起来，跑了两步，叫出两声妈妈，大门就关上了。他跑回来往凉席上一扑，翻一个身，再翻一个身，从凉席这头翻到了另一头，然后定定地盯着天花板看。马儿喊了他一声，没应。马儿见他的眼睛此刻格外黑格外亮，便猜他又出神了。不知小豆角今天有没有吃过药，马儿等着一会儿问他，这时屋子安静下来，时间在恍惚中悄然加速，回过神的时候，马儿发现自己的眼睛被蒙了起来。小豆角喊了一声"梦"，把遮挡马儿眼睛的小手移开，闭起一只左眼，把舌头舔到鼻尖，扮出一个鬼脸。马儿也伸出手去把小豆角的眼睛挡住，说一声"梦"，把手打开，嘴巴鼻子努到一起，皱起右眼睛，扮出另一个鬼脸。两个人哈哈哈哈一起笑翻在地。

"姐姐你也会魔法啦？"小豆角问马儿。

马儿知道他说的是刚才自己恍神的事，便笑，说："我就试了一下下，但是没有你厉害。"

"姐姐吃药吗？"

马儿正坐起来，两只手按住小豆角的肩膀，很严肃地对他说："姐姐早就和你说过了，那是你的魔法哎，唰，时间就加速了，很厉害的。你吃的可不是药，是魔力豆，是帮你掌握魔法的，以后你长大了，想放就放，想收就收，不会像现在这样一不小心就把魔法放出来了。"

"妈妈说那就是药，她说我这里有病。"小豆角指指自己的脑袋。

"她脑子才有病！"马儿气得骂，"你别听她的。你相信你妈还是相信你姐？"

小豆角歪着脑袋开始想。

马儿揪起他的腮帮子，小豆角"嚯嚯嚯嚯"地叫："是姐姐是姐姐。"

马儿把手松开，小豆角问："姐姐你晚上不回去哦？不回去哦？"

"暑假里我天天来呢。明天一早就来，不是一样？"

"想听姐姐讲故事，睡觉的时候。"

马儿心里想，那可不行，住一天少攒八块钱呢。可是她忽然又问自己，攒这个钱是为什么呢？她本觉得这个世界是一片光，她的未来就在这光里面，光是无限的，未来也是无限的。攒的钱就是火种，一线微光牵起现在与未来。每次想着攒下的火种，她就心头热，嘴里甜，想笑。但是现在，马儿不确定未来是什么样的了，那一片光还在吗？如果没有未来的光，那现下的火种多一点少一点，又有什么关系呢，点不着照不亮了。从前她攒四块钱，攒八块钱，来来回回几十里路，一点不觉得辛苦，现在她往后想一想，一个暑假要这样去攒几百块钱，一点儿劲头都提不起来。

马儿不知道这股劲泄在哪里。真是好烦哪，她在心里气自己，明明就没指望过爸，明明就不喜欢爸，为什么忽然这么没劲？她看看小豆角，心里又想，那这个弟弟，其实也不是弟弟了？不，小豆角是不是弟弟，她说了算！

小豆角央着马儿现在就说故事，不知怎么想的，马儿却和他说起了世界。说各种各样的桥，说各种各样的塔，说钻进山里的隧道，说在海上造出一片岛。说着说着马儿停下来，她在心里对自己说，这个世界没有变化过呀，这个世界，不还是早上她跑入麦田时的那个世界吗？有一些糟糕的家伙，她的亲生父母，她爸，他们原本就是这么糟糕，也没有变化过呀。这么说来，未来也没变！

马儿对自己的逻辑很满意，小豆角催着她继续说海里有的东西，可以钳断手指的大龙虾，可以喷墨汁的乌贼，可以把内脏吐出来的海星，可以聚成小岛的珊瑚虫，还有呢，还有什么呀姐姐？马儿说走，我们出去玩了，姐姐带你看世界去。小豆角一声欢呼，爬起来候在门口，马儿说你衣服上沾着酱油汁呢，换一件再出门。小豆角双手高高举起，让马儿把他的汗衫脱下来。小豆角赤了上身,露出腰上和背上一块青一块紫的痕,马儿问他怎么回事,小豆角只答两个字"妈妈",也不伤心,也不气愤。马儿问是为了什么事,小豆角说不知道。马儿正气愤,却听小豆角反问她一句。

"姐姐你不也青一块紫一块的吗?"小豆角反问。

马儿耸耸肩:"我这是阿爸打的。"

"阿爸一直都轻轻的呀。"小豆角有点儿吃惊。

干净衣服套上去,淤青遮了起来。这不是马儿第一次见到类似的伤,最严重的一次在半年前,小豆角给她看大腿上用针扎出来的红点。老爸出车回来她告了一状,换了顿打,她爸压根儿不信一个妈会对儿子干这种事,以为是马儿挑拨离间的瞎话。马儿也奇怪,这是亲生妈吗?自己妈妈在的时候,多宝贝自己呀。当然,今天她知道了妈不是亲生的妈,可她真想这个妈妈,狠狠地想!

"你还痛吗?"马儿问。

小豆角摇头,问姐姐:"那你还痛吗?"

马儿也摇头。

"我们快去玩吧。"小豆角等不及了。对他来说这点儿小伤稀松平常,姐姐不也有吗,没什么好大惊小怪的。

马儿带了滑板,出小区的路上,她把小豆角放在滑板上,嘱咐他站稳,扶着他往前滑。小豆角又害怕又兴奋,咿咿呀呀呼呼嗵嗵地直嚷嚷,马儿问他要不要再快一点,小豆角说要,马儿便小跑起来。地上有块石板翘起,滑板磕上去,狠狠一颠,马儿一把捞起小豆角,滑板向前空驶。马儿抱着小豆角往前急赶两步,腾地跳起来,稳稳踩上滑板,飞快地向前滑去。

"飞喽。"马儿喊。

"飞喽。"小豆角在她怀里跟着兴奋地喊。

往日马儿如果带小豆角出门，总是去小公园的儿童乐园，光象鼻子滑梯小豆角就能玩上半小时，今天却是真正带他逛世界，走县城里最热闹的那两条街。小豆角看哪儿都新鲜，门前大屏幕着放广告片的衣服店，足足十几排货架的大超市，卖模型飞机和布偶的玩具店，做石头饼的小吃摊，飘着诱人香气的面包店和旁边的奶茶铺，小豆角每家店都想进去看。

等奶茶的时候，马儿对小豆角解释她发明的词语："这个就叫作逛世界，懂吗，好玩吗？"

"好玩！"小豆角说着咬了一口石头饼，包心的糖浆从嘴角流下来，"看都看不过来，玩都玩不过来。"

马儿帮他擦掉糖浆，笑他："吃都吃不过来。"

"那这里就都是世界吗？"

"这里才是世界的一点点。"

"世界这么大呀？"

"对世界来说，我们现在逛的这条街，只能算一根头发。"

"哈？"小豆角摸摸自己的头发。

"如果每一根头发是一条街，这条街上所有人的头发都加起来，都没有世界大。"

小豆角摸着自己的头发算了一会儿，发起急来："那怎么逛得完世界呀。"

然后他一屁股坐下来说："姐姐，腿好酸呀。"

小豆角是铁脚板，一张石头饼吃掉，一杯奶茶喝掉，又有力气逛了。但小城里最热闹的街，也不过就这么点儿长，逛到尽头是一个停着两辆客车的大院，这是县城的客车中心。小豆角问马儿，这里是哪里，马儿说，这里可以去到世界的其他地方。小豆角说那我们去呀。马儿一手夹着滑板，一手牵着小豆角，走进大院里。

排在前头的车是去吕梁的,已经有人坐着了。马儿走到门口,说上去,小豆角手足并用爬上车,马儿跟着上了,两个人坐在司机后面。马儿问司机什么时候发车,路上开多久,多少钱,又说四岁小孩儿不收钱的吧。司机一一答了。马儿和小豆角说,那我们就走了,我们不回家了。小豆角还很高兴,拍着手说逛世界逛世界。马儿说你真不害怕呀,小豆角看看姐姐,有点不明白。司机启动了车子,发动机发出低沉的轰鸣,车身轻微震颤,这震颤从脚底板传导上来,酥酥麻麻。马儿跳起来,说下去下去。

下了车,马儿带着小豆角到大院对面的店里吃莜面鱼鱼。本应该回去吃的,但马儿忽然饿得慌,今天已经花了不少钱,不差两碗面。先前还不饿的,就是忽然间的事,这通上车下车,比逛街的消耗还大。所以这大概也不是饿得慌,是心慌。刚才在车上,那最后的震颤感在反复回想中不断放大,进而起伏颠沛,仿佛那不是陆上的车,而是水上的船,是怒海中的一叶扁舟。现在马儿对门坐着,一边等面,一边瞧着大院门口。一辆车拐出来开走了,就是她才上过那辆。她心中依然没有平静,她知道自己曾短暂踏入了一个不测之地。

吃完面,天色已经昏暗下来,走出面店,竟见着了烟花。砰,一蓬金花爆开来,砰,一蓬银花盖过了金花,稍歇,在银花落尽的时候,又开出一朵绿花。小豆角仰着脍子痴痴地看,天上每开一朵烟花,他就哇地惊叹一声。

叹过三声,天空恢复了原本的模样,小豆角意犹未尽地对马儿说:"好像一场美梦呀。"

话音刚落,天上又有了新动静,一颗颗并不炸开的火流星带着不同的色彩,溅着些微的火星儿,迅疾地一发接着一发"咻咻咻"向着月亮发射。

烟花的发射地离得不远,马儿猜是鞭炮厂在试烟花。她看看小豆角,那一双大眼睛里映出一颗颗的小星星,她拍拍小豆角的脑袋,说姐姐带你去更近的地方看。小豆角一马当先跑了出去,马儿滑板一蹬赶上去,说你太慢啦,姐姐背你。

马儿让小豆角把脚一左一右跨进两根背包带,她背着小豆角,小豆角背着背包,大中小一个叠一个。她嘱小豆角抱紧自己的脖子,踩着滑板向烟花升起处滑。一开始只是比步行快一些,熟悉了重心之后,马儿弯低腰,蹬地的右腿开始发力,一下,一下,一下,随后跳上滑板。小豆角的脑袋搁在马儿肩膀上,夜风先是拂面,继而扑面,呼呼呼,他开始听见风的声音了,他开始觉得自己真的在飞翔了。夜空升起烟花的时候,小豆角往天上看,烟花和烟花的间隙里,小豆角往四周看。唰唰唰唰,小豆角在心里模拟着声音,地面和人行道路沿唰唰地向后退,树唰唰地超过去,行人也唰唰地超过去,唰,超过了一辆自行车!哇塞,他叫了出来,马儿听见耳畔的惊叹,轻轻笑一声,速度更快了。姐姐厉害呀,小豆角想,不,是超厉害!这时一朵闪烁的五颜六色的大花带着毕毕剥剥的声响在天上绽放,那一瞬间,小豆角觉得自己正向着这朵花呼呼地飞行着,这真是一场超厉害的美梦!

鞭炮厂边上有块坡地,逢年过节鞭炮厂集中放烟花,都是在这块坡地上。马儿滑到坡地下面的时候,烟花已经停了一阵没放,她把小豆角放下来,左右甩一甩脑袋,把汗珠全都颠飞,指指坡上说:"是在上面放的,但现在已经放完啦,我们来晚了。"

又说:"走,上去看看。"

坡不陡,马儿一臂夹着滑板,一手拉着小豆角,顺着一条泥路上坡。坡顶有几亩平地,像个广场,离他们不远处特意清理掉了灌木和大丛野草,露着干干净净一片土,正是惯常用来放烟花的地方。那儿此时放着些方方圆圆的纸桶,自然就是烟花出窍后的躯壳。马儿走过去,见这些残骸焦黑一片,独有一个圆桶完好。她弯腰捡起,发现这枚烟花的红色蒙纸完整，腰上的引线也在，居然没有燃放过。她欢呼了半声就赶紧停下，因为坡的另一侧正有人声传来。那儿黑黝黝一片，原以为是矮树或灌木，此时看去，四四方方有线条有棱角，像是停着一辆车。

马儿先把烟花装进背包，然后往出声处走去，她看了眼跟在边上的小豆角，刚才那声音有点熟悉，不知道小豆角听出来没有。

走得近些，发现那确实是一辆越野车。黑色或者深色的车身，没有开车灯，没有开发动机，就这么静悄悄趴着，车屁股对着马儿。

又有声音传来。

"你这人就是花里胡哨的。"

"哪里花里胡哨了？"

"哪里都花里胡哨。"

说话的是一男一女，听声音不在车里面，是在车头那边。几句话里一半都含含糊糊，语音串调，像是话说到半途，就含进颗核桃，说几个字又把核桃吐出来。尽管如此，马儿还是能确信，女的是小豆角的妈妈花萍。她赶紧朝小豆角比了个"嘘"的手势，弯下腰，偷偷摸摸靠近。

接下来一小会儿没了说话声音，换成了咿咿呀呀的动静，马儿没听过，但她猜到不是什么好事，心里呸了一口，想着要么还是带小豆角离开吧。

啪的一声轻响，花萍笑骂："在这儿招蚊子咬呀？"

"你不是最喜欢浪漫？"

"浪不浪漫不知道，你倒是挺浪的。"

"你倒说俺了。嗳，要是俺真不开厂子了，你跟俺走不？"男人改了轻佻的口气问道。

"和你浪迹天涯呀？"花萍的声音软软糯糯。以往马儿从没听过她用这种调调儿说话，不论是对自己，还是对小豆角，又或者对老爸，她要么不耐烦，要么压着不耐烦。这会儿她不管嬉笑怒骂，话里都像伸着根勾人的小手指头。

"舍不得你男人？"

花萍哧了一声："当年要不是背了个克夫的名头，俺这年纪这样貌能便宜了他？就是结了婚，老东西一个月能有几天在家？俺有甚不舍得的？倒是你，这会儿花言巧语的，俺可是结了两次婚的人了……"

说到这里，花萍忽地低吟一声，也不知被那男人怎样拿捏了，停住话头不再说下去。

"给你摸摸俺的心，跳着。"男人笑道。

花萍啐了一口，骂："你个下流坯，心往裤裆里长。"

马儿模模糊糊地觉得两人又没干好事，心想不能放小豆角在这里听了。她转头去看小豆角，见他微微仰头，像在看天上的月亮，又像在凝神听着前头的对话，心里被揪了一下。她正要去拉他的手，一起悄悄溜走，却听那两人的话题转到了小豆角头上。

"可是舍得老的，舍得小的吗？你儿子哎？"男人问。

花萍叹了口气，说："要么这个儿，俺早就不和他过了。你说要是个好好的儿子也就算了，偏偏是个羊癫……"

马儿咣一下就急了，这话怎么能让小豆角听见呢？当下不管不顾，一声大吼。

"喂！"

说话声立刻停了，引擎盖那儿发出乒乓的碰撞声，车身也轻轻震动了两下。过了几秒钟，一个男人扶着没来得及束好的皮带跟跟跄跄跳出来。他好事被扰，正惊疑不定，却瞧见车后面站着的是个瘦小身影，顿时心定，又看见旁边还有个幼童，不禁生了愤懑，大步走上前去。

"你个寡货！咦？"他骂起一个头，却又停了下来。这会儿月色好，他走近两步，忽然发现马儿脸熟，再看看小豆角，便认了出来。

马儿也认出了他，这不是花萍的老板，鞭炮厂的孙厂长吗？

孙厂长指着马儿，又是你又是你们的，马儿挺起腰板撑回去说你什么你。孙厂长唉了一声,竟扭头走了回去。停了停,车后面飙起一句脏话,花萍大步流星走出来,衣衫不整却昂首挺胸,劈头盖脸一顿骂,那话又凶又密,一半都是脏字。马儿被骂愣了,一时不知道这是怎么回事,怎么变成自己在挨着骂呢?机关枪扫射完,花萍钻进车里,"砰"地关上门,又在里面发出一声尖喊。

"你傻那儿干吗呢?"

孙厂长连忙钻进驾驶座,越野车"嗡"地发动起来,前灯后灯一起亮,油门轰了又停,手刹放下去,这才一溜烟地开走了。

马儿醒过来,愤愤地说了声"什么呀",又觉得这骂和刚才挨的那顿骂简直没法比,可她不懂该怎么有气势地骂回,而且也骂不回来了,心里更加憋屈。她瞧瞧小豆角,见他仍保持着微微仰头的姿势,便喊了他一声。声音传过去,缓了会儿小豆角才答应,他扭头望向马儿,仿佛一座雕像活了过来。马儿不知道小豆角刚才是不是在出神,希望是,不想问。走啦,她低声说。

马儿把小豆角带回村里睡。一整晚她都在担心花萍打电话来,结果什么动静都没有。没有动静,马儿也不安。

和奶奶说的理由是花萍晚上叫人来家里打牌,怕吵孩子。马儿没见过花萍打牌,花萍也不是担心打牌吵孩子的人,但她实在想不出像样的理由来。奶奶倒没有疑心,这种事情妈要是不同意,孩子怎么带得过来?按照礼数媳妇应该打电话和婆婆通个气,但花萍就不是个有礼数的媳妇。奶奶说小孙儿来了,明天多弄两个菜,吃了晚饭再走,待个一整天吧。又悄悄问马儿,药带了没有?马儿发怔,奶奶叹口气,说那还是明天一早就回。

小豆角话变少了。他和马儿睡一张床,蜷在薄毯里,头拱着马儿。马儿听了一晚上小豆角的呼吸声,心想这一天过的是什么呀,又想已经是新的一天了。她开始数数来让自己睡着,新的一天,新的两天,新的三天，新的四天……

吃了早饭，马儿收拾好东西，带小豆角出门。当然是坐车回去，四块钱，小豆角免票。小豆角看着窗外，问姐姐，我们这就要回去了吗？马儿嗯了一声。小豆角又问，那妈妈会骂你吗？马儿吓了一跳，心想他昨晚竟还是听见了吗？小豆角问你怕吗？马儿说我不怕，你也别怕。

打开门，客厅里凉席还铺在地上，没被收起来，转了一圈没有人。应该是出门上班了，但马儿更疑心花萍昨晚根本就没有回来。卧室里的衣橱没关紧，留着条缝，像是里面有东西支棱着。马儿生出个念头，橱里不会有人吧？她拉开门，没人躲着，只是两个抽屉没关死顶着门了。她打量了一番衣橱，把小豆角叫进来。

"小豆角，你们家的衣橱平时就是这么空的吗？"

"好像有更多东西的。"

马儿在屋里转悠起来，没过多久她就知道了，少的不光衣服，还有包、鞋和化妆品。花萍是回来过的。

小豆角自己拿了药，和水吞下去。马儿看在眼里，要过药瓶撕掉上面的药名贴纸，还给小豆角一个小白瓶儿，然后拉着他的手坐到凉席上。

"昨天逛世界开心吗？"

小豆角点头。

"你知道世界上最好玩的地方在哪里吗？在太阳升起来的地方，在大海的边上，有一座乐园……"

马儿开始形容起美妙的乐园，说起魔方一样立体旋转的木马，说起木马边日夜不停的闪光的摩天轮，说起穿过摩天轮再潜入水中和鱼群共游的飞梭车，说起每到落日就跳下幽灵船在沙滩起舞的独眼海盗……

此刻马儿把所有想象赋予那座从未到达的乐园。她在网上见过人们描述她，无穷无尽的文字照片和视频，无穷无尽的角度，让她感觉这座乐园也是无穷无尽的，她有着生命，变化万千，拥有一切可能。

小豆角的眼睛里重新闪起星光。马儿问他,姐姐带你去乐园好不好,小豆角开心地点头。马儿说,姐姐带你去乐园玩,在乐园里放烟花。小豆角说不想看烟花了。马儿说那我再带你去海边看日出,那儿有一艘七彩的帆船,我们会上那艘船。海上的太阳比这里大,升起来的时候是个绒线球,落下去的时候是个咸蛋黄,海上的浪比摩天大楼还高,我们在浪尖上冲出去,鲸鱼在下面接住我们,鲸鱼会升起喷泉唱歌,海鸥海豚一起来听,我们就这样周游全世界。

收拾完东西要出门,小豆角又跑回去抱出一个装压岁钱的小猪扑满,他摸摸小猪的脑袋,轻声对它说了两句话,交给马儿说姐姐你来砸,我不舍得。马儿接过来,轻飘飘的,晃一晃也没声音,砸开却爆出一蓬百元大钞。

马儿收好钱,蹲下来和小豆角面对面,认认真真地说,小豆角,姐姐会给你找一个新的妈妈。小豆角惊讶地看她。一个好妈妈,马儿强调。

"姐姐也是有妈妈的,我们一起去把她找回来,让她也当你妈妈。姐姐和你讲,那可是世界上最好的妈妈!"

在县城的最后一件事,是去网吧。马儿上了五分钟网,在贴吧里给一个人留信。小豆角问姐姐你在干什么,马儿说,是船长,我和他说,我决定上他的船。

网吧门口,马儿给老爸发了条短信。

我带着我的爱走了。再见。马儿。

七年来,马儿把妈妈走时发给阿爸的短信在心里念过千万遍。

我带着我的爱走了。再见。阿芸。

妈妈，我要找到你。

这样想着，马儿便笑起来，走喽，她对小豆角说，飞喽！

飞翔的时候，她给小豆角讲了个故事。

有一条住在大海里的小美人鱼，她一直听长辈们说，陆地上有一种用两只脚走路的人，他们拥有奇妙的情感，诞生出许多精彩的故事。她很想去人间。

这一天小美人鱼终于下了决心。她穿过金色阳光的涟漪，走进一片珊瑚森林。森林的中央有一块空地，巨大的水母飘浮在上方，七彩的小鱼们在水母的影子里来回游动，一个古老的贝壳屋半埋在沙子里，只露出一个黑洞洞的入口。

小美人鱼游进贝壳屋，屋子里有满天闪闪的星辰，苍老的巫婆坐在星光的中央，看着小美人鱼。

"你想要什么？"巫婆问。

"我想到人间去。"小美人鱼有点儿慌张，有点儿害怕，但还是说出了自己的想法。

巫婆没有回答，只是静静看着她。

"我想去人间。"小美人鱼再次说。这一次，她坚定了很多。

"我能让你去人间。"巫婆盯着她说，"你真正想要的是爱，不是吗？你想要体验那种只在人间存在的情感。可是你得不到爱。"

"为什么？"小美人鱼问。

"曾经有一个小美人鱼向我提过同样的要求，能把尾巴变成双腿的巫药已经给她用完了，我没办法把你变成人的样子。我能只把你缩小，封在一个水晶球里，送去人间。水晶球里的你，怎么能体会到爱呢？"

"即使是这样，我还是要去人间。"小美人鱼第三次说出这句话。

巫婆叹了口气："好吧，也许我还可以用仅有的巫力，帮你个小忙。"

巫婆的双手画出奇怪的符号，然后，一个小水泡出现了。巫婆轻轻一吹，水泡飘飘荡荡，飞向小美人鱼，粘在她的嘴角，成为一颗透明的痣。

"这个水泡能满足一个心愿。当然，你得有分寸，像拥有双腿这样的事情，只会白白浪费掉这个愿望。但要是你在人间待得厌烦了，可以利用它重返大海。"

第二天太阳升起来的时候，海面上浮起一个水晶球。水晶球被一重又一重的波浪推着，最终搁在沙滩上。

清晨的阳光照进水晶球，把小小的小美人鱼的鱼尾照亮。

我来到人间啦，小美人鱼想。

你也将抵达　追逐

1 ....

Stephanie, 你好厉害啊, I have been fooled by you, 我还想给你一个 surprise, 没想到 it's such a big one, so classy, no wonder I love you to death, 你是传奇啊！这么 drama 的情节，这就是电影的情节嘛对不对？一个可以迷死所有男人的女骗子。但是电影这样子开场，接下来要发生什么呢，我好像变成登场的反角了哈哈哈哈。

Alex 的微信语音笑笑就听了第一条，确认一下崩盘的事实。那不加掩饰的充满欲望的胜利者的大笑，像粘在皮肤上的黏液，一路都甩不掉。既然已经崩了盘，那 Alex 就不算急需处理的第一要务，后面几条注定恶心的语音先不听了，留点保命的心气。

在县城到站，笑笑下车时险些没站稳，冷风一吹额头就烫起来，整个人在恍惚中摇曳。她拉了一把小豆角，其实是为了让自己定神。长途汽车站的大院口有黑车揽客，她摇摇手拒绝，强打精神摸出电话报警，又怕冯老头赶上来撞见，不敢停留，一边打电话一边往前走。小豆角紧跟着她。

110 电话接通，笑笑反而语塞，她向来伶牙俐齿，这会儿却觉得嘴里塞了个满是锋利棱角的大石块，堵得慌。那头问了好几遍，再不答要挂电话了，笑笑慌不择路，张大嘴巴吐出一句话，说我看见死人了。那头问你在哪里看见死人的？笑笑也不知道自己现在烧到多少度，一下被问住了。村子叫什么名字，眼下这县城叫什么名字，全都遗忘成一团空白。需要查一下，信息存在手机里，手机正打着呢。她只好说，是吕梁下面的一个村子，村里有一个民宿，叫——她猛然想起昨晚冷雨中回到民宿时的情景，那画面强烈得让她停下来咽了口口水。叫桃源，她说，哦不，她又回想了一下手电光照亮的牌匾，黑底上是三个红字。叫桃源居，她说。

可能因为这不正常的停顿，对面狐疑地问，是你自己看见的吗？笑笑说是的，对面让她详细描述，笑笑说就是在民宿门口挂着个牌子，木头做的，漆成黑色，红色的字应该是楷体……对面打断她，你不是看见死人了吗，我是让你描述一下这个的具体情况！笑笑暗骂真是烧糊涂了，说当时院子里倒了棵树，因为是晚上，比较暗……对面又打断她，说你不是现在看见的？当时怎么不报警？笑笑发烧反应慢，被问得一愣，刚要说是因为信号问题，对面又问还有别人看到吗，民宿的其他住客和服务员老板看到没有，我们昨天没接到过命案报警呀？笑笑不想小豆角卷进来，就说民宿里就自己一个人。对面说，你可不能报假警呀！

笑笑不知道什么时候就已经不往前走了，拉杆箱竖在地上，人围着箱子一边绕一边讲电话。接电话的人明显怀疑起她了，不问死人的事情，反倒盘问起她来，问她叫什么名字，身份证号是什么，哪天住的民宿，为什么从上海跑这里来住个小民宿。笑笑心头火起，想 Alex 查我的底，警察又来查我的底。脑子昏沉，心里的话居然从嘴里说出来，电话那头就问，怎么你的底经不起查吗？笑笑一把按掉电话。

黑车司机还跟着，见笑笑收了电话，说妹儿要车不，这大包小包的去哪里啊？笑笑说要车，去上海，司机笑，说妹儿你生副好眉眼，咋耍人呢？笑笑说不耍人，你上海去不去？司机说那可去不成，笑笑说那去太原，司机犹豫一下，说那也太远，吕梁火车站行不，一天好多班去太原呢，笑笑说好。

上了车，笑笑说大哥你开点暖气吧，司机说开着呢。笑笑睡过去又惊醒，不知道小豆角上车没有，一看旁边，小豆角捏着小纸偶痴痴看，这才放下心来。鼻息直烫嘴唇，魂儿却是冻着的，只想裹一床被子睡觉，就和司机说不去火车站了，改去吕梁最好的酒店。司机说那就吕梁宾馆呗。笑笑再醒过来，车已经停在酒店大门口了。她问司机这是五星酒店？

司机说吕梁哪来的五星大酒店啊，吕梁宾馆就是最好的啦。笑笑付完车费另加了两百块，拜托司机买点感冒退烧的药品放到前台，司机高高兴兴地答应了。

笑笑开了相邻的两间房，服务员打开常年上锁的隔墙门，两间房就通了。笑笑教了小豆角怎么用电话叫餐，告诉他自己生病了，病好再带他去上海去乐园。小豆角说生病要去医院的呀，笑笑说没事的，吃了药睡一觉就好。服务员送药是小豆角开的门，还问服务员哪里有炉子能烧热水，服务员教他用电水壶，水开了兑成一杯温水，和药一起送到笑笑床头。回头可得带他好好玩一场，笑笑想。

笑笑醒了又睡，睡了又醒，汗一重一重地出，梦扭曲断裂着做，梦里不光有妖魔鬼怪，还有现实绝境。冯老头忽然开门进来，她在被子里挣扎，挣醒了却发现许久不见的妈妈要她回学校重读，再醒过来是在法庭上，法官是Alex，原告席上一群亲戚，公诉席上是几个闺蜜，身边站着的律师笑起来满脸褶子，是冯老头。就这样睡到第二天早上，她支着身子半靠起来，汗湿的头发贴着额角。喊一声小豆角，小豆角从隔壁跑过来，说姐姐你病好了没有，笑笑说好多了。一搭小豆角的额头，发现还是比自己凉不少。打电话叫来餐，吃了两口继续睡，直睡到肚子咕咕叫，一看时间已经晚上七点。有了食欲笑笑想吃顿好的，在软件上搜索附近的外卖，点了一份过油肉一份炝锅鱼一份章丘炒鸡两份夜面。洗完一个热腾腾的澡，东西刚好送到，一扫而空。小豆角吃得比笑笑还多，笑笑想，这两天光顾着睡，小豆角是不是压根儿没怎么吃东西？

吃完饭笑笑补了两颗药，再睡一晚，明天怎么都好得七七八八了。一头顾完还有一头，左脚肿出来一大圈，走路不敢踩实，真得去次医院。感冒药有镇静作用，可笑笑一觉醒过来刚过十二点，再睡不着了。她算一算，从二号睡到四号，连头连尾三天。翻来覆去，她终于伸手去摸床头柜上的手机，连头连尾，她也有三天没看微信了。

她先看了眼融资账户，发现亏损减少了到了一万美元，可以算持平了。借这个好兆头，她打开微信，一屏一屏全是未读消息。她逐一点开，视情况回复，斟酌文字、标点和表情符号，慢慢地，她又进入到过去的躯壳里——那个本应熟悉，却分明带有某种异样的躯壳。终于，她无法继续忽视异样感，手指在屏幕上滑动，飞快地掀过一连串新消息，从底下捞起一个名字——Alex。虽然没有新消息，但这儿还有八条未读语音。他怎么没有发新语音来？倒还耐得住性子？她猜到一个答案，也许他已经在回国的飞机上了。

笑笑缩进被窝，掖实被口。被口本不透光，房间原来就是黑的，她让自己置身于一大一小两重黑暗中，仿佛回归了母体的胎衣里。

胎衣里，手机幽幽亮着，屏幕挨在笑笑眼前，那光把笑笑的眉眼映成一种无人见过的模样。笑笑支起一根手指，点下语音播放。

Stephanie啊，其实你是有点急了你知不知道？学历的问题嘛，说重要也重要，说不重要也不重要，一块敲门砖而已，你早就在门里面了呀。至于你在都柏林欠的一屁股债，这有点难看，但也是老账了，怎么就让你这么overreact呢？现在你上赶着跟Andrew讨饶，还要他来演一出戏，人家又不是演员，哈哈，这么overreact，我反而要问自己一句，你在怕什么？

这叫关心则乱，你是聪明反被聪明误，是你把我点醒的呀。你不折腾这些，我也只当抓到你一个小把柄，除了点你几句，What else can I do？无非再约你吃饭的时候，你能给我个面子，别再看着八面玲珑的，其实油盐不进。我没说错你吧，你其实心里面高冷得很呢。哎呀，你越是高冷，就越有吸引力，男人都是这样的，贱呀。

不过现在我调整一下。你高冷吗？大概也算，但是高冷里面还有一层，你最里面是自卑对不对？你大学都没上，一路骗过来，别人夸你的时候你心虚过吗，也应该是有点自卑的吧？You are interesting，衣服脱掉一件还有一件，脱掉一件还有一件，但现在让我看到你最里面的样子了吧？Sorry if I have being blunt，应该说扒掉一层皮还有一层皮，哈哈，哈哈。

笑笑只听见自己浊重的呼吸一声一声嵌在 Alex 轻佻的话语里，被子里闷得像火炉，燥热内外夹攻，烤得她皮肤又麻又胀，却还得继续往下听。

Sorry, too much I want to say，我就语音了。反正你也听到现在了嘛对不对？错了要认，挨打要立正，我相信你这么聪明，态度应该是很端正的。你也不要担心我在诈你，我就挑明了说，我知道你很多 EMBA 同学有放钱在你这里，Julie 陈和 Adam 刘我都熟，I am pretty sure, there is something wrong with the money and the project。否则你绝对不会慌成这样！

笑笑长长地吐出一口气，感觉反而轻松了一些。她松松被口，让外面的新鲜空气跑进来。后面还有四条语音，他该提条件了。

Stephanie，你危机处理反应够快，但是格局还不够啊，这种要命的时候，你拿钱砸死 Andrew 呀，怎么反倒让他反水了呢？他第一时间其实没和我多说，说明还是念旧情的，念旧情归念旧情，不能用旧情去拿捏他的呀，毕竟你不在他身边，你们可是分手好几年了。你是对自己的魅力过度自信了吧？得要给他真金白银的呀，何况你还欠着他钱的不是吗？

笑笑冷笑，男人还真是好为人师。周嘉喆是没收到自己的打款才告的密，却不知道他在 Alex 那里说了什么漂亮话。

话说回来，你是这种情况，能够有今天的局面，我反倒是觉得你很厉害。You are such a genius。如果我这次不是烧昏了头跑到 Trinity，又恰好找到了 Andrew，你这个局面还是可以继续维持下去，甚至可以越滚越大。本来嘛，很多事情就是这么做起来的，尤其在中国做生意，英雄不问出处的嘛。所以我也是真的不忍心在你背后扎一刀。我现在还没和 Julie 陈还有 Adam 刘说，一说事情就不可挽回了。

笑笑心里一动，点开下一条语音。

Stephanie, I really want to help you。你的窟窿我来补。我手上有一个非常好的项目，全新的天才架构，代码写完了，完美！对称的循环机制，基底币我现在有越南马来西亚和印尼一共五百平方公里的房地产项目作为抵押物，在基底币基础上再发一个对称币，一虚一实双保险大循环。这个项目现在三大交易所都愿意背书，基底币这块我可以分份额给你，我保证没有溢价！

笑笑又冷笑，还以为 Alex 是要打她的主意，没想到是要打她钱的主意。

这个可不是什么十倍的收益，这个是三十倍，五十倍，一百倍的收益。这个收益我愿意分享给你，不光是因为我喜欢你，这当然也是一个重要的因素，而是你有这样的能力，尤其是人脉搭建方面真的厉害。区块链现在特别关键的一点就是要打通线上线下，打通虚和实的交界。Think about it，我明天回国，希望下飞机的时候能收到你的回复。听说你在闭关，I want to meet you as soon as possible。

听话听音，Alex 的潜台词笑笑立刻就明白了。这可不光是要她的钱，也不光是要她的人，还要她的人脉啊，要她去找大佬来给见鬼的区块链项目背书呢！

原来是这样啊。她一直不敢听的微信，觉得代表了彻底毁灭的微信，是这些内容啊。Alex 不是想单纯地毁了她，他想要的更多。他要榨干她每一分价值，至于在那之后是否要毁掉她，任凭他的心情。这家伙是头豺狼，之前的追求是在狩猎美色，而现在，他在狩猎她一整个人——从皮到骨头。

可是，在听完了所有的微信语音之后，昨天大巴上的崩溃感却没有再次来临。

笑笑呼吸着黑暗里清冷的空气，不禁想起冯老头的话——面对悬崖，再进一步。当时她想，再进一步不就掉下悬崖了吗。现在她知道了，真的掉下悬崖，悬崖和悬崖下的一切也就纳入了你的世界里，你的世界的尺度就此不同了。

只要你杀不死我，我早晚有一天还能站起来，笑笑盯着九条已读语音想。想到生死之事，她的念头忽又触及了那一截戴着红玛瑙手环的白色手骨，又忆起了车窗外冯老头的深深一瞥，不禁在被子里打了个寒战。然而，如果不是遇见了冯老头这样凶恶的人，如果不是经历了红镯枯骨那样可怖的事，她又哪来现在的心态去面对 Alex 呢？

笑笑强行把念头从冯老头的阴影里拉回来，专心思索该如何与 Alex 周旋。不能立刻屈服，但也不能让他觉得没有希望。这王八蛋是个老江湖，花言巧语过不了关，总要舍出点东西。要怎么回复呢？语音还是文字，分寸如何拿捏？她忽又醒悟，现在的时间不对，半夜回复露怯，露怯就弱一头。当然现在强弱分明，可越这样越不能被任意拿捏，否则就没有周旋的空间了。

　　明天再回复，明天下午。那时他应该下飞机了，既然他希望下飞机可以收到回复，那就让他收不到，给他一个小挫折。他捏着一手好牌，不会掀桌。

　　虽然不打算立刻回复，但到底要怎么回复，还是得想清楚。笑笑盘算多种方案，预测对方反应，无数的可能性如蛛网蔓张，不知不觉由真入幻，步入梦境。梦在早晨醒来时都忘却了，睁开眼只觉得眼前明亮，半坐起来也很轻松，知道感冒好了。下地时忘了脚伤，吃了重，痛直蹿上来。笑笑明白不能再拖，简单洗漱出门。

　　才关房门，隔壁的门就开了，小豆角冲出来，仿佛一直扒着门缝儿听动静似的。他看着笑笑，想说什么又不敢真说出来。笑笑看他的模样心疼起来，告诉他自己不发烧了，但要去医院看脚伤，让他乖乖在屋里等着，中午前准回来。小豆角松了一口气，不好意思地笑起来。笑笑揉揉他的脑袋，问他有没有吃过早饭，小豆角摇头。笑笑一瘸一拐领他去早餐区，取了满满一盘子摆在小豆角面前，小豆角问笑笑吃过没有，笑笑没吃过，但她看看小豆角对面的空椅子，有点儿怕坐在那里，就说已经吃过了。

　　笑笑在吕梁人民医院挂了外科，在医生面前艰难地把脚从靴子里拔出来。医生瞧一眼就摇头，笑笑吓了一跳，医生说你可别再把脚挤进靴子里了，又摇头说，反正一会儿你想挤也挤不进去。

　　先排脓再清创，笑笑问有没有局麻，医生还是摇头。一套操作下来笑笑满头大汗，牙咬得腮帮子疼，太阳穴突突直跳。医生终于点头，说你这个小姑娘还相当硬气哩。敷完药贴好纱布，绷带一层一层把脚裹成了粽子，再用硬塑料套把脚和小腿固定住，装备得像骨折病人。笑笑说这要怎么穿鞋呀，医生说还穿什么鞋？就这么走，别踩冰上，打滑。打了一针破伤风疫苗，本来还要再查个血看要不要挂点滴消炎，笑笑说就回上海了,先开口服消炎药吃着吧。"

笑笑一脚高一脚低走出医院。虽然绷带缠了许多层,但踩下去的触感比来时清晰很多。痛也更直接更强烈了,但现在这种大剌剌的痛反倒让人安心。经过的人都会多看几眼,笑笑想,往日再如何打扮,都不如此刻扎眼。

笑笑一手挎包一手提靴回到吕梁宾馆,刷开房门时,她以为小豆角会第一时间跑过来,然而没有,小豆角不在她的房间里。她又一次觉得这孩子懂事。

笑笑坐在床沿缓了会儿,斟酌来斟酌去,忽然失笑,觉得自己真是多愁善感。她又奇怪,小豆角怎么还不过来?便起身去寻他。

连通两间房的门虚掩着,推开门没见着人,笑笑喊一声"小豆角",又进厕所去看,也不在,再回到房间,发现窗帘一角鼓鼓囊囊的。把窗帘解开,小豆角陀螺似的一圈一圈转出来。

小豆角双眼微闭,看上去迷迷瞪瞪晕晕乎乎,他原本双手交叠在胸前,这会儿松开了,手心里攥着个纸偶。

"你在里面玩躲猫猫吗?"笑笑问他。

小豆角睁开眼睛,第一时间没去看笑笑,而是望向手中的纸偶。人偶折得相当有趣,头和身体是方的,下半身是一个倒三角,两只手是向前折的三角,像在拥抱。脸上用蜡笔画了眼睛和嘴,手脚涂成黑色,身体是红色。

"这是你自己吗,还是你的朋友?"

"这是姐姐呀!"小豆角回答得异常大声。

笑笑吓了一跳,心里不禁一阵难过。随后她就反应过来,刚住到桃源居时就见小豆角玩纸偶了,这"姐姐"不是自己。

"原来你还有个姐姐呀,你们很亲的吧,她现在在哪儿呀?"

笑笑随口一问,让小豆角的眼睛蒙上雾气。

"姐姐不见了,姐姐没有了,姐姐……我想不起来了,我把姐姐弄丢了。"

　　笑笑听前两句，还以为小豆角的姐姐去世了，再听下去，发现和想象的不一样。

　　"小时候姐姐也带我出来玩过的，我肯定没有记错，不是做梦，不是我瞎想出来的！"小豆角嚷嚷起来，像在分辩。

　　是谁非说他记错了，说他在做梦呢？他爷爷吗？笑笑想。

　　"当然，你记得的，你不是做梦。"笑笑不想分辨对错，只想安抚小豆角，让他平静下来。

　　"我好像去过乐园，不不不，我真的去过乐园，姐姐带我去的！"

　　笑笑却觉得多半就是他梦见的。有谁去过乐园之后会记不清楚呢？光照片就得拍一大堆！不过，这才是小豆角想去乐园的原因吧，为了幻梦成真。

　　"可是，后来，后来……"小豆角低头去瞧纸偶，"很黑，很窄，很小，怎么都动不了。姐姐……后来……醒了，姐姐不见了。"

　　小豆角说得断断续续，很跳跃，听起来像在说一场噩梦。最好是噩梦，笑笑想，否则……

　　笑笑本该多问几句，但她怕问出一个黑洞，所以忍住了。保持距离，她告诫自己。

　　她慢慢摩挲着小豆角的脑袋，直到感觉他平静下来。

　　"小豆角。"笑笑把手移到小豆角的肩上，弯下腰，看着他那一对黑溜溜的眼睛。

　　"姐姐不能带你去乐园了。"

．．．．．．．．．．．．．．．．． 2

　　小豆角被黑暗束缚着，动弹不得。他有时会心血来潮地故意陷入这种境地，任凭潮水漫出内心的孔洞，没过头顶。那滋味不好受。但没办法，没有人肯告诉他姐姐去了哪里，他只能从自己的脑袋里找，不惜重温黑暗时刻。

他眉心里有一堆支离破碎，原本可能是声音、画面、气味或者某种触觉，但碎成几千片几万片之后，就只剩下模糊的意象。他找不到把它们拼接起来的线索，有时候灵光一现，两块碎片连接起来，完整得近乎有了意义，可当他去寻找第三片时，前两片就融化了，掌心空空如也，什么都抓不住。但有一点他非常确定，所有的碎片都同属于一团黑暗，黑暗里有一个至关重要的时刻，如果有一天他把碎片还原，就能知道姐姐的下落。

那个时刻属于那段如梦似幻的旅途。小豆角常常把家里的院子想象成山川河流，用纸偶代替自己和姐姐，重走旅途，捡拾散落的碎片。他做的纸偶不止两个，那团黑暗中还有其他人，但多做出来的纸偶，却总放不准位置。

小豆角明白自己的魔法和疾病有关，那片黑暗也是。他常常会藏药，他怕病彻底消失的时候，他也会失去魔法，失去那片黑暗，失去承载着姐姐光影的万千碎片。万一关于姐姐的一切真是梦呢，万一那些不可思议的欢乐景象从未存在过呢？就让梦待在那里吧，他还能时时走进去，不管是光明还是黑暗。

小豆角仿佛听见有人在喊自己，忽远忽近，一些相似的碎片浮起来，他想多回忆一些，忽然之间就旋转了起来。

小豆角从黑暗里转出来，回到光亮的房间里，现实世界随着光亮落下来。他看看掌心里的姐姐，姐姐也在看着他。有一个刹那喜悦塞满了他，这个刹那过后，他反应过来，站在面前的是新姐姐呀。这种恍惚感让他忍不住想说一些姐姐的事，仿佛这位新姐姐听见了，就会通过某种神秘的连接传到姐姐那儿去。

接着，他听见新姐姐说，不能带他去乐园了。因为姐姐的脚伤了，得养几个月才能好。

其实小豆角一直担忧着。太容易了，怎么就忽然出发了呢？怎么就可以去乐园了呢？真像一场梦，真怕梦醒。应该会有波折的，有更多的波折，才能换回美梦一样的结果。现在他等来一个大波折。小豆角心里想，哦，是这样啊，怪不得呢，那好吧。他又想，这不光是我的波折，姐姐的波折才大呀，等姐姐养好病，会带我去的。

姐姐让他收拾一下行李，但不用收拾，他一直是收拾好的。姐姐让酒店帮忙叫一辆车，小豆角说我可以坐长途车回去的，姐姐冲他摆摆手。然后就是等待，房间里格外安静，暖气片偶尔发出咕噜咕噜的小声响。小豆角坐在椅子上，亮金色的阳光晒在腿上，暖和。他感觉太阳的暖在滋养着心窝窝，可还暖不够，还填不满。不能太贪心，小豆角想，要乖一点姐姐才会带我去乐园呀。

又等了会儿，姐姐对他说，回去别提姐姐的事好吗？小豆角点头说，我就是自己跑出来玩了，本来就是我想去乐园。姐姐说，真要提也没关系，但是院子里的那棵树，树底下的东西，你不要提。小豆角愣了一下，正要答话，电话铃响了，姐姐接起来，然后告诉他车到了。

车停在酒店门口，姐姐拖着伤腿把小豆角送上车，先付了车费，还塞了两百块纸币给小豆角。小豆角不肯收，但不收姐姐不高兴。给你买午饭，姐姐说，又嘱咐司机暖气开足，进村前找个地方让小豆角吃点午饭。车开起来，姐姐隔着玻璃冲他挥手，小豆角一边摇手，一边不禁微微难过起来。

司机是个大胡子，起初开得又慢又稳，转过一个弯就加速起来，横冲直撞。这么快的话，也许要不了多久就能回到村子了，小豆角想。他看着窗外景色，这两天他时时往外看，上一次来这座大城，还是姐姐在的时候。那一趟旅程，现在都变成浅浅的梦中留痕，吕梁是浅浅的，太原是浅浅的，后来还去了哪里？

真不想回去呀，小豆角想，不想回家。那也不能算家，虽然住了些日子，但总觉得陌生。又只能算家，否则自己就没家了呀。家里现在……变成什么样子了？

小豆角猛地打了个哆嗦。

会不会树还倒在那里，土里的东西还露在外面？第一眼的印象特别深刻，那时他跑出房间，院子已经不认得了，树根掀起的坑里……他以为坑里盘着一条大蛇！那景象怪异得和梦一样，是爬进了现实的噩梦！也可能真的是噩梦，回去之后，院子又变回了原样，会吗？这两天他总想，那是骨头吗，那是什么骨头呀？大蛇的骨头吗？回去以后，要是坑还在，应该好好去看一眼吗？

他真不想回去。

车停下来，大胡子说到了。小豆角想，自己又出神了吗？有时候，沉入自己的世界一瞬间，外面就会过去很久。他往窗外瞧，发现并不认得。

"还没到呢。"小豆角说。

"到了。"大胡子坚持，他指了指路对面的长途客运中心，又说，"你自己去那里坐长途车。"

小豆角愣住了，大胡子摸出一百块塞到他手里，说："你自己不还有两百吗，三百块，怎么都够你到家了。快，别愣着。"

车一溜烟开走，留下小豆角背着包站在寒风里。

小豆角不懂大胡子挣了黑钱，只觉得有些突然，这一趟再多个波折。长途车他坐过许多次，独自乘车倒不害怕，具体坐哪一趟车，找个叔叔阿姨问一声就行。

可是他却迟迟没有走过马路。对面的大车坞是南来北往的交汇地，大巴时有进出，小车也格外多，电动车和自行车更多。这儿并无交通灯指引,大家遵循最朴素的规则通行,如同珊瑚礁附近大大小小穿梭的鱼群。小豆角不是因为这车流才停在原地的,面前这么多人来来往往,全都是陌生人,全都和他毫无关系,他忽然起了疏离感,感觉自己正在后退,由慢而快,与现实世界远离。他曾经在世间有一个坚实的锚点,锚点失却后,他时常会顺着不知名的力量飘走。

一个面相敦厚的大妈注意到小豆角,看了一阵子,走到小豆角身边,见小豆角依然盯着车流出神,弯下腰和他打招呼。

"孩儿,你这是要过到那头了?"

"孩儿,你家大人呢?怎么一个人在这儿?"

小豆角这才听见头一句话,点点头:"是该去对面呀。"

"那俺带你过。"

大妈拉起小豆角,伸出手示意过往车辆减速,小心翼翼走走停停,到路中央,小豆角才听见了大妈问的第二句话。

"我自己坐车回家去,我可以的。"

话说得又像回答,又像在鼓励自己。大妈却着实吃了一惊,说莫非你是要坐长途车回?小豆角点头。大妈继续领他过马路,拨开一群机动车到了对岸,不松手,问小豆角是要坐车回哪里,小豆角答白尾岭。大妈说那你不还得要换车吗?小豆角点头。大妈猛摇头,说那不行啊,那不行啊,你家大人咋能不管你?走,你和大妈来,大妈管你。你吃过东西没有,你饿不饿,大妈给你买奶茶喝,买鸡腿吃。

大妈领着小豆角往东边走,突然一辆小轿车车头一拐直冲过来,到跟前才险险刹住。大妈吓得往内侧一跳,反倒把小豆角留到了外侧。

"你个枪崩猴咋开车的!"大妈惊魂未定,破口大骂,却见司机开门下车直奔过来,劈手夺过小豆角,拉开副驾门,吼一声"进去",手一推,小豆角一个趔趄扑进车里。小豆角竟不挣扎,把腿往车里一缩,在椅子上乖乖坐好。

"啊哟，你是，你这，你抢……"大妈措手不及，嗓门没有继续拔高，反倒一路走低。

大胡子反手关上车门，两只眼睛一瞪："透你妈你这鬼搁倒，要不要俺叫警察，滚！"

"你个寡货你谁了，你……哎，不是说么家里大人了么？"大妈骂骂咧咧，往后退去。

大胡子回到车里，又骂小豆角："你打算就这么跟她走了？险险被拐掉知道不？"

后座坐着的乘客抱怨起来："俺说你咋非要绕这条路，这谁了，他上来了那俺咋办？"

"你下车呀你咋办，算俺白开你些儿路，算你和俺一起做了好人好事了，怎么你还要和娃抢车了？"

乘客连呼倒霉，只好下车。

"倒霉的是俺哇，撞上了还能咋办？"大胡子重重叹一口气，看一眼小豆角，"就你运气最好！躲不过去了，老老实实白尾岭喽。"

"叔叔，能不去白尾岭吗？"小豆角问。

"不去白尾岭？你要去哪儿？"

"我想回吕梁宾馆去。"小豆角下定了主意，眼睛里有光。他又经历了一场波折，人贩子，拐孩子，多么熟悉啊。他猛烈地想念起姐姐，上一次旅程中的许多经历正一闪一闪地亮起来。这两次旅程真相似，上一次他不应该离开姐姐，这一次也不该这样走。

"姐姐生病了，我应该留在她旁边照顾才对。她一个人很不方便的。"小豆角为自己的不听话寻找着理由。

大胡子不管这些，只管叮嘱小豆角，说你记得和你姐姐讲，是你自己非要回来的。然后忍不住哈哈一笑，说，还是好人有好报。

大胡子飞车开回吕梁宾馆，在大门前停下来，小豆角道一声谢要下车，大胡子又把先前给他的那一百块钱要了回来。

"一码归一码，这是补俺前面那单损失的。"

小豆角在宾馆的电梯里按不亮楼层，有人帮他按了，说你得有房卡才行呀。小豆角的房卡留在了房间里，他找到自己的房间敲门，又到旁边笑笑的房间敲门，都没有人应。小豆角走前问过笑笑，今天回不回上海，笑笑说得等脚好些再走，所以他这会儿想，姐姐一会儿肯定会回来的。他把小背包脱下来抱着，坐在走廊里等笑笑，背倚着房门，刚往后一靠，门就开了。小豆角高兴地一骨碌爬起来，转过身却发现是个从未见过的中年人。那人对他笑笑，说你就是小豆角吧。小豆角一呆，那人往前一步，说跟俺走呗，小豆角扭头就跑。那人两步赶上，揪着小豆角后脖子将他一把拎起来，哈哈一笑，说你跑个啥。

"救命，救命，人贩子拐娃啦！"小豆角拼命挣扎，扯起嗓子大喊。

3

笑笑在煎熬着。

为什么小豆角不大吵大闹呢？他这个年纪的小孩，梦想触手可及却突生变故，为什么可以这么平静地接受呢？如果他哭闹起来，恳求自己改变主意，甚至发脾气，自己就可以安慰他，就有事情可以做，就能把这段等车的时间填满。自己就不必这样难受了。

笑笑几乎不敢去看小豆角。这是没办法的事情啊，她想。

的确，自己对小豆角起了身世之感，这样一个孩子，放在那样一个环境里，那样一个爷爷的身边，舍不得。再者，也有为自己恶念赎罪的意思。

但舍不得是一时的，爱情的荷尔蒙尚且短暂，何况这点舍不得？一场高烧烧醒，现实的苦和难摆在眼前，应难却步也理所当然，难道真要带着他一个月一年一辈子？既然迟早要放手，索性立刻就放手。这辈子最紧要是对得起自己，至于别的人，对不起的那可多了，如今无非名单里再加上小豆角。

再一个，笑笑现在报警的劲头也泄了，她本就不是正义使者执法先锋，她和这压根儿不挨着，如今只求离冯老头远远的，留着小豆角在身边，平白引火烧身。

数遍道理千万条，笑笑还是难熬，忍不住开口，说出的却不是温情话语，而是让孩子在冯老头面前别提自己。其实她知道这不可能，起个话头而已，话头既起，又忍不住真为小豆角考虑一二，嘱他别提树下的事。然后车终于来了，笑笑长出一口气，心想早知道这么慢，不如用打车软件叫。她的手机上只下载了一个打车软件，同时就能打一辆车，给小豆角叫了，她自己就不能用，一会儿去高铁站未免不方便。

把小豆角送上车，笑笑心头若有所失，压下不适走回宾馆，前台的接待小姐跑过来搀扶。

"有个事情，"接待小姐说，"前天那个为您买药的司机，今天又来过，打听您住哪个房间。"

笑笑一惊，问："你说了？"

"当然没有，我们不会随便透露客人信息的。"

"他为什么要问我住哪个房间？"

"他说前天给您送的药里，有一盒搞错了，要拿回去。我让他留了电话。"接待小姐拿出一张写了电话的便利纸递给笑笑。

"哪有这种事，这个人有问题。"笑笑一共就拿到两盒药，一盒西药，一盒中药，都是最常见的治疗感冒发烧的药品，哪里会搞错？分明是借口。

笑笑不去接便利纸，问那司机是什么时间来的。接待小姐说大概九点多。那时笑笑还在医院看脚伤。

笑笑心中惶恐。这人为什么来查自己的房间，明明和他只是萍水相逢，想干什么？或者真是药的事，也许过保质期了？不会，买的不是处方药，不会留联系方式的，药店想召回都联系不上人。

笑笑不敢这么上楼，那人会不会躲在哪儿盯着呀，会不会先前回宾馆的时候就已经盯上自己了，已经搞清楚自己的房间号了？就在这儿买好最近的火车票，找个人陪着自己进房间，收拾了行李叫上车就走。不，买什么火车票，直接找一辆车开回上海最安全，无非钱的事，车总是有的。

笑笑摸出手机要打车，一个电话打进来。是个陌生来电，她接起来，冷不防听见一个既陌生又熟悉的声音。陌生是因为这个声音从未在电话里交谈过，熟悉是因为这个声音昨晚在微信里听了许多遍。

"Hello, Stephanie。"

笑笑下意识就拿着手机往旁边避，远离接待小姐。

"你是……"

笑笑想问他是怎么拿到自己手机号码的，但只问出两个字就作罢。是周嘉喆给的也好，是其他的共同朋友给的也好，她的号码从来不是秘密，纠结于此没有意义。

这是头一仗。笑笑吸一口气，调动起所有的能量，而后轻盈一笑。

"Hello, Alex。"

"下飞机的时候没有看到你的回复，I am so disappointed。Stephanie 你不会挂我电话吧，我们还是有很多话题可以聊一聊的哦。"

"怎么会，这个事情微信上说太麻烦，我也不太有耐心听语音。"笑笑又轻笑一声，"反正我想你会打电话来的，一直等着呢。"

"这都被你猜到啦？语音的事情不好意思，我想现在语音都可以翻成文字的嘛，难道我的普通话这么不标准吗？"

笑笑想说你讲话半中半洋系统不认识，却又把讽刺的话压了下去。

"新功能还用不惯呢。我也只猜对一半，还以为你会打微信电话，没想到你辛苦找了我的号码打过来。"

虽然不明怼，笑笑还是暗讽他用心良苦。身段得硬中有软，软中有硬。

"毕竟正经打电话通话质量高嘛。"Alex毫不在乎这点小刺，"不过我还真怕你不接我电话呢，guess where I am？"

"你不是刚下飞机吗？不是在机场？"

"我昨天就下飞机啦。我发你定位了，你看看？"

笑笑把手机拿离耳畔，点开微信，打开Alex发来的定位。竟是白尾岭村。

"你怎么知道这里的？我没有和任何人说过。"笑笑不禁感到些许恐惧。她庆幸自己不在那儿了。

"理科男的能力咯。我哥们儿给我看了张照片，就是你前两天发的那个。那种程度的mosaic是可以恢复的你知道吗？"

"那张照片……"笑笑回忆了一下，依然不解，"恢复了你也不应该知道拍摄地点吧？"

"魔术说穿不稀奇。你那照片里面，浴室窗户的窗帘没拉，看出去远处有一面墙上刷了标语，露着白尾两个字，看着就像地名。"

笑笑听了解答更觉得惊悚，这个人为达目的不择手段，进攻性这么强！为了追求自己可以远赴圣三一，为了堵自己又可以追索到白尾村。自己是要和这样一个人正面交锋啊！

Alex却还没有说完："村里只有一家民宿，其实都不能算正经民宿，说实话找到这个桃源居倒花了我更多工夫呢。咱们别这么隔空说话了，I am right here at the door，不出来接一下我这个客人吗？"

笑笑扑哧一笑，说："你那么自信找到了我，那你自己进来看看呀？"

"这不是门锁着吗？"

"你敲门呀。"笑笑怀着恶意说。她有些想看看两个恶人碰头,虽然其实碰头也不可能发生什么事。

"没人来应门啊。Stephanie 你肯定还在这儿闭关呢,这两天你都没发朋友圈,要是回上海了你肯定不是这个状态。我人都已经在这里了,你再躲可就真没意思了哦!"Alex 加重了语气。

"我真没躲你,不信的话,来,你现在面对着桃源居吧,你往右手边走,沿着屋子走,看见那片枣树林了吗,围墙很矮,你一翻就进,这是后院,你进来看看我到底在不在。"

笑笑一边指引 Alex,一边在心里想,桃源居里怎么没人,冯老头去哪里了?是出门找小豆角了吗?还是因为树底下袋子里的东西去了某处?

笑笑一边打电话一边踱步,忽然一阵寒风吹得她脖子一缩,才发现自己不知不觉间走出宾馆,来到了车来人往的马路上。她想起那个可能在盯梢的黑车司机,警醒起来,举目张望。

仿佛是有所知觉,笑笑第一眼就望见了他。他站在对街一根电线杆子后面,露出半边身子,半张脸上的一只眼睛正看着笑笑。目光甫一对视,他非但不躲,反倒从电线杆子后面走了出来,露出这几天在笑笑脑海中多次闪回的可怕容貌来。真是相由心生,未有树下白骨时,同样一副面貌,笑时觉得慈和,不笑时觉得庄重,树下白骨之后,这张脸不笑时阴森,每每思及笑时模样,更觉得可怖。而此时此刻,冯老头一张脸上无任何表情,两只眼睛落定在笑笑身上,笑笑像被铁钩钩住天灵盖,手脚俱麻,眼睁睁看着他穿过马路,越来越近。

手机还举在耳边,那一头 Alex 还在不耐烦地催促,说我进后院了,你不出来吗?我现在要进前院了。笑笑突然被激活,转身就跑,她完全忘了自己受伤的事,一脚发力蹬下去,冷不防剧痛刺骨,一条腿顿时失了力气,整个人向前飞扑,砸在坚硬冰冷的地上。这一摔极重,笑笑脑壳嗡嗡响,手机掉在两米外,还通着话,还能听见 Alex 的声音在说,我已经进前院了，你不要和我捉迷藏，你到底在不在这里？"

笑笑一时爬不起来，对着手机喊："看到枣树吗，倒在地上的枣树！"

"枣树没倒啊。"

黑色棉鞋忽然出现在她的视野里，一只骨节粗大的手从上面伸下来，把电话捡起。

笑笑抬起上身拼命喊："挖下去，挖下去，树底下有死人，报警，报警！"

歇斯底里的喊叫中，手机被拿走了。

呼救的渠道被掐灭，笑笑趴在地上呼哧呼哧喘气，想起现在是光天化日，是在大街上，脖子一挺就要喊救命，左胳膊却被人抓住，不轻不重地一抬。

"闺女，你摔坏没，可能起？"冯老头弯腰问她。语调语气，就像一切都没有发生过，时间移回2019年，笑笑是在桃源居的院子里摔这一跤似的。

笑笑被他手这么一搭上来，全身都起了鸡皮疙瘩，双手挣扎着挥舞着，奋力摆脱了冯老头，自己爬起来，还没站稳就急着说："这是大街上，人很多，冯叔你不要乱来。"

冯老头苦笑一下，说："闺女你是对俺有了误会了。"

笑笑手机还在冯老头手上，手机里还传来 Alex 不解的声音。

"什么死人？ What the fuck？"

笑笑伸出手问冯老头要手机。冯老头手机交到一半却收回去，对着电话那头的 Alex 说："院子里现在么东西啦，不信你可以挖挖看。"

笑笑外表勉力镇定，其实仍处在巨大的惊恐中，心脏剧烈跳动，几乎要挣破胸膛，又或即将在胸腔里撞得粉碎。冯老头把着手机不还，进一步激发了她的不安全感，正要抢回，冯老头对 Alex 说的下一句话却让她停住了。

"那个东西俺换了个地方，埋在后院林子西北角啦，唉，西北角，你看看十，新翻过那块地就是，不难找。"

说完这两句，冯老头把手机还给了笑笑。

笑笑接过手机，一时愣怔，手机还在嗡嗡响，她放到耳边，Alex在喊她名字，她喂了一声，Alex说刚才那是谁啊，你这是什么情况？笑笑说拜托你了，我现在很危险，你就照着他说的去挖，挖出来你就赶紧报警。我晚一点再给你打电话，到时候我再给你把事情讲清楚。你算救我一条命，我会好好谢谢你的。

冯老头旁观笑笑打电话，没有其他动作，只是苦笑。这多少让笑笑镇定了一些，起码说明此时此刻她还是安全的。

"你是误会俺啦。"见笑笑打完电话，冯老头再一次这么说。

"冯叔，我误会你什么了？那树底下的东西你不也认了吗，你不还另找了个地方又埋起来了吗？"

冯老头一拍大腿叫起来："俺可不知道树底下有这个，那可不是俺埋的呀。俺回家猛一见，吓得心咚咚直跳咧！俺是不怕死，但见到这么个横死的也慌，吓得俺赶紧给再埋起来，但又不敢埋在原来地方，就怕你给人说去了。俺心里就顾着想，好不容易捣鼓出这么个桃源居来，好不容易要挣上钱了，可不能出事咧。"

"冯叔，这是你的地你的房，你一直住了多少年了？这桃源居还是你用老宅改建的，你说你不知道自己院子里埋着，埋着……谁信呀？"

"唉，闺女，这事说来话长，咱们别在这儿说吧，咱们换个地儿说哇。"

"不，别！"笑笑调门一下子高起来，"要说就在这儿说，我别的哪儿都不去！"

"行，行，那就在这儿说。唉，这其实不是俺的地呀。事到如今，俺也不瞒你了，俺其实是从里面出来的人呀，但闺女你不怕，不是甚穷凶极恶的事，俺也早就，那咋说，洗心革面，洗心革面了，不然也出不来，对不对？"

笑笑本来还听不懂什么叫"从里面出来"，听下去就明白了，这是说他蹲过监狱。怪不得他不怕掉下悬崖呢，他就是下去过啊。她又接着警醒，怎么能他说一句自己就要信了，可得提防着。

"在里面的时候俺碰到一个狱友，说他是冤进去的，公安非说他拐了个闺女，那闺女人都没有找见就给他判了七年。俺和他能处，他知道俺先出来，又知道俺没地儿住，就说让俺住他的房子，不要钱，坏了帮他修补一下就行。单一件事，院儿里种的枣树不能动，早前有人给算过，树一倒他得有血光之灾。俺信了，住过来俺也感激他，张罗着上节目去改建也是为了能对得起他，不白住。改建的时候俺天天住在工地上，就是防的工人不小心把院子给平了。哪里能想到，树底下埋了这么个东西，俺现在是明白了，他哪里是拐了人，他那是把人给害了呀，怪不得寻不见活人了呀。"

这故事听起来匪夷所思，但正是因为离奇，笑笑反倒有几分相信了。其中也有些疑点，比如既然房子不是冯老头的，那小豆角呢？原本空巢老人带第三代是很正常的，但冯老头住到别人的房子里，带了个孙儿就不寻常了。只是笑笑不想问这个疑点，因为她不想提小豆角，不想揭她拐了孩子出来这个盖头。想来即便她问了，冯老头也一定有个答案等着她。

"不对呀，你要不是这个村里的人，节目组怎么能动这个房子呢？节目里还说你就是屋主呢？"

"牢里头的人认这事儿了，村儿里不也就认了么？村里认了那房子就能动呀。那节目的人来问俺，还不是俺咋说，他咋信么？那俺要是说，俺是个从里面出来的，这屋子主人还在里面了，这么一说的话，房子建好了还有人敢来住么，闺女你敢来住么？"

笑笑半信半疑，一颗心稍稍放下些，也不如先前那么害怕了。她又问:"既然冯叔你又把……又把那个换地方埋了下去,不想给人知道影响生意,怎么刚刚电话里又告诉我朋友了呢? 等他挖出来报了警,不就都知道了?"

冯老头长长叹了口气,说:"俺那是一时慌张啊。毕竟俺也是里面出来的人,被政府教育了这么些年,俺也懂法,有些事情能瞒,有些事情不能瞒。俺思前想后,等老张他从里面出来,俺就这么甚也不说把房子还给他了? 那是包庇罪呀! 怪就怪俺贪他这个免费房子免费地!"

"那冯叔你直接报警就可以了呀,为什么来找我呢? 我房钱是给足的吧。"这句话笑笑理应问,但因为小豆角的事,又问得很心虚。

"这事儿是闺女你第一个发现的,真要报警,闺女你得给个见证啊。"

"你别找我,这事儿和我没关系,冯叔你报警也好,不报警接着开民宿也好,我都不管,我回上海去了。"

"哎呀,闺女你听俺说,其实俺也是报了警的,报了半个警。俺寻了村里治安队的老陈,你知道哇,你入住时候他还专门过来看了一眼了,就是他。俺说遇见大事儿了,但俺没直说,俺要是直接带他去把袋子挖出来,估摸他得直接铐俺,毕竟俺给换过地方。俺拖着老陈寻你来了,闺女你要是不想回村里,起码你在这儿和老陈说一下,你是咋个发现的,当时情况给讲一讲。老陈在车里等着了。"

冯老头说着往宾馆西头指,那是宾馆的停车场。

笑笑有些犹豫,冯老头脸上皱纹挤作一堆,又是拱手又是作揖。

"闺女,算冯叔求你了,你就和老陈说上两句话,耽误不了时间。你就念着冯叔这些日子对你还算不错,是哇?"

冯老头这么说,笑笑却不过情面,毕竟等他回了家里见了小豆角,就会知道是自己把孩子带出来的,终究理亏。她又想,那会儿这老头教自己不害怕的法子,像模像样的,自己居然还当了真,现在碰到事情,不是一样的害怕吗?

冯老头领半步，走得慢，怕笑笑再摔。他问笑笑这脚是怎么折的，还能走吗，笑笑也不解释自己是外伤不是骨折，只说有支架撑着，能走路。这么引到了宾馆西侧的通道，往里就是停车场，笑笑问，这老陈怎么不和你一起出来呢，非要在车里？冯老头说不是老陈架子大，他是被自己不明不白拽到这里，心里有闷气呢。再一个说，他身子骨弱，就不让他到外边吹冷风了。

再往里走了几步，笑笑看见冯老头的车了，屁股朝外停着，排气管没冒烟。她想这车是熄火的，怎么不好人做到底开一下暖气呢？这么一想，她的脚步又慢下来。笑笑打量环境，虽然不是荒凉暗巷，身后的街上也有行人，但眼下这条停着车的宾馆西侧通道却没有其他人，相对来说还是冷僻的。

惧意又起，笑笑停下脚步问："冯叔，你是怎么找到我的呢？"

冯老头停下来，对她笑笑，说："俺运气好，你坐的那趟大巴司机俺是认得的，他瞅见黑司机找你说话咧。黑司机来来去去就几个人，俺一问就晓得咧。"

笑笑心里一紧，这么说他知道小豆角和自己一块儿，怎么到现在都不问小豆角呢？自己不提是心里有鬼，他不提，心里有什么鬼？他是要自己放松下来，他是怕自己警惕！笑笑想到此处，要往后退，无奈腿脚不便，冯老头已经走回到她身边，披着的大夹袄一撩一扬，乌云般往笑笑身后一挡，街上若有行人望来，视线就被隔绝了，夹袄里藏一只手，手上握一把铁扳手，照着笑笑的头狠狠敲下去。

大夹袄落下，把笑笑上半身罩住。冯老头在夹袄的掩盖下架着笑笑走，笑笑的两只脚——一只靴子和一个塑料支撑架垂在地上拖行。就这么架到车子旁边，冯老头开后车门，把笑笑往里一推，先是上半身，然后再把笑笑的脚塞进车里，又去笑笑身上摸索，先找到手机，再拿到房卡，最后把沾了血的扳手在笑笑的羽绒服上抹了两把。车开出停车场，在离宾馆不远处停下来，车窗降下一条缝，一个人走上来，接过从窗缝里递出的房卡。

"孩儿就麻烦你引回咯喽。"冯老头说。

那人眼睛往车里瞟。

冯老头把脸贴近窗缝，堵住他的视线，盯着他。

"少寡逼。"他说，把车窗摇上去。

车开出吕梁市区，拐上一条小路，到荒僻无人处，冯老头把车停下，拖出笑笑，捏一捏她的脸颊，笑笑毫无反应。冯老头嘿地笑一声，打开后备厢，把笑笑塞进去，又捡一块石头，把她的手机砸到黑屏，往荒地里远远一扔。

然后，他哼起一支小曲，继续上路。

.... 4

嘿哟嘿。

……

哎哟儿嘿。

听不清楚唱的什么，轰隆轰隆的巨大声响里，拉长的尾音一会儿跑出来一截，一会儿又跑出来一截。封闭空间里各种声音挤压碰撞，这小曲很不起眼，但与其说笑笑是被轰鸣和震动唤醒的，倒不如说是这调子一点一点潜到黑暗深处，勾起了她的魂魄。与曲调无关，那人的声音让她不得安生。

笑笑先感觉到的是晕不是痛，也不是感觉到的，是被晕一口叼着了。勺子探进脑壳搅和，大铜钟罩头来回猛撞，震呀，晁呀，迷糊呀，晕呀！直到痛把她狠狠拽出来。头是最痛的，一炸一炸的痛，一炸一炸的短暂间隙里，填着身上各种的不舒服。到底是怎么回事，一开始笑笑搞不清楚，晕和痛让她无暇回忆，熬了很久，中间也许还小晕过几次，她才有余力去感受别的。这个时候，她才意识到自己被拘束在一个狭小空间，很多肢体的不舒服就源于此。然后是腥臭味，腥味是尝到的嘴里的血腥，臭味是闻到的陈年积垢。再后面，一直存在着的声音才被她真正听见，第一时间她认出了发动机的声音，我这是在车上吗，她想。

睁开眼睛还是一片黑暗，黑暗里偶有一闪而过的微弱光线，但不足以让她看清任何东西。算是躺着的吧，空间狭窄得很，头顶在一边，另一边脚也伸不直，往左侧曲着。忽然一震把她颠起来，头一挤一撞，晕痛加剧。她龇着牙去摸头，却先摸到了顶。是后备厢，她想，一辆车上只有后备厢才符合现在的情况。

再摸就摸到了头发了，湿漉漉的，黏稠似血。身子往下缩一点，让头不再顶着，留出空隙把手伸进去，嗯，左额往上几寸隆起鼓鼓囊囊一大块，按下去倒不太痛，有点麻木。希望颅骨没有骨折。

被敲头了，她想。是冯老头，她终于想起来了。

真是太愚蠢了，自己是怎么放下警惕的？因为他在大街上毫不避人的姿态？因为他在电话里坦露了尸体所在？因为他匪夷所思却反让自己相信了的故事？因为自己身处所谓的公共场所？都有，但还得加上一个——自以为高人一等。冯老头说出那样一个故事，又低三下四地恳求，自己不假思索就相信了，潜意识里，自己觉得事情本该如此。这个老头既没有己所不及的智慧，也没有己所不察的凶恶，他就是个普普通通的山村老头。相信了这个，就挽救回一些自尊自信来，自己现在可太需要这个了。但是老天爷不按你喜欢的剧本来呀。

自己能把一众金融圈的高学历耍得团团转，现在却被关在乡村野叟的汽车后备厢里，可笑吗？不可笑，该！笑笑又一次想起了冯老头说过的那几句话。曾惊为哲语，后不屑为空言大语，一圈兜转回来，可谓有痛彻心扉的领悟。

但是，自己还活着，笑笑想。曾经看重的一切，曾经忧惧的一切，包括 Alex 的威胁，在这个黑暗狭小的空间里都算不得什么了。重要的是自己还活着，重要的是自己想继续活下去！

黑暗中时有一线微光，那是后厢盖在颠簸中不闭合透进来的光，但仅此而已，后厢盖是锁死的，笑笑试过了，顶不开。她摸找手机，找不到，这也很正常。那要怎么办，她问自己。应该是有办法的，她曾经设想过类似的场景，看某些社会新闻时，她会代入进去，看看自己有没有可能脱身。她记得有一个办法，可那具体是什么办法呢？

头痛稍稍缓解了，但还是很晕，也许有脑震荡，那个办法像在脑海中游移不定的光点，要抓住它呀，要想起来呀！她急得要用手去敲脑袋，手一抬又磕在厢盖上。

咚。

冯老头可千万别听见啊，笑笑的心脏剧烈跳动起来。随着那一声磕碰，光亮同时出现在了黑暗中。笑笑想起来是什么办法了。

光来自她的 iWatch，表没有被冯老头搜走，谢天谢地，出路就在它身上。这块 iWatch 是蜂窝版，可以在远离手机的情况下打电话。笑笑把表举到眼前，点上屏幕的时候，手指都是颤抖的。

110。

无法接通。

110，110，110，110……

笑笑没怎么用这块手表打过电话，一时不知道问题出在哪里，直到她发现表面上有个绿点，一会儿出现，一会儿消失。这代表着信号强度吧，现在信号不好。信号差加上颠簸，这辆车肯定没在大路上，在走小路，甚至在走山路。笑笑心里不禁一寒。

笑笑不管信号好坏，一遍又一遍拨 110，这是她眼下唯一能做的事情了。不知试了几十次,她都开始疑心是不是别的地方有问题,表面上的一个绿点忽然变成了四个绿点,电话也随之接通。

接通的下一刻,笑笑就寒毛倒立,吓得心脏要从嗓子眼里蹦出来。

尖锐响厉的声音从手表的扬声器里传出来,她不知道这么小的手表怎么会发出这么响的声音,要是被冯老头听见就全完了。笑笑慌张地寻找把音量调低的方式,一时之间根本找不到,手表还在继续发出声音。

"小声一点,请小声一点。"笑笑压低了声音对那边说。

"喂,请说话。喂,听不见,请说得响一点。"那边反而提高了音量。

笑笑连忙用手捂住表,掌心酥酥麻麻的,声音在里面钻来钻去,再冒出来的时候总算弱了一截。等到对面一句话说完,笑笑松开手,把表凑近嘴边轻声说:"我要报警,我现在被人劫持了,我被关在一辆车的后备厢里,我……"

还没等笑笑说完,对面就打断她,大声说:"我这儿有记录,你这个号前天涉嫌报假警,是你本人吗,你要对你自己说的话负责任……"

笑笑一把捂住表,等到手心里面不冒声音了,松开一瞧,电话因为误触已经挂断了。

信号还有,但要继续拨吗? 自己要花多久让110相信自己没在报假警? 110要是有疑虑,能全力解救自己吗? 笑笑没有信心。好在110之外,她还有另一个选择。

笑笑先找到音量控制,调低之后,在通话记录里找到 Alex 的电话,拨了过去。

"别说话先听我说。"接通的第一时间,笑笑低声说。

"嗯。"Alex 如此回应。

"挖到骨头没有,报警没有?"笑笑哑着嗓子问。

Alex 不答,笑笑看了一眼表面,显示在通话中。

"喂?"

"May I talk now?"

在闷臭的空气里听见这句英文，笑笑胸口一阵憋闷，但形势比人强，有火不能发。

"轻点说就行。"

"Yeah，刚挖到。要现在报警吗？"

笑笑难以想象一个人挖到了一袋白骨，还能用这样的口气和她说话。但此刻也没有余裕多想，赶紧把该说的话说了。

"快报警！我被绑架了，那个冯老头，桃源居老板，我被他袭击，塞在后备厢里，不知道他要带我去哪里。他要灭口！帮我报警，让警察快点来救我！我活下来以后什么都好说。"

"好，我和警察说，但是你在他车上，又不知道他要去哪里，警察要怎么救你呢？"

"警察会有办法的，追踪他手机什么的，哦对，我可以把我的位置发给你，你给警察。"

"Yeah, sure, 我等你发位置。"

"你快点先打110。"

挂了电话，笑笑心里却不怎么踏实，就这样把命托付给 Alex 了，希望他有点最基本的良心吧。

在微信里共享了实时位置，完成这一步，算是把能做的做完了，笑笑稍微松了口气，接下来就是等待。实时位置里，代表自己的小点在地图上移动着，从大咀上，到七里坡，再往三道墕和太山店的方向，一点一点挪。这些地名她一个都不知道，看着像在山沟沟里。

希望警察迅速行动，笑笑想。有了那一袋子白骨，警察不会怀疑自己报假警，命案加绑架案，得在第一时间全力搜捕的吧。自己要做的就是在警察找到自己的时候还活着。

倒是 Alex，居然没有太多废话，也不纠结次要问题。在这个后备厢里，多说一句话就多一分暴露的风险。通过他来报警还是对的。但他没问自己有没有受伤，没问自己被绑架的过程，又让笑笑莫名发慌。正常都是要多问几句的吧。此时此刻，笑笑当然不差这点关心，但她担心这些异常代表了某些没注意到的问题。可别出差错啊！

冯老头的小曲声有一阵没听见了，后备厢里只剩下发动机声和颠簸声。笑笑已经习惯了肢体的扭曲，习惯了疼痛和晕眩，习惯了腥臭。她左手举在眼前，iWatch 在黑暗里恒定地发着光，表面上，代表她的光点缓缓前进。她注意到了电量，只有 22% 了，共享位置是个格外耗电的功能。不能这样下去，她想，不知道还要等多久，必须要留下电量来救命。

她结束共享，这一刻电量又跌到了 21%。Alex 发过来一个问号，她回复说电量不够，改成隔一段时间发个定位过去。然后她熄灭表盘显示，把手放下来。表振动了一下，应该是 Alex 回了一条消息。笑笑没有看，因为车正在减速，很快停了下来，发动机也熄火了。

没了发动机声，没了车轮和路面的摩擦声，没了车身各个零件的碰撞声，四周寂静，只剩下笑笑猛然加速的心跳声。他要干吗？

车身起伏，开门声，关门声，冯老头下车了。笑笑屏住呼吸，她听见脚步声了，但不是向着她的方向。

他离开了？

有淅淅沥沥的声响，原来是下车撒野尿。

笑笑听着冯老头又走回来，电话铃响，冯老头接起来。

"你说甚？"他冲电话那头嚷嚷。

"你个松香鬼，气朦心。"他骂道，"你怕甚？局里挂过号？你都干甚了？唉，你不早说，唉，你说你能办甚事？"

笑笑不知道他在说什么，像是那人没能办成他交托的事情。听他挂了电话，开车门，又关了车门。可是车身没有起伏，他没上车。

脚步声再起，这回是向着车尾来的。

沙，沙，沙，沙。脚步近了，近了，没了。他停下来了，就停在后备厢外。

笑笑咬着牙等。突然间"铛"一声巨响，紧跟着又是一声，声音在后备厢的小空间里被放大，像炸了两枚鞭炮，震得笑笑险些叫出声来。"吱呀"一响，后备厢盖被掀起来，笑笑赶紧闭眼，光烫在眼皮上，火红色的流星在眼前乱窜。笑笑祈祷自己的眼皮不要抖，不要被发现醒着，不要被搜走 iWatch。眼前一暗，阳光被遮住了。

冯老头手里掂着扳手，看着后备厢里的笑笑。端详了一会儿，他伸出手去，抓着笑笑的肩膀往外拽，把她半个肩膀拉出后备厢。女孩一动不动，头仰着悬在车外，一些头发压在车里，一些头发垂在车外的砂石地上。冯老头抄起一把头发，在手里轻轻捻动，发根拉扯着女孩的头皮，他看着女孩的脸，问一声："醒了么？"

没有回音。

他扔下头发，一把抓上女孩的胸，笑笑下意识一抖，老头笑一声，扳手狠狠一挥，再次砸在她头上。

他把女孩拖出后备厢，用麻绳捆死脚，再翻过来反绑了双手。绕她手腕的时候，老头看见了她的表，起先没在意，绕了几圈，表在麻绳底下亮起来。

"电子表。"老头嘟囔。

5

有个东西在戳笑笑的脸。一下，一下，一下。笑笑醒了。

头顶心和左边一起痛，还好没打在同一个地方，笑笑想。她发觉自己手脚都被绑住了，人侧蜷着，听见的还是汽车行驶的声音，闻到的还是之前的臭味，她想自己应该还是在后备厢里。不知道晕了多久，不知道表还在不在，手绑在背后，表在手上也看不到，和不在一样。她想，只有等了，没办法再做什么，看看自己命怎么样吧。

又被戳了一下，显然这个后备厢里还放了别的东西。车比先前更颠了，路况那么差，一定是还在山里。往山里开，这真不是个好消息，山里好埋人呀。但是他没砸死自己，特别是第二下，好像没第一下重，老头收着力，没准备把自己砸死，这又是个好消息。所以他打算干吗呢？到这步田地，他是不会放自己活路的。其实笑笑能猜到老头想干吗，她还记得自己是怎么挨的第二下，十有八九，这老头是想过完裤裆里的瘾再杀人。这是好事，笑笑咬着牙想，活着最重要，哪怕多活一天，多活半天，警察就可能把自己救了。

又是一下。路真是颠。自己挨着的是个什么东西？现在背对车尾，借不到颠簸时后盖沿开合的一线微光，离得再近也看不清。从脸颊接触时的感觉来说，有时是粗糙而柔软的，但有时软里会顶出一个尖尖的硬物，戳在脸上，戳在鼻尖。

搞不清也不重要，现在笑笑没有这份闲心来好奇，她扭动身体，让自己的上半身往后退开一点，别一会儿被戳到眼睛。

就在这个时候，她竟然看见了光。

起初是极奇异的微光，她以为是自己眼花，用力闭上眼睛，再睁开，那光还在。雾蒙蒙的光，青莹莹一大片，和笑笑还隔着一层，在某个东西里亮着。笑笑呆住，一时没反应过来，仿佛被摄了魂魄，眼见着这光缓缓升了起来，穿过包裹之物，现出本来面目。

那是一小朵青绿色，光芒不盛，颤动如水中月影，往上升，往上升，往上升，接近顶板时忽然离散，化作百十点光在顶盖上一闪，水月散作满天星，继而消失不见。它的出现和消散，就像一幕幻景，在笑笑反应过来它是什么东西之前,在那片刻时光里,她竟无悚然之感,反有几分神圣的平静。

磷火?

它并非光芒四射,但现出真身时,还是映照出周围方寸间的一团,足以让笑笑看清楚它到底从何处而来 —— 一个蛇皮袋。

那青绿色的月影般的光,和桃源居最后一晚粉尘般迷蒙的月色极像,这蛇皮袋呈现出的色泽,便也与那晚极像。这是同一个蛇皮袋!

一小截细细的白色物体从蛇皮袋的编织缝隙里探出来,刚才正是它在戳着笑笑的脸。

笑笑像浸没在冰冷的湖底,巨大的恐惧攫住心脏,鸡皮疙瘩一片一片地炸起来。她发现自己难以呼吸,张大着嘴,气道却打不开,她极力吸气,发出宛如垂死者的可怕喉音,气道终于开放,闷浊的空气瞬间涌入肺泡,炮弹一样在胸膛里炸开。她呛得咳起来,却已经顾不上会不会被前面的人听见了。

这令她窒息的恐惧,大部分并不来自刚才的磷火和眼前的尸袋,而是 —— 既然白骨在车里,那 Alex 在枣林里挖出的是什么?另一具尸体吗?她感觉到死亡在和她打招呼,通过一个死者,仿佛在说:你快要来了。

笑笑不信神不拜佛,但发生在眼前的事情太过诡奇。磷火罕见,现在是冬天,后备厢里的温度很低,怎么就出现了?多小的概率?脸颊上一跳一跳,鼻尖在发烫,都是被戳过的地方,仿佛那截白骨现在还在戳着她。不知道是什么部位的骨头,刚才她没细看,直觉就是手骨,就是那晚她看见的破土而出指向天空的手骨。

不,笑笑对自己说,死亡从不给信号,死去之后有的是和亡魂说话的机会,信号是给生者的,那是拯救的信号。一个被冯老头杀死的亡灵,难道不该痛恨凶手吗,她不会希望凶手再成功的,她是在提醒自己!

Alex 那里一定有什么问题，不能这么干等警察，要想想办法！

她开始上下左右地转动双手，手掌尽可能缩起来，手腕用力相互摩擦。她手小，小时候练过舞蹈，最近两年在练瑜伽，柔韧性很好。没有用，老头绑得很死，挣脱不出来。但在挣扎的过程中，她感觉到了手表，表还在手腕上，没有被摘走。

如果绑在前面就好了，笑笑想，手绑在前面，就可以想办法打电话。曾经的舞蹈老师有个绝活，两只手在背后抓一截绳子，中间空一个拳头宽，可以翻过头顶转到前面来。现在她双手之间空不到一个拳头宽，但她必须得试一试。

笑笑咬着牙把手往上举，因为用力，贴着地的脸都蹭变了形。反举到四十五度的时候明显感觉到肌肉骨骼的阻力，再往上拼命举到六十度，肩胛骨和肩关节剧痛。她牙咬得咯咯响，左侧太阳穴犄角一样顶在地上，汗和血打湿的发丝粘在眼角衔在嘴边，她想现在应该快举到九十度了，再往上就可以反转上去。可就是上不去。她憋住一口气再顶，眼泪情不自禁地流下来，左侧肩关节"咯"的一声轻响，接着右边也响了一声。她觉得就快脱臼了，脱臼也要上啊，脱臼比死好啊！可是脱臼的话，两只胳膊都脱臼的话，手指还能操作手表吗？笑笑不知道，她开始痛得发抖了，要冒这个险吗？她记得刷到过一条短视频，一个女人教授双手反绑如何脱困，她没有点进去看，为什么不点进去看啊？可如果是自己现在的做法，妈的世界上有几个人能不脱臼转到前面去啊？

笑笑一口气松掉，垂下手大口喘气。这样绑法，舞蹈老师可能都做不到，视频里肯定用了其他办法！那肯定得是个有普遍意义的办法！

其他办法？不往上转，难道是往下转？

不往上转，那只能往下了啊！

她大口吸气，深呼吸，身体弓起来，手往下沉。刚一尝试她就知道有戏，关键是屁股，套过屁股就行。肩关节火辣辣地痛，但毕竟是比正常状态要松了，她双手扭动，先套进臀部一侧，张嘴把气吐尽，从胸腔到小腹再扁三分，奋力一挤，竟然就这么成了！屁股坐进双手环起的圈里，一滑就到了腿弯，再往下到了脚踝处。最后一关如果光脚会容易很多，但现在一条腿上穿着有跟的靴子，一条腿上是固定套，都增加了长度。缠绕手腕的绳索下有光亮起来，笑笑心想可别把 iWatch 的电耗光了，不敢休息，大腿紧压胸口，呼气，肩膀塌下去，手使劲往下沉，往下够，够到了！过去了！

笑笑双手收回到胸前，刚才是痛到流泪，现在是真的想哭。但还早着呢，只是做了一个打电话前的预备动作而已。一通折腾下来，双手的活动空间比最初大一些，当然绳结也拧得更死了，但笑笑本就不求解开绳子。她把绑在一起的左右手腕转成十字状，用右手的尾指去拨缠着左手手腕的绳子，把挡着表的绳子一点一点拨开。iWatch 完全露出来的时候，她第一眼先看电量，15%。怎么消耗得这么快，她心里一惊。再看信号强度，三个小圆点，还好。

点开微信，Alex 有两条新语音，笑笑不听，赶紧先把现在的位置发过去，然后拨 Alex 的电话。这几个动作说起来简单，却花了笑笑好几分钟。天寒地冻，她在后备厢里挣命，一身淋漓大汗，手指头都是湿漉漉的，控制不住地在颤抖，用这样的尾指去点击表盘触摸屏，不免常常出错，拨开的绳子也不时移回来干扰。拨 Alex 的电话时，笑笑连续输错了好几次，恨得她用鼻尖去点，结果却弄得表盘上一团血污。

电量再次下降，但终于还是拨通了。

"Hi, Stephanie, 你怎么样呀？那么久没消息，我还以为你被绑匪撕票了呢。"

扬声器里传出 Alex 的声音，虽然音量不高，但能听出他的语气很轻松，甚至有些轻佻。笑笑无法理解这个男人到底在想什么，她被绑架被塞在车的后备厢里，而他则刚挖出一具骨骸，怎么能是这个语气？一定有问题！

"你在树底下挖出的到底是什么？"

"尸体呀，不是你说的吗？"

"什么叫我说的？你真的挖出来了吗？"

Alex 竟然发出了一声轻笑。他在笑什么？！

"那是什么样的尸体？你说，你形容一下！"

"Which kind do you need？" Alex 忍不住大笑起来。

"你没有去挖，对吗，你根本没有去挖！"

"哈哈，Stephanie, you little cute liar，我还等着看你能变出什么新花样呢。"

刹那间笑笑就想明白了这里面的弯弯绕绕，气得一时失声。什么重新埋在枣林里，埋在新翻过土的树底下，冯老头根本就是随口乱说的，只为显得坦率无私，好安她的心，换来袭击的机会。Alex 如果再打电话来说找不到，冯老头肯定还有别的话讲，有这点时间，她早就被敲晕扔进后备厢了。可没想到 Alex 居然连挖都不挖，他压根儿不相信有尸体，不相信有绑架，他断定这一切是她在演戏！他可能正喝着咖啡叼着烟，看她能演到什么时候。但是——笑笑在心中愤怒大吼——我不是在演戏啊！

"Talk to me Stephanie. Now I am really curious. 本来我以为你最多躲着不见我，没想到放了这么个大招。我真是很想看下去的，因为我想不到你这个戏要怎么演才能翻盘。是假装绑匪把你钱都榨干了？还是假装被撕票换个身份换个国家重新混？"

"我真的不是在演戏，你要怎么才能相信？你报警了没有？"

"你说我报警了没有？"

笑笑真想破口大骂，等了这么久，等到个什么？但她不能骂，她的生死都捏在他手上。

"你能不能先帮我报警，我要是真在演戏我不能让你报警啊。我现在没多少电量了，你……"

"没电你找根充电线充一下呗。绑匪也是不专业，还给你留手机哪。"Alex抢白。

"我在用iWatch，蜂窝版的iWatch给你打电话，手机早被他扔了。"笑笑几乎是低吼着说出这句话。

Alex愣了一下，说："哦，你倒是还想到了这一层。"

"我要怎么说你才会相信，天哪，你说，你要怎么才能相信？"

"I don't know, that's your problem."

"我先具体讲一遍我的情况，细节随便你问，要是假的我不可能编得这么全。"

笑笑用最快的语速从刮风那晚开始讲，讲枣树敲墙，讲月下骨手，讲荒野狂奔，讲次日出逃。信号忽然断了，笑笑看一眼电量，还有13%。她盯着电量和信号，七八分钟后信号再次出现，打过去Alex让她从头再讲一遍。笑笑想哭，从头再讲，讲到在宾馆外把小豆角送走，Alex又问，你干什么带着这孩子。笑笑说我发神经脑子坏掉了，我要是编故事才不会这么编。一直讲到在宾馆一侧被打晕，Alex说故事不错，但还不够。

笑笑说，我把我爸电话给你，你可以打电话验证。Alex说我要你爸电话干什么，笑笑说你有我把柄，那些事我家里都不知道，只要你爆料，我就没亲人了。Alex说有意思，你给我电话，我现在打打看。

过了几分钟，Alex拨回来，笑笑也不问他是怎么验证的，只问他够了没有，Alex说不够，你接着来。笑笑已经想到了最坏一步，也不犹豫，说你手机上有招商银行的网银吗，我把我账号密码告诉你，里面有大几百万现金和两千万理财，你自己转账，每笔限额五十万，一天能转一百万，真金白银你总该信了吧。Alex 说光密码不行，要验证短信，笑笑说我告诉你呀。Alex 当即操作，申请五十万转账，笑笑告诉他短信验证码，问他到账没，Alex 不回答，又开始转第二笔。收完两笔，Alex 却把钱退转了回来。笑笑急了，问你什么意思，还想要怎么样。Alex 说我这么操作你账户不合法不合规，我就是试试看，现在我有点信你了。笑笑说我谢谢你，我就剩8％的电了，你赶紧报警。Alex 说我信你可警察不一定能信你，空口白牙要我怎么给警察说？你这点电量耽误不起，我直接开车过来，不就一老头吗，拿个扳手打的你，对吧？我自己来救你，铁可不是白撸的。位置我看过了，山里的小路，大致是往我这个方向来的，估计半小时四十分钟准能堵到。你十分钟发一次位置。你再给我形容一下老头的车长什么样。

结束通话后笑笑又发送了一次位置，这么点电量，不知道还能撑多久。放下手后不久，表盘的光就熄灭了，朦朦胧胧的蛇皮袋在眼前沉入黑暗。说来也怪，理应是看不见了，但笑笑依然能感受到它，甚至能看见它。那是有别于其他黑暗的一团黑色，沉默地停在离笑笑的脸不到一尺远的地方，这样的距离，每一次呼吸的气流都是与它碰撞与它交会的。那只红镯还在袋子里吗？笑笑想。她是个什么样的人？笑笑又想。她应该是个温柔的人，笑笑回想起那点青绿色。她平静地与之共处。发动机轰鸣着，车身颠簸着，笑笑心跳的节奏却渐渐放慢下来。肉身所有的痛苦和不适都暂时忘却了，她等待着，等待着。她坚信自己一定能活下来，因为鬼魂已经给出启示。

下午两点五十三分，笑笑发送新一次位置后收到了 Alex 的回复，他已经开上了同一条山路，正从对面驶来，还有十五公里会车，让笑笑开启实时位置共享。此时笑笑还有3％的电量。

开启位置共享后，笑笑紧盯着表盘，干涸的血污汗渍下，地图上两个圆点不断接近着。她的心跳开始加速。

三分钟后，彼此的距离缩短到十公里，电量下降到2％。又过了三分钟，剩四点八公里了，电量依然维持在2％。当代表生还希望的圆点接近到三公里的时候，表盘突然暗了，电量耗尽。

三公里，笑笑算了一下，以之前的速度，最多两分钟，一百二十秒。笑笑咽了一口唾液，开始在心里读秒。

十……二十……五十……一百……一百二十？

车还在继续开。

怎么回事？

也许是自己心太急，数快了。

一百二十五，一百三十，一百三十五，一百四十，一百四十五，一百五十。笑笑的手心出汗了，她开始惊慌，失去联系的这三公里路程里，Alex发生了什么事？

一百五十一，一百五十二，一百五十三……

笑笑放弃数数了。

忽然，她感觉车速放慢了，冯老头在踩刹车，车停下来了！

"这个歇鸡货！"

她听见冯老头骂了一句，然后车喇叭响起来。

笑笑听着车喇叭一声声接连不断，猛地明白过来，Alex一定是把车横在路中间了。山路窄，车一横路就全堵上了。

车喇叭停了。现在外面的情形在如何发展？笑笑凝神倾听，那是……脚步声？越来越近的脚步声！是Alex的脚步声！

笑笑想要喊又拼命忍住。现在不能喊，否则冯老头一脚油门撞过去怎么办。

脚步声在很近的地方停住，然后她听见了Alex的声音。

"嘿，老头，别这么按喇叭。"

奇怪的咕哝声响了起来，这是一种从喉咙深处发出的低沉声音，与其说像人，不如说更像某种不耐烦的兽类。笑笑打了个寒战。

开门声，冯老头下车了。

"啥好事咧，劫俺的车嘛？"

是冯老头的声音，但却是一种笑笑从来没有听过的音调。不同于桃源居时不慌不忙的中低嗓音，也不同于吕梁宾馆前讨好的急促嗓音，这是一种带着奇怪癫狂意味的声音，声线比平时窄而高，一股凶厉气扑面而来，这让笑笑想起他挥动扳手那一瞬间的凶狠，后脖子的汗毛一下子立了起来。

光听声音，就知道这不是正常人。荒山僻岭，他不再遮掩凶恶本性，显露出恶魔真容来。

"不劫车。不是，我说，那个，你有没有见过我朋友？"Alex 说话忽然变得结结巴巴起来。

"哪个朋友？"

"一个、一个女的，一个……"

笑笑投入了全部的精神在听着，她忽然发现 Alex 的声音变得稍远了一些。他在后退吗？

"见过咧，你来，你来。"冯老头的声音也在远去，他在向着 Alex 的方向走。

"不，不，我没事了，你别过来，你别过来。"Alex 的声音变得起伏不稳定，正在迅速远去。他在逃跑！

笑笑忍不住尖声喊叫起来："Alex 我在这里，我在这里，救命，救我 Alex！Alex 你不要走，你回来，救我啊！"

她用全部的力气嘶喊，才两声嗓子就哑掉了，她继续用不成音调的声音喊，喊得涕泪横流，一边喊一边挣扎，车身也随之摇晃起来。

砰，车门关上，冯老头重新坐回车里。

"闺女啊，你咋寻来这么个救星，够熊的咧。"她听见冯老头说。

6

"就这个表，它能打电话？"冯老头拿着 iWatch 翻来覆去地看。

"能打电话，还能上网。"笑笑回答。

"新奇玩意儿，俺还以为就是块电子表咧。咋个充电？"

"现在充不了，充电器在我宾馆房间里。"

"可惜了。你说你咋不报警咧？倒寻了那么个熊货来救你。"

"我也报警了。"笑笑说。

冯老头蹲下来瞧她，伸手掐起她脸颊一块肉，大拇指在那些血污印子上来回抹了几下。笑笑感觉像有把刀子在割她的脸。此时她蜷在地上，手脚绑着，没有挣扎的余地，便也不去做无谓的躲避，只把眼睛转去盯着褐黑色的地面看。

冯老头松开手，摇摇头说："你么报警。你看你，劲头儿都么啦。"

Alex 逃跑之后，冯老头开车的速度迅猛了很多。笑笑在后备厢里一会儿被甩到这头，一会儿又被甩到那头，蛇皮袋也跟着一起甩，不知和笑笑碰撞了多少次。笑笑听着那团黑暗在挤压时发出"咯啦啦""咯啦啦"的声音，心想，你活着没能救得了自己，死了也没能救得了我。

冯老头的飙车持续了一阵子，又慢慢放缓到原本的速度。所以这个人也是会慌会害怕的，笑笑想，只是 Alex 没有撑住。她不知道冯老头在先前的那一刻有多可怕，但光听声音也能想象，如果是自己，大概也会逃跑，可 Alex 你没有金刚钻别揽瓷器活啊，你报警不好吗？不过逃跑之后他会报警的吧，会吗？笑笑不敢确定，她现在不敢寄托任何希望在 Alex 身上了。

笑笑感觉到车子掉了个头。是不是因为 Alex 的原因，冯老头改了目的地？原本他打算带自己去哪里，现在他又要带自己去哪里？

约莫半个多小时，车停下了。冯老头打开后备厢盖，笑笑不再装晕，眯着眼睛往外看。外面有屋子，不止一幢，像个小村庄。她燃起希望，要是停在一片啥都没有的荒地，她剩下的时间就真的要读秒了。带进村子也比带到孤零零一幢山中木屋强，不管村里都住着什么样的人，多一个人就多出一分变数。

冯老头把她拖出来，头朝下扛在肩膀上，笑笑血往脑门上涌，忽然屈膝去撞他的头，冯老头脖子一歪，双手发力把笑笑抛扔出去。笑笑手脚不自由，没法调整姿势，只能尽量团起身体，好在外面有羽绒服包着，但砸在地上那一下，也差点闭过气去。还没等她缓过来，两只脚就被冯老头抄起来，倒拖着就走。

"没意思的，做甚要自己找苦吃？"冯老头一边拖一边说。

这一通折腾动静不小，但直到冯老头踹开一扇门把笑笑拖进去，也没听见任何人声。

这是一座早被荒弃了的山中小村。

屋子里空空荡荡，什么都没有。冯老头把笑笑往地上一扔，问她怎么和外面联系的，笑笑照实说了，反正 iWatch 已经没电了，瞒着也没用，平白再吃苦头。老头拿了 iWatch，把笑笑扔在屋里，出门去了。

笑笑倒在地上，先前出的一身大汗已经凉透了，内衣贴在身上又湿又冷，更深沉的寒气从地下升起来，内外交迫，羽绒服无从抵挡。她打了个哆嗦，颤抖一起就停不了，一阵接一阵地抖，脑子却格外清醒，一个个念头跳出来，全都是"怎么活"。

冯老头再进来时，笑笑还在原处，一寸都没挪动。不折腾好，冯老头说，然后把不知哪里找来的木柴一根一根塞进炕里。笑笑见他要烧炕，心想不管他要干什么，都还有点时间，自己要做什么，也都在这点时间里了。

"冯叔，有个事儿我不明白，你怎么等到今天才来找我呢？唉，我要是没生这场病，也不会被你找到了。"

"俺才顾上你呀。"冯老头说，"俺在这儿躲到昨天，一打探，么公安来过。那俺就敢寻你来咧。你看，这不是甚么耽误么？"

冯老头说话又回到了桃源居时的语气，慢悠悠的不慌不忙。笑笑知道这只是一层皮，她可见识过皮下的真容。但她心里绷着的弦稍稍缓了一下，因为冯老头回答了这个问题，他还真的在听她讲话。这样的最后时刻，要怎么样才能活下来，恐怕没人能给出答案，但如果老头不做交流，只把她当成一块会喘气的肉，那什么心机都要不出来，肯定活不了。

"我要是没跟你走去停车场那里呢，你准备怎么办？你也不能在大街上打晕我吧？"

"再跟你多说几句呗，还能咋办？你不防俺了，那总有办法。"

"我都不防你了，我都信你了，我就算回上海去，也不会再报警了，你何必还要这样呢？我家里人联系不上我，时间一长肯定要报警的，那不得查到你头上吗？"

"能查到么？那也不见得。再说了，俺也没想那么多，你跟过来了，那俺就得给你一下子。"

烟开始从炕里冒出来，火头点着了。

"这都是命，闺女。"

"冯叔，那你信命吗？"

冯老头蹲在炕前拨火，听笑笑问了这句，停下来想了想，没有回答，却低声笑起来，笑到一手扶地，声音也由哑渐响，嘎嘎如夜枭盘旋。

笑罢，他回头看看地上的笑笑，说："闺女，叫你信命，你能好过些儿。可是你问东问西的，倒像是在给自个儿挣命的样儿。"

笑笑心里一紧，嘴里却说："但凡是个人，到了这个份儿都得挣命吧。冯叔你怕我挣命吗？"

冯老头操起一根粗大木柴，掂一掂，笑笑想起那把扳手，不由脖子一缩。冯老头用木柴轻轻敲击了几下掌心，把它送进炕洞。

烟更大了，一时间笼罩了老头半边身子，老头在烟雾里咳嗽，一边咳一边说："咳，没路撞一把，谁知道能撞出个甚来呢。挺好。俺早上往市里开的时候，也不知道能撞出个甚，哈哈，咳。"

他咳了一阵，问笑笑："倒是闺女啊，你为甚没报警了？你要是报了警，俺肯定顾自个儿挣命去咧。"

"怪我心虚，不敢报警啊。我本来就是来桃源居躲事情的。"笑笑等到一个话口，忙不迭地开始讲自己的事情。住在桃源居时，她惶惶不可终日，觉得那些事情如果曝光，还不如去死，现在为了活命，她把不堪处更添油加醋，兜底翻给冯老头看，还得讲得快讲得精彩，还得注意着用冯老头能听懂的话来讲。

她要让冯老头觉得她没有威胁。当然，死人最没有威胁，但死人也没有利益。她把自己的软肋一掀，顺便也把富露了出来。

火越来越旺了，连离得更远的笑笑都感觉到了些许热度。她不觉得暖，只觉得燥，怎么冯老头还不接话？冯老头不接，她只能自己说出来。

"这个秘密，我本来看得比命都重要，现在看看，还是命更重要一点。"笑笑的脸贴在地上，一边冷一边热，她勉力笑着，对着眼前老头盘腿而坐的半拉屁股，说出这些话。

"俺听懂了，你的意思，你告诉俺一个秘密，然后想让俺放你走？为甚了？"冯老头问。

"我知道了你的一个秘密，你不想让我把秘密说出去，所以才把我……这样，对吧？现在你也知道我的秘密了，我也不想你把我秘密说出去，咱们就达成一个利害关系的平衡了。"

"甚平衡？"

"就是说扯平了。我也不敢说你的事，你也不说我的事。"

冯老头扑哧笑了，说："闺女，就算俺信你真骗了那么多钱……"

"一亿多，将近两亿，你那辆车我能买几千辆。"

"闺女你能耐大，俺这一辈子，别说见，想都没想过这么多钱。那你说，这么些钱得判你几年？俺的事儿，又得判俺几年？俺那可不是判几年的事哇！这两个事儿，你觉着能扯平？"

不等笑笑回答，老头又说："有道是人死不能复生，钱么，终究还是有可能还上的。"

一两亿，拿什么还？笑笑正要反驳，又听老头说："你还不上了，到里头把俺的事儿一招，还能立个功，少判几年。"

冯老头笑呵呵说着，笑笑越听越是惶急。冯老头说得在理，她犯的事情，和冯老头犯的事情，实在是无法达成平衡的。

"冯叔，是我说差了，不是说咱们扯平，我的意思是，不管我还有没有以后，报警这事情你是用不着担心的。但我还想着自己能有以后，我年纪还小啊，我想活啊！我要买我这条命，冯叔你开个价。"

这番话，笑笑一个个字吐出来，说得清脆爽利、真诚镇定。说完，笑笑抬起半个身子望向冯老头，等着他做出反应。

但冯老头并无反应，甚至也没有看她，只是盯着炕出神。

"冯叔你开个价。"笑笑又说。

"冯叔，啊？冯叔。"笑笑恳求。

"现在暖和点儿了吧。"冯老头说，"暖和点儿就行了，人得知足啊。"

笑笑崩溃，开始歇斯底里地尖叫、扭腰、蹬脚，冯老头眉头一皱，抓上一根木柴站起来。笑笑软在地上，泪如雨下，说我还小啊，我才活了几年呀。冯老头说，我车里那个，活得还没你长咧，这事儿没法说，怪你命不好。

笑笑听他提起袋中白骨，又是惊骇又是绝望，心底深处还残存一丝理智，那理智也在呼喊，让她不要哭不要叫，让她赶紧停下来。她奋力收束崩坏的情绪，长长地吸气、呼气，直到可以勉强说话。

"冯叔，人活着为啥啊，不是为了杀人啊，不得好好享受吗？我给你一千万，给你两千万，冯叔，你拿了这钱想干什么干什么去，买新房子，买新车，去国外玩儿，去澳门赌，找女人陪……"

笑笑越说越激动。

"你杀了我，还得担心警察会不会盯上你，你放了我，你想我怎么的都成，只要你别杀了我。求求你别杀了我，你留下我，哈？"

笑笑似哭似笑地喊："他妈的你留下我，把我带这儿来，不就想干一炮吗，啊？你拿几千万走，你他妈什么女人干不到啊？啊？啊！"

冯老头坐下来，脸上似笑非笑，说话的音调也慢慢转变："你说得么错，留下闺女你，是想和你睡一觉，但那是顺带，主要还得把你解决了。钱嘛，嘿，俺只想安安心心过俺的日子。"

笑笑此时已经豁出去了，大声说："你要是不爱钱，你安安心心种地去啊，你捣鼓着开民宿干什么，桃源居不是你开了来挣钱的吗？你不爱钱，你有儿子女儿不，你有孙子不？他们要钱吗，小豆角他要钱吗？"

笑笑原本一直避免主动提到小豆角，这会儿也不管了。

冯老头的面容有了些微改变，他长长地"噫"了一声，调门由高而低，降回了原来的程度。

"你真有钱？"他问。

笑笑吁了口气，说："我手机是不是在你这里？手机上你可以查我账户里有多少钱，还可以直接转账，不用去银行，我现在就能转你几十万。"

iWatch 先前一直用的蜂窝信号，从没连上过手机，不是被扔了就是关机，笑笑祈祷是前者。

"手机扔了，不过要再捡回来，也简单得很。"

"那你去捡回来，看看我是不是真有那么多钱，很容易验证的。我骗你，不过多活几个钟头，几个钟头，换两千万！"

"两千万，乖乖，俺倒是捡到个聚宝盆了。闺女，就算你么骗俺，你倒不怕俺拿了钱不放人么？"

"那我也多活了，我多活一会儿是一会儿。兴许多这一会儿我跑了呢，兴许多这一会儿警察把我救了呢，兴许多这一会儿你心软了呢？"

冯老头听笑笑这样说，点一点头，却又皱眉，说："手机能捡回来，不过被俺砸了几下，不一定还能用咧。"

"手机坏了没事，把 SIM 卡取出来往别的手机里一插，往你手机里一插，一样能用。"

"好，闺女，就让你挣一次命，看看你能挣得出来不。"冯老头站起来。

笑笑终于松了口气，心想，他是会把自己留在这儿，还是再塞进后备厢呢？

留下，留在这里，她祈祷着。

"俺记得把你手绑后面了，你咋弄到前面来的？"

笑笑老实说了，冯老头让她演示，笑笑就演示，又把手套回到反绑状态。有本事，冯老头说。然后他把笑笑的手解了，扒掉羽绒服，重新反绑在离炕最近的立柱上。笑笑里面只有一件薄羊绒衫，那立柱不是正对着炕的，当即就说太冷。

"冻不死。这是让你别跑，出了屋你就真得冻死了。你挺有本事，俺防着点儿。"

说完这句，他还不离开，又脱了笑笑那唯一一只靴子，拎起木柴一掂，就像掂那把扳手，然后一棍敲在笑笑右腿迎面骨上。

"这样总跑不掉咧。"他自言自语说。

抛下木柴，扔下兀自扭曲着身子惨呼的笑笑，冯老头抱着靴子和羽绒服出门去了。

7

笑笑跪在地上，上身往炕洞方向倾斜，伸长脖子盯着炕洞。

她看的是一根木柴，就是先前冯老头打她用的那根。木柴三分之二伸在炕洞里，三分之一留在炕洞外。

她一边看着，双手紧握成拳，心里默默念叨，其实不知不觉间已经念出了声。

"着，着，着……着了，着了！"

她往下拽柱子上的绑绳，让身子多出溜下去一点，这样双脚可以伸得更远。她把双脚探到炕边，夹住木柴末端，脚已经冻僵了，脚踝又被绑着，她必须很小心地控制动作，以免把木柴完全推进炕洞。她慢慢收回双腿，木柴忽然脱落，力量用得太轻了。她重新尝试，再次把木柴夹起来，向后一点一点收。木柴出来了，带着一头的火焰，那是救命火！

笑笑把木柴拖夹到柱边，调整木柴方向，将它倒转，让燃烧的一头紧挨柱子，去烧绑绳，一边烧一边挣动。焦煳味升腾起来，绳子断了，笑笑得以与柱子脱离。双手还反绑着，这个姿势不方便烧绳，她便把双手先套到前面来，已经是第三次做这个动作了，轻车熟路。

笑笑跪在地上，双手伸向火焰。当然，正对火焰的是手腕间的那截绳子，但那不过几寸长，火头不免燎灼到皮肤。笑笑毫不在意灼痛，反而高兴、兴奋。这样的高兴和兴奋她从没有过，大笔钱进账时没有，买包买车时也没有。

双手解脱后笑笑去解脚上的绳子，绳子绑得太死，索性也用火去烧。片刻后，她获得了自由。

右小腿迎面骨处破了皮，稍肿。她试着站立，试着走，疼，但不是锥心的那种疼，可以忍。这几个小时里，她对疼痛的忍耐能力急剧提高了。

笑笑估摸着右腿的伤势，也许有骨裂，但不至于骨折，走路时重心移到左脚就行。好在左脚厚厚的纱布和固定支架让老头估错了伤势，如果他知道只是脚底皮肉伤，下手一定会更狠。

还有几根柴火，笑笑都送进炕里，和先前那根一样，留了尾巴在炕外。然后她捡起地上的断绳，选长一些的往右脚上缠，给自己缠出一只绳鞋。

绳鞋编就时，新入炕的柴火也都烧着了，她取出来拿在手里。天寒地冻，少了羽绒服御寒，这些柴火能让她多暖一会儿。地上的救命柴火也一并拿着，弯腰捡拾的时候，她见柱子底部有缕缕黑烟飘起。

推开门撞进风里，夹了小冰碴儿的风，没下雪，木柴上的火焰扑腾着，仿佛随时会灭。笑笑很久没有进食了，内外交困中，羊绒衫牛仔裤勉强保留的热量被风一透而散。这道二九天里的风刮进笑笑的骨头里，刮得她躯壳深处的灵魂之火一颤，却陡然旺盛。她深吸一口气，踩着疼痛，一步一步走了出去。

看天色，应该是傍晚前的最后下午时光。她顺着冯老头的车辙走，这是来路，暂时不用担心遇上冯老头，他才离开没多久，手机多半扔在了吕梁，来回得两三个小时甚至更久。到底是走来路还是去路，笑笑思量过，去路通向何方，她实在不敢赌，要是通往大山更深处，通向更荒凉无人烟处，那她就得冻死在山里了。

笑笑溯来路走，却不敢走在正路上，而是尽可能走在路边的萧索树林和灌木中，这是防着万一冯老头提前折返，还能躲一躲。不多久木柴上的火就熄了，是被风吹熄的，又过了会儿，焦黑处用手摸也不觉得烫了，笑笑便扔了木柴加速前行。塑料底打过几次滑之后，她把重心从左脚换到了右脚，绳鞋的摩擦力更好。痛渐渐不觉得了，左右脚都是，都被冻僵了。危急之中她想出的诸多脱困手段，有些有效，有些无效，此刻她心中明白，能不能活，终归还得靠心头那一股劲，那一股无论如何都要活下去的劲。

村庄方向腾起烟雾，起初是青烟，后来是褐色的浓烟。笑笑几度回望，烟雾一次重过一次，这让她生出一种错觉，仿佛自己并不是在远离村庄，相反正在被村庄逼近。她不敢再看，步子越来越急，甚至重新上了路面，只为走得更快一点。然而芒刺在背的感觉越来越强烈，本已走出一身热汗，现在全都凉了，她今天几经冷热，这一次再冷下来，却有一种僵硬感，风里的冰碴儿像是渗进了血肉里，扎在了关节上，就快要把她上下内外凝固成一体。她心里着急，使劲催着双脚朝前走，结果左脚绊右脚，整个人扑跌出去。她也不知摔伤摔破了哪里，手脚都没知觉，一时间爬不起来。她撑起上半身，忍不住回头再望，却见重重黑云停在山腰间，仿佛核爆后的蘑菇云，慢慢翻滚着变化着，如妖如魔。她骇然想，是整片村子都烧起来了吗？

笑笑把头扭回来时，前方丁字路口有一辆车正缓缓停下，司机降下车窗，眺望山中滚滚浓烟。她拼命站起来，拼命奔跑，拼命喊叫，拼命招手。

车上是个中年女司机，笑笑向来觉得自己在男人面前更占优势，女人往往不待见她，但此刻竟松了口气。她没有冬衣没有鞋履，披头散发满身泥尘，一张脸早在地上蹭成了黑色，细看更能见多处血污，情状远不能用狼狈来形容。司机先是惊叫，甚至把车往前又开了一小段，再复停了车奔下来，无视脏污扶她上车，然后急急返回驾驶位，一脚油门踩下去。

急驶了好长一段路，其间司机神情严肃，一言不发，不时看向反光镜，还是笑笑先开的口，说没有人在追我。笑笑坐在副驾位上，被车里的暖气一熏，反倒想要发抖，却又抖不起来，没有抖的力气。全身上下的痛觉在复苏，复苏快的地方已经痛起来了，慢的地方还只是痒。这感觉倒让笑笑放心，知道自己算是挣扎回了人间。紧绷着的精神一旦放松下来，就想要陷进座椅里去睡觉，但还不能睡，对恩人总要交代几句话，深山里接上自己这么一个人，人家也正慌着呢。

笑笑说没人在追，司机终于也开了口，说你吓死我了，你这是怎么了？笑笑说和男朋友干了一架，他把我扔下车了。司机说哪有这样的男人，这不是要让你死吗？笑笑说要不是你救我，我真就冻死了。

笑笑知道司机其实不怎么相信，没细问是不想惹事。司机说你去哪里，要不要我捎你去派出所？笑笑原本瘫坐在椅子上，听了这话，奋力挺起身，双手合十去拜司机，一边拜一边说：你救我一命，胜造七级浮屠，大恩大德。我身上一没手机二没钱，行李落在吕梁宾馆，要是我再找车搭去吕梁，真不知会不会再遇上你这样的好心人，要是碰到个有歹心的，我半点反抗能力都没有，恳求你把我送到吕梁宾馆，我行李里有现金，愿意出五千块酬谢。

司机手上缠了佛珠，后视镜挂着小金佛，听了这话又是摇头又是叹气，终于答应下来，说就当我有头有尾，做一场功德。她一应允，笑笑就闭了眼沉沉睡去，心中闪过的最后一个念头，是这辆车会不会在某个时刻和冯老头错身而过。

车停在吕梁宾馆门前时，天已经黑了。笑笑下车时叮嘱恩人，请她千万稍待，自己去房间取了钱就下来。大门前另停了辆警车，笑笑多看了一眼，发现车里没人。一进宾馆大门，许多双眼睛就看过来。其实笑笑中途已经在公共厕所里整理过仪容，脸和手都弄干净了，头发也扎起来，但羊绒衫上的脏污去不掉，两只脚更是扎眼，尤其是那只前露脚趾后露脚跟的绳鞋。接待小姐走上来，其实她是见过笑笑的，但现在认不出了。笑笑告诉她自己是住店客人，房卡遗失了需要补。接待小姐这时才认出她来，哎呀一声，说你这是怎么啦？笑笑正要解释，却听她说，你弟弟差点被人贩子拐了，警察陪着他在房间里一直等你到现在呢。笑笑愣住，然后才反应过来她说的弟弟是小豆角。

接待小姐取来一双拖鞋，看看绳鞋的模样，又去拿了剪刀。笑笑剪开绳鞋，脚背满是勒出的深痕，脚底没看，但松了绑换成拖鞋走路反倒火辣辣的痛，想必磨破擦破处不少。接待小姐扶着她上楼，笑笑没有拒绝，一瘸一拐走得比山里慢上许多。倒不是因为怕疼，经了这一场蜕变，她已是一个全新的人了，她是在想，小豆角怎么回来的，他和警察说了多少事，暴露了自己多少隐秘？最坏的情况下——自己涉嫌拐带孩童、涉嫌诈骗或非法集资，该如何从这样的重罪指控中脱身，把其归为小豆角的童言无忌？

接待小姐说明了她知道的情况：同楼层的客人听到呼救，开门看见人贩子要把小豆角抱走，连忙拦下来，警察赶到时人贩子已经逃跑了。笑笑一边做着一个姐姐应该有的反应，一边心中流转着诸多假设和应对方案。电梯到达楼层，接待小姐扶着她走出来，踩上走廊柔软的地毯，房间就在十几步外。这刻一个无关的念头闯进来，她竟想起了冯老头，他从宾馆对面穿街向自己走来时，是否正是她此刻的心态？一切都充满不确定性，不可能有完整充分的方案，只能撞过去，撞出一条路。

接待小姐按响门铃，一个发着青春痘的年轻警察来开门，小豆角在他身后跳着脚喊姐姐。小警察站在门口就开始训她。

"你是孩子姐姐？把这么小的孩子扔一天，手机还打不通。"他停了下来，显然是注意到了笑笑的狼狈。

"哎,你……"

笑笑蹲下来,叫一声小豆角,小警察只好让开,小豆角冲上来又刹住,不敢抱她。笑笑捏捏小豆角的脸颊,摩挲一下他的脑袋,拍拍他的背,说我都听说啦,你今天好勇敢。小警察刚才这么一骂,她就明白自己的身份没被怀疑,小豆角什么都没有说。但这怎么可能,她简直觉得神奇。

"我碰到点事,现在都解决了,给警察同志添麻烦了。"笑笑站起来,对小警察说。

小警察又给她说了一遍事发经过。其实笑笑已经想起来,在后备厢里时听见冯老头接过一个电话,当时以为和自己无关,现在才明白,是他派去接小豆角的人被当成了人贩子,没接成人。从听见的只言片语推测,那人有案底,所以被误认为人贩子也不敢等警察来说清楚,只能逃走。至于小豆角怎么回的酒店,还得等有余暇时另问。

小警察说,小豆角说姐姐出门很快回来,所以他就陪着等,没想到一等等到了现在。小豆角倒有耐心,不吵不闹,自己在床上摆弄几个纸偶,他问小豆角,爸爸是谁,妈妈是谁,能不能联系上,小豆角就是不说,翻来覆去只一句话,要等姐姐,姐姐一定会回来。

小警察问了笑笑的基本情况,从哪儿来,要到哪儿去,孩子爸妈在哪里,等等。笑笑说孩子爸妈在外打工,爷爷一个人在村里带孩子,自己这个上海的堂姐答应给弟弟一个新年礼物——一路玩到上海,玩到乐园。小豆角安安静静,听到乐园,嘴角忍不住弯起来。

笑笑半真半假对警察说着这些话,心里却在想着另一件事。她想自己几度报警求救未果,现在真的遇上警察,反而不能说出实情。曾经她是一个被警察保护的人,现在她走出了大圣画的圈,从此要自己面对一切妖魔鬼怪,甚而自己也变成了妖魔鬼怪,变成了和冯老头一样的人。

她又想，自己叮嘱过小豆角不要说出自己的事，既然孩子做到了，那她就不能再像上午一样送他回去。必须要带他去乐园，而且那并不足够，之后要怎么做，得再看、再想。她本不是个守诺的人，但是今天在后备厢里，在荒村中，在山林间，在恩人的车上，她被生生扒掉了原来的皮肉，她能感觉到新躯壳在快速生长，她已变成了一个新的人。

想到恩人，笑笑突然想起恩人还等在宾馆门前，连忙请小警察谅解，等她五分钟时间。她在自己房里的行李箱中找到现金——她出行习惯带一万现金备用，来不及点，抽出大半沓揣进裤兜，从箱子里拎出裘皮大衣披上，急急下楼。

出了宾馆大门不见恩人的车，笑笑去问站在门口的保安，原来她前脚进宾馆后脚车就开走了。笑笑心下怅然，恩人竟真只为做一场功德，和钱无关。

她回宾馆请前台帮忙叫一辆出租车。前台问去哪里，笑笑不讲，只说是个长途。从荒村自救开始算，到现在已经过了三个多小时，冯老头折返后发现她脱困，一定猜到她要回吕梁宾馆，留给她的时间不多了。

笑笑回到房间，其实该说的话都说了，小警察问是不是去一次派出所。人贩子的事情，还有如果她自己今天碰到过违法事件，正式报案都得去所里。笑笑说不报案，太原的酒店已经订好了，得赶过去，车都叫好了。

行李是收拾好了的，笑笑取出一只跑步鞋穿上，拉上小豆角的手出门。小豆角轻声问，姐姐你是不是遇到坏人了，姐姐你痛吗？笑笑蹲下来用力一抱小豆角，起来继续走。小豆角说，姐姐我来照顾你好吗，我来帮你推箱子好吗？笑笑说好。

到大堂要结今天的房账，酒店说出了这样的事情非常抱歉，今天的房账免掉了。车已经到了，笑笑对司机说去太原，具体哪个酒店，路上再和他说。

　　车从酒店门前的环形道驶向公共道路，拐上正路的刹那，夜色中，笑笑看见路对面一辆停着的灰色轿车无视交通规则，突然启动，开始掉头。笑笑一眼就认出来这辆车，太刻骨铭心了，是冯老头！

　　夜色忽然浓重，那辆车后，无边阴影如海潮翻涌，朦胧的路灯光为之一暗，黑色巨浪上接夜幕，一卷吞没了笑笑。

　　他怎么可能现在就赶到？

　　这辆车的司机能甩掉他吗？

　　"停车！"笑笑喊。

　　司机把车停下来。笑笑一把推开车门，急步向后方走去。

　　冯老头的车停下来了。笑笑看不见那张挡风玻璃后面的脸，但她知道，他正盯着自己。

　　笑笑走进环道，走向警车。小警察刚坐进车里，车发动起来，车顶的警灯开始闪烁。笑笑向他招手，走上去弯腰和他说话。

　　"才想起来，刚才我都没有和您正式道谢。真的谢谢您，为了我弟弟的安全一直等到了现在。"她对着小警察鞠躬，又说，"有您这样的警官，老百姓真的放心。"

　　小警察说这些都是他职责所在，没什么可感谢的，让她要相信警察，有事找警察。笑笑说你有纸笔吗，能把你的名字和派出所名字电话写给我吗？小警察写了给她。

　　笑笑把纸条收在兜里，向小警察点头示意，然后直起身子，对着冯老头车的方向笑一笑，比了个打电话的手势。宾馆门前有光，她知道冯老头能看见。

　　她顶着背后强烈的注视感回到出租车上，让司机先照她的指示开，下一个路口右转，再下一个路口左转，然后停在路边等。一直等了五六分钟,都没看到冯老头的车跟上来。

笑笑长长舒了口气。一直剧烈跳动的心脏此时才开始平复。

"往太原开吧,别走回头路。"她说。

过了会儿,她轻轻问,刚才你看见了吗? 问的时候她没去看小豆角。小豆角轻轻答,看见了。

让我也入梦

追逐

1

经过奶茶店时，又买了奶茶。经过石头饼店时，买了五张饼当作干粮。经过面包店时，买了个吐司，也是备着当干粮，但闻着太熬人，马儿掰个小角给小豆角，小豆角不忙吃，闻一闻，笑，攥在手心走几步，又凑上鼻子，笑。牵着各种各样香气的余韵，他们走进客运中心，登上开往吕梁的客车。

往吕梁的车不直达，也得停许多站，马儿和小豆角在第三站下车，拦下一辆拖拉机，坐进挂斗突突突上了龙秋山。小豆角不知道海在什么方向，不知道上海在什么方向，更不知道新妈妈在什么方向，只管跟着姐姐走，要过多少沟多少坎，不问也不想。乐园呀海呀都是好东西，好东西都没办法"嗖"一下得到的，唉！就像昨晚的烟花，太高兴了，也会难过一下呀。那就去翻一座山吧，如果还没到乐园，就再翻一座山，如果还没看见海，就再翻一座山！

开拖拉机的老汉红光满面，老伴坐在旁边，把马儿塞来的石头饼嚼了半张，送去老汉嘴边，待他咬过一口，说："吃了娃儿的饼子，来给娃儿唱个曲。"

老汉一亮嗓，音色脆得年轻了五十岁：

一辆小车吱扭吱扭吱，推上了小车走龙秋，轱辘辘儿咕噜噜噜转，树上的鸟儿喳喳喳喳唱。

马儿和小豆角一起鼓掌，说再来一个再来一个。

三月里太阳红又红，唱上一个山曲儿想情人，情人住在云那头，快来钻俺被窝头。

老伴打着拍子，笑嘻嘻说教坏小孩子哟，教坏小孩子哟，然后笑得更开心起来。

老汉唱了一会儿，偏过头问马儿："去前村走亲戚哇？"

"不是，我进村找个人。阿宾。"

"阿兵？刘兵？马兵？倒是有个马军。"

"娃儿肯定也是找娃儿嘛。"她老伴说，"是不是阿旺家的，阿旺他孙儿叫兵兵的？"

"对对。"老汉问马儿，"是不是阿旺的孙儿？"

马儿却不知道阿宾的爷爷叫什么。

老汉大拇指往后指，问："你带的这个板，叫甚来着？"

"滑板。"

"哦，滑板。那个小兵兵儿也整天玩这个，是他没错了。"

拖拉机慢悠悠绕进山去。山不险，右边是高坡，左边是低坡，若绕过一弯，便反过来。山上泉眼多，一会儿一道，一会儿一道，汇入路肩排水沟，顺着水管子潜过路面，在那头喷涌出来，变成小瀑布往坡下挂。又转过一个弯时，老汉在外侧停车，指着下方问马儿："你看看，要找的人在不在下面耍？"

坡下是早年通着煤矿的煤路，前几年矿挖完了，路也随之废弃，此刻却有一群少年踩着滑板呼啸来去。吕梁地界玩滑板的都知道这条路，有长度，有坡度，有障碍，没干扰，滑板圣地！

马儿不知道老汉说的小兵兵儿是不是她要找的阿宾，也从没见过阿宾长什么样。这会儿她往下望，在那群少男少女里瞧见了个小胖子，光着膀子露了一身晒不黑的白肉，正是她初中的同学肥雀。龙秋山阿宾这个名字就是从肥雀嘴里挖出来的，当时马儿听了几句关于妈妈的疯话，撵了肥雀三里地，追到他躺在田埂上翻着肚皮吐沫沫，这才交代出疯话的源头。龙秋山离马儿不近，平时没机会来，只能把疯话按进肚皮，现在既然决定了要找妈妈,这样的线索当然得向阿宾问个清楚。

肥雀和阿宾都是滑板少年,肥雀在下面,十有八九阿宾也在。老汉说再往前开一里路,有条岔道能通上下,马儿说不用,就从这里爬下去,好爬得很。她跳下车斗,把小豆角抱下来,向老两口挥手告别。拖拉机突突突继续往山里开,远远地,老汉又唱起歌来。

山坳坳里日头高,黑黝黝的妹儿想情郎,日头烈哟情话浓,一说说到月梢头。

马儿站在路弯边往下看。这个坡度她有信心直接冲下去,轻松得很,慢慢挪也行,坡上草木繁盛,到处都是抓手,不过现在还有一个小豆角,那就得仔细一些。

马儿指了一棵树,问小豆角能跑到那儿吗?小豆角点头。马儿左右肩膀活动活动,不解背包,只三五步就跑到树下。她转过身,靠着树弯下腰,冲小豆角张开手。小豆角个子矮,步子更灵便,轻轻松松就扑进姐姐怀里。接着马儿去寻下一棵树,"之"字形一程一程往坡底跑。滑板少年们发现来了不走寻常路的新人,纷纷张望。

跑过三株树,坡下了一半多,接下来可以接力的树都离得远。马儿选了株相对最近的,问小豆角行不行,小豆角玩兴正浓,说我先跑,被马儿一把揪回来。这是株奇怪的树,树干迎着马儿形成了一个广角,像个下腰的舞者。马儿一路急冲到树下,刹不住车,一扑扑进"舞者"的怀里,树摇晃起来,发出吱吱呀呀的声音,像要被她扑倒。马儿想从树上下来,身后脆生生喊起来,"我来啦我来啦",扑嗒扑嗒的脚步声由远及近,小豆角一跳跳在了大背包上,一人一包一人,叠成一摞。"舞者"的树根从地里一点点翘起来,树干往坡下一点点倒下去,就像缓缓放下了一座吊桥。真是神奇,马儿想,没等树停下,她就在树干上站起来,双手张开，走平衡木似的从树根走到树冠，枝叶随着她的脚步扑簌簌响，小豆角紧跟着姐姐，摇摇摆摆，直通坡底。当他们跳到地上的时候，树居然又慢慢回弹，归于原位，仿佛是一个特意弯腰接引他们的树木精灵。

见到这一幕的滑板少年张口结舌，这个出场太有范儿了！

马儿把身上的泥土和碎枝叶掸掉，又帮小豆角从头到脚拍了一遍，肥雀蹬着滑板溜过来，说马儿你怎么来了，你也是来比赛的吗？马儿说什么比赛？肥雀说现在这里换了新名字，黄金赛道，怎么样，响不响亮？马儿我和你说，我们打算在这里搞排名赛，三千米或者五千米，在这里哪怕一万米都有得滑，先搞竞速的，再上点项目，到时候大神云集……

肥雀叽叽喳喳说个不停，马儿视线所及处，少年们有的乘滑板翩翩往返，有的反复练习转圈、腾跃、反转等技巧，呼哨声和起哄声时时响起，一时间马儿也怦然心动。肥雀继续说，昨天你是没瞧见，来了两个太原的家伙，牛逼得很，说一千米要甩我们五个身位起，结果输给阿宾啦。

马儿听见阿宾的名字，顿时回了神，不管还在滔滔不绝的肥雀，大喊一声："阿宾！"

"你找阿宾？"肥雀一愣，也帮着喊，"阿宾，阿宾，我同学找你啊！"

喊完肥雀才反应过来，脸色尴尬，低声说："你是为了……为了你妈的事吗？"

远远一个少女应声而来，马儿诧异地问肥雀："阿宾是女的？"

"对啊，她是我们这儿的 King！"

"不是 Queen 吗？"

"她喜欢当 King，那就 King 呗。"肥雀耸耸肩膀。

阿宾身材高挑，和马儿一样的黝黑皮肤，一样的短发，一样穿 T 恤短裤。她两只手插在裤兜里，在滑板上站得笔直，偶尔右腿蹬一下地，以一种悠闲散漫的姿态滑向马儿。离得近些，显出了和马儿不一样的地

方来 —— 阿宾挑染了一簇绿发、一簇红发、一簇银发，戴着耳环和鼻环，左边小臂上还有刺青。

快到时阿宾发力一蹬，急冲而来。马儿把小豆角拨到身后，却见阿宾一个横刹，贴着马儿停下。阿宾本就比马儿高，站在滑板上比马儿足足高出一个头，手插裤袋居高临下地问："你找我啊？"

没等马儿回答，阿宾脚下一错，刺溜绕到马儿身后，弯下腰捏了把小豆角的脸颊。马儿连忙转身打开阿宾的手。阿宾笑嘻嘻说，好可爱的小娃娃。说完，仿佛是看在了小豆角的面子上，她跳下了滑板，单手叉腰，定定瞧住马儿。

"你从哪儿知道我妈的事情？你都知道些什么？"马儿问她。

阿宾耸耸肩："你在说什么？我都不认得你，你妈关我什么事？"

"你说我妈是被拐走的。"

阿宾哦了一声："原来你是那个……那个……"

"我是马儿。"马儿说。

阿宾转头去看肥雀，肥雀笑嘻嘻说对对，我同学我同学。阿宾说就是上次把你追吐血的那个？肥雀连忙摆手说哪里吐血，就是，就是……他支支吾吾，糗事重提，很不自在。

"你还向她告状了？"马儿奇怪地问。

肥雀和阿宾齐声回答，答案却各不相同。肥雀说没有，阿宾说对呀。说完两个人互看一眼，阿宾一挑眉头，扬起下巴说："他是我罩的。"

"我不管你们谁罩谁，我是来找你的。我妈妈的事情你是随便瞎说的，还是……你说的和我爸说的可不一样。"

"你爸怎么说的？"阿宾笑嘻嘻问。

马儿虎着脸瞪阿宾。她妈妈当年喜欢上别人离家出走，村里传得很不好听，她爸先是跑去远亲的渔船上待了半年，熬不住风浪和寂寞，又去学了货车当司机，总之是不能待在村里，后来更是搬去县城安了新家。

阿宾肯定知道流言，这么说不怀好意，可马儿是来问消息的，也不能说一句就翻脸。

"我打算去找我妈，你要是真知道什么消息，希望你告诉我，我谢谢你。"最后几个字马儿还是没掩饰住心中的恼怒，说得有点儿咬牙切齿。

阿宾眼珠子转了转，说："本来嘛告诉你也没什么，可我刚才说了，肥雀是我罩的。"

说到这里，阿宾本想拍拍肥雀的肩膀，可他光着膀子一身腻腻的汗，就改为拍了拍他的后脑勺。

"你欺负他，就是不给我面子。"

肥雀倒被说得很没有面子，说我这不算被欺负啊，阿宾说你别插话，肥雀只好闭嘴。

阿宾接着说："你不给我面子，还跑来问这问那的，我要是就这么告诉你，还怎么当King呢？"

"那你说，要怎样你才告诉我？"

阿宾瞟一眼马儿绑在背包内侧的滑板，说："你也玩板？那好办，从这里到隧道，我让你十秒，赢了我就告诉你，输了你就滚蛋。"

马儿二话不说，卸下背包，解下滑板。阿宾说没想到你挺干脆啊，马儿脱下玛瑙手镯让小豆角收着，说你先带我看一遍路线。

"行。"阿宾踩上滑板，一马当先滑了出去。

马儿让肥雀照顾小豆角，跟了上去。

这一条煤路的风景，要比正路更胜三分。一来煤路完全依山形修筑，更曲折多变；二来煤路一侧临涧，有水便多出一份灵气。青山绿水夹道，人在其间滑翔，山风拂面，山势遮阳，水声潺潺，让人浑身都通透了。

这是一条时缓时急的下坡路，迂回曲折，更有九十度以上的大弯，所以不能一味地放纵加速。坡上挂落一条条小瀑布，这儿可没有雨水沟和排水管，瀑布水直接漫过路面，汇入溪涧中。过水路面阻力大，如果滑板通过速度过快，人就飞出去了。要注意的还不止于此，路面长期没有维护产生的大坑小坑、滚石、倒伏树木、路面裂隙和裂隙中长出的繁茂杂草，都形成了各种各样的障碍，需要滑板手用不同的策略应对。

阿宾在前面指点江山，把难点一一指出来，潇洒大度。到一段下坡长路，阿宾说你别跟太紧，说罢半蹲下去，滑板陡然加速。马儿不远不近地跟着，见前方又是一片过水路，阿宾却没有半点儿减速的意思，心里正奇怪，却忽然听她一声呼哨。

"哟呼！"

阿宾腾空而起，在半空里翻了一个筋斗，稳稳落在地上，把过水路甩在身后。马儿吓了一跳，翘起板尾减速，这才看清阿宾起跳的地方是一块拱起的路面，利用这个天然跳台，才能不减速地跃过这段涉水路。说实话，光这个要点，就值五秒钟以上，阿宾这么大方地演示出来，倒真是信心满满。

到了隧道口，阿宾横板停下，问马儿："看明白没有？要不要我再给你点时间熟悉路？"

"可以了。"马儿说，"不过我刚才听肥雀说，你们今天本来就有比赛？"

"每天都有比赛，位置就摆在这儿，谁来我都接着，有本事你就拿走。"

"什么位置？"

"King！"阿宾帅气地一甩头发。

"那King能干什么呢？"马儿好奇地问。

阿宾语塞，停了停，恼火起来："这是荣耀，你懂不懂？荣耀万金不换。怎么样，要是你想参加今天的挑战赛也行，只要你能进前三，我一样告诉你。"

"要比就公平比，我也不需要你让十秒钟。但是这段路你们天天滑，我只看了一次，这个不公平。"马儿说。

"嘿我说你！"阿宾支起根手指点马儿，"让你十秒你不要，一起比又说不公平。到底敢不敢比？不敢就滚蛋！"

"我给你加点难度，你敢不敢？"马儿挑起眉毛，仰起下巴，对阿宾挑衅。阿宾觉得这表情有点儿陌生，又有点儿熟悉，不禁大怒。

2

"喜鹊叫到三声，比赛正式开始！"King 宣布。

用喜鹊当发令枪，真是奇怪。没人有异议，看来天天如此。

King 话音刚落，就听"喳喳，喳喳"，这算两声还是四声？马儿琢磨着，不过大家都没动，应该还差一声。

可喜鹊居然停下了嗓子，也许正啄了条肥虫子吃得开心，也许扑着翅低飞，就像人吃饭时不该说话，正经鸟飞翔时也该闭嘴。当然了，另有一种可能，喜鹊故意和玩滑板的家伙们作对呢！

足足等了有半分钟，向 King 宝座发起冲击的少年们左顾右盼，突然之间，"喳喳"声连成一片，第三第四第五第六声都有了。赛道上顿时炸了锅，阿宾第一个抢出去，其他人各显神通。有一个等得走了神，使错力把板蹬飞了，自己摔了个屁股蹲，滑板还铲倒了两个人。马儿抱着滑板不争不抢，等错过乱劲儿，小跑几步，俯身把滑板扔出去，轻巧地跳上滑板，越过了三个刚站起来的倒霉蛋。

这个上午，在黄金赛道上玩滑板的少年们有小二十号，除了几个还在学着滑的，再刨掉负责照看小豆角的肥雀，剩下十三个。三声喜鹊叫后五秒钟，马儿排在第十位。

马儿玩滑板已经有两年多。小升初的暑假里，村里的大孩子让她站上滑板试试，没想到马儿脚一蹬，从坡上直冲而下。看的人都以为要出事，马儿却在撞墙的前一刻往草丛一跃一滚，毫发无伤。自此她就惦记上了滑板，她喜欢奔跑时风扑在脸上的感觉，而在滑板上，她可以与风同行！攒够钱她就买了块板，但是和小伙伴玩得少，马儿没妈妈，和别人一起的时候，冷不丁就听见招人烦的话。她上网看教程，下网瞎琢磨，在去县城的长路上验证，却不知道自己的水平算高还是低。那就来一次验证吧，在龙秋山的黄金赛道！

马儿不紧着赶，先观察形势。赛道上慢慢分出三个集团，阿宾一马当先，King果然有点道理，一人成团；第二集团和第一集团的距离正在被拉大，但和第三集团离得不远，都各有四名选手。

马儿距离第三集团的最后一名选手差不多十米远，借着一段长距离的下坡，哪怕是离马儿最近的灰头盔选手，时速都超过了三十公里，比一般的自行车车速都快了。大家都是双脚上板，脚蹬已经无法提供加速度了。这时候，看的反倒是减速，或者说控制。下坡道上，不减速就会越滑越快，没胆子的人可不敢放任加速。当然也不光是胆子的问题，三十公里的时速过坑颠一颠，五十公里的时速可能就飞出去了，要是到六七十公里的时速，看到坑想躲都不一定反应得过来，这就很考验技术了。

马儿不减速。在那条她走熟的长路上，兴致起来，她会在下坡路段和汽车肩并肩，时速总得有五十公里，现在才到哪儿。风一阵一阵扑在马儿的脸上，继而持续地吹拂，又密集起来，开始呼啸。风的声音多好听啊，这是自由的声音，是未来的声音。速度感从不让她害怕，反而让她雀跃，让她激动，让她真正感受到自己的存在。马儿矮着身子，双手像翅膀一样张开，身体微微摆动。这摆动不是为了平衡，不是为了加速或者减速，纯粹是因为心情，因为天上飘来的絮云，因为山脉间荡起的豪风，因为溪石下嬉游的细虾。快活呀，快活的时候，雀鸟也会敛起翅尖随气流起伏，鱼儿也会浮出水面摆动腰肢，马儿和它们是一样的。

摆动的马儿越来越快，和前面人的距离也越来越近了。所有选手里，就只有马儿前面的四个戴着头盔，分黄绿白灰四色，手套则是一水的黑底蓝筋，脚踩火红色簇新滑板，装备齐整，仿佛四兄弟。后面传来一声喊：新来的上来啦！四兄弟纷纷回头，头盔里发出嘿嘿哈哈的怪叫，离马儿最近的灰头盔正要过一个小弯，当即切进内道，挡住马儿的超车路线，同时大叫一声"A 计划"。"收到""收到""收到"，兄弟们连答三声，把马儿给搞蒙了。

接下来的变化让马儿大开眼界，黄头盔和绿头盔这时已经过弯，绿头盔猛推一把黄头盔，把黄头盔加速推向第二集团，自己则骤然减速。白头盔刚刚转过弯，拉起绿头盔的手，灰头盔过弯后再拉起白头盔的手，灰白绿并排滑行，连成一道人障。路面被人障占了大半，剩下的空间已经不够后来者"超车"了。

相当漂亮的战术，牺牲三个保一个，平时练习多少次，才能有这样的配合呀！真是太神气了，马儿不禁又好奇起来，有 B 计划和 C 计划吗，那会是什么样的呢？想必也是非常神气的吧。

又听一声大喝"神龙摆尾"，灰头盔左手擦地减速，同时拖动着白头盔，形成了以绿头盔为支点的一道摆动，绿头盔是头，白头盔是肚，灰头盔是尾，摆向了马儿！马儿刚转过弯来，见状连忙一个板尾刹，减速让过这记绝招。

神龙摆尾虽然凶猛，但尾巴摆过来，也同时让出了空隙。马儿脚跟使力腰一坐，重心移转，滑板游移到空隙后方，想看看有没有机会在尾巴摆回来之前冲过去，却见前方一个大坑，连忙翘起板头荡回白头盔身后。原来这招神龙摆尾主要为了避坑，过完坑尾巴重新摆回原处，人障恢复原样，马儿没能捞到机会"超车"。跟了会儿，又听一声喊"亢龙有悔"，却换成外侧的绿头盔缩到中路，马儿这次学乖了，没再趁机"超车"，果然躲过块大石头。只是马儿心里奇怪，神龙摆尾能听明白，这个亢龙有悔是什么意思，看动作不应该叫乌龟缩头吗？

又过一个弯，进入了有明显坡度的长段下坡道。马儿记得这段路，除了一棵倒地的大树，没有其他障碍，是很棒的加速路段。那树倒在过弯后不到百米的地方，只剩了一截焦黑的树干，却挡去大部分路面，只留下外侧一米左右的空当。三兄弟又喊"神龙摆尾"，再喊"一字长蛇"，最后以绿头盔为首排出一列纵队靠外侧滑行，完全让出了路左和路中。马儿这次却不跟了，滑在路的正中，对着树冲过去。

三兄弟为了过树大幅变阵，不可避免地明显减速，被马儿轻松赶超。树近在眼前，已经没有充足的变道空间切入那一米的空缺。三兄弟齐齐看向马儿，白头盔喊"小心"，绿头盔喊"刹车"，灰头盔喊"啊"，马儿在滑板上蹲得更低，眼睛紧紧盯着前方的树，点板起跳！

马儿带着滑板一跃而起，飞过树干落地，站稳了！但已经被她扔在身后的三兄弟却还在大喊"小心"，先过树的黄头盔也放慢了速度回头看她。先前马儿的眼睛只顾盯着树，临到跳起来的时候才猛然发现，树后几米就是一片过水路，马儿漏记了！要是三兄弟那样的低速还可能调整，但马儿高速跳障落地，速度几乎没有衰减，滑板此时遇水就像撞上一道坎，肯定要摔！

是横板刹，还是翘板刹？马儿捏紧拳头，闷在手套里的手上都是汗——手套还是肥雀借给她的，一点都不合手。唰，滑板冲进水中，汩汩泉水给滑板迎头一记重拳，滑板猛顿，阻力从板传到脚，腿部以上却还在往前冲，两股对冲的力像绞毛巾似的在身上一拧。此前的半秒钟她已经从落地时的全蹲改为浅蹲，这个瞬间借着对冲力，甩腰摆胯再次起跳！翻啊，她心里喊，翻过去！真的翻起来了，天地倒转，头下脚上，又厚又大的滑板手套狠狠拍进水里，胳膊撑住借力过水，还有滑板，滑板能跟上吗？马儿无暇多想，所有的动作遵循自然，脚下滑板的自然，身体记忆的自然，呼啸的风的自然，三百六十度侧空翻，双脚再次下落，重心摆正，滑板先一步落地，弹起，又被踩下去，站实了，稳住了，干燥路面！

欢呼和喝彩声传来，三兄弟在后面使劲挥手，马儿也向他们挥手，呼，她越过了看傻眼的黄头盔，跻身第二集团。

第二集团的两男两女正在以奇怪的方式激烈竞争着。刚上赛道没多久，矮个子女孩就开始大声说笑话，都明白这是她的烂战术，谁也不理她，再说她的笑话又干又冷，完全不好笑。矮个子女孩坚持不懈，讲完一个又讲一个，简直在脑子里下载了本烂笑话大全。直到她说到兔子的笑话，事情终于起了变化。

"从前有一只兔子，打了狼两记耳光。狼说你干什么打我，兔子说，你为什么不戴帽子？第二天，兔子又碰到了狼，又打了狼两记耳光……"

滑在前面的光头仔忍不住，大声打断她说："兔子就被狼吃掉了！"

"咦？"

"兔子打狼，还不被吃掉？"

"不对不对，不是兔子打狼，是狼打兔子。"矮个子女孩连忙补正。

"来不及了，已经被吃掉了。"

矮个子女孩重新讲："从前有一只兔子。"

光头仔和马尾男孩一起喊："被吃掉了！"

"从前有一只兔子。"

光头仔和马尾男孩和马尾女孩一起喊："被吃掉了！"

"被吃掉了被吃掉了被吃掉了……"

不知道谁先开始笑的，一个传一个，大家都狂笑起来，滑板歪歪扭扭，速度明显下降。矮个子女孩的战术成功了，可是她自己也在疯笑，局面一点儿都没改变。他们过弯时也在笑，过水时也在笑，要不是马儿跳障连侧空翻的华丽动作让他们大吃一惊，把他们从疯癫的笑里解放出来，恐怕等四兄弟赶上来，他们都还在笑个不停呢。

光头仔喘着粗气说："我腿都没力气了，今天肯定赶不上阿宾，都怪你。"

矮个子女孩说:"有本事你们别笑啊,小兔子。"

"被吃掉了。"马尾女孩忍不住接了一句。然后又大笑起来。

光头仔哀号一声:"不要啊,哈哈,不要再来了,哈哈,小兔子被吃掉了,哈哈哈哈哈。"

光头仔先刹停下来,接着是矮个子女孩,接着是马尾男孩和马尾女孩,四个人坐在路边痛痛快快地笑,无所顾忌,全心全意。他们捂着肚子笑,拍着路面笑,滚进草丛笑,对着风一样超过去的马儿笑。

马儿飞一般地滑完了这条直道,接着进入了将近一百八十度的大弯。一侧滑轮高高抬起,手套和地面刺啦啦摩擦,简直要迸溅火星,高速过弯产生的力的作用把马儿逼到路的最边缘,只差一丝就要飞出去。巨大的弯过去,轮子落地,回正。冲上天然跳台的那刻,她在滑板上直起来,挺起腰,舒展背脊,张开双手,飞喽,马儿高兴地大喊。

飞跃之后,隧道近在眼前。阿宾已经率先没入隧道中。

比赛的终点不在隧道前,而在隧道后,隧道中的黑暗,就是马儿要的公平。从来没有人在隧道里滑过,这是一段对所有人都很陌生的赛道。隧道口有一块斑驳锈蚀的铁牌子,标明了这段隧道的长度——1452米。

之前的赛道是下坡路,隧道是笔直的上坡路,尤其出隧道前的一段,坡度很大,把出口高高抬在上面。所以从低处进入隧道,大部分的旅程里,选手要面对绝对的黑暗,只有在临近出口的一两百米才能见到天光。

马儿驶入隧道。绝对的黑暗大概就是这样的吧,往所有的方向看都是一样的黑,甚至看不见黑,黑不再成为一种可以被看见的颜色,而是一种抹除,一种虚无。视觉之外的感官灵敏起来,很快就能感知到黑暗的形状,那是浓郁黏稠的流体,缓缓从诸多孔窍——嘴、鼻子、耳朵挤压进来,心跳在胸腔里拍击,呼吸在头腔中震鸣,两者交织的嗡嗡混响被黑暗封锁住,在躯壳中往复震荡,一次比一次清晰,一次比一次激烈。

呼,吸,呼,吸,不管马儿怎么努力,片刻前隧洞外的清新空气都

134　　　　　　　　　　　　　　　　　　　　　　　请记得乐园

再也呼吸不到了，取而代之的是另一种混浊陈腐的东西。洞外的空气来自溪水、松针和蜜蜂的翅膀，吸了让人轻快，这里的空气来自岩壁的菌斑、蝙蝠的粪便和黑暗里其他未名之物，吸进去就攀附在血管上，惴惴然令人沉寂。

多少次马儿在夜里踩着滑板踏上归路，无拘无束，乘夜风飞翔。她爱夜里万物寂静，她知道寂静中有露珠凝结，有新芽生发，孕育着晨曦到来时的无限可能。所以她提议把比赛的后半程放在黑暗隧道中，前半程吃亏，后半程得利。但她低估了隧道里的黑，夜里终究是有光的，隧道里没有。

马儿在心里默念左中左右。这是事先勘察时记下的，从左侧对向车道进入隧道，滑一段后变到中线，滑一段变回左侧，再滑一段后变到右侧车道，隧道前半程照此能最大限度避坑。可是"一段"到底是多少路，黑暗中没有参照物，全靠直觉。马儿相信自己的直觉，但前提是不能害怕，一怕就慌，一慌就乱，一乱什么直觉都不顶用。

左，马儿对自己说，然而她又犹豫起来，是不是太快了？再等一秒？左，她再次告诉自己，强行变道。滑板一震，马儿心里叫了声糟糕，现在时速应该降到了二十多公里，但还是很快，摔一下的话……稳住了，没摔，是个小坑。马儿松了口气，随即意识到刚才的慌张打乱了心理节奏，此刻她甚至不确定左移之后有没有回正，要是没有回正的话，迟早会撞上紧急人行道。

怎么办，要减速吗？马儿一边蹲低重心一边想。这个念头一出现，惶恐就加倍袭来，时间一下子被拉长了，这一秒钟比上一秒钟长，下一秒钟更比这一秒钟长，每一秒钟她都觉得下一秒会飞摔出去。比赛到现在，马儿第一次额头冒汗。等等，左中左右，下一步该变到右侧车道，什么时候变？

要打手机光吗？不！没人说过隧道里不能开手机光源，但这样做的人肯定赢不了比赛。黑暗浓稠如沼泽，手机光微弱如烛火，只能照出咫尺，怯弱地打开了手机的人，也必然不敢靠着这点微光疾行。而且，前方一片黑暗，阿宾可也没有打光呢。马儿深吸一口气，往右变道。成了，没摔。

下坡道累积的惯性赋能已经消耗得七七八八，马儿开始蹬地加速，准确地说，是用蹬地来维持速度。嗵，嗵，嗵，有节奏的蹬踏声在隧洞里回荡，这声音不光出自她脚下，也从更前方传回。咬上阿宾了，马儿心头一振，脚下奋力一蹬，却正正踏进一个坑洞，踩空了。马儿用腰力拉住重心，没摔倒，连踩几脚回稳，这时候最关键的还不是平衡和速度，而是方向感，阿宾的蹬地声成了指引方向的"灯"，马儿循声调整方向，再次追赶。嗵嗵，嗵嗵，一轻一响，一前一后，两人的蹬地声仿如心跳声，交错着呼应着。突然之间，一方消失了，嗵，嗵，马儿只能听见自己的声音。阿宾双脚上板了？不可能，现在的坡度不蹬速度降得飞快。阿宾害怕了？更不可能，都到这会儿了，她肯定也能听见后方的追赶声，怎么可能因为害怕而停下呢？

碰撞突至。

滑板迎面撞上了某个东西，不是石头，更轻巧，一撞就撞开了，马儿的重心已经压得很低，这一下没立刻摔，可紧接着滑板又是一颠，马儿来不及琢磨是陷了坑还是卡到裂缝，足底刚感受到震动，不等震动传到腰，主动团身一个跟头翻出去，紧接着又斜打两个滚，把冲力卸干净。站起来的时候，黑暗中传来一声轻笑，马儿顿时明白了。

勘路时马儿就注意到，在离隧道出口不到五百米处，有十几二十米的损坏路段，这段路除非眼睛能看见，否则铁定摔。她本打算滑到附近时提前降速，这样摔不重，爬起来过了这一段再最后冲刺，可追着追着就忘了。好在这一扑一滚很顺，手套也给力，感觉没受伤。阿宾先摔了一跤，刚才撞上的是她的滑板，不知道她摔得重不重。

"你没事吧？"马儿出声问。

阿宾没回答，黑暗里却有喊喊嚓嚓的声音。马儿想到那一声笑，估计没大事，伸脚一扫，看看滑板是否在附近。鞋底和路面摩擦，也发出了喊喊嚓嚓的声音。

几步外又传来一声笑，然后阿宾开了口："谢谢你的滑板啦。"

马儿大急，站起来要追，一转念，反身去找阿宾的滑板。黑暗里一脚高一脚低，快不起来。马儿走一步伸脚画一个圈，再走一步又画一个圈，然后索性猫一样四肢着地，一边爬一边用手扒拉。阿宾方向有远去的脚步声，她肯定也打算走出这段路再上板。这是最后时刻，被落下可就真追不上了。要不要打灯找？马儿忍不住这样想的时候，总算摸到了阿宾的滑板。

马儿抱起板往回走，才两步就一脚踢到人行道沿。这反倒点醒了她，这种坑坑洼洼的地方，摸黑走不如爬更快更稳当。她把滑板夹在左胳膊底下，右掌着地，以近乎跳跃的方式前进，速度一下子快了许多，贴着人行道沿，方向也不会出错。不多久，右手连续两次落在了平整路面上，她放下滑板奋力一送，猎豹般猛蹿上去，站起来荡开右腿急蹬三记，可是耳朵里听见的蹬地声却更多，且近在咫尺。阿宾就在身前，不，在身侧！左侧！马儿张开左手，保护滑行空间，却撞上另一只手，彼此手背先磕打一记，接着不约而同翻转手掌纠缠拉拽，两块滑板一会一齐向左偏，一会又一齐向右偏，有一刻竟贴在了一起，板靠着板，肩并着肩，马儿右腿一蹬，阿宾左腿一蹬，"嘿""哈"，两个人这时才出了声，肩膀碰撞在一起，谁也没能奈何了谁，又借着这撞彼此分开，心有灵犀地改抓为推，彻底脱离，你走你的阳关道，我走我的独木桥。

最后那一推，不管是马儿还是阿宾都用了劲，都想把对方给推倒，也都没成功。马儿找回平衡之后，又不确定行进路线是否笔直了，但这会再贴边校准就会被落下，或许只能赌自己的方向感了。

137

如果没办法百分百地确定，就用不足百分百的力气。黑暗中，马儿忽然放声大喊："小豆角，小豆角，小豆角！"

声音化作雀鸟，在黑暗中振羽疾飞，一路向前，一路升高，"嗖"地冲出洞去，回旋一匝，复又回返。

"姐姐！"

听见小豆角回应的一瞬间，马儿心头亮起毛茸茸一团光，方向也有了，气力也足了，比赛忘在脑后，只顾上开心，更想多嚷嚷几句。马儿便继续喊，小豆角继续回，两个人的声音牵在一起。马儿脚下生了风，生了火，架起云，转眼的工夫，那光从心头跳出在眼前了。光的中间有个小黑点，再近些，小黑点分成一大一小，大的是肥雀，小的是小豆角。让开，马儿喊，肥雀闪开，小豆角却在中间跳，那就别动，马儿喊，她双脚上板，蹲下，滑过小豆角身侧时揽臂一捞，把小豆角抱起来。

"赢咯。"小豆角冲横板刹在眼前的阿宾笑个不停。

3

阿宾引路，马儿牵着小豆角的手，重新走回隧洞中。她们贴边而行，昏暗时阿宾打起手电，又走一小段，在洞壁上照见一个比房门小一圈的洞口。阿宾缩起脑袋钻进去，马儿打开手电，嘱咐小豆角抓紧自己的背包，一串儿跟进去。那是一条狭窄甬道，微微有些上坡坡度，走二三十步到三岔口，去路两分，一条是骤然宽阔的甬道，幽深不知所往，许是通往废弃的矿洞，又或是通向其他秘密所在，阿宾走上了另一条路，和先前同样狭窄，坡度却陡然增加。又走几步，出现了一条石阶，拾级而上，路越走越宽，最终回到地面。

重见天日时，已入深山中。葱碧郁郁间有一条脚踩出的小径，阿宾说顺着小径走几里路，蹚过山溪就能瞧见她叔婆的小屋。这是条少有人知的捷径,否则一来一回得半天,别的不说,小豆角肯定走不动。

马儿所询之事,阿宾听自她叔婆,也只听了一鳞半爪,想知道究竟,还得去问独居深山的叔婆。

"你该一起去,要是你叔婆不理我,岂不是白跑一趟,要是她和你一样,也出个难题考我,那也烦人得很。"马儿说。

"我要是一起,你才问不到呢。"阿宾指指伤处。同样在隧道里摔一跤,马儿毫发无伤,她却磕破了左侧膝盖。玩滑板这伤不算啥,只是看上去血呼呼有点儿吓人。那位叔婆性子孤僻,只疼阿宾一个人,问起受伤原因,不免会迁怒马儿。

"你别担心,你就说小花猫让你去问的,叔婆肯定会告诉你。"阿宾说到"小花猫"时,声音格外轻。

"小花猫?"马儿歪着头打量阿宾,"这是你的小名吗?"

小豆角拍手笑:"小花猫,爱尿尿,闻一闻,吓一跳。"

阿宾龇牙凶他。

分手时,阿宾说现在你是 King 啦,但是你不会只来这一次吧,要公平,不能赢了就跑。马儿说你还可以是 King,阿宾说那不行。马儿又说,这样,你当 Queen 吧。走出老远,阿宾才反应过来,远远地喊,你占我便宜!马儿不回头,扬手一挥说,我会回来的。歇了歇,遥遥传来阿宾的回应,说话算话啊!

时近中午,马儿取了干粮和水,同小豆角边走边吃。小豆角吃饱了不消停,像上了发条,腾腾腾冲到前面,等不及又再跑回来,还时不时钻进林子躲起来吓唬马儿,没多久就摔了两跤。马儿把小豆角脸上的泥擦干净,说不如你改名叫小花猫。小豆角说我累了,姐姐背。马儿蹲下来,让小豆角跳到背包上,小豆角又说不用背了,姐姐也歇一会儿吧。两个人便找了个树荫坐下来,小豆角要听小美人鱼的故事,马儿就把那故事又讲了一遍。

139

小豆角不插嘴不打断，听得津津有味，仿佛头一遍听似的。听完却不甘休，盯着马儿要听后面的。马儿说妈妈就讲了这些，小豆角说妈妈讲前面的，姐姐讲后面的。马儿想了一会儿，脸上慢慢浮起笑容。

姐弟俩重新上路，这一回，小豆角紧紧守在马儿身边，听姐姐讲述小美人鱼上岸后的故事。

太阳在一重一重波浪上跃动，牵引着水晶球。水晶球在潮头一涌一涌，不时闪一闪，像颗璀璨宝石。最终，水晶球停在沙滩上，被一个渔夫捡到了。

小美人鱼待在水晶球里，一动也不敢动。巫婆告诫过她，别过早显露水晶球的神奇，人间很危险。

渔夫从没见过这样的水晶球，只当是件无主的珍宝，美妙绝伦的艺术品。瞧，那里面的小美人鱼，做得就像是真的一样。

渔夫揣着水晶球离开村子，去了最近的城市，把宝贝卖给了一家古董店。

古董店的老板把水晶球放在货架上最显眼的位置，一位贵妇人很快买走了水晶球，作为生日礼物送给了她的儿子。

那是一个普普通通的少年，既不过分英俊，也不显得难看。他有一双特别大的眼睛，人间的光彩映入这双眼睛，会再加倍地反射出来。少年爱这枚水晶球，胜过此前收到的所有礼物。尽管他还不知道水晶球里的小人鱼儿，其实是会动的。从那天开始，他再不需要伴着妈妈的童话入眠了，他把水晶球放在枕边，盯着美丽的人鱼一直看一直看，直到倦意袭来，安静地进入梦乡。在那之后，小美人鱼就会慢慢地游动，她好奇地回看他，仔细端详少年那熟睡的脸庞。

当少年长得高一些了，某个夜晚，他在床上像往常一样看着水晶球，忽然意识到一个奇妙的问题。好像……每天清晨醒来时，水晶球里小美人鱼的姿态,都和前一天稍有不同。

少年闭上眼睛,人鱼开始起舞,她没有意识到,少年的心跳,比平时剧烈了许多。

少年睁开眼睛。然后笑了。

从这一刻起,少年再也不把水晶球炫耀给小伙伴们看了,这是只属于他一个人的秘密。而小美人鱼也不只在少年睡着时起舞,如果房间里只有少年一个人,如果少年的双眼凝视着她,她便会翩然在水晶球里游动。有的时候,水晶球会微微震动起来,发出奇妙的乐声,那是美人鱼在歌唱。

如果能有双腿,如果能从水晶球里出去,站在他面前,该有多好呀。不知有多少次,小美人鱼这样想着。

"然后呢,然后呢?"小豆角急着问。

马儿耸耸肩:"我还没想好,想好再告诉你呗,我们快到了。"

此时他们走到了溪水边。

这是山林间的宽阔地带,眼前一条波光粼粼的大溪,远山重重溪头不知何起,密林郁郁溪尾不知何往,只安详地坦露出灿灿然一段中腹。本该有的潺潺水声变得隐隐约约,像被一双温柔的手抚平了所有的曲折跌宕。不光如此,刚才一路走来,夏日里吵吵嚷嚷的鸟叫虫鸣都婉约了许多,这个中午,天地间仿佛有一道神秘的律令,令所有物事压低声线,给马儿专辟出一个舞台,让初到人间的小美人鱼绽放光芒。

马儿和小豆角踩着石头过溪,小豆角停在一块大青石上,把手伸进清澈的溪水里洗濯,他的手来回摆动,水波一圈一圈荡开,刹那间,整条溪都耀动起金光来了。这闪耀如此地神妙,仿佛是溪流唱起了圣歌。马儿望向溪水,发现金光不仅来自水面,更来自清浅的溪水中。她见到水里有大如磨盘的光斑,一盘一盘一盘,铺满整条大溪。光斑不是静止不动的，它们衔接交叠的边缘缓缓游移伸张，富有优美的韵律，仿如生命的吐纳。这如鳞片般顺着溪流铺陈的光斑自有光泽，与太阳的光华相互砥砺，相互辉映，这分明是两种对等的伟大之物！意识到这一点的时候，光斑动了，不再是之前的彼此摩挲，而是一块衔着一块，迅捷地向前移动。一面大帆出现在水波下，半透明如蝉翼，帆梢毛茸茸的，有生命的灵动，流光当空一闪，大帆耀着七彩从溪水中立起，不是水花，而是雾气一样的光点蒙蒙散在空中，山野间随之响起"馨铃铃""馨铃铃"的空灵之声。这景象这声音带来了一种不言自明的知识，忽然之间马儿就明白了，这不是光斑也不是帆，这是不可思议的大鱼的鳞和鳍呀！大鱼溯着山溪远去，最后的时刻，一截鱼尾幻影般展开在水面之上，却远比水面更宽阔，遮去了一多半天空，又毫无遮天蔽日的压迫，一摆之后，鱼尾重又入水，空气中顿时弥散开旷远的悠香，马儿熟悉这香，这是麦田里芬芳的麦香啊！

香气和声音的尾韵不绝。我竟见到了一尊神灵，马儿想。她转头望向小豆角，想问他有没有和自己一样，目睹奇迹之鱼，却见小豆角正沐浴在一片薄薄的金光中。他脸上细细的绒毛是金色的，他长长的睫毛是金色的，连他的瞳孔都是金色的。

4

小屋坐落在溪后的坡上。屋前一株槐树，树下一张躺椅，椅上歇着一个人。想到要说妈妈的事，不知会听到什么消息，马儿便让小豆角留在溪边等。刚才的奇迹让深山老林变成了心安之地。

嘱咐过小豆角别下水别乱跑，待在坡上能看见的地方，马儿走到槐树下。躺椅上的人身型瘦小，蔽在荫下，脸上还盖着一顶草帽，马儿见到她交叠在肚子上的苍老的手，心想这应该就是阿宾的叔婆了。马儿说一声你好，停了会儿，再喊一声，老人慢慢抬手摘下帽子。

老人看手像八十，露了脸又像只有六十多。老人没有起身，只是侧过脸看着马儿，阿宾说过她这位叔婆性子孤僻，马儿琢磨该怎么开口，竟紧张起来，先说起了不相干的话。

"你见过大鱼吗？山神一样的鱼，比一整条小溪还大的鱼，鳞片比车轮还大的鱼。"

马儿停下话头，因为老人又把草帽盖回了脸上。

"呃，请问您是阿宾的叔婆吗？"马儿说。

老人支起手摆摆，像在赶人。

"小花猫让我来的。"

听见"小花猫"，老人总算又把帽子摘下来。马儿松了口气，连忙接着说："有个事情想要问您，阿宾说只要提小花猫，您就会告诉我。"

"什么事？"老人斜眼瞥她。

"我是白尾岭村的。"马儿报了家门，然后说了爸爸妈妈的大名，问老人认不认得，老人摇头，再说了妈妈的昵称"阿芸"，村里人都这么叫妈妈，另补上一句，说就是七年前和别人离家出走的那个阿芸，老人这才点点头。马儿心里失望，眼前这老人分明和妈妈爸爸都不熟悉，哪里能知道什么内情，自己这一趟要白跑。

失望归失望，开了口，总得问完。

"村里都说阿芸是为了别人离家出走的，可是阿宾说是被人拐走的，还说这话是从您这儿听的？"

"是我说的这话，怎么了？"

"您说的和别人都不一样，您是知道什么内情吗，您知道……阿芸后来安全吗，知道她去了哪里吗？"马儿一口气问了一堆问题。

"我不知道什么内情，也不知道她去了哪里，安全不安全。"

"那您为什么说我妈是被拐走的？"马儿急了。

"你妈?"老人打量了两眼马儿,从躺椅上坐起来,问,"谁是你妈?"

"阿芸,我的妈妈就是阿芸。"

"娃儿,你今年几岁啊?"

马儿不知道老人为什么忽然问自己年纪,但还是老老实实答,"十六。"

"十六啊,看着是挺大了。嗯,十六。"老人念叨了几遍,又问:"想找你妈?"

马儿点头。

"你妈的事,你爸怎么说的?"

"只说我妈喜欢上别的男人,跟那男人跑了。其实我觉得她跑得对,我爸老打我妈。"马儿忍不住为妈妈说了句话。

"外面那男人,你知道是什么人吗?"

"我就知道他姓唐。我爸骂起的时候,会说那个姓唐的。"

"别的呢?"

马儿摇摇头。

"村里呢,别人怎么说你妈的呢?"

马儿觉得有点儿难受,因为那都不是好话,但面前的老人不像有恶意,而且想要问到点什么,别人问你的话也得答呀。

所以马儿就答。那些都是她从来没有打自己嘴里往外吐过的话,听别人说的时候,她会自动过滤一遍,可是自己说出来,要怎么过滤呀。真是苦,觉得自己苦,也觉得妈妈苦。

马儿说得难受,老人却像是没听够,问就这些了吗,没别的了吗,马儿说没有了,就是这些。老人叹了口气,说那你就是不知道了。

"我不知道什么?"

老人又叹了口气,说:"其实,你不知道也好。"

马儿这下不答应了,自己掏心掏肺说得这么难受,你怎么能这样呢,就算你年纪大,也不能这样呀。

"阿宾答应了我的。她说只要和你提小花猫，你一定会说的。"马儿虎起一张脸，瞪着老人说。

"她呀，啥都不懂。"

马儿气得跺脚，急得转圈，老人说你转得我头晕，你莫急，你坐下来。马儿往老人面前一蹲，老人问，你这次去找你妈妈，要是最后找不见怎么办？马儿说找妈妈哪有这次那次的，慢慢找呗，总会找到的。老人说你不得回来上学呀，你这次是趁着暑假吧。马儿说谁还回来呀。老人惊讶，说你不回来啦？马儿不答。老人说，你找你的阿芸妈妈，你别的妈妈呢？马儿大吃一惊，嘴里却说，人不就一个妈妈，哪里还有其他妈妈。老人也吃惊起来，说你还真是个拐娃儿呀，你居然还知道自己的身世呢？那会儿你都记事啦？马儿一下站起来，说你怎么知道？老人倒笑了，说，你这娃儿可骗不了人，你什么都往自己脸上写。她朝马儿招招手，说你莫急，你坐下，你是拐娃儿，我也是拐娃儿，咱们俩都一样。马儿又吃一惊，说你也是？老人说，我被拐的时候比你现在还大些，倒是你，拐小男娃儿常见，拐小女娃儿少见。马儿坐下来，老人说的下一句话又险险让她再跳起来。

"你阿芸妈妈，和你，和我，是一样的。"

"妈妈也是被拐的？"

"对，她是。从前啊，这附近像她像我那可多得是。那会儿山里可穷，外面的不肯嫁进来，山里头又都生的男娃，配不齐啊，配不齐咋办，硬配。所以谁家不办酒忽然多出个媳妇，还不是本地人，嘿，保不准就是拐的。你阿芸妈妈也是个运气好的，能跑出去，不像我。"

马儿一骨碌爬起来，说："您现在走不了吗？我带您出去，准能跑掉的！"

老人嘿嘿而笑，渐至前仰后合，笑到声音哑然。她用手轻拍躺椅，待喘息平复，对不知所以的马儿说："现在我当然可以走啊，我男人都死了好些年了。可是我走到哪里去？我已经老得眼泪都流不出来了，老得家乡话都忘记了，我也只能在这里啦。你倒是个好孩子，和小花猫一样。你叫什么名啊？"

"我叫马儿。"

老人点点头，说："原来我也有过想跑的时候，那会儿真跑不出去，周围那么多眼睛，运气好出了村，跑不到吕梁也会被逮回来。后来年纪大了，认命了，别人看得也没那么紧了。我知道自己这辈子就在山里了，但是呢……"老人看见马儿懵懵懂懂的表情，停下话头，摇摇头，又说，"好孩子，我和你说这些干什么，不和你说这些。我就告诉你，好些年里，我要是听说谁家有个和我一样的，就上点心。你妈她能跑出去，我想啊，得是因为那个姓唐的，她得有人帮才行啊。你想找你妈，就着落在这姓唐的身上。"

"您知道这个姓唐的在哪里？"

"拐我的人，也姓唐。"老人说出了让马儿震惊的话来，没等马儿反应过来，她又接着说，"当然不是同一个人。为什么我会和阿宾说，阿芸她也算是被拐走的呢，这算随口那么一说，又不完全是随口讲的。你要知道，这几十年里，往这附近村里带女人和娃儿的，多半姓唐。他们都是一个地方出来的。拐子能把人带进来，也只有拐子能想法子把人带出去。你要到了那地儿，没准能有你妈的消息。"

让我也入梦　花骨朵

1

马儿和小豆角由吕梁到太原，省城往日是憧憬之地，可真走在宽阔的大街上，小豆角倦得三步一停，马儿也觉得差点意思。也许是念着上海的缘故？又从太原到郑州，那就不同了，郑州有黄河呀！马儿牵着小豆角走出柳荫道，走过青草地，钻过护栏走上泥地，直抵苍黄大河之畔。风浩荡地吹，河面微澜，这一条长水厚重得像泥浆。没有太阳，马儿却还是手搭凉棚，上游眺眺，下游望望，明明什么都没有想，还是生出一种情绪来。她觉得自己靠近了一个伟大的生命，巨人走向大海，戴着枷锁缓步而行，什么都无法让他停下。

黄河入海流。马儿不禁念出一句诗来。小豆角说是不是顺着黄河走就能到上海？马儿说那可不行。姐弟俩再往下走的时候，在郑州火车站被拦下来，安检出了包里的烟花。马儿说前两站都带的，制服大叔说那他们犯错了，我不能犯，而且你没满十八，也不能带儿童坐火车。马儿退了票去坐长途夜车，由郑州到徐州，再由徐州到了洪泽湖。本没有游湖的计划，但小豆角以为到了大海，马儿就带他上了条小轮观光，体验"小大海"。马儿反复嘱咐不能跑不能跳，又反复问小豆角难不难受、晕不晕，一个小时游程结束，小豆角意犹未尽，马儿顶着大太阳在滚烫的石椅上坐了好一会儿，才缓和了煞白的脸色。

马儿万万没想到自己会晕船。再颠簸的乡路她也不晕车，再狂野的滑板动作她也能平衡，怎么在洪泽湖上晕了呢？也没多大的风浪呀，真到海上怎么办？那么漂亮的帆船，可别吐脏了。到时候得扒着舷往外吐，马儿想。总不会从中国吐到美国吧，吐到日本应该差不多了。

客车上坐定，马儿喝掉半罐凉白水，拿出手机，回复短信。短信游湖前就收到了，是阿爸的。当日仿照妈妈给阿爸发出告别短信，路上阿爸打了两个电话，她都不接。接了不知道说啥。从龙秋山里出来，接到短信，骂了一通，让她回去，她回"不"。然后就没联系了，直到第二天，马儿依然不接电话，才又来了短信，这次口气好一点，问她知不知道花萍去了哪里，马儿当然不知道，让阿爸自己去问花萍。第三天全天没联系，第四天，也就是今天上午，才又发了封用词郑重的短信来问马儿，打算什么时候回家，小豆角是不是和她在一起。马儿不笨，她猜阿爸原以为花萍带走了儿子，绕了好大一圈，才又把注意力集中到她身上。

这次马儿回复了很长一封短信，说了那晚烟花下的见闻，又重复了一遍花萍往日对小豆角有多不好，花萍走了，她要把阿芸妈妈找回来，给小豆角当新妈妈。阿爸说你胡闹，赶紧带弟弟回家。马儿说不。阿爸说你人现在在哪里？你要去哪里找你妈？马儿把人贩子村的名字报出来。阿爸给她打电话，她还是不接，于是继续短信。阿爸问谁告诉你妈妈在那里的，马儿说我也不知道在不在，我去看看。阿爸说你现在就在那里吗？马儿说快了。阿爸说那里危险，小心被拐走。马儿说我被拐过一次了不会再上当。短信发出去马儿自己也吓了一跳，不知道刚才抽的什么风。停了很久，阿爸发来新短信，说你去下载个微信，我们视频一下，也让我看看小豆角。这时到站下车，马儿说等晚点找到能蹭网的地方。

马儿站在路边放眼打量，一边是高高的玉米地，一边是翠绿的水稻田，本该养眼的景色，现在却浮着一片片亮白眩光，下午一点，骄阳似火，光溜溜的柏油路被晒得冒烟，连一棵能躲荫的行道树都没有。按照马儿昨天在网吧查到的信息，村子在车站东南方向，东南方是玉米地，站在公路上，越过一人多高的玉米秆子倒是能望见几处屋舍踪影，拿不准是不是要去的地方。这么热的天扑空了折返，马儿耐得住，小豆角却不行。刚才在车上应该问个路，可是回阿爸短信压力大，马儿无心他顾，到了这会儿再想问，一趟车就下了他们两位客，该去问谁？往北望，隔着小一里地有个人影儿，马儿让小豆角下到玉米地的荫里等她，自己去问路。走出两步觉得不对，这是什么地方，怎么能让小豆角一个人待着！

149

虽然看起来路上没人，谁知道会不会突然蹿出个人贩子把小豆角抱走？

马儿把小豆角叫上来，解下滑板让他站上去。滑板在龙秋山黄金赛道狠狠使过一次，轮子过度磨损，一时找不到地方更换，这两天马儿没用过，现在也只是推着小豆角滑，让他省点力气。

"热不热？累不累？"马儿问。小豆角不答，站在滑板上扭来扭去，看起来精神不错。马儿便随他去，走一会儿，小豆角双掌合拢左一伸右一伸，地上马儿的影子长出"独角"，"独角"左拱右拱，又咧成小嘴，一张一合。马儿歪起脖子，把小豆角的脑袋在影子里露出来，一个身子顶着两个脑袋，姐弟俩笑作一堆。

走了这么会儿，前面的人却离得更远了。再走一会儿，人又近了。马儿明白了，那也是个玩滑板的，正一趟一趟地来回滑。马儿招手"哎哎"喊，怕他又滑向更远处。那人听到喊声，左一扭右一扭滑过来，居然没蹬过一次地。这可是条平路，哪来的动力？马儿的眼睛越瞪越大，等他滑到面前，马儿第一句问的却不是路。

"陆地冲浪板？哇！我只听说过，能不能让我试试？"

那人跳下来，把板让给马儿。

马儿卸了背包跳上去，左一荡，"哇哦"叫一声，右一荡，又"哇哦"叫一声，再赞叹一句"这前桥能动啊"，几下子就出去十来米。起初，马儿需要大幅摆动身体来让板前进，几个来回下来就只需扭动腰胯，再过一会儿，动作更协调，摆幅更小，像一条游在陆地上的鱼，人是鱼身，板是鱼尾，平地生出波涛，人随浪走，简直是在起舞。马儿和阿爸说话生出的压力在滑板上消解了，她浑身松快，一时忘了身在何方。

马儿耍了一阵，依依不舍跳下来说："这个板，往哪个方向转都顺得不得了，再多玩一会儿，我就回不去自己的板啦。"

又问："听说它模仿的是海上冲浪，所以海上也是这样自由的感觉吗？"

单只问出这个问题，马儿的眼睛已经变得亮晶晶。

那人答："我可没出过海，不知道呀。你真是第一次滑吗，怎么上手这么快？我拿到手三天，练了快有十个小时，比不了你几分钟。"

马儿指指小豆角脚下："我本来就会滑板，道理通，上手快。"

"那你得是高手，我就是觉得自己玩不转滑板，才买的这个。"

陆地冲浪板的主人是个身形肥壮的男孩，看似二十上下，两道稀疏阔眉入鬓，下面一双圆溜溜小眼睛，塌鼻梁肥鼻头厚嘴唇短下巴，留着微微的胡须，皮肤泛红，一看就知道并不是惯晒太阳的，只是近些日子晒得猛，已经给晒伤了，怕要褪层皮。

马儿这才想起所为何来，向他打听去人贩村的路。人贩村当然有个正经名字，还相当好听，叫花骨朵村。可马儿不愿意记这个名字，一个人贩村有这样的名字反倒加倍可怕，花骨朵儿还没长成就被摘下来，就离了原本的根茎，还能开放吗？

那人给她指路，说顺着大路走一里多地有条丁字岔路，转上去走小一里地，看见路左有三根排在一起的电线杆子时，就往右边的小路转，这时候一边是野地，一边是油菜地，再走上半里，就到了花骨朵村村口。

他说得详细，说完之后，又问："村里你找谁呀？我就是花骨朵村的呀。"

马儿吓了一跳，没想到问路问上了人贩村的人。她转过脸，让小豆角去玉米地里避暑，用这句话的工夫镇定心情。玩板的人，能坏到哪里去？马儿偷偷想，又赶紧把这个念头打倒。这可是人贩村哎，打起精神！

马儿冲这人笑笑，显得自己毫不紧张，正要拾起刚才的问题来回答，他却又一路问了下去，好似把提问当成了聊天。

他说你们打哪儿来呀，你们不是本地的吧，省外的吧，是不是安徽呀，还是河北？河南？哦山西呀。山西哪儿呀，太原吗？太原是个好地方，不是太原，那是哪儿呀？离太原不远？那也差不多就是太原，太原好呀。

马儿不想把自己打哪儿来说得太细，照阿宾叔婆的说法，不光她的村子，也不光龙秋山，那儿一大片的村子都和花骨朵村有着"生意"往来呢。她可得多长个心眼，别把自家底细卖掉。

马儿说太原好你们这里也好，你们水比我们那儿多，河啊湖啊，都能种稻子，我们那儿可看不见稻田，玉米地有，多的还是麦田。那人说麦田多好看啊，马儿说那倒是，这时节风一吹可香，那人却不服气，说稻也香啊，否则为什么有歌叫《稻香》，却没有歌叫《麦香》呢？然后他唱起来。

对这个世界如果你有太多的抱怨
……
为什么人要这么的脆弱　堕落
……
多少人为生命在努力勇敢地走下去
……

他唱得入戏，双手握拳打着拍子，身体也跟着左右耸动，手舞足蹈的像个上足发条的跳舞胖偶。马儿不知该怎么打断他，便听他唱，等他唱到下一段，入了旋律，马儿才想起是听过这歌的。

还记得你说家是唯一的城堡　随着稻香河流继续奔跑

"原来是这个歌词呀，我第一次听清楚，你唱得好。"

唱《稻香》的男孩停下来，有些沮丧，说："你听清楚歌词，那说明我唱得不好。"

歌词在马儿的脑海中闪一闪,仿佛大河上的泡沫浮光,随波流淌而去。她问你们村大吗,有多少人呀,这些田都是村里种的吗,还是大多数人去城里打工呀。她觉得自己既没有直接问关键问题,又把要问的夹在一堆别的问题里,隐藏得很好。没想到稻香男孩却说,你问这些干什么呀,你不是去村里找人的吗? 马儿张口结舌,说你不是也问许多我的事吗,我就问问你的事,这不是礼尚往来吗? 稻香男孩说你们那儿是这样的吗? 马儿硬着头皮说是的呀,交朋友不得讲个有来有往吗? 稻香男孩点头说,也是,可你连我们村大概是啥样的都不知道,千里迢迢到底是来找谁的呀? 马儿说了妈妈的名字,问你们村里有叫这个名的人吗? 稻香男孩摇头,马儿又说了"阿芸"这个名,他还是摇头。马儿说这个人不是你们村的人,是外面来的,应该是七年前来的。稻香男孩说,这个"阿芸"是你什么人呀,你亲戚吗? 马儿说算是吧。却不料小豆角一直在下面竖着耳朵偷听,这时叉腰大喊一声。

"是妈妈!"

"啊,是这样吗?"稻香男孩一愣,表情变得郑重起来,说,"是小弟弟的妈妈?"

"是我们的妈妈。她和你们村的一个人在一块儿了,她是被那人带来的,或者是自己找来的。"

"和我们村的人? 谁呀?"

"我只知道他姓唐。"

"光知道姓唐可不行,我们村里十个里有六个姓唐,我也姓唐。"

马儿想起老爸过往的咒骂,想起村里人的闲话,那把妈妈拐跑了的男人,还另有称呼。

"有叫他麻秆的,也有喊他麻子的。"马儿用不那么确定的口气说,"唐麻秆,或者唐麻子?"

稻香男孩眼睛一亮,说:"这么说起来,我倒想起个人。"

"真有?"马儿喜上眉梢。

"村里的辈分论起来我该叫七叔,虽然没听过别人叫他麻秆或者麻子,可他又高又瘦,袖口空得穿风,不就像麻秆吗? 他倒不是真麻子,但脸上特别糙,冷不丁一看,还挺像麻子的。他前些年被抓进去啦!"稻香男孩说到这里,用手挡在嘴边,压低声音对马儿说,"贩卖人口!"

"啊? 被抓进去了?"马儿沮丧起来,那妈妈要去哪里找?

"坐了几年牢,刚放出来一两年。"

"哦,那……"马儿心情跌来荡去。

"他做了这样的事情,大概是觉得不光彩,放出来以后,就没在村里住了。一个人搬走住在一座荒房子里,离这儿还有好几十里地呢。那房子可吓人了,白惨惨的墙,屋顶又高又尖,简直和塔似的,哪有活人住在塔里的? 倒像是个小号的基督堂。"

稻香男孩说话絮叨,马儿打断他问:"他是一个人住的?"

"他是一个人搬去的,但是后来又多了个女的一起住,不知道是怎么……"稻香男孩忽然停下来,仿佛反应慢一拍似的,捂住嘴瞪着马儿。

"难道就是你妈妈?"

"你见过那个女人吗? 她长什么样?"马儿焦急地问。

"我就远远见过两次,看不太真。她和你差不多高,脸偏圆,挺黑的,眼睛挺大的,让我想想,嘴唇有点厚,鼻子有点翘。年纪说不好,说四五十吧,又像更年轻些,只是显老。但我不知道她叫什么名字。"

"是不是额头高,脑门亮,下巴方?"马儿问。

"对对对。"稻香男孩说。

"呸! 对你个头!"马儿啐他一脸。

稻香男孩一脸愕然。马儿指着他骂骗子,说花骨朵村就没好人,他终于维持不住表情,垮下了脸,瘪着嘴挠起头来。

"我都觉得自己演得很好啦,你是怎么看出来的呀? 我真是太笨啦!"

那口气那模样，不像个被识破的骗子，倒像个恶作剧时被抓获的顽童。

"我明明都照着口诀做的，怎么就不对了？"他还在念叨。

"你还有口诀？"马儿忍不住问。

"有啊，痴愚病弱，不热即冷，舍近取远，九真一假。"

"什么意思？"

"那我怎么能告诉你？难道你也想学了去骗人？要么你交我点学费。"

"就你这么笨，骗我都骗不到，还想我交学费吗？九真一假，就是九句真话夹一句假话对不对？"

稻香男孩耸耸肩："痴愚病弱说的是什么样的人容易打消别人的戒心，我本来就笨，算起来还占了先天优势呢。态度上要么热情一点，要么索性冷一点。话术不能急功近利，能说真话尽量说真话。好啦，我都告诉你了，现在换你告诉我，我刚才到底哪里做岔了？"

马儿犹豫一下，还是摇头。

"你说那个，什么额头高脑门亮下巴方，是不是在诈我？"稻香男孩看看马儿的表情，一拍大腿叫起来，"你好诈啊。"

马儿忍不住笑起来。她当然不会告诉他，其实之前稻香男孩就已经说岔了。他照着马儿的年纪和长相，来揣测阿芸妈妈的年纪和长相，却怎么能想到，马儿千里寻母，其实彼此并无血缘呢？

"那我要是没有识破你，接下来你要怎么办，你要把我卖给别人去做老婆吗？你要把我卖到哪里去？"

"我还没想好。"稻香男孩说，"我来不及想，我脑子本来就转得比较慢。我就先骗一下，你要是真跟着我走，我就一边走一边想呗。"

"你这脑子还慢？我就和你说了几句话，你就准备把我骗走啦！"

"你年纪这么小，还带了个小娃娃从外地来，无依无靠的，一来就借我板玩，对人没戒心……"稻香男孩掰着手指头数出一二三四，"你简直就是教科书级的好骗呀！"

155

"那你怎么没骗到呢?"

"我笨呀!"稻香男孩双手捧头哀号,马儿竟觉得他有些可怜起来。

"你打算把我卖多少钱呢?"马儿好奇。

"一千六?"稻香男孩用不确定的口气问。

"这么少!你就为了这点钱害人吗?"马儿生气。

"我借了一千六买的这块陆地冲浪板,我就想着……"

"这么贵!"

"进口的呢!"

马儿啧啧感叹,然后摇头说:"你做得不对,你知道吗?人得是自由的呀,想去哪里就可以去哪里。你玩滑板,你怎么不懂这个道理呢?为什么喜欢滑板,这块陆地冲浪板比别的滑板又好在哪里,不就是图个自由自在吗?"

稻香男孩嘿嘿笑,挠头,说:"反正没骗到你,看来他们说得没错,我真不是干这行的料。"

"你刚才给我指的路没错吧?"

"那没错。"

"那就行。"

"你还要去村里?"

"当然啦,我得找我妈。你不知道,没准你们村有人知道。"

"说实话,你这么个小姑娘,还带了个小娃娃,跑去我们村真的危险。那些人的肚肠一个个都比我多几十道弯呢。"

马儿被他说得发慌,脸上不动声色,暗暗给自己鼓劲,心说看我匹马孤身入敌营!不对,不是孤身,有小豆角一块儿呢,有伴儿,是两个人呀。马儿往玉米地里瞥了一眼,猛然发现小豆角不见了!

"小豆角!"马儿一声大喊,往地里跑。跑到路肩就看见小豆角了,他正坐在地里,背靠着玉米秆子睡觉呢。

马儿松了口气，返回来把背包和滑板挪到路肩，轻手轻脚溜下坡去，小豆角还没醒，她对跟下来的稻香男孩比了个低声的手势。

稻香男孩压低声音，说："你要非得去村里，那就还是我带你去，就说是我朋友，不是没根没底的外人，这样能问得到点真消息，还不至于被拐走。"

马儿"唔"了一声，见小豆角嘴角上扬，不知做到什么美梦，便微微一笑，在他身畔坐下来，也挨上一玉米秆。玉米秆子看似高大根却浅，轻轻一倚，叶子在头顶上沙沙地响。她脸颊搁在膝上，眉眼向着小豆角，一分一分低垂下来，眼皮似闭非闭，世界的光影只余一寸，夏日的气息却在这一寸间格外浓烈。马儿仿佛回到了家乡的麦田里，又或有一整片田野的麦香跨越空间而来。她呼吸悠长，麦香荡漾起来，变幻成另一种味道，一种新鲜而辽阔的咸味。

迷离不知岁，直至一道长风卷走了梦之野的所有气息。马儿睁开眼睛，小豆角也正望向她。她回味着恍惚中的余韵，心想那是不是家乡的味道？她的家乡其实在上海，她的家乡还未去到，可马儿隐约觉得，那也不是上海的味道，倒像是大海的味道。她曾无数次见到自己身处蔚蓝大海之上，在昏暗的网吧里，在课间的梦中，在暗夜的长路上，可闻到海的气味还是第一次。离海更近了，她想。

她也又看见了稻香男孩，他没进田里躲荫，蹲在坡底望着小豆角出神，就那么任太阳晒着。而太阳似乎并没有移动位置，也许时间只过去了短短一瞬。

马儿站起来，顺手拉起小豆角。稻香男孩领路，不走大道，就在玉米地穿行。走一阵稻香男孩就回头看看，再走一阵又回头看看，像是怕两人走丢了，又一次，他忽地停下，马儿差点撞在他身上，连忙向后小跳，说你干吗呢？他说想来想去村里太危险，我也不能保证能护住你们，我们商量个暗号，你要是看见我打暗号就赶紧撤。马儿说什么暗号，他

157

说你要看见我比出龙的手势就跑,飞龙在天亢龙有悔,懂吧?马儿说听过,不懂,而且龙的手势是什么样的?稻香男孩抬起右手波浪状摆几摆,马儿说这是龙吗,我看像蛇,稻香男孩说蛇本就是小龙,生肖里挨着,一回事,这个动作也隐蔽,别人以为我在向谁打招呼呢。

出玉米田是个岔道口,三根电线杆子对着一条小路,稻香男孩左看看右看看,走上小路,马儿说你怎么做贼似的,稻香男孩挺起腰大步流星往前走,马儿说你慢点小豆角跟不上。赶上去马儿偷偷问,村里真那么可怕?你一个村里人,带着我们进村都这样?稻香男孩说往上多少代,我们村做的都是人买卖,每家每户多少都沾过边,有些东西刻进骨头里了,一会儿你真得机灵点,但也别太慌,我护着你呢。

马儿心中忐忑,便觉得四周的景也不正常。路是好路,窄但平整,比白尾岭的路高级,右手边一大片生机勃勃的油菜地,左边野树藤蔓杂草丛生,坟包似的小丘左一鼓右一鼓,阴影纠结,这么大的太阳都照不透。一左一右一阴一阳夹着中间的小路,夹着马儿,别扭极了。

这是条上坡路,走到坡顶时见到一个村子落在前头。和马儿想象中不一样,村子不在平地上,而是坐在一片缓缓起伏的丘上。家家户户青瓦黄墙,面貌古旧,虽然修缮齐整,看上去却比马儿住的白尾岭村年代久远得多。建筑一幢幢挤得很紧,但因为地形所在,看上去有错落有讲究,像排着个阵。

村口几棵高大的香樟树,下头坐了两个老头,既不下棋也不打盹,混浊的眼瞳盛着日火天光,眺望村外来路,仿佛两个哨兵。马儿觉得自己有这样的联想是因为过度紧张,正要去和老头打招呼,却被稻香男孩拉住。他让马儿别出面,由他先问过几个村里的消息通,有了线索再换马儿细问。

稻香男孩笑呵呵和两个老头说话,主要是和左边的老头交谈,马儿牵着小豆角远远瞧着。说了几句,他对马儿招手,示意跟他进村。

村里的路走着不寻常，都是两三层的宅子，远看不高，但中间夹的路才两个肩膀宽，细得像条缝儿，走在上面，两边高墙巍巍压来。路肠子似的弯曲起伏，没有树，没有鸟叫蝉鸣等夏日应有之声，渐渐深入后，外界的声音变得轻微乃至阻绝，仿佛潜进了水底。许多家的门是虚掩着的，也有半开的窗户，里头皆无声响，像空房，又或者他们只是坐在阴影里看。

稻香男孩进了一扇虚掩的门，马儿在外面等，还是什么声音都没听见，过一会儿他从门里出来，朝马儿摆摆手，继续往前走。在这深巷里，除了十字道口能看见太阳，其他地方是一线天，转来转去马儿早没了方向，只觉得应该深入到了村庄的腹心。稻香男孩看起来倒是比进村前放松了许多，把板扛在肩膀上，走得晃晃悠悠大摇大摆。

"问到妈妈的消息没有啊？"小豆角问。

"别急哦，我再去多问两个人。"

马儿心头不安。她闯过不少祸，从来天不怕地不怕，现在多带了个小豆角，就多担了一份责任。再者说，往日她冲在最前头，听风辨色先能嗅着腥气，现在跟着稻香男孩，有他在前面挡风，感觉就钝了一层。

稻香男孩领先七八步，继续往深处走。天气酷热，倒是起风了，却时有时无，风起时小路上只听见呜呜的风叫唤，被迷宫一样的村子一拦，真吹上身的没多少，风一停，热气就吧嗒粘回身上，比玉米地里可难熬许多。稻香男孩汗出得勤，不时用袖管蹭拭脸上的汗珠。他穿一件款式肥大的汗衫，袖管空荡荡，扛陆地冲浪板的右臂半举，时时露出一截文身，左手擦汗时袖管翻卷，也能看到靠近肩膀处的文身。手上的文身常见，有文手腕的，有文小臂的，也有文满臂的，但像稻香男孩这样，只在靠近肩膀的胳膊头上文，还左右都文在这么个位置上的，真少见。文的是个什么呢？马儿盯着他的右胳膊看，像火焰也像尾巴，看不清全貌。左胳膊上的文身也只能认个一鳞半爪——那就是只爪子。

马儿牵着小豆角越走越慢，和稻香男孩离得越来越远。小豆角看看姐姐，马儿给他比了个噤声的手势，一颗心铛铛铛铛跳得快炸开。前面那个人，他左胳膊上露出来的是龙的爪子，右胳膊上露出来的是龙的尾巴啊！他肯定文了一条整龙，主体文在背上，一只前爪探到左臂，尾巴甩在了右臂！

　　马儿仿佛又一次看到稻香男孩露着诚恳敦厚的表情说，看到我比出龙的手势，你就逃吧！

　　马儿一把将小豆角拉进岔路，撒腿就跑！

　　往上跑，往下跑，往左跑，再往右跑，像没头苍蝇一样，只要看到一条缝就钻进去。转过去是黄色的墙，转回来还是黄色的墙，仿佛身处一座不停延伸拓展的迷宫。突然之间面前一空，世界一白，终于跑出了花骨朵村。小豆角吐着舌头喘气，马儿说别停，我们得跑过前面的山坡。他们再次跑起来，直跑上山坡，才扶着一株桃树回望花骨朵村，那片半里地外的青瓦黄墙，仿佛一头吃人巨兽。一道黑影从阴郁里慢慢走出来，是稻香男孩。他没有追赶，停在巨兽与人间的分界线上，望着马儿和小豆角。

　　然后他咧开嘴笑起来，太阳照亮了他的牙齿。

　　马儿心里发寒，拉起小豆角，转身就走。

　　"喂！"

　　马儿转头看他，稻香男孩双手在嘴边拢成小喇叭，大声喊："你可真要小心点啊！"

2 ....

　　奔逃时不择路，这小坡也没有路，只有一坡桃树。不单这一坡，周围一丘丘起伏的都是桃林。桃树横探枝杈，姿态极尽曲折，每一梢都像挑出一根兰花指，风哗啦啦一吹，树指儿就颤颤地抖。这时离花骨朵村已经有两坡之隔，但建于丘顶部分的村落还能看见，几张灰头黄脸压过桃林盯住马儿，马儿回瞪它们，"呸"地啐了一口，小豆角学姐姐，"呸呸呸"连吐口水。

桃林已被采摘过，但也有晚熟的漏网之鱼，穿行时马儿摘到三个桃子，和小豆角分了。桃子甜美多汁，吃完手上黏腻，算作这趟人贩村的收获。就这么离开，马儿犹有不甘，但再回人贩村，莽马儿也知道不是好主意。心里有什么在鼓荡，像浮沉在一片涌动的海洋上，一会儿被淹过，一会儿被淹过，不很好受。离开人贩村的一步步里，马儿处在这种时时的轻微颠倒中，血肉骨缝里一些影儿渐渐散出来，有的是妈妈的脸，有的是妈妈的声，有的熟悉，有的陌生。

小豆角喊累，这在他很少见，他从来是精力旺盛的，今天的行程也不辛苦，怎么一下子没精打采起来？花骨朵村这一番奔逃以往反而能让他兴奋，现在吃完桃子都没补上元气，古怪得很。马儿怀疑他明白新妈妈要找不到了，心里头泄了劲儿，别看他小，小脑瓜清楚得很。但她现在不想开解他，不想和小豆角讨论这事。

想阿爸，小豆角轻声说。马儿撸撸他的脑袋。这几天头一次听他说呢，马儿想。小豆角闷头冲了几步，忽然回头，蹦出一句，姐姐你别不开心呀。马儿吃了一惊。小豆角双手遮住脸又打开，"梦"，扮了个怪样。马儿笑起来，回扮了个怪样。小豆角说你要"梦"才行，马儿就重新来过。小豆角要听故事，马儿说我给你讲个小蝌蚪的故事，小豆角却要听小美人鱼。

"小美人鱼能不能长出腿，能不能从水晶球里出去？姐姐你快讲后面的事情。"

"会出去的，会有一天，会有一个魔法时刻。其实还有一个讲小美人鱼的故事，讲小美人鱼为了追求王子，为了爱情长出双腿的故事。姐姐把这个故事好好想一下，今天睡觉的时候讲给你听好不好？"

马儿决定晚上找个网吧，查查这个印象模糊的童话。

"不过爱情是什么呀，好多故事里都有。姐姐你懂爱情吗？"

马儿被一下问住了。

"爱情是一种很特别的心情。大概像光吧。很特殊的一道光，像烟花那样灿烂的光。又或者像大海。"马儿穷尽自己对生活的想象来回答这个问题，但最后也不得不补上一句，"姐姐也不是很懂。"

"那要怎么样才能看这个大烟花呢？"小豆角只拣最想听的听。

"一直往前走，总会看到的。"

马儿想了想，又笑起来，说："我们去乐园看烟花，然后我带你去海上，带你上帆船，看海上的日出，看第一道光，那就很像爱情这个大烟花啦。"

两人从桃林里走出来，沿着水渠走了一阵，其实谁都不确定该往何处去。马儿停下来，松了背包，坐在水渠边，看小豆角脱了鞋在水里甩脚丫子，挥起片片闪耀。屁股底下的水泥石板很烫，但太阳没先前那么毒，凉凉的水珠溅在鼻尖和发梢，马儿想，这是夏日该有的光景，和家那块一样。她也跳进水渠里，洗去手上桃汁，又泼了水在脸上，抖擞精神仰起脖子甩头，像一头幼犬。她奋力而为，脸上和发梢的水珠缤纷地飞在天上，穿过它们，马儿望见天空，那不是蔚蓝色，也并不阴郁，只是一大片恒定的光亮。视野移转，落到前方的田野，那儿有一座尖尖的房子。她不知道为什么之前没有看见它，仿佛魔术师此刻才突然把它的高帽临时搁到稻田上。这顶帽子和稻香男孩描述的七叔住所一模一样，白色的外墙，黑色的尖顶。那句骗人口诀是怎么说的来着？九真一假！

黑尖顶孤零零悬在一方，门前是一条没有其他目的地的田埂般的小路，把它钉进田野的数十米深处。走得越近，它越变成一种无法忽略的存在，像个巨大的稻草人。完全无法想象为什么要把房子建在这样的地方，它更像是一个象征，一个造给神灵、鬼魂、精魅落脚的地方，总之不该是给人住的。

但当然有人住在里面。门前土路深一脚浅一脚，那是常有人走的痕迹，车开不进来，宽幅只够三轮车的，自然也没有车轮印辙。一扇木门对着来路，就整幢尖塔建筑的体量来说，这扇木门显得非常狭小。窗也小，正面只开了一扇窗，比常见对开窗的单扇还小，马儿自家房子的单扇窗有三格正方形窗棂，这扇窗是两格窗棂。不光门窗小，整幢楼向着马儿的这一面，竟然再没有第二扇窗了。要知道尖顶最高处得有十几米，高过寻常四层楼，却只在靠近地面的地方开了这么扇小窗。马儿心里嘀咕，这简直不像是门也不像是窗，倒似是个牢房的出入口和通气口。

真要说像牢房也不对，缺乏那种坚固的禁闭气质。非但不坚固，反倒显得摇摇欲坠，墙面斑驳还在其次，塔尖都好像有一点点歪，像是一顶帽子没放稳。房子所在的这块地面积不过三四分，房子居中而落，占去了十之六七，周围荒着一圈窄窄土边，长满了杂草，另有几株野树，估计是从鸟粪里长出来的。正面接着小路的空地稍大，形成了个屋前的小院，旱厕和井分落在院两头，井边还有把塌了腿的烂椅子。

马儿对小豆角比了个噤声的手势，蹑手蹑脚走到门前。门口没有门铃，马儿也不觉得贸然敲门是好主意，她把耳朵凑上门板听了一会儿，屋里好像并没有动静。她又走到窗边，蹲下来只露出半个头，观察屋内情况。

窗玻璃有阵子没好好擦了，不但模糊，还有大面积的黄色油污，简直像不透明的毛玻璃，压根儿看不清屋子里的陈设，能分辨的仅是里面没有晃动的人影，是个静止画面。马儿估计，这块玻璃应该靠着灶台，所以才这么油。厨房没啥观察价值，马儿往左走到转角，看见东墙也有一扇窗，半开着。她拨开草一路蹚过去，还离着几步的时候，就听见有声音从屋里传出来。她头皮一紧，挨着窗边蹲下，屋里的声音还在持续，是一个女声。

不是说话，是在唱。马儿听不全懂，听懂了"斩草除根"，又听懂了"恨悠悠"。

是在唱戏，马儿想，在放电视吗？

万箭穿心……斧砍鞭抽……浑身颤抖……悲泪双流……

乖乖，马儿想，这么惨的戏。她慢慢把脑袋升上去，第一眼先瞧见了暗着屏幕的电视机。她吓一跳，但下一眼就把不大的屋子看全了，没人在。那声音是从哪里来的？电视机对面有两把椅子，椅子中间夹个长方凳，凳上摆了个收音机。是收音机里在放。

读书之人……长城修……下毒手，斩草除根情不留……

这屋子真压抑，马儿继续往南去，打算看看南面的房间，她猜这座房子东西南北每面都开一扇窗。眼睛才收回来，忽然瞥见什么东西一闪，吓得立刻又蹲下。竖着耳朵听了会儿，屋里并没有别的动静，马儿心跳得厉害，大着胆子起身再看，屋里空荡荡还是老样子。这屋子有两扇门，一扇在北墙，一扇在西墙，也许刚才有人一门进一门出，经过这间房穿去别的屋子了？既然收音机开着，那房子里应该有人，走动也很正常。

马儿再度往南去。得小心点儿，她对自己说，可能下间屋子里就有人在！

转过弯，一眼却看不见前面有没有窗。因为朝向的关系，这里的野草格外茂盛，好些都长到和马儿一般高，遮挡了视线。飞虫嗡嗡，一些小东西跳到身上又再跳开。马儿鼻尖痒痒，有点想打喷嚏，狠狠一揉，拨开草往前走两步，终于看见了窗户。

马儿来到窗外，心里却觉得这几步路走得格外不踏实。有哪里不对劲，也许应该停下来想一想。可是马儿行动总要比脑子快一步，头伸到窗外的时候才想起问题出在哪里。小豆角呢？有一阵没听见他的动静了，他有乖乖跟着吗？心里才警觉，眼睛却隔着玻璃窗和另一双眼睛撞了个正着！

马儿"啊"地惊叫出声，几乎要向后跳开。玻璃后面的脸却冲她扮了个鬼相。

"小豆角！"

"姐姐，里面好像没人耶。"

马儿转回正门，小豆角已经在那儿等着，冲姐姐嘿嘿笑。

"这个门一推就开啦，黑咕隆咚蛮好玩。"

"你看过了确实没有人吗？"

小豆角摇头："我就看到了姐姐。"

马儿抓牢小豆角的手，这小家伙乖的时候多，但皮起来真不着调，把她吓得够呛。

马儿把房门带上，动作小心翼翼。关门时门轴发出吱吱呀呀的声响，挺瘆人的。这是座空房子，没什么好怕的，马儿给自己鼓气，虽然小豆角没把房子逛全，但刚才她那一嗓子，要是有人早给喊出来了。

外面是亮晃晃的大下午，关上门却是昏沉沉的一间屋子。一把看上去换鞋用的矮脚竹椅放在门边，沿墙根歪着两双鞋，一双布鞋，一双后跟踩瘪了的船鞋，都是男式的，差不多大小，虽说马儿没指望能轻易找到妈妈，看过之后还是心里一沉。屋角有个大煤气罐，旁边靠着把大黑伞。左边沿墙用砖砌了灶台，没有抽油烟机，墙面熏成油黄色，马儿张望过的窗就开在旁边，因为油污的关系，从窗里透进来的光线黯淡得可怜，还不如从门帘边角里透过来的光多。水台接着灶台，更连砌出一张拐过墙角的长台，拐角摆了个微波炉，外壳生了锈斑，看起来和马儿家那台十多年的老家伙差不多。微波炉边有一碗扣在纱罩子里的白米饭,靠墙叠了一溜锅碗,墙上挂了几个藤筐藤盖。一张长凳紧挨着台子,马儿想,也许这就是主人的餐桌椅了,要真就七叔一个人住,这么吃饭也简单。

整间屋子陈设寥寥,尽管光线不佳,还是一眼看遍。通向下间屋子的门洞没有门,只垂了一道灰黑色布帘子,帘后一声声戏文传来,当下的几句马儿倒听明白了。

远方飞来一群雁,有的成双有的成单,成双雁飞在天上,多好看,孤单雁失群飞散,好凄惨。

马儿听得心里叹气,又觉得这唱调里有阵阵"嘘"声,不像是和调的弦乐梆鼓,倒有些像先前在村子里听见的风声,让人心慌。她担心屋主人随时会归来,不多耽搁,一手拉紧小豆角,一手掀起帘子,迈进下间屋子。

这一间屋子应该算是厅堂,马儿在屋外已经瞧了个七七八八,进去之后没有多停留,直奔下间屋。穿过厅堂的时候,马儿见到墙上张贴了不少字帖。说字帖也不准确,是写在黄色毛边纸上的,未经装裱直接糊在墙上,看着像经文。经文裹住收音机里那一声一声的悲戏,戏文里的人和事是不是就能超度了? 这样的念头在马儿心里一闪而过。她掀起淡灰色门帘,进入了下间屋子。

这就是马儿和小豆角对上眼的那间屋,马儿被吓了一吓,没顾上看别的。这是卧室,马儿先去看床,单人木板床,没有床单,露着睡得油光的床板,军绿色毛毯整整齐齐叠在床头,毯子上端端正正放了一个草席枕头。屋里其他物件都没什么可说的,满墙的海报却烫了马儿的眼睛,主要是其中的一张,一个肌肉虬结的大汉半蹲在画面中央,仿佛正要起身，光着屁股什么都没有穿，热气腾腾，旁边印了"魔鬼终结者"五个大字。还有一张，也是个肌肉爆炸的外国人，好在穿了裤子，手里端一挺机关枪，配字是"第一滴血"。其他海报是各种各样的漂亮女人，应该都是影星，马儿却也都不认得，看发型和穿着是从前年代的。这样一间屋子里，同样也能听到隔壁的唱调，什么"身体可平安"，什么"可能吃饱饭"，落进耳朵里的感觉，和在贴满经文的上一间房间里听相比，又是另一种奇怪和别扭。

"下一间房你去过吗？"马儿问小豆角。

小豆角摇头。

下一间房依然只用门帘挡着，门洞开在西北角。这里每一间房，都与上间房直接连通，没有走道，要去里面的房间，得从外面一间间地经过。马儿从没见过这样子的格局，古怪得很。

掀开门帘，马儿却没有立刻走进去。照理说，每间房都有窗户，虽然是小窗，但在这样的大白天，也足够照亮屋子了。可眼前的房间黑洞洞的，上间房的光从马儿背后漫进来，照不透房间，重重叠叠全是黑影。另有某个被遮挡的光源，或许是窗，也中和掉了一部分黑暗，让房间的底色亮了些。

黑影在马儿的注视下慢慢显形，那是一整间屋的衣服。竹竿绑成简易的支撑架，挂衣杆也用粗毛竹，整整摆了四列，把屋子塞得满满当当。上面挂着大衣、西装、中山装、夹克、袄子，还有各种各样的裤子。马儿没见过衣服这样挤在一起，服装店也不会这样，服装店会让每件衣服多少露个面，这间屋子不管这些，衣服在这里成了脸贴脸背靠背的死囚，每一个心里都藏着可怕的故事，又每一个都即将失去生命，或者已经失去生命。这话说得也不对，衣服本来就不是活的，本来就没有生命，但它们被这样塞在一起，反倒活了。不是活蹦乱跳的活法，是默默地呼吸着，默默地穿透布料层层叠叠注视着，默默地心怀恶意地活着。

马儿本不想走入这间诡异的屋子，但她疑心自己在阴影深处看见了什么东西，犹豫了一下，叮嘱小豆角待在门口，侧身而入。

走进衣服中去的感觉极不舒适，马儿庆幸自己没解背包，护住了后背，但前面尤其肩膀和手臂的触碰不可避免。胳膊上的皮肤和一件件不同布料的衣服摩擦，或轻或重，或柔滑或毛糙，或刚硬或黏滞，她甚至觉得自己在这种触碰中不是主动的一方。空气也怪，说不上是什么味，肯定不是单纯的霉味，是不同织物的陈腐味，多半还有纤维混合汗液又陈放多年的余味，更得有细小虫豸的粪便味。马儿本是个大大咧咧的姑娘，此刻却哪哪儿都不自在，浑身痒痒起来。

马儿走到目的地。其实不过几步路，却仿佛到了沼泽深处。她面前的衣服只露出一角，但已经足够让她确定，这不是件男人的衣服。

这是件连衣裙，初看是褐色，但现在马儿觉得是红色，究竟是哪一种红，不拿出去摊到太阳底下看不清楚。马儿精神一振——这幢房子里出现了女性的线索！而且她发现不独眼前这一件，再往前去，女人衣物的比例越来越多，走到尽头已经变成了清一色的女装。到了这个时候，她已不去猜测女装会否属于妈妈，这些衣服大小不一，甚至有不少童装，显然不属于同一个人。她绕去看相邻的另一列衣架，这里内衣和毛衣更多，还有不少应该是男孩穿的。这间屋子里的衣服，原本穿在多少人的身上，几个人？十几个人？还是更多？想到七叔的行当，进而想到刚刚逃离的村庄，马儿打了个寒战。这时，她听见小豆角喊：

"哇，有门！"

小豆角的声音并不从他该待着的门口传来，就在屋子里，只隔几道衣架。马儿顾不上骂他不听话，连忙转到房间西侧，这儿的衣架和墙之间空了条稍宽敞的通道，小豆角说的门就开在西墙的正中间。和此前隔断房间的门帘不同，这是一扇货真价实的门。小豆角正扒着门板听里面的动静。

"没有声音呢。"他压低嗓子对马儿说,"没把呀,怎么开?"

门上有可以把手指扣进去的凹槽,是扇移门。马儿搭上手往一侧使力,门便随之移开,不松不紧,显然是经常开关的。门后的光洒在马儿脸上,也洒在钻在她胳膊底下的小豆角脸上,他"哇"地惊叫起来。

马儿对着眼前景象发了一小会儿呆,这才走进去。小豆角也被震慑,跟在后面没有抢跑。

四四方方一个房间,没有窗,四壁尽刷成铁灰色,有光从天而降。马儿仰起脖子,把头越抬越高,见铁灰色直墙上接斜顶,更深沉的铁灰色耸向天穹,尖顶的最上方竟不是闭合的,对天敞一个口子,光从通天之顶倾泻下来,照亮了铺地的青石板。房间纵横不过四五米,尖顶却有十几米,空间尺度和光暗结构和之前全然改变,简直像个神秘又神圣的异度空间。

在青石板的中间,天顶缺口的正下方,摆了一个乌黑的铁箱子,除此之外,屋子里没有别的物件。铁箱就像个贡品,在没有阴雨的日子里,每天必定有一个时刻,阳光从天顶直射,照定这口箱子。

"哇塞,这是个专门藏宝贝的房间吗?"小豆角说。

马儿现在明白了,整个建筑是"回"字形,东南西北各一间,拱卫着正中央的房间。这里不光是建筑的中心,也是最深处,非得依次经过厨房、厅堂、卧室和可怕的储衣间才能来到,没有别路,堪称"密室"。在"密室"核心供奉着的箱子,可不得藏着宝贝吗?

唱戏的女声在房间里萦绕,仿佛来自四方的每一面墙后。

二月里来遍地青,家家户户……别人家夫妻……孟姜女独自守闺门……

不疾不徐的悲调穿透了砖墙,不仅仿佛来自遥远异乡,也仿佛来自失落的另一个时间。这声音落下来，落在这片光下，落在这片青石板和铁箱子上，竟让人觉得静寂。

静寂感才在马儿心里生出来，就被一片"嘘"声打破了。先前她也听过这声，还以为是戏里的，现在知道不是。声音比刚才响了许多，更接近"呜"声，自顶上来，很像风声。这屋子有缝让风钻进来了，也许就是最顶上那个口子，光能进，风也能进。一想到风能进，马儿又接着想到，那雨雪也能进啊。她去瞧那口铁箱，果然锈迹斑斑，走到箱子另一边，看见搭扣上落了挂锁，锁眼都锈死了，有钥匙也塞不进，箱子的盖沿上也锈满了，哪怕没锁着，掀开盖也不容易。

箱子落了锁，说明里面是有东西的，但摆在这儿任凭风吹雨打，又像是把所藏的东西永远封存了。会是什么呢，马儿想不到，铁箱不隔湿气，里面如果是易朽之物，恐怕已经烂成一团了吧。

马儿弯下腰，手搭在箱子上试着一推，没动。再奋力，箱底和地面相接处"咔"地轻响，像松开了岁月禁锢，"刺啦"一声滑出去半尺，石板上显出黑色锈痕。马儿又推一下，这次不费力气就推动了，箱子其实不重，感觉没装实心玩意儿。

小豆角这会儿兴奋起来，小拳头挥一挥，说："姐姐，看看里面有什么东西。"

"锁着呢。"其实马儿也好奇。

"那……"

小豆角忽然停住。马儿见他愣愣望向一处，那方向空空如也，只有一堵墙，一时间还以为他又犯了病，然后猛然醒觉。

从他们进这个房间起，自始至终伴在耳边的唱戏声竟然停止了！

是戏文唱到终了，自然而然停止？还是……被人关停的？

主人回来了？

马儿心里几连问，答案随即传来。她听见了外间的说话声。

说话的有两个人，一个声音粗粝，口气间透着不耐烦，像是被另一个人纠缠了许久，此刻着实烦不过，让他有话直说。另一个人声音年轻，开口却让马儿觉得有几分熟悉。

"是真惦记您，您说您干什么非住这么不方便的地方呢？前天金花姨还说，得给您找个伴儿，这话我听她说了几次，应该是在张罗了。真要找成了，这里也不方便。"

像是才分开的稻香男孩，只是他说话的腔调乃至语速都有了细微的差别，也许现在才是他更真实的状态，又或者他对每个人都有一副不同的面孔。

最糟糕的情况发生了，她被主人堵在家里了。摸进这么一个秘密的房间，可不是随便溜达走错门能解释的，太像个小偷了。但跑不了了呀，进出就一条路。要不试试从窗户出去？外面那间窗户都被衣架给堵了，不好爬，再外面的卧房倒是好爬，可是离说话的厅堂就隔一道门帘子，肯定能听见动静，就马儿一个人还能赌赌速度，有两个人要开溜，那是无论如何不可能都跑掉的。倒不如直接走门，反正都是门帘子，先悄悄摸到卧室，趁说话的两个人反应过来之前，一鼓作气冲过去。马儿觉得这个计划有几分靠谱，又想，也未必立刻就逃跑，可以躲到床底下，或者在那一屋子衣服里找个角落藏好，等到稻香男孩离开，七叔也没防备的时候再逃跑，成功率更高。

想好了该怎么开溜，马儿稍微安心一点，外面那两个人的说话内容，却开始变得和她有关了。

"你绕来绕去的，提了好几次女人，你小子什么意思？你不好好说，我不留你这个客，你走。"

"七叔你是真把我当外人，哎哎哎还真赶我呀，我直说直说，七叔你在外头是不是有风流债呀？"

那七叔没答话，马儿也不知道他什么表情，却听稻香男孩继续说了下去。

"是我没说仔细，风流债哪个男人没有，七叔你这样的，那更是多多的。七叔你有两年，常往山西方向跑吧？"

"村里几个没跑过山西？"七叔反问。

"哎呀，村里那都是送人去的，您呢……"

稻香男孩话说到一半不说，七叔也不答，两人一时沉默，直把马儿听得着急。

"咳，我也不绕圈子了。我今天见着有人来寻亲了，找的是您啊七叔。听那话意思，当年您进去之前，要么从山西带走了个女人，要么有个女人从山西来找您，这没错吧？否则子女也不能找来。"

"有人找我？我没见着。"七叔冷冷硬硬弹出一句，语气里没有一点情绪波动。

"您别急，我当时就想，当年那个女人的事儿，可够奇怪的。"

"没有的事。"

"您不承认也不奇怪。您进去之前，我们两家的关系挺近，我也没听说有女人千里迢迢找您这档子事，更没听说您把外人带来村子里。可奇怪就奇怪在，那女人，这么多年一直没回去过，连她儿子女儿，都再没得过音讯。她女儿能找到村里，说明是正经有线索的，可不是瞎碰呢。我就琢磨，什么人能不联系孩子？您该不会是风流完了，一转手……"

稻香男孩说到这里，忽然一阵椅子声响，像是突然站了起来。

"七叔，我可是帮您挡了一挡的。"他语调急促，连珠炮似的把话一通说出来。

"七叔，来找您那两个人，我帮您挡了。不管是亲是仇，我这么隔一下当个缓冲，事儿没办错吧？当年您做过什么事情，多拐个把人也好那啥也好晚辈就不该问。您也在里面苦了好几年，可别翻旧账进去了。我就是来给您报个信，顺便讨个赏，我可还欠着债呢七叔。"

马儿觉得稻香男孩话里有话，说得云山雾罩，心想骗子就是骗子，话都不会好好说。

"你他妈知道个屁就来我这里诈钱！"七叔厉喝一声，声音暴烈得像矿上炸石头。

马儿一激灵，就在这时，电话声响起。不是从外面传来，而是响在马儿身上。

丁零零零，丁零零零，丁零零零……马儿没调整过手机铃声，就是最经典的响铃，刺耳且富有穿透力。马儿被铃声震麻了，她摸出手机想要按掉，却不知怎地反而接通了，听筒里一通"喂喂喂"，小豆角说，是阿爸是阿爸，快接呀，马儿便接起来。

会打这个电话的当然只有阿爸，马儿接通电话，刺耳的电话铃却仿佛还在响，脑袋嗡嗡眩晕，寒毛乍起，直觉提示她糟糕的事情正在发生。既然被发现了，那索性把声势弄得大一点。马儿起了这个念头，不去管阿爸在那头说什么，也压根儿顾不上听，大声冲电话里喊。

"阿爸，是我，我已经到花骨朵村了。我现在在七叔家里面，就是麻秆家里，唐麻秆，唐麻子，他家里，你知道他的对吧。我就在他家，一个带尖顶的房子里头。"

通向储衣间的移门本就没有关上，里面的阴影蠕动了一下，分裂出一个高大的身影。小豆角的声音忽然从侧上方冒出来。

"姐姐快上来！"

他怎么爬到墙上去了？有个梯子？马儿没时间想那么多，她要和阿爸说话，还要盯住从门里走出来的人，下意识照着小豆角的指引一边爬上梯子，一边对着手机说话不停。

"我是来找妈妈的，你不是说，妈妈去找唐麻秆了吗？他现在就在我面前，我要和他说话了！"

马儿说着话，踩着梯子一级一级地升高。她盯住从阴影里走出来的老头,那老家伙魁梧得很,走到铁箱旁边,仰起头看着不停爬高的马儿,一时没说话,眼角一抽一抽地跳动。阴影里又分裂出一块,是稻香男孩,他没走进来,待在门口,像个看守。稻香男孩也在看马儿,但他的脸没在阴影里,看不清表情。

"阿爸你快点来哦,你什么时候到,今天?明天?"

小豆角凑近电话叫阿爸,要和阿爸说话,马儿想不出新的话说,也没工夫在这会儿真正和阿爸说话,就把手机给小豆角。手边没了电话,马儿一颗心虽还在怦怦乱跳,但也回过神来,看清楚眼下的情形。

此时她刚爬上梯子。所谓梯子,其实是十几段横过来的铁把手,从下到上嵌在密室西墙上。马儿进屋时注意力都被铁箱吸引了,这梯子颜色和墙接近,所以才没注意到。梯子通向的地方,也就是现在马儿和小豆角站立的地方,是围着密室的四间房的房顶。整幢房子的大尖顶就落在这四间平顶上,还真像扣了顶大帽子,帽子罩进去的平顶部分差不多两米深,因为倾斜角度的关系,对背着个大包的马儿来说刚够站。站在这里马儿才发现,尖顶竟是铁皮做的,焊了许多L形铁条来和平顶固定,但毕竟不是一体,相接处漏着一线光,有光就有风,那一阵阵的呜呜声便从这儿来。马儿爬上平顶时,接缝里的风卷了光扑在眼睛上,她眯起眼急爬两步,脚下刚踩实就转回身去,盯住下方那两个人,生怕视线离开的时候他们会追上来。

七叔站在箱子边没动,稻香男孩原本只能看见两只脚,这时往前一步,从门外走到了门里,抬头看马儿,竟向她笑了笑,招招手。屋里四个人,两个在上,两个在下,马儿觉得自己和小豆角像是逃上树的小猴儿,树下是《狮子王》里那头瘦削又凶狠的老狮子刀疤,旁边还有一头讨厌的鬣狗。风呜呜地刮,比先前响多了,狠的时候,铁皮屋顶也会哗啦啦震一声,像是树在发抖。

"下来。"七叔说话的时候带着呜噜噜的吼音,就像低低的咆哮。

马儿吓了一跳,说:"你别上来,你就待在那里!"

"七叔,你这个地方搞得有意思啊……"

老头猛回头,这本是他秘不示人之处,现在钻进来两个莫名其妙的外人,又见稻香男孩也进了屋,压抑的怒火瞬间爆燃,眼角瞪得近乎开裂,雷一样喝道:"出去!"

呜呜声相伴,屋里仿佛卷起一道腥风。

稻香男孩吓得后退两步,缩回门外的阴影里。小豆角也受了惊吓,一时停了和阿爸的说话,如果不是马儿紧紧抓住他的胳膊,怕是要脚软摔下去。

七叔低头看看移位的铁箱,弯腰把箱子挪回原处,对准天上的光口。然而这密室终究还不是原样,还多了头顶上的两个人呢。

"自己滚下来,还是我把你们揪下来?"七叔对马儿说。他两只手的骨头嶙峋得像爪子,说话的时候,手慢慢握紧,像正在挤爆什么看不见的东西。

"你敢,我会把你推下去!"马儿不示弱地和他对吼,同时飞快地解背包拿滑板。

"我爸就要来了,公安局也会来的!"马儿说。

"抓两个该死的小偷,天王老子来,都管不着!"老头两步就跨到了铁梯下面。

"七叔,这就是我刚才和你说的那两个,从山西来找您的。"稻香男孩站在门外说。

他说话时,七叔一步上了梯子。起步就跳上第三级,手一勾脚一蹬,豹子一样在梯子上接着跳起,压根儿不担心踩空,凶猛得不像个上了年纪的人。只这么一下,一只手已经抓到了上数第二级,"梆"一声像金石相击，握紧铁杠的手青筋凸起，眼看下一跳就能抓到马儿的脚。马儿刚把滑板抽出来，幸好路上用过后没绑死，这会儿劈头就往下砸，七叔空着的手握拳上击，"咚"一声击在板上，把板打得反弹回去。好在七叔的上蹿势头也因此阻了一阻，马儿继续挥板乱砸，七叔用手遮挡，也不知哪里挨到一记，"嘿"地跳回地上，后退几步叉腰打量起马儿。

挨了几下板子，七叔却反而泄了邪火，不像刚才那么暴怒了。他瞅了马儿几眼，点点头，说："脾气挺辣。你跑不掉，我非逮了你不可。"

然后他转头问稻香男孩："你刚才说什么？"

"这就是我先前提的那两个，山西的，找妈妈找到您这儿来。您看我没骗您吧。"

"我是白尾岭村的，我妈妈阿芸，你认不认得？"马儿握紧滑板问。

七叔一愣，问："阿芸？ 白尾岭村的阿芸？"

反问了这一句之后，他第一时间却先瞟向脚下的箱子，然后望向马儿。

"你是阿芸的女儿？ 你几岁啊？"

不等马儿回答，七叔自己半答半问："你不会是十六吧？"

"你怎么知道？"

"还真是你，如今这么能耐了，当年可瞧不出来。"七叔摇摇头，又点点头，脸色和缓了些，说，"倒也不是，当年就有点样了。"

马儿起先不明白他在说什么，继而灵光一闪，大叫："原来是你拐的我！"

七叔挑起眉毛，奇怪地说："你知道自己是被拐的？ 你妈说的还是你爸说的？"

"警察和我说的。"

七叔哦一声，说："阴差阳错拐的你。在个海边的沙地上吧，一群孩儿滑滑梯,我一手拨浪鼓一手糖葫芦,说男孩过来玩。你们躲,我又说,谁是头头过来吃。你过来了,理个男头,我后来才知道抱了个女娃。你不是冲着吃,你是给其他孩子出头。"

"是在上海的海湾镇对吧? 你见过我亲爸亲妈吗?"马儿身上过电,软软的站不住脚,忙用滑板拄地。好在七叔没趁机冲上来。

"我要见过你爸妈,那还抱得走你吗? 你没回去找他们呀,反倒在找阿芸? 唔,阿芸,阿芸。"

七叔叫了几声马儿妈妈的名字,像在思索往事,马儿心咚咚咚直跳,麦田里老警察黄国宪告诉她身世的时候,她都没有这样紧张,那时她反倒平静,觉得哎呀,原来是这样呀,许多事情能想通了。现在过了这几天,从原来的家里出来,去往另一个记忆中不曾到过的家,也许是缓过劲来了,琢磨过味儿来了,心里的开关慢慢松开。两岁前的记忆,声和影都没了,化成混混沌沌一股劲,开关一松,从根里慢慢涌出来。

七叔接着说:"我抱了个不卖钱的女娃,也不能还回去。一路走一路卖,越卖价越低,还得管你吃。走到白尾岭,你烧到四十度,愁啊。阿芸坐在院门口发愣,我一看就知道怎么回事,想跑没跑成,刚被收拾过呗。她见我卖小孩,就骂我,我说你别骂啦,我也卖不成这娃,半截入土啦,都是歹命。她上来看孩子,就哭,哭个不停,后来阿芸和我讲,她是想到自己了。然后去找她男人,找她婆婆,说把你要下来她就不跑了。她是救了你命的,当得起你叫她一声妈。"

说这些话的时候,七叔没看着马儿,他像在看着其他什么人,看着其他什么地方。他起初抬着头说,越说头越往下低,最后又看向那口箱子。他停下话口,瞅了会儿箱子,重新抬起头问马儿:"阿芸不见了?"

"我妈妈走了七年,都说是来找你的。你是不是在装样子? 你有没有见过我妈妈?"

七叔摇头:"我也七年没见过阿芸了。"

马儿捕捉到他话里的意思,问:"你说你七年没见过我妈妈,你拐我是十几年前的事情,你在那次之后还总见我妈妈对不对,所以他们说的都是真的? 还有我妈妈也是你拐来村子里的?"

"如果是我拐的,她不是要把我恨死,哪里还会有后面的事情。你妈是云南来的,我少跑那边。"说到这里,七叔看了眼小豆角,露出诡秘的笑容,说,"这娃和他爸说话,我听那意思,其实你也算是拐了他出来? 你年纪不大,报复心挺重。"

马儿被他一说,立时就要反驳,心底里却忽然涌起一阵慌乱。自己有没有这意思? 会不会多少有一点儿? 她从来没往这方面想过,现在一想,却害怕了。四周风声呜呜大作,铁皮顶哗啦啦震颤,如金鼓齐鸣。她拄住滑板深吸一口气,正要开口,却听小豆角大声说:"我是和姐姐一起来找妈妈的! 是不是你把妈妈藏起来了?"

七叔听了这话,身躯一震,问:"你管阿芸叫妈妈? 你们都管阿芸叫妈妈? 你……你几岁?"

他一边问,一边眯起眼睛看小豆角。小豆角已经不讲电话,攥着手机回瞪七叔。七叔从下往上看,拿不准孩子的身高。小孩子发育有早有迟,年龄差几岁身材一般高的比比皆是。

小豆角不打算乖乖答坏人的问题,说:"我十岁,不不不,我二十岁了!"

七叔盯着他,直看到小豆角心里发毛。

"你们先下来。"七叔说。

"就不下来!"小豆角拽着马儿衣角说。

马儿把滑板扬起来,说:"你们先出去,到屋子外面去,我们自己会下来。"

七叔嘿嘿一笑，脸上却没半点笑意，说："还真把这破板子当救命稻草了？"

　　马儿额角汗水淋漓，抓着滑板的手都白了。七叔踱至铁梯下，仰起头咧开嘴，仿佛狮子在捕猎前先开一开牙，冲马儿说一句"摔下来的时候抱着点头，摔不死"，一步跃上。马儿咬紧牙关，挥板便砸，七叔左手一挡，右手捞住板底的滑轮，往后跳下梯子，一百多斤的体重直接挂在板上。马儿正在死命回夺，一股难以抗拒的大力袭来，连忙松手，犹自控制不住重心，摇摆几下才站住身子。

　　七叔落回地上，把手里的滑板一扔，又问："自己下来吗？"

　　随着这句问话，盘旋的风愈发强盛，呜呜叫着在这隐秘的空间里往复冲撞，仿佛小鬼们在给魔王助威。

　　马儿不答，身体蹲低，拳头握起。七叔摇头，再往上蹿，却竟有一块砖头兜头砸下，七叔"哎哟"一声落回地上，第二块砖，第三块砖……整个尖顶都在风的厉啸中摆动，仿佛要挣脱束缚起舞，L形固定铁条接二连三翘起，砖石纷纷落下。马儿脚下不稳，像有什么东西在破土而出，不，破砖而出。西面这一条边都在颤动，马儿拽起包拉着小豆角沿边小步疾行，脚下的涌浪顶得两个人东倒西歪，几次险些摔下去，转到北墙屋顶上，震动已经先一步传来，只好再往东跑。站到东墙屋顶上时，震动略减，但马儿依然觉得随时会被掀翻。下面，七叔和稻香男孩抱头躲闪，对面，她们原本所站之处，正有一道广大的光亮张开，这光亮起自马儿曾见过的那一条底缝，这时已经长得比马儿还高，露出外面绿油油的稻田，风遵从光的指引吹进来，奇怪的是并不猛烈，带着稻田的味道，光继续打开，稻田向远方延伸，直到天边。

　　尖顶向着东方缓缓倒下，像一顶打开的魔术礼帽，即将露出里面的兔子。马儿拉着小豆角向后转，几秒钟后，尖顶在他们眼前弯折成了一条通道，马儿喊一声"跳"，和小豆角一先一后跳进去，顺着继续倾倒的通道往下滑。尖顶一端搭在平房屋顶上，另一端"嗵"地落进稻田，变成巨大的滑梯，"噗""噗"两声，小豆角和马儿豌豆似的从滑梯下口里吐出来，在夏日的稻田里滚作一团。

你也将抵达

花骨朵

1

路上笑笑借用司机的手机，凭着记忆输入 Alex 的电话号码，发出一条短信，告诉他自己已经脱险，如果没有报警的话就不用报警了，等买了新手机后再和他联系。发完短信，她删掉了发送记录，免得被司机看到内容平添麻烦。

车开在通向太原的高速路上，车速过百，但车窗外景物的变换却比在市区时平稳许多。笑笑漫天飞舞的念头渐渐收拢，魂灵归窍。小豆角有时看窗外，有时在看她，她都知道。她想起小豆角先前的那句回答，他看见了爷爷的车，但他没有下车，甚至没有多说一句话。这一对爷孙的关系，到底是什么样的？小豆角是那种为了去乐园不顾一切的孩子吗？

前几天里，笑笑先是没有心力，后是没有意愿去问小豆角他自己的事情，现在情况自然不一样，这孩子与她有关了。

小豆角端端正正坐着，两只手绞在一起，笑笑把手覆上去，小豆角的手便松开了。笑笑捏捏他小小的手心，轻声问："你爸爸妈妈在哪儿呢，你想他们吗？"

"我没妈妈了。"小豆角说。

笑笑一怔。小豆角爸妈在外打工这事，是住在桃源居时冯老头说的，当时简单带过的一句话，一个没细说一个没细问，竟然不是事实吗？当然，冯老头说的话，现在看来自然不可信，只是不知道小豆角说他妈妈没了，到底是去世了，还是不要这个儿子了，活着也和没有一样。

"那你爸爸呢？"

这句话问完，还没等小豆角答，司机先从后视镜里瞄了笑笑一眼。笑笑心想这司机耳朵倒尖，他肯定正在心里嘀咕，一个大人带着孩子出门，竟然连孩子爸妈的情况都不知道！可别一会儿直接给拉到派出所去了。

心里想着这些，却听小豆角犹犹豫豫地答："我爸爸……爷爷不让我提。"

听这不确定的语气，未必不能追问出来，但司机刚才这警惕的一眼，让笑笑知道不适合再聊下去了。她止住话题，转而给小豆角讲起故事来。先讲了白雪公主，讲完小豆角还想听，便又讲了海的女儿，讲到结尾时笑笑有些犹豫，因为毕竟不算团圆结局，但还是照实说了。小豆角说，原来最后是这样的啊。笑笑问你听过前面吗？小豆角说姐姐给我讲过，但没讲尾巴。笑笑一愣，随即反应过来，说的是那个被他"弄丢了"的姐姐，是那个也许带他去过一次乐园的姐姐。这又是另一个秘密。

车下高速，司机问笑笑到底去哪个酒店。笑笑原打算到了太原市区另换一辆车，因为这辆车在冯老头面前露了车牌，吕梁宾馆前台也有叫车信息，不过她又改了主意，让司机送她去省人民医院，从头到脚她有不少地方需要清创包扎。

下车后司机叫住她，"有个人发了条短信过来，大概是回给你的。"

"他说什么？"笑笑问。

"好的。就这两个字。"

挂了急诊外科。头上的伤比较简单，没骨折，有小的创面，不愿意剃头就配个消炎喷雾。时不时的抽痛和晕眩是脑震荡后遗症，只有多休息，过两天再看。右小腿迎面骨承压时还是会痛，拍了片子没看出明显骨裂，可能有轻度损伤，还是得靠养。右脚底有不少小伤口，清创后要裹纱布，笑笑说这只脚还得穿鞋，否则真没办法走路了，于是改为在足底贴一层纱布，用胶带在脚背上固定，这样还能塞回鞋里。左脚的纱布和脚套已经脏污磨损得一塌糊涂，原准备拆了换新的，拆开一看医生就说不行，肿成这样要重新清创，拿刀划开把脓挤干净。也不必绑这么多层了，得每天上药，外用内服一起消炎才行。笑笑说那我就两只脚都能穿鞋了呗，配我一根拐吧，医生说你两条腿都有伤，最好少走路，别走路。

小豆角一直陪在旁边，给笑笑讲故事，讲一个她从来没有听过的关于小美人鱼的故事。从等拍片的时候就开始讲,拍好片子笑笑出来他继续讲,清创的时候小豆角捏着拳头还在讲,仿佛痛的是他似的。医生说你弟弟真是个好孩子,你也挺能忍痛的,看不出来。包扎时笑笑问小豆角,怎么不讲啦?小豆角说讲完啦,姐姐就讲到这里。笑笑说真好听,你姐姐从哪儿读来的?小豆角说不是读来的,是姐姐自己讲的,妈妈讲了开头,姐姐讲了后面。笑笑说那我想一想,能不能给你补个结尾。

从医院出来已经临近午夜,一大一小都饥肠辘辘。笑笑招了一辆出租车,让司机开去附近的酒店,干净就行,中间拐去麦当劳买了两个套餐带走。司机开去一家经济型连锁酒店,笑笑自回国起就没住过这一档的酒店,此时却不嫌弃,开了一间双床房。从心情上说,她是想尽快回到上海的,那儿更让她心安,但问过小豆角,他什么证件都没带出来,那就没办法坐飞机,高铁大概也不行,只能睡醒了开车回上海。

笑笑以为沾床就能睡着,却翻来覆去不得眠。她轻轻喊一声小豆角,小豆角应了,她问小豆角,你姐姐是什么样子的呀,给我讲讲吧。小豆角便开始讲他姐姐。慢慢地,笑笑看见了一个奔跑的女孩,一团光裹着她,裹着小豆角,翻山跨海,一路向前。第二天醒来,笑笑搞不清楚那是不是一场梦境,和小豆角核对,小豆角却讲,昨天晚上是说过,但没有说这么多这么细,许多事情他自己都记不清楚,那些回忆正是他一直想要找回来的。

早上头一桩事就是去联通营业厅买新手机补 SIM 卡。用 4G 从云端下载数据得好一会儿,笑笑拄着拐把小豆角领到旁边的百货大楼,给他换了身新衣,小豆角说不用,笑笑说听姐姐的,小豆角便任她装扮。换好新装,笑笑买了一把棒棒糖塞给小豆角,小豆角笑得眉眼弯弯,腮帮子撑得鼓鼓囊囊,笑笑也讨来一根吃。吮了会儿甜,小豆角问笑笑,去上海的时候,能不能也去花骨朵村看看,那是个迷宫一样的村子,有座戴尖帽子的房子,房子里有一个很要紧的老头。怎么个要紧法?笑笑问。

小豆角低声说，找不见姐姐的那一团黑里面，也有这个老头。笑笑考虑片刻，说这个花骨朵村在哪里呀？小豆角说不知道，只记得有一片很大很大的湖，从湖边坐一阵子车就到了花骨朵村，从村子再坐一阵子车，就到了上海。

笑笑打电话去租车公司，有什么车租什么车，只有一个要求——别太显眼，租到一辆黑色途观。十一点半，车行的人把车开到营业厅，两个人刚在肯德基吃完了午餐，手机数据也下载完成。笑笑进地图搜花骨朵村，看到预测的开车时间居然超过十一小时，不禁吓了一跳，不过确实在去上海的方向上，不算折腾。换了以前她肯定会雇个司机，但现在这点苦头也不算什么了，而且车里多一个人，说话就不方便。

笑笑在地图上左右滑动，寻找离花骨朵村较近的途经城市，把终点设在了盱眙。开过去十个小时，加上吃饭休息，估计十二点前能到，睡一晚明天一早去花骨朵村。笑笑已做好打算，不管有没有找到小豆角姐姐的线索，下午都要立刻回上海。

微信里又是密密麻麻的未读消息，其中的大多数笑笑已经没兴趣看没兴趣回，反正说起来还在闭关。曾经她觉得这些消息和朋友圈动态关系重大，人心幽微，要小心把握，现在她全不在乎，爱谁谁。也许算是应激反应吧，总之她现在只关心两个人——冯老头和Alex。冯老头的动态她无从得知，而Alex没有新微信来，笑笑给他发了一条，告诉他已经买好新手机了。

还没开出太原，一个电话打进来，是上海的固定电话，没存在通信录里，因为熟到不用存，是外婆。她用耳机接起来，电话那头外婆的声音竟有些慌张急促。

"笑笑啊，哎哟喂，前面打不通，后面打了又没人接，总算打通侬电话，侬哪能啊，侬要哦要紧啊？"

笑笑错愕，自己遭遇的事情外婆有什么途径知道，这不可能吧？口中回答:"我没事,前面手机坏了在修,后面我在商场里没注意手机,外婆你怎么啦?"

"前面有个人啊,吓人倒怪,敲开门要寻侬,吾讲侬不住在这里的,伊还眼睛往屋里厢张,吾两只手张开拼命拦牢伊哦,伊讲侬欠伊钞票嗳!"

笑笑一惊,把车速放慢,心想是自己的哪个局露了破绽,被投资人找上门来了?但怎么会找到外婆那里?或者是 Alex?他倒是有找人的本事,可也不至做这么没逻辑的事情啊!

笑笑心里闪过许多念头,口中毫不停顿:"瞎三话四,我怎么会欠别人钱。"

"吾也讲侬哦可能的,肯定伊搞错特了,伊讲打侬电话打不通,要寻侬当面讲清爽。吾快点拨侬电话,就是拨不通呀。伊问吾侬不住在这里,那么住在哪里?吾又哦晓得,吾没去过的呀,吾只晓得侬住新天地嗳面。"

笑笑问:"这人长什么样子?"

"一个老头子,年纪看起来比吾轻点,凶啊,两只眼睛弹出来哦,真是吓人。长得老高,比吾高出整整一只头。"

笑笑骇得一激灵,一股寒气蹿上天灵盖。车速不知不觉降低,一辆接一辆的车按着喇叭超上来,笑笑索性靠边停车,心里想,怎么会是冯老头?昨天晚上他还在吕梁,被警察吓了一吓,以为会安生,怎么今天就到了上海?从太原开到盱眙就得十个小时,他从吕梁开到上海总也得十几个小时吧,不眠不休吗?也只有不眠不休开车才行!他是不可能扔下那辆车的,车里有骨头呢!还有,他是怎么知道外婆的地址的?

外婆继续在电话说:"吾问伊,哪能会侬欠伊钞票的,欠了多少钞票,伊也不讲,只讲老多老多钞票。笑笑啊,侬到底有没有借钞票啊,侬要是真借了钞票,侬和外婆讲,外婆有钞票的,可以帮侬还的。还有这个钞票,和侬爸爸那里几个姑姑姑父的钞票搭界哦?不搭界的哦?伊拉的钞票在的哦？"

爸爸那头的亲戚有许多钱放在笑笑这里，各种叔伯姑婶们有余钱就想往她这里送，没有余钱变出余钱来也要塞给她，但外婆总觉得不牢靠，有时笑笑会想，还得是妈妈这头的血脉聪明。

"外婆，这些钱都没问题，您放心好了。"笑笑说着和以往类似的话，但以往她说起来毫无顾忌，现在这些话如斧如凿，她仿佛站在冰湖中央，听见脚底响起吱吱嘎嘎的崩解声。

"那后来呢，这个人后来怎么走掉的？"笑笑问。

"后来，吾讲侬这副样子，吾要报警了，伊再走掉的。笑笑啊，这个人侬到底认不认得啊？"

"我不认得的。"

"那伊哪能有吾地址的呀？"

"外婆，我身份证上地址是这个，他肯定在哪里看见过我身份证，上门来骗钱的，下次他再来的话，外婆你直接报警吧。"

笑笑想起来，入住桃源居时给冯老头看过身份证，但城市居民搬迁频繁，笑笑身份证上那个地址，早就只有外婆一个人住着了。

外婆叮嘱她管好身份证，现在外面骗子太多了，要千万小心。笑笑安抚好外婆，挂了电话，收拾好表情，对小豆角笑笑，重新上路。

拐上高速，笑笑一脚油门就拉到了一百二的限速。这样的驰骋中，笑笑反倒平静下来。冯老头是个狠人，但他找不到自己，也没办法拿家里人怎么样。不受警察保护的，唯有自己和他两个人而已。

车里暖气很足，小豆角脱了滑雪衫，捋起羊绒衫的袖管，露出一大截胳膊，额角还汗津津的。

"这个车子热得像夏天呀。"小豆角说。

"喜欢夏天吗？"笑笑问。

"喜欢的，夏天的烟花近，砰，好大一朵，砰，又是好大一朵，啪啦啦啦，都是星星。"

　　长路上，笑笑和小豆角说烟花，说夏天，说乐园，说海，说海那边的遥远国度。一直说到小豆角睡着了，笑笑停下来，忽然觉得遗憾，因为她还没说够，她发现这些话竟也是说给自己听的，这些曾经见过之物从心乡中浮现，仿佛遥远幻梦，让她憧憬。

　　六点多在服务区停车吃饭时，已经只剩下不到四小时车程。服务区没有正餐，但有烤玉米，笑笑问小豆角吃吗，小豆角说吃，笑笑就买，还有烤肠，问了小豆角也说要吃，买了，更有炸鸡炸臭豆腐茶叶蛋糖葫芦，小豆角都要吃，笑笑一并买了。小豆角坐在车里吃得眉开眼笑，笑笑自己只吃一根烤肠，一边吃一边翻手机，发现 Alex 回了一条微信。

　　Alex 问笑笑在哪里，山西还是上海，要找她碰面。笑笑想，这人居然绝口不提丢下自己逃跑的事，真不是个男人。又想，他要是个男人，也干不出那么没种的事。笑笑告诉他自己不在山西，要先去个地方再回上海。吃完烤肠，又进来一条 Alex 的微信，只有四个字：钱的事呢？笑笑一凛，心想虽然瞧不起这人，但他还捏着把柄呢，自己的麻烦不光冯老头，Alex 才是更知根知底的那一个，可不能疏忽了。

　　笑笑打起精神和 Alex 解释，说因为小豆角的事得去一次苏北，自己把孩子带出来就要负责任，但绝对耽搁不了多久。非常感谢他在危难中拔刀相助，此情铭记，情之外，对他的项目也很感兴趣，希望尽快碰面细聊，投钱是一定的。说完这些，笑笑打了五十万过去，说这是投资定金，你千万要把我的份额留好。

　　这钱 Alex 没再退回来。笑笑嘿了一声，把手机切换到导航界面。漫漫夜色中，她将车驶出服务区，重上高速。

　　Alex 本是远虑，冯老头才是近忧，此刻远近齐至，内外夹攻，笑笑觉得自己身处熔炉，心湖沸腾，咕嘟咕嘟一个个气泡冒上来又破碎掉，全都是抓不住的念头。小豆角在旁边说，姐姐你不要不开心，笑笑心想，竟然连这么小的孩子都能看穿自己，嘴里却不承认，说我哪有不开心，你从哪里看出我不开心？小豆角说，你胃口不好呀，姐姐你才吃了一根烤肠。笑笑莞尔。小豆角说，姐姐胃口就很好，能吃我三倍的饭呢，但姐姐也有吃得很少的时候，买了好吃的都让我吃。小豆角又问，姐姐你吃那么少，是因为心情不好，还是因为要让给我吃呀？笑笑只好承认自己心情不好。小豆角说姐姐要开心啊，像姐姐，不管吃多吃少，都很开心的。

笑笑听着小豆角用同一个词称呼自己和另一个不曾谋面的女孩，像一张牌牌面不停翻转，心中生出奇妙的感觉，仿佛彼此因而有了某种联通。

在盱眙住了一晚，第二天起了个早，七点多出门的时候下起了小雪，跟着导航走，一路飘雪不停。开到花骨朵村附近，雪花劲急，扑扑在挡风玻璃上拍打，视线也受影响。笑笑放慢车速，开启雨刮，却听小豆角忽然一声喊，说这里他来过。

在笑笑看来，这儿什么都没有，只是一条乡路，两边都是田野。车停下来，小豆角开门跑下去，笑笑抓起他扔在车里的滑雪衫跟下去。倒是不冷，今天是小寒，气温却赛过了早春，大雪是因为这异样的热才下起来的。笑笑还是招呼小豆角穿上了衣服，心里想，今年的天象真是异常，开年不到一周，她就碰上了两回。

小豆角在大雪里快活地跑，来来回回，然后在路边某处站定，指着路基下的玉米地大声说："我在这里睡过觉。"

冬天的玉米叶子早就萎了，黄秆子杵在地里，雪覆下来，田野白了一半，再下会儿就全白了。在笑笑看来，小豆角所指之地与别处没有两样，没什么特别的标志，不知道他是怎么认出来的。

"这里睡觉好香。那一天特别热，比车里还热，到处都是一闪一闪的。玉米高高的，躲在下面，一会儿汗就干了。姐姐也在呀，还有一个人，他领我们去的花骨朵村，就从这里穿过去。"

小豆角手指的方向，雪花漫卷飞舞，仿佛一座跃动的白色丛林。

车走不了雪花的路，得绕圈子。旧梦依然牵动着小豆角，他告诉笑笑，姐姐有一块滑板，风驰电掣，比这辆车还快，他们在滑板上翻山越岭，一路滑到这里。笑笑听小豆角形容起滑板的种种，觉得那简直不是滑板，而是一乘浮星之槎，浪漫自由。

"可是到了这里，滑板就没有了。"

"坏了？丢了？"笑笑随口问。

"被坏人抢走啦。"小豆角说。

笑笑心想，一个少女带着孩子远行千里，遇见厄难也属平常，现实毕竟不是童话故事。能有之前的灿然旅程，已经是宝贵的回忆。笑笑没再问下去，不开心的事，就别让小豆角回想了。然而她不禁又想，自己现在不也是一个女孩带着一个孩子远行千里吗？自己又会遭逢什么厄难？念头如此迁移，自然落到了冯老头身上。哪怕没有小豆角这档子事，接下来也不可能不和他打交道的，双方都捏着对方的命门，处理得好，可以达成脆弱的平衡，处理不好，就是玉石俱焚。从吕梁到上海，冯老头一夜狂飙一千多公里，速度里透着凶悍，透着狠绝，要怎么和这样的人达成平衡？

车到花骨朵村，导航点设的是村子的停车场，笑笑取了拐下车，问小豆角是这儿吗，小豆角左看看右看看，神情犹疑。笑笑说，我们往前走走看。

往村里走着，笑笑心里依然想着冯老头的事。到底能不能用钱打动他，他会是多大的胃口，又或者他另有软肋吗？大雪似是下进了心里，纷纷扰扰看不清前路。至于这村子，看起来平平无奇，新铺的村路，新造的一幢幢小楼，就是个新农村模样，还不如白尾岭村有特点。

走了一阵，笑笑觉得衣袖牵动，这才从自己的世界中脱离出来。是小豆角在拉她。笑笑打了个激灵，刚才思索要怎么对付冯老头，却寻不出一条可行的前路来，心中阴影滋长，竟渐趋于茫然，雪茫茫雾茫茫，浑浑噩噩地朝前走。被小豆角把神志叫回来，笑笑深深呼吸，感觉雪花碰撞在舌尖和上颚，冰凉刺激。问小豆角什么事，小豆角说感觉这不是他上次去的花骨朵村，记忆中没有这么宽的路。

　　小豆角上次来是三年前，人长大一些，原本觉得宽敞的地方会感觉狭窄，哪有倒过来的道理？笑笑询问村人，这才得知，花骨朵村分新村和老村，像迷宫的是老村子，离得不远，要不是下这么大的雪，一眼就能望见。

　　问明白了路，说是出了新村子，沿水渠走不了十分钟就到。笑笑没回去开车，不料出村就是上坡路，在雪中着实不好走。小豆角跑在前面，笑笑拄着拐走在后面，老村的轮廓在雪中慢慢显现出来时，她找了块大石头歇脚。两只脚都有纱布，走起来还是痛的，当然也能忍，前天在山里逃命时脚更痛，但那会儿除了活命其余都不重要，现在却没必要过分勉强，松松脚好得快些。

　　石头上积了一层雪，笑笑把裘皮大衣后摆垫在屁股底下，不透水。她取下绒线帽，抖掉雪再戴上，喊小豆角也来歇，却喊不动，他站在雪里出神，不知在想什么。又多喊几声，小豆角转过头来，眼中还有些迷茫。笑笑见过几次他这模样，问他怎么了。小豆角哎呀一声，说我刚才又掉进去了，姐姐，我脑子里生过病。笑笑问什么病，小豆角说好像是羊会得的一种疯病，我也得了。姐姐你不要难过，我现在不发作了，就是有时候会感觉很安静很安静，所有的东西都变得很慢很慢，像掉进一个洞里面。笑笑说这很厉害耶，听起来像一种时间魔法，你在这个洞里面会有比别人多很多的时间，做很多别人来不及做的事情，我记得有个漫画的主角就有这种能力，到了上海我找来给你看。小豆角开心地笑，说你和姐姐说得一样耶，你们都这样说，是不是我真的会很厉害呀！

小豆角恢复了活力，又在雪里跑起来，跑前跑后，最后跑去斜对面的一家农户，站在矮墙外，踮起脚看热闹。那一户人家和别家都不挨着，孤零零杵在路边，只有一层老平房，这会儿院子里有人声有猪叫，不知出了什么事。小豆角看了会儿，反身跑回来，帽兜里的小脸红扑扑，兴奋地告诉笑笑，那里在杀猪，要不要一起去看。笑笑想杀猪有什么好看，一转念，白尾岭村估计过年才能看见杀猪，对这孩子来说，杀猪算是个大热闹了。

笑笑凑小豆角的兴，说那就去看看。

院子里一头白猪摆在杀猪案上，四蹄都捆了，一个中年农妇按着猪后腿，光头汉子双手叉腰站在猪前，盯着负责杀猪的年轻人。这年轻人可能还是个孩子，个子没笑笑高，脸上有稚气，这会儿单膝盖跪压猪身，一只手撑起猪下巴，另一只手拿着把一尺刃的尖刀，刀身没沾血，锃亮，刀尖抖得厉害。年轻人头发上积了层薄雪，圆脸涨得通红，眼睛鼻子嘴都挤在了一块儿，像是咬牙切齿，又像是哭丧着脸。猪瞪着眼睛嗷一声叫，胖大身躯一扭，年轻人晃了晃，险些被掀倒。

汉子在旁边看得怒气冲冲，说老子在你这么大的年纪，一上午能杀三头猪，你磨蹭半天，第一刀都没捅下去。儿子说我又不想当个杀猪的。汉子骂说看你个熊样，猪都不敢杀还能干些啥，给我压死了，下巴顶住了，别他妈把你的手往猪嘴送！他走上去纠正儿子的动作，又把住儿子拿刀的手，让他别乱晃，然后点着猪咽喉，说我再和你说一遍，刀往这儿捅，要朝下，往它心口方向用力扎，别手软，一刀插到心脏，这样对猪好，别让它吃两刀的苦。

小豆角捏着小拳头，仿佛在为年轻人使着劲，笑笑却从旁边的院门走了进去。原本两个外人在外墙看，里面的人还不在意，笑笑进了院子，三个人都朝她看过来，汉子迎了一步，说你找谁啊，笑笑塞了一把钱给他，说这猪就让给我，好不好？汉子拿了钱下意识捻开去数，笑笑从他身边走过，伸手问年轻人要刀，年轻人愣愣地把刀给她，膝盖却还压着猪，一只手还扳着猪下巴。汉子说这钱不够啊，猪得有百五十斤，怎么的都得两千五。笑笑低头看猪，那猪翻着眼睛瞧她，雪花落进眼里化了，它眨都不眨，眼珠子黑白分明，和人没两样。笑笑视线往下移，那是汉子刚才指点的地方。她把刀抬起，扔掉拐双脚站定，空出的手握上来，双手持刀，一刀捅进猪喉咙，又用力前送，没遇着什么阻碍，直没至柄。那猪一声不吭，只把身体抖一抖，还没先前挣扎那一下猛，年轻人却哎哟一声，从猪身上跌下来。笑笑也不抽刀，拾起拐转身就走，经过汉子时说，我是买这一刀，不买猪。

笑笑走出院子，觉得脸上滚烫，像是全身的血都涌上了头。小豆角在旁边惊叹，说姐姐你好厉害呀，笑笑默然不语，只低头去看手上的猪血，没拔刀血沾得不多，黏稠得像红漆，用雪搓过几遍后就脱去了。她领着小豆角继续往老村走，走了会儿，拿出手机给 Alex 发微信。

你现在在哪儿呢？

我在镇江。

好像是一个省，笑笑想，这么说离这儿也不远。其实她不关心 Alex 在哪里，她只是需要一个前奏来说出后面的事。

帮我买样东西可以吗？

什么？

帮我买把杀猪的尖刀。

2 ....

好一座雪堡。

花骨朵老村建在一座丘上，屋舍从丘脚延至丘顶，按理说应该密密麻麻，但因为彼此太接近，雪一盖就连成了一体。此时快到十点钟，雪势稍减，新村里人丁兴旺，到了老村，一眼望过去却不见人影，倒真像一座孤零零的雪中古堡，不知是否人都搬去了新村。笑笑细细打量，看哪些是屋与屋之间的缝隙，哪些是屋与屋之间的小径，确实难辨。走进这样的村子，就像钻进一头巨兽的身体内部。

住在这样的村庄里，是什么样的心情呢？笑笑想。又是什么样的人会住在这里？

"就是这儿吧？"笑笑对小豆角说。

"是呀，就是这样的，就是这里。"因为身高的关系，小豆角微微仰着头，黑漆漆的眼瞳里映着白雪，仿佛正在与记忆印证。

走进花骨朵老村，仿佛走进了一片静谧之地，光线也暗了一层。雪花被房屋遮挡，很少飘落在小径上，经过的每一扇门窗都紧闭着，越往里走，越觉得沉寂，甚至死寂。两人不便并行，小豆角落在后面，抓着笑笑大衣的后摆亦步亦趋，笑笑说你到前面去，我看着你放心点，小豆角走到前面，三五步就一回头，先前一蹦一跳的劲头早不知去了哪里。

"要不要出去？"笑笑问。小豆角猛点头。

小径曲里拐弯，已经记不清来路，但可以从坡度区分，往高处走就是往里走，往低处走就是往外走。不一会儿两人走出老村，和来时不是一处，村口有一间屋子与众不同，墙上有台冒着白气的空调外机，显然屋里有人。外机底下刷着一条标语，小豆角问写的什么，笑笑说坚决打击人口拐卖，小豆角若有所思。屋门开着，门后垂一道厚棉帘，旁边还有个招牌。笑笑走近几步,看清了招牌上的字——寻亲服务站。她也和小豆角说了,小豆角哎呀一声叫起来,说是不是能帮我找姐姐呀。笑笑当然知道这不是一回事,但还是说,那我们进去看看。

掀帘子进屋,笑笑被烟味呛得一皱眉。有一面墙上全是锦旗,上绣"热心助人""无私奉献""精诚所至"等等,甚至还有一面是"救苦救难",不靠谱的味道比烟味还浓。另一面墙上挂了张大幅照片——一个孩子瞪着希冀的大眼睛,显然代表着被拐孩童,但笑笑记得这分明是希望工程的宣传照。更不协调的是同一面墙上还挂着一副滑板,不知道是一种装饰,还是真会拿下来使用。

对门老板台的后面坐着一个叼着烟的白胖子,正盯着笔记本电脑屏幕。"一对K",电脑说。白胖子抬了抬眼,视线在笑笑和小豆角身上转了一圈,又落回屏幕上,喷一口烟,说有事等我两分钟啊,沙发上先坐。

笑笑支着拐在锦旗墙前慢慢欣赏,小豆角也不坐,在老板台对面一站,直勾勾瞧着白胖子。瞧了半分钟,白胖子忍不住抬眼看他,看过这一眼,又上上下下打量,接着再转头看笑笑。

"我认得你。"小豆角说。

白胖子一把合上电脑,烟扔进一次性纸杯,扶肚从老板台后面转出来。

"你胖了好多。"小豆角说。

"小……豌豆!"白胖子不确定地喊。

"我叫小豆角。"

"哎呀小豆角,哎呀哎呀。"白胖子满脸惊喜,腮肉荡漾,"你可是高了不少,我第一眼都没认出来呢。"

小豆角抿抿嘴,瞪着黑眼睛认真地看他,问:"你现在改好了吗?"

笑笑听到这句话,多瞅了一眼白胖子。

白胖子又是一声哎呀,说:"这话说得可不对,我怎么不好了?当年是不是我给你们指的路?是不是我冒着危险给你们打暗号?知道我担着多大的风险吗？我要不是好人……你看看，你看看这些锦旗！"

白胖子朝锦旗墙一挥手，同时对笑笑点头微笑。

"可我还不认字呢。"小豆角说。

"这都是我做了好事，帮助了别人，别人给我送来的。你看有这么多旗子，你就知道我帮助了多少人。"

"是寻亲吗？"小豆角问。

"可不是寻亲嘛！多少家庭在我这里破镜重圆，我是积了大德了！"

笑笑忍不住笑出声来，白胖子不以为意，说你要不要沙发上歇一歇，大雪天可不好走路。笑笑在沙发上坐下，招呼小豆角来坐。小豆角刚坐下又站起，问白胖子："你是好人，你能帮我找到我姐姐吗？"

"你姐姐不见啦？"白胖子瞧了眼笑笑，说，"我还想呢，你姐不是个黑姑娘，怎么乌鸡变凤凰了，果然不是一个人呀。你姐可是个狠角色，三年前那一通折腾把我吓够呛。她还能被拐？能有人把她怎么着？"

他一边说话，一边去饮水机接了两杯热水放在茶几上，一屁股在斜对面坐下。那是他常坐的位置，坐垫都比别处矮一截。

"说说吧，你姐在我们这儿大闹天宫之后，到底出了什么事。说详细点，我才能帮你。"

小豆角听不懂白胖子话里的暗贬，就开始说当年之事。笑笑却想，这人其实知道点东西，否则小豆角只说姐姐不见了，他怎么就觉得是那一趟出的事呢？

小豆角说他和姐姐坐上海的地铁，逛一条全是好吃东西的路，看一条亮堂堂的江，玩一个梦一样的乐园。这些事情小豆角东一嘴西一嘴和笑笑提起过，但那时他说起来带着些迷幻，自己都拿不准是否真正经历过，现在他用确实的口气述说，仿佛随着他重新走上这条旧路，迷雾驱散，终点隐约可见。

说完乐园，小豆角开始说天上的烟花，他说得绘声绘色，一直说了几分钟都不停。笑笑心想，乐园里哪有这样的烟花，世界上哪有这样的烟花。到某一刻，小豆角突然停止，闭口不言。胖子说之后呢，你和你姐去了哪里？小豆角摇摇头。

"他只模糊记得去乐园玩了，此外就记不清楚了。"笑笑帮他说出来，"你们这儿有座尖顶房子吗？应该在一片稻田里。"

"哦，那里啊，都荒几年了，里面估计和鬼屋似的。"

"里面没人住？"

"早没人啦。"

笑笑瞧瞧小豆角，小豆角也呆呆瞧她。

"方便发我个位置吗？"

笑笑加了白胖子的微信，他用了电影《失孤》的海报当头像，名字是"万里寻亲感恩小黄"。感恩小黄把废屋的位置发来，她点开看，离停车点不远。她又看见了 Alex 在几分钟前发来的微信，说东西买好了，问她在哪里。笑笑犹豫了两秒钟，把现在的定位发了过去，问他开过来要多久。

小豆角真以为感恩小黄能找姐姐，问多久能找到，感恩小黄不说行也不说不行，只让小豆角再多说点。小豆角在脑海中的那一团黑暗里跋涉，那儿乱流湍急，别说完整的回忆，说几句就得停一停，很快就连完整的句子都说不出来，一个词一个词地往外迸，像在创作一首意识流的现代诗。笑笑本想认真听听，但心思却不受控制地偏移。

真的要让 Alex 带刀来吗？当然，已经发位置了，这就是一件即将发生的事情。拿到刀之后呢，真的会用到吗？当然，否则真靠一张嘴来永远和冯老头保持力量的均衡吗？

无法托庇于律法，那就只有遵循丛林法则了。笑笑这一路奔逃，突然在某一刻动念，凭什么都是他追我逃，他能杀我，我也能杀他！她被这念头惊骇，这怎么做得到？杀死一个恶魔一样的男人？可是她止不住地往这条路上想，因为其他的路都不通。

杀人——当认真琢磨这件事时，她撇开冯老头，先试着设想杀别的容易一点的人，比如 Alex，她问自己，能杀掉吗？答案立即浮现。她又设想其他人，几乎想遍身边所有人，抛开事后能否逃脱，只聚焦杀本身，答案都是肯定的，至少是极有可能的。日常生活中，谁会防备熟人行凶？可以揽住肩膀，就可以一刀捅进后心，就算当面持刀，只要脸上挂着笑，谁会觉得她是要杀人呢？

冯老头也不会有防备的，一个被他一路追杀的受伤女人，竟然会角色互换来反杀他？所以这件事的难度在于她能否下得去手——那可是杀死一个活生生的人啊！利刃加于彼身时，她会颤抖吗，会失力吗，会呕吐吗，会逃跑吗？不会，笑笑现在这样认为。

当然，不能在大庭广众下杀，那是玉石俱焚。无人时动手，找地方一埋，哪怕过些年尸体被发现了，也没人知道身份。哦，大概 DNA 能验出来，那又怎么样，再有联想力的警察也不会怀疑她，她没有杀人动机，除非树下的尸骨曝光，但骨头如今在冯老头车里，妥善处理掉就行。冯老头开车到上海肯定没和任何人说，如果他失踪，要追溯路线也会很困难。不过上海摄像探头太多了，得另找偏僻的地方动手，比如眼下的花骨朵老村，笑笑就没看见摄像头。

让 Alex 去买刀是笑笑斟酌后的决定。有上一次的经验，笑笑不指望这个男人能帮她杀人，血注定要亲手沾。Alex 帮她买了这样一把刀，自然能猜到用途，不光刀，她还让他买了铲子呢。猜到了她要杀人，Alex 会报警吗？笑笑赌他不会，这样一来，最后如果她真的做到了，Alex 就变成了帮凶，更加没办法报警。而面对杀了冯老头的她，他还敢像之前那样欺压吗，威胁一个杀人犯？笑话。那时 Alex 面对她的感受，会像她此前面对冯老头！他们会变成地位平等的合作者，不，那将是一种以她为主导的合作关系。

往深渊多跨一步，世界就全然不同。昨天此时，笑笑还怎么都想不到，那么复杂的局面竟然可以有一种简单的解决方式。一念之间。

只是对不起小豆角，但没办法，事情已经到了你死我活的这一步。至于事后如何与小豆角相处，怎样安排他的人生，那是未来的事。人生如一场没有尽头的泅渡，脚踩不到底，四下无所依靠，大浪涌来时，所能考虑的唯有如何在这一浪中挣扎求存。

当然，如果冯老头找不到她，两人再无交集，那就什么都不会发生。但抛开小豆角这个联系不谈，笑笑有着强烈的直觉 —— 她躲不开。危机感如芒刺在背。冯老头像一头野兽，他一定能找到她，尽管不知道会以什么方式。也许当她回到上海的居所，冯老头已经等在楼道里，甚至已经等在房间里。所以她需要那把刀，尽快。

很快。这是 Alex 给笑笑的回复。笑笑不知道镇江过来要一小时还是两小时，但既然说了很快，总不至于让她等到下午。

笑笑终于把注意力重新移回身处的这间屋子，她发现小豆角的表情变得很痛苦，他困在吞噬姐姐的那团黑暗里，被感恩小黄追问到现在，说出来的已经都是没有意义的情绪。尖帽屋里现在没老头了，小豆角把希望放在感恩小黄身上，尽力回答他的问题。笑笑埋怨自己发现得太晚，更觉得这感恩小黄不是东西。

"该走了。"笑笑打断了对话。

"别走啊，怎么就走了，这不是要找人吗？"感恩小黄说。

"姐姐，他说可以找姐姐呢。"小豆角说。

笑笑问小豆角："你上次觉得他可靠吗，你姐姐觉得他可靠吗？"

小豆角摇头。

"哎这话……"

感恩小黄要分辩，笑笑没耐心听，直截了当地问："那你说说打算怎么找人。"

"我靠这个吃饭，当然有我的渠道啊。现在是网络时代，但是最值钱的可是人际网络，我甚至可以打进拐卖孩子的地下网络，这个就没办法和你细说了。"

笑笑不想听他的鬼扯，说："我猜你肯定要收一笔定金才会工作对不对？"

"那不叫定金，那么多人需要帮助，要是桩桩件件都往里贴钱，我还怎么活？不过小豆角不一样，这个忙我帮定了，今天我不收一分钱，这下总可以放心了吧？"

话说到这里，门帘外传来一道又尖又亮的声音。

"哟小黄，你又在救苦救难啦，你这个花功不去传教是可惜了。"

一个中年女人掀帘进屋，她身材高挑，又或者是因为极瘦才显高，盘着头，一张苦脸上眼睛细长，薄嘴唇尖下巴，穿一身斑斓的狐皮长大衣，脖子还围了一圈貂，蹬长皮靴。笑笑眼毒，见她皮靴上有许多褶皱，显然穿用多年，靴尖也毛了，磨损后另补过色，衣长至小腿肚的枪驳领大衣也是古早款式，便知她的实际情况，并不似乍看时那样富贵。

雪势已经微弱，但这女人却似卷着冰珠子进的屋，支起嗓子继续说："央视倒没有请你去做节目哦，感动中国了呀。各么你是从今天开始感动的？你早两年感动感动呀，让阿姨我也一起感动一下？"

她眼睛往笑笑身上一瞟，又说："哦哟，我晓得了，是阿姨不懂事体了呀，小黄你感动要分人的对哦？阿姨不值铜钿，毕竟不是小姑娘了。"

要是放在从前，笑笑被人这么话尾巴扫一下，想都不想就会回怼，现在却只是觉得有趣。感恩小黄却跳起来迎上去，敏捷得出奇。

"阿姐你来啦，阿姐下雪天辛苦哦，我这两年成绩出得不够，应该批评，应该批评。"

女人自顾自拍打皮毛，其实上面也没见沾了雪花。感恩小黄伸手虚托，说要挂起来吗？女人把他的手一拨，说你这个屋里也不比外面暖和多少，脱了衣服要冻死我啊？你这个空调是几匹机啊，一匹啊？感恩小黄说一匹半。女人说怪不得这么冷，你这个房子放立式机呀，装什么挂机，我这几年给你的钱够买多少空调啊，这么点暖气也不舍得回馈给我？感恩小黄说阿姐说得对，马上就换，马上就换。女人说马上换我苦头也已经吃了，还阿姐阿姐，我老阿姨来，你本事都挂在嘴皮子上面了。

小豆角悄悄往笑笑身边挪了小半个屁股。

感恩小黄说，阿姐你说得我脸红啊，这一次肯定不叫你白跑。女人说我是习惯白跑了，不白跑么就是又要出铜钿了呀，我拎得清哦？各么你拎得清哦？感恩小黄说，阿姐，我们出去讲话。说罢拉着女人的手往门外去，女人"啪"一声打掉他的手，说拉拉扯扯干什么啦。笑笑说我们差不多了，我们走了，你们不用出去。感恩小黄说别别别，等我两分钟，又是作揖又是鞠躬，然后和女人出门去，反手把一直开着的门给掩上了。

第二次留客了，笑笑想，这么做生意的吗？

真就只两三分钟光景，两人便重新进了屋。那女人一进屋就往沙发方向看，笑笑朝她笑笑，随后意识到她看的是小豆角。所以屋外的那几句话，居然和小豆角有关。感恩小黄说，我给介绍一下啊，话才说一半手机响了。他接起来听了两句，对那头说要不还是我来迎下您，您原地等着我就行。挂了电话感恩小黄说我去接一个人，你们先聊，抓起挂在门边的羽绒服就出去了，把三个客人留在了屋里。

女人坐到感恩小黄先前的位置，背挺得笔直，双手绞一下又放开，舔湿嘴唇吸一口气，收起上海口音对笑笑说："妹妹，我姓魏，三国里魏蜀吴的魏，方便聊几句吗？"

笑笑笑一笑。

"你们来这里也是为了寻亲吗？"魏姐说话时又忍不住瞧了一眼小豆角。

笑笑又笑一笑。

魏姐笑起来："妹妹，记仇容易老的呀，妹妹这么好看的人，不值当。姐姐给你道个歉。"

笑笑想，这真是个人精，便说："魏姐侬讲。"

"妹妹也是上海人呀，怪不得人样子嘎好。"魏姐再捧一句，"不过这位弟弟不是上海人吧，是不是山西人呀？"

笑笑心想这个魏姐既然是感恩小黄的客户，那就是个找孩子的妈，难道小豆角会是她的儿子？小豆角是被拐卖的？可这么撞见也太巧了吧。

"我是吕梁的。"还没等笑笑开口，小豆角先回答了问题。

"对对对，就是吕梁。小弟弟，你有个姐姐对吧？"

小豆角转头去看笑笑，却听见魏姐报了个他从没听过的名字出来，不由茫然。魏姐两只眼睛盯住他，见他露出这副表情，一拍手说："哎呀这个名字你是没听过，她还有个名字，马儿。"

小豆角"呀"一声叫出来。

"我是马儿的妈妈，我一直在找我女儿。"

小豆角从沙发上蹦起来，叫嚷着说："你是阿芸妈妈，你是阿芸妈妈，姐姐找了你一路，姐姐还说，要让你做我的妈妈！"

笑笑愣住，她看看魏姐，发现她的表情也很吃惊。

"阿芸妈妈？马儿这么叫我的？可是我不叫阿芸呀。"

笑笑之前听小豆角说过和姐姐的那趟旅程，反应过来，用上海话说："伊讲额阿芸大概是马儿养母，伊大概勿晓得马儿身世。"

"小弟弟，我不是马儿的阿芸妈妈，我是她另外一个妈妈。阿芸妈妈是养她的妈妈，我是生她的妈妈。我和她失散了，我要找到她。"

"生她的妈妈？"小豆角睁大了眼睛，喃喃说，"姐姐有这么多的妈妈呀。"

他怔然坐回沙发说："我也和姐姐失散啦，我也想找她。"

"一七年的时候，你是不是和马儿一起来过这里？后来你们还去了上海？上海之后呢，你和马儿是怎么失散的？"魏姐急吼吼地问。

小豆角正要回答，笑笑却让他停下来。

"伊拉就是上海失散额，具体出了啥事体，关键地方我阿弟记勿清爽了，伊脑子伊额辰光受到冲击，伊也想要想起来，想寻到马儿，但是这个回忆过辰老难过额。"笑笑说。

"姐姐，我听不懂你的话呀。"小豆角着急。

笑笑摸摸他的头，改用普通话说："就在你进门前，小豆角刚刚对小黄把上海的事情说过一遍，你等会儿问他就行，没必要让小豆角再重复了。"

魏姐摇头说："你不知道那个小黄，假的事情当真的卖，真的事情一拆二一拆三卖，让他讲他就吃死我了，肯定不会给我讲全，还是要麻烦小弟弟讲。而且小弟弟这里是第一手，不一样的。"

"你付他钱，他是应该把掌握的情况都告诉你的，你搞不定他是你的事，而且我看你也搞得定他。"

魏姐脸板了起来，说："妹妹人样子好看，心肠也要好的，心肠好么跷脚出门跌一跤才会有人来扶。"

笑笑站起来，喊一声"走了，小豆角"。魏姐也站起来，一步跨到笑笑前面。笑笑三根手指头拎起狐皮大衣衣领一搓，魏姐眉毛一竖，笑笑搓过就松开，对她笑笑，说："阿姐，皮底子都碎掉了，衣服穿过二十年，要换新的了。"

魏姐脸涨得通红，说："小姑娘，侬没生过小人，侬勿晓得一个娘为了小人可以做啥事体。"

"当妈的先要记得看好自己小孩。"笑笑说。

魏姐听了这话，整个人都发起抖来。小豆角拽拽笑笑衣角，轻轻说："姐姐，她有点可怜。"

魏姐被"可怜"二字钉在地上，忽然之间眼泪就流了下来，她抹了两把还止不住，跌回沙发里说一句"我是两个小孩都没有看好"，放声痛哭。

起初笑笑看她流泪还以为是手段，后来听到悲声，便知这真是断肠人，平时糊糊裱裱，空荡荡的躯壳经不起透骨风。这么一来，笑笑就不便走，还得给她递纸巾，递了两次，索性把老板台上那一整盒面巾纸都拿来给她。

这样的哭无法半途而止，自会有旧梦不停歇地翻涌出来。魏姐号啕了十几分钟才渐渐停歇，脸白如纸，狐毛上一片狼藉，笑笑觉得自己如果这时走，她怕是连站起来拦的力气都没有了。

"我是等到儿子出了事情以后，才想起来从前还有过一个女儿，再找起来，已经晚了。我真是不配当个妈。"

魏姐开始讲自己的寻女之路。公安局负责这个案子的打拐警察退休好几年，等她想起来要找的时候，已经生病去世了。线索是前夫给的，说女儿2017年夏天找过他，那之后就再无音讯，留的电话也没打通过。那一次前夫和女儿聊了不少，但他记性不佳，说女儿被卖到山西吕梁的某个村子，具体哪里想不起，另外，女儿去过一个叫花朵的村子，拐她的人贩子就是花朵村人。魏姐查不到叫花朵的村，跑了三次吕梁一无所获，再回过头来翻遍全中国的乡村名录，看见一个花骨朵村。

魏姐第一次来花骨朵村就进了小黄的办公室，那时屋里已经挂满锦旗。小黄说花骨朵村从前出了几个吃牢饭的人贩子，怎么拐人怎么卖人，中间经过几道手，整个灰色网络的运行他都了解，所以可以打入内部调查，只是要经费。这两年他提供了几次消息，说女儿的养父是个货车司机，女儿上次来花骨朵村还带了个娃娃，女儿在村里最后去的地方是个废弃的屋子，等等，一点点勾勒出女儿的模糊形象，但没有一条线索是真正能让她找到女儿的。这一次小黄打电话给她，说又有了新消息，请她来村里见面。

笑笑听到这里打断她，说你接到小黄的电话？什么时候给你打的电话？魏姐说昨天晚上打的。笑笑问电话里怎么说的？魏姐说，小黄讲有个认识我女儿的人可能会来村里,但他的话我现在不大相信,不过今天一早他又打电话过来,说是准消息,那个人会来,让我赶紧来。扬州过来也就一个小时,我就来了。"

笑笑心中不解,感恩小黄怎么会知道她的行程,知道她要来花骨朵村?不对,她来花骨朵村,也未必会见到感恩小黄,老村有多个出入口,经过此处只是偶然,即便经过了,进屋也是一时的起心动念,不可能有人能够预知。

魏姐继续说:"小黄还说,他查到我女儿三年前去上海以后,再也没有回过山西,所以要找我女儿,上海那趟是关键。他说小弟弟不但认得我女儿,多半还晓得我女儿上海之后去了哪里,唉,可是其实小弟弟也不知道的是哦?"

"他电话里说了要来的人是我弟弟?"

"那倒没有,他是不见兔子不撒鹰的人,从他嘴巴里撬东西,就和要放他血似的。他一门心思就是怎么多搞我点钱。"

"他说要来的那个人,不是我弟弟。"笑笑指尖发麻,毛细血管里似有微弱的电流流淌,那不完全是恐惧。

"小豆角,你爷爷认得你姐姐对吧。"这当然是一句废话,但笑笑要问的是下一句。

"三年前你和你姐姐去上海,你爷爷知道吗?你那团黑暗里,有他吗?"

感恩小黄怎么认识冯老头的,冯老头又为什么会来花骨朵村,这里面有太多的未知,但笑笑跳过了中间所有空白,直觉直指冯老头。

小豆角露出犹豫的神情,似乎不是很确定,但终究还是点了点头。

此前笑笑就直觉冯老头会很快追上来,只是不知道在何时何地,现在她知道了。

冯老头随时会到花骨朵村。

不，他已经到了！感恩小黄去接的人肯定就是他！

从感恩小黄出门到现在已经过了很久，这一迎迎了有半小时，也许下一刻冯老头就会掀帘而入！

手指的酥麻蔓延到了手掌，笑笑握拳又松开，不自觉地反复做着这样的动作，心里想，要逃么，还是留下来？她又想，我的刀到哪里了？

她摸出手机。

你到了没有？

她问 Alex。

3 ....

灰色长安小轿车停在村停车场的西北侧，因为没有积雪而显得很醒目。上海没怎么下雪，笑笑想，还是雪在路上化了？她喝了口面汤，又用勺子抠下一小块狮子头送进嘴里。自己居然有心思想这些无关紧要的事情，自己怎么不紧张？也不是不紧张，笑笑想，在停车场上看见这辆车的时候，仿佛一脚踩空，心肝脾胃肺和魂灵一起往洞里掉。好在很快发现车里并没有人。

停车场周围有好几家小饭馆，笑笑选择黄三饭庄不是笃定它家饭菜可口，而是视野好，能一眼瞅见灰车。本来只是找个地方等 Alex，现在她得看着灰车子。这个方向看过去是车尾巴，看得久了，笑笑渐渐觉出那尾巴并不是平的，而是略翘起一分。是后厢盖不密实，她想，她知道那儿有一条缝。她眯起眼睛端详，觉得自己能看见那一条缝，有另一个她起身出店，一晃就到了车尾，贴着缝往里看，被缝儿一把收进去，又锁回那个狭小空间，眼前是行驶中从缝隙里透进的一线光，脸贴着蛇皮袋，轰隆隆的发动机声响里，夹着冯老头哼曲的声音。她一个激灵把神志拉回来，放下汤勺，取了纸巾擦拭溅在手上的面汤。刚才还觉得不紧张，她自嘲地笑笑，到底有些东西是刻进骨头了。她又看了一眼车尾，现在那里面只剩一个人了，她想。

Alex 的新消息进来了。

到地方怎么给你东西？你在哪里？

到了吗？笑笑往停车场入口打量一眼，没见有车在开进来。那就是快到了还没到。导航花骨朵村这里应该是必经点。这真是个不靠谱的男人，从他说很快到现在，也有四五十分钟过掉了。

东西放这幢房子里。田边上孤零零一幢很好找，门应该是没有锁的。你进去把东西放在门边的地上，贴墙放别太显眼。如果门是往里开的，就把东西藏在门背后。然后你找个地方等我消息。

笑笑把感恩小黄发的地址转发给 Alex。

要等多久？

Alex 问。

很快。

笑笑回过去这两个字，心里想，这也算是苦中作乐了。还能找些啥乐？她打开证券账户，买了新手机后才想起看，但账户没变化，想起来周末休市，日子都过晕了。她问老板洗手间在哪里，老板说没有洗手间，公厕在停车场边。她走出饭庄前停在门口，眼睛来回扫了两遍，没看见冯老头，这才把绒线帽戴起来，帽檐拉过眉毛，出门往公厕去。

也许冯老头这会儿正在寻亲服务站里，他们在路上错过了，但他总归是要回来取车的。他怎么不直接把车开到服务站呢？哦，是感恩小黄一定要迎他。笑笑觉得这里面有什么玄机没参透。按照冯老头飙车到上海的架势，知道了她和小豆角在服务站，肯定会以最快速度冲过来的。要么是感恩小黄拦了他？用魏姐的话来讲，感恩小黄逮着天王老子都要刮层油水，他是想拿她和小豆角卖个好价钱？

笑笑把拐靠在洗手台上，没有洗手液，只好多冲洗几遍。是地下水，冰凉刺骨，笑笑搓几下缩回来，等手暖了再伸进去。隔壁有同样的水声，从笑笑进厕所开始流到现在，大概是水龙头没关。

冯老头昨天就知道她和小豆角要来花骨朵村，他是怎么做到的？笑笑把手再次伸进冰水时想。是因为他知道小豆角想再来一次花骨朵村，猜到自己会顺着小豆角？有点道理，但不够充分。

走出厕所，笑笑望一望灰车，车还在，人没来。男厕所的水声停了，有人从里面走出来，笑笑往黄三饭庄走了两步，那人在身后叫她。

"闺女。"

笑笑的拐在地上顿了顿，转回身去，看见了冯老头。

冯老头穿着前天那身青黑色夹袄，左下摆皱巴巴的湿了一片，往下滴水珠子，他两只眼珠盯住笑笑，咧开嘴笑，拢在袖管里的手慢慢抽出来，红通通像蒸熟的蟹钳。

"你找得俺好苦。"他说。

冯老头一步一步走上来，笑笑支着拐，背有点儿弓，像猫。Alex 把东西放到门里了吗？她想。大概还没有，这家伙不靠谱的。她放松下来，把脊柱舒展开，扬了扬手里的拐杖说："冯叔，苦的可不是你一个人呀。"

冯老头收起笑，脸上的表情半阴半晴，意味难明。

"小姑娘，有本事。"他说。

"要活命嘛。我们到前面说话。"笑笑说罢，撑着拐大步往前走。

"这里不能讲？"冯老头踱在后面问。

"人不够多，我害怕的。"

停车场此时见不到几个人影子，进了村子才多人烟，笑笑没往村里走，而是走到黄三饭庄前，这一排有六七家店都开着门。笑笑停下来，往斜上方看看，冯老头跟着瞧了一眼，那儿有个摄像头。

"就站在这里讲吧，冯叔，您追我追得这么紧，真是吓到我了。您怎么知道我们在这里？"

"可吓不倒你。"冯老头摇头，"你要是没胆子，活不到现在。俺就是晓得你在这儿，有人会告诉俺。"

"谁告诉您的？没有人知道啊！"

"没有人晓得，魂儿晓得。"冯老头指指他那辆灰车，"你们做过伴，她惦记上你咧，你跑到哪里，她都跟上来。"

笑笑明知道他在唬自己，背脊骨还是发冷。

"冯叔您有我电话的，有事情您电话里和我讲呀，何必要这样辛苦。"

"电话太远咧。"冯老头垂在身侧的手指屈张，像在松动筋骨，下一刻就要抓过来似的。但终究没有，他只是探头往附近店家张望了两眼。

"小豆角在哪儿？"他问。

"您追我只是为了小豆角？"

"你拐了俺娃，俺不追你，警察都要追你。"

笑笑顶着冯老头凶狠的眼神，笑得前仰后合："冯叔，那您报警抓我呀。"

冯老头等她停了笑声，冷冷问："前夜里你和警察说些啥咧？"

笑笑拿拐指指灰车后厢："讲她的事情呀，她没告诉您啊？"

冯老头嘿然一笑，说："闺女你不光胆量大，谎话也大。这样，你把娃还俺，咱各走各的路，可好？"

"不好。"笑笑摇头。

"不好？为甚不好？"冯老头不发怒，反倒做出一副好奇模样，语速也放慢了些，只是声线不知不觉间窄了三分高了三分，如蛇吐信。

为什么不好？笑笑也问自己。吃饭时她打过腹案，推想如见到冯老头，该说些什么，却前想后忘，如入雾中，前途后路茫茫不可观测，得真正踏足方能知究竟。不，得撞上去，撞开一条路。此时她站在冯老头对面，说出口的每字每句，都从内心洞窟中自然生发，那洞里有死的恐惧，有生的渴望。

"我答应了带小豆角去上海，答应了我要做到啊。我真喜欢这孩子，昨天我还给他买了身新衣服。"

笑笑把自己对小豆角的喜爱之情无限展开，说到了上海还要给小豆角买礼物，说小豆角应该来上海读书，她可以安排最好的小学，学费她来出，她会找最好的辅导老师，不光学习，还有音乐绘画舞蹈，只看小豆角喜欢什么：要更安静一些，就找九段国手来教他围棋，要更活泼一些，就找冠军来教他打羽毛球打网球，骑马也不错，到了暑假准备带他出国，去美国，去法国，去日本……

冯老头叹了口气，说："别说了，俺听着晕。你是怕把娃还给俺，就拿不住俺。"

笑笑说："冯叔，从来都是您拿我，我怎么敢拿您。我不过拼命给自己找条活路。"

"活路给你，俺领小豆角回去。"

笑笑摸摸头上伤处，又看看脚，说："叔，前天我信过您了。"

"俺得让你信啊，俺咋让你信咧？哎哟，隔了两天，倒是反过来了？"

"冯叔，没反过来，一直是我求个活路呀。"

冯老头低头瞧着脚面，像在盘算什么，笑笑等着他，就这么停了半分钟,笑笑心跳得越来越快,她感觉到一种冰面下的张力,越来越强,越来越强,暗影中有什么要破冰而出。她不禁往上瞥一眼,她把摄像头当成金箍来用,但真保险吗?她什么都不想,凭直觉冲开一条路,和冯老头对峙到现在,但什么都不想地冲上去,却是从眼前这个人身上学的,制得住他吗?

"看来你是拿住俺了。"冯老头耷拉着眉毛说。

他的声音艰涩得像卡在一条缝里,笑笑浑身的汗毛一下子立起来。冯老头抬起头,那张面孔像是从阴沟里升出来,笑笑猛抢出一句话:"我给您打十万块钱。"

冯老头愣住了。

笑笑继续说:"冯叔您收了我的钱,我才能安心,这钱我每个月都给您,换我平安。"

"俺收了你的钱,你就把小豆角还给俺?"冯老头说着摇摇头,"闺女,你的心思俺可真搞不明白。不过这听起来也不是坏事。"

笑笑感觉那股子恶焰缓缓收敛,掌心捏了把细汗,拖到此时,已经是极致了。

"就是好事,我给冯叔您交个保护费,也改善一下您和小豆角的生活。冯叔您给我账号吧。"

冯老头说了账号,笑笑当即转账过去。冯老头收到入账短信,问:"十一万?"

"头一次嘛,多的算我给小豆角的过年红包。"

冯老头点点头,问:"小豆角在哪儿咧?"

"他在车里呢,我带您去。"

笑笑把冯老头领去她那辆黑色途观车处,车是发动着的,屁股冒着白气,打开车门却不见小豆角。

"人咧?"冯老头厉声问。

"小豆角，小豆角……"笑笑喊了几嗓子，没有回音。

"他一定跑去那幢房子了，三年前他和马儿去过那里，他来这村子就是想再去一次。"笑笑说着往停车场外走。

"你往哪儿走咧？你不开车去？"

"没有几步路。"笑笑回头说，"我胆子小，不敢和您一辆车。"

笑笑开着导航，一高一低支着拐走，步子不慢。冯老头走在旁边，两人一言不发。沿着村道走出没多远，拐进一条丘间小路，两边有野地有林地，走到坡顶时见前方通向一片田野，感恩小黄给的坐标就在那儿。

如果正撞上 Alex 放了东西出来，那就糟糕了，笑笑想。希望他不至于这样拖拉。

走过干涸的水渠弯头，田野没有遮挡地出现在视野里，田边依稀有一幢房子。说是依稀，因为那是幢不显眼的矮平房，并无小豆角说的醒目尖顶。笑笑不知会否出岔子，心中却有一种暴风雨来临前的平静坦然。若出了岔子，无非是个死，她想。想到自己的死，她又想起后备厢里那个和她做过伴的人。

"她是个什么样的人？"笑笑突然开口问。随即她意识到不该问，她此刻的心情本该是为小豆角的走失而担心焦虑的。她走神了。但是冯老头应该不知道她在问什么吧。

"怪要好看的，关不住咧。"冯老头答。

像是在说自己的孙女，笑笑想。所有的女人都要好看，这太普通寻常。可不知怎地，听到冯老头说出这样普通寻常的形容，笑笑几乎要流泪，仿佛那枚白色指骨在心头戳了她一下。她不敢再说话，甩起拐杖紧着步子向前走。

快走出小径时，笑笑确定那平房就是目的地，因为四下再没有其他房屋，只此一幢。她的心脏咚咚咚擂起鼓，胆汁往嗓子眼倒灌，胃拧过来又绞过去，屋外那触目惊心之物仿佛占满了她的整个视野，她真想转身就逃！

晚稻割了不久，田野里铺着黄褐色的稻秆，积雪消融成白色点缀，连冒起的青秆子都遮不住。一幢方方正正的平房揳入田野，让人不禁奇怪为何要盖在这里，像钉进指甲里的木刺，被肉包裹着成为一点黑色印记。房前有一条细细的土埂，通向田边小路，土埂和小路交接处，赫然停着一辆银色路虎车。

笑笑觉得脸皮发麻、发涨，咬着牙，把一声 fuck 关在嘴里。她真想咒骂出声，Alex 这个狗娘养的蠢货白痴贱人，怎么会事情到现在还没办好，到现在人还在房子里面？他在搞什么鬼？

噩梦成真！为什么会想起来要这个人去买刀？只为了把他拖下水，只为了以后可以拿捏他，却忘记这个人刚掉过链子，忘记再掉一次链子她就没有以后可言了。贪呀！

那现在要怎么办？

"难道有人在房子里？"经过路虎时笑笑装模作样地说。

冯老头沉着脸不说话。

踩着土埂上的枯草，笑笑开始大喊小豆角的名字，一遍又一遍，她的声音飘在田野上，虽然竭尽全力，但并不如想象中嘹亮，仿佛一出口就被稀释掉了。她祈祷房子里的 Alex 可以听见她的喊声，可以做出一些准备。至于该做什么样的准备，她也不知道。

笑笑的呼喊没有得到任何回应。意料之中。

屋外的井被枯草半盖，对面的旱厕塌了顶，如果是春夏时节，野草怕会高过大半个人，感恩小黄没说错，这是幢没人会来的废屋。

屋门半开，笑笑伸头往里面看，见一把椅子倒在地上，旁边还有几块残砖。还没等她多作观察，冯老头在后面催促她。

"愣啥，进啊！"

笑笑深吸一口气，推门进屋，冯老头紧随而入。刚走两步，笑笑拐杖在地上打了个滑，歪倒时她伸手扒拉，什么都没抓住，反把房门推向冯老头，冯老头闪过，门砰然合拢，屋里的光线为之一暗。笑笑倒在地上，嘴里哎哟哎哟叫着，手却松了拐，往门背后的墙根摸去，正握上一个圆柄。她心脏的搏动似能撼动地上浮尘，担心暴露不敢去看，顺着圆柄再往上一滑，却摸到了布面，布面下似裹有硬物，但这布既不像鞘，里头之物也不像刀。她这一倒，本怀了舍身一搏之心，此刻却愣在了那里。

"闺女啊，你可得小心点咧。"

冯老头把笑笑拽起来，她手抓着那物没松，似把它当成最后一根稻草，但手里的感觉告诉她无论如何不会是刀具。她低头去瞧，嘿地吐出一口笑，说，这里怎么有把破伞。她把长柄伞扔掉，俯身捡起拐杖，往墙根扫一眼，那儿再无别物。笑笑心下绝望，可转念一想，又能理解，如果是她被堵在房子里，不管事先如何约定，也一定会取了利刃防身的。只不过 Alex 就算拿着刀，关键时刻可敢捅吗？

笑笑打量所处的空间。整间屋子只有一扇碎了玻璃的小窗，通往另一间房的门帘松落半幅，天顶上另崩裂了两三处小缺，光这里洒进来一簇，那里洒进来一簇。这是间空空荡荡的灶堂，灶台上散了几个破篓碎碗，地上倒一张竹椅，无其他家什物件，一眼望穿，没有能藏人之处。不，要说也有，就是灶洞里面，笑笑不敢往那儿看。若真藏了人，盼那人能寻机溜走，那样她空屋子兜过一圈，也能另寻说法和冯老头周旋。

笑笑叫一声小豆角，心里想，怎么都是自己在喊，冯老头这个亲爷爷倒不喊，他并不着急吗？外面停的那辆车子，是不是让他闻出啥味儿来了？

"去那屋瞅瞅。"冯老头说。

笑笑心里一沉，刚才进门冯老头也是让她走在前面的，这不是巧合。要是心急小豆角，冯老头该跑在前头才对。他有意落在后面，要么是防着她，要么是堵着她，看来即便身怀利刃，也没有下手机会了。

笑笑伸出拐杖，挑开门帘，往那边瞧一眼，走了进去。

天顶开裂，地面长草，水渍侵蚀，墙皮鼓壳脱落，几张黄纸在枯草间烂作污泥，更多的黄纸耷拉在墙上，字迹残破不堪辨认。笑笑步入此间，满屋黄纸头尾轻摆，或许是因为气流扰动，又或许只是恍惚中的错觉。定神细辨，黄纸肃然不动，点点墨迹如目似睛，与人对视。笑笑猜想这些都是书法，但又忍不住觉得更像镇鬼之符，自己身处符堂之中，又或为经幡环绕。

屋里唯一的陈设是个三合板钉起来的双层矮架，木板变形开裂脱胶。这大约是个电视机架，一台碎了屏的电视机倒在地上，窗边地上还有台老式收音机，都积了厚灰。除此之外，再无值得一提的物件。原本必然不是这样，起码电视机对面得有沙发或者椅子，估计被人搬走了。

这间屋子更没有可藏人之处，不等冯老头催促，笑笑便往下间屋子去。门洞处依旧是用帘隔断，但帘子上破了几个洞，不像自然腐蚀，倒似是虫蛀鼠啃。

下间屋子是卧房，不像前间屋的空空荡荡，这儿有床有橱还有床头柜，窗玻璃没碎，天花板也完整。前两间房的裂缝破洞是怎么造成的呢？仿佛经历过一场地震。墙上都是海报，除了两张有卷边，基本还算妥帖，颜色自然是淡了，人像少了七分色相，却多荡漾出三分苍白魂灵。

笑笑又喊一声小豆角，像在说某种暗号。按说这屋里藏得住人，床底下可以躲，她应该伸拐杖探一探；橱里也可以躲，她应该拉开门瞅一瞅。但她不敢，犹豫着转头看一眼冯老头，他面沉似水，站在门口盯着她。

"闺女，你爱骗人。"冯老头说。

笑笑心头一沉。

"骗人，杀人，里头最大的差别是甚，你晓得不？"

"骗人人人都会。杀人不一样。"笑笑说。心底里，她没想过自己是骗子，她只是给自己挣一个活法。

"也对，骗人容易杀人难嘛。"冯老头伸手一指，笑笑愣了一下，才意识到是让她去下间屋子。她没有选择，挑开帘子走进去。

一进屋她就吓了一跳，满屋子堆的都是衣服，男服女装外套内衣连着衣架倾倒堆叠在一起，无处下脚。天花板上的破洞比灶堂还多，光线还好，但旧衣如坟丘，黑压压压得人心里沉。按照前几间屋的情况，这些衣服应该早被人拿走才对，却这么堆着无人问津，是有什么忌讳吗？笑笑站在巨大的不安里，忽然听见冯老头贴着她后背说了一句话，呼吸直喷后脖根。

"骗人么，骗不到没啥，杀人的话，杀不到那就没有退路咧。"

笑笑惊得往旁边一闪，她不敢闯入那些衣服里去，贴着墙紧挪几步，躲到墙角。

冯老头站在原处没有逼近，咧嘴一笑，说："骗人还有后悔药吃，杀过人那就只好一条道走到黑，所以骗子没人害怕，杀人犯人人都怕，闺女，你说对不对？"

屋里百千件衣服，每一件都浮起一个魂影儿，飘过来一重重覆上眼耳口鼻，笑笑大口吸气，却似什么都吸不到，心啊胆啊魂啊都快要炸开。她无心体会冯老头话里的意思，因为那恶意已毫不掩饰。

Alex，如果你躲在这屋子里，躲在这些衣服里，你就快点出来吧。笑笑握紧拐杖，又喊一声小豆角，想把事情导入原本的轨道里。依旧没有回音，但并不是没有动静，有一种奇怪切切声传来。

"什么声音？"笑笑大声说。那声音似在此间，又似不在此间。她本以为这间房没有出路，已是尽头，此刻循声望去，发现前方靠墙的木板边缘透出一线光来，那后面似另有天地！

"这是门，这里有一扇门！"笑笑喊起来。不管冯老头想干什么，她得打断他！

她快步走过去，这时已经顾不得 Alex 会否藏在门后，伸手拉扯门板。门板晃动，但沟槽像被什么堵住，不容易移动，又或者门后有东西顶着。先前那声音又出现了，突然笑笑脚下生出动静，门板底下早被啃出小洞，几只黑影穿洞而过，没入衣丘。笑笑尖叫着退了半步，刚才那一瞬间她看见老鼠是暗红色的。然而那又怎样？能停下来吗，能逃走吗，能向冯老头求助吗？她甚至不敢回头去看冯老头的表情！硬着头皮再度上前推门，夹着拐杖，两只手抓住门板一起使力，先提再推，门开了两指，再重复此法，门一截一截卡顿着打开，门后的光也一寸一寸跳跃着张开，仿佛一帧一帧的定格画面。尽管那光里是蹿出过老鼠的，但那也是希望之光！最后一推，门突然顺滑，笑笑趔趄着一脚踏入，某种原本被陈腐衣丘遮盖的味道灌进口鼻，和杀猪时那缕甜腥相似——这样的认识还未从潜意识里完全浮出，因小腿被某物拍打，她低下头去，见到一颗后脑勺，油腻细密的黑发里两个螺旋，紧绷多时的情绪在这刻全然失控。冯老头一步跨进门，伸手猛一推，笑笑尖叫着跟跄后退，坐倒在地，手撑在一片黏腻之上。那是血，最初的搏斗或者杀戮就发生在此处，血泊延伸，顺着拖行之迹，分明能看见一道幻影在血中爬行，从侧畔起，至对面与那具肉身重合，融落进去，缓缓消散。那具苍白肉身此时倚墙坐在门侧，双腿叉开，羽绒服敞着，薄绒衫缩起来露出半张血肚皮，左手捧在腹前接着肚肠，粉红色的，还有好几处创口，一手捂不过来，右手还得要推门，要推出一条无望的活路，笑笑进门时碰到的就是他跌落的右手。头颅没有完全低垂，似还有力气支撑，实则因为下巴上的肥肉堆叠，双目圆睁，眼球鼓出，灰蒙蒙的晶体让她想起那头猪，只是没那猪鲜活。她犹在尖叫，感恩小黄的嘴也大张着，露出槽牙上的蛀洞，似在与她对号，有声对无声，活着对死去。尖叫落下去，落下去，然后被死亡一口吞入。

原来外面那辆车是感恩小黄的，不是 Alex 的。

"爬到这头喽，没死透哇。"冯老头瞅着感恩小黄嘀咕了一句，伸手到他鼻下一摸，点点头。

笑笑盯着冯老头，这才意识到他在厕所里洗的不光衣服左下摆，这长袄两面同色，他是把洗过的那一面翻过来穿在里面了，多半那儿还有一时洗不干净的血迹。冯老头跟着笑笑的目光低头一瞧，哦了一声，说："鞋帮子漏洗咧。"

"你干什么杀他？"笑笑问，心里却想，杀人的刀在哪里？刀多半还在他身上，揣在袄子里，或者塞在裤子里。

"以为捉到俺把柄，要钱不要命，那就么命。"冯老头一个字一个字吐出来，右手伸进袄子往后腰摸。

"你说小豆角来了这儿？"他问。

"那他肯定在村里别的地方，现在最要紧是处理尸体，还要把这里弄干净。"笑笑突然望向冯老头身后，拔高调门喊，"哎小豆角，你别进这里来！"

吼完这嗓子，笑笑顾不上看冯老头有没有上当分心，奋力将拐朝冯老头一掷，翻身蹿向墙上的垂直铁梯，脚狠狠蹬在血里，天幸没有打滑，一扑扑到梯子上。肾上腺素打进每块肌肉每根毛细血管，心脏鼓风机一样轰隆隆震，眼睛什么地方都看又什么地方都看不清，要踩哪级梯子会不会踩空手抓哪里全都不管，凭一股直觉往云霄外冲，觉得自己飞腾而起，却被一只钳子夹住左腿，一抖两抖三抖，全身每一节骨头都咯啦啦响，手脚都软掉，钳子向后一拽，笑笑人往后倒，砰一声砸在地上，摔得眼前一黑，整张背骨肉离散。她"呀"一声尖叫，不管还在天旋地转，不管嗓子眼一股铁腥，不管眼前黑金火星乱闪什么都瞧不见，拼了命重提一口气翻身爬起前冲，一冲冲到了冯老头身上。她张嘴嗬嗬作响如兽，左手一把甩上冯老头脸孔，抓撕他的眼珠鼻孔嘴唇牙齿，右手握拳乱打，所有的力气都一股脑放出去，打了两拳发现对面不闪不挡不响，抓挠的眼珠鼻孔嘴唇牙齿也都不动弹，手底下的高低起伏全是一片冰冷，明白自己扑倒的竟是感恩小黄。她一下子停住手，视觉还在恢复，只听身后

"哧"的一声冷笑,连忙爬起来,刚转过身,一个巴掌劈头抽上来,砧板一样砸在脸上。

她横摔出去,跌落在地时几乎不觉痛,只觉得有沸腾铁水从半边脸蔓至半边身,又刺又痒又麻,仿佛下一刻皮肉就会噗啦啦从骨架上掉下来。下一刻却是冯老头一脚踢在她腰眼上,第二脚被她抱住,发狠把他掀倒。冯老头倒得像从天而落的凿机,凿头是膝盖,她猛一缩躲开,嗵一声膝盖凿在地上,但紧跟着的胳膊肘躲不开,一肘砸进胸膛,她刚支起上半身,被这一肘砸回去,胸骨"咯"地一响。所有的痛混在一团巨大的炽烈的知觉里,变成一注一注的强心剂,供她在死亡前挥霍。她去推胸前的肘,蚍蜉撼树,又挥拳上击,击中冯老头的下巴,冯老头闷哼一声,不架不躲,扼住她的咽喉,老虎钳夹起,几乎要夹断她的脖子,又挪过一条膝盖镇住小腹,把她钉在地上。她像个漏底的米袋,力气哗啦啦流走,身体软下来,视野又开始模糊。拍打、掰扯、双腿急蹬,全无效果,伸手顺着冯老头的膝盖捞上去,掐住要害死命一扭,冯老头弓身低号,松开一只手护裆,她再向上胡乱击拳,冯老头下巴咔嗒一声,痛号声起,终于松开她的脖子。黑沉沉身影移走,露出顶上苍白天色,忽然一道亮银光芒一闪,那把捅穿感恩小黄肚肠的尖刀终是被冯老头拔了出来。

冯老头把刀举在半空,刃光冰凉,似转瞬即落。笑笑才吸入第一口新鲜空气,此刻几无闪躲可能。

但那刀竟在笑笑胸膛上一尺处停住了。

冯老头俯身,重遮去天光,一口血水啐在笑笑脸上,面如厉魄,声如鬼嘶,问:"小豆角在哪儿?"

笑笑长长一口气吸进肺里,只觉得胸腹间的痛随肺泡鼓起轰然沸腾,似火上浇油,一张嘴把先前的午饭全喷了出来,正吐在冯老头脸上。冯老头往后躲,笑笑右手在地上一划拉,摸到扔在那儿的拐杖,抓起杖尾拼命一挥,杖头敲中冯老头握刀的手,刀飞出去。冯老头追着刀扑过去捡,笑笑却不顾刀,扔了拐夺门而逃。

衣丘在践踏中起伏如沼泽，壁上旧魂灵目送仓皇的身影，满堂黄纸一齐扬首，腐朽的门帘被一把撕落。

奔至灶堂大门，刹不住车，笑笑就势往门上一撞。那门是她先前自己关上的，全身撞击之下轰然震动，积尘簌簌而落，几要倒塌，却竟然不开。笑笑肩膀和胸骨剧痛，嗓子眼吞落一口血，想起该拉而不是推。门卡死在门框，她攥住把手猛拽，门板松动，再拉一把，脱出一半，第三把手里一空，把手拉脱了，人往后一个趔趄，脸上呼地掠过一阵风，却是冯老头追到身畔，一刀扎来，贴面走空。

冯老头抬手再扎，笑笑往远处猛蹿，肚子撞上灶台停下来，已到屋角尽头，逃无可逃。冯老头狞笑无声，两步跨近，笑笑瞥见灶台内侧躺着一把菜刀，刀身锈成了黑色，劈手抓起。冯老头一刀捅上来，笑笑"呀"地发一声喊，奋力劈出菜刀，同时身子尽量一缩。冯老头左手一架，右手刀不停，只是方向稍偏，动作稍缓，被笑笑护在胸前的手挡住。笑笑那一刀砍在冯老头左腕袖管上，棉衣都没扎破，冯老头那一刀把笑笑宽大的裘皮衣袖刺了个对穿，锋刃紧贴上臂而过，刀尖在左胸势尽，似未扎入。冯老头扫一眼左手，袖管外的掌沿破了口子，笑笑趁机往下一蹲，分厘之差闪过了冯老头的下一刀，但蹲低后腹部撞在灶台上的痛、肩膀撞在门上的痛、胸骨被肘击的痛一并发作出来，无数把锉刀在骨缝筋膜里刮动，菜刀脱手跌落，一屁股坐倒在地，一时竟无法再有动作。

绝望之际，笑笑想起冯老头刚才举刀未落时的那个问题，吼出一句话："杀了我小豆角没活路。"

冯老头手里一顿。

笑笑不等他问，疾声说："杀完胖子再杀我，怎么善后？你一定被警察盯上，你一定逃不掉！小豆角怎么办？"

对一个杀人魔来说，孙子真这么重要？笑笑无法体会。但如果冯老头有弱点，这是笑笑此刻唯一能抓住的。她不求多，只求缓上片刻，刀不要即刻落下。

两句话说完,冯老头若有所思。笑笑却不是真要谈,缓过了这口气,以撑着地的左手为支点,右手猛一按地,借力拧腰翻身,等不及完全翻过来,右腿往灶台奋力侧蹬。冯老头挡住了大门方向,门又是卡死的,此路不通,但她还记得,在这回形房子的正中天井里,感恩小黄的尸体边,有一道通向屋顶的铁梯。

借着蹬腿的反冲力,矮着身子蹿出去,让冯老头来不及阻拦,往回跑爬上房顶,这是笑笑想到的逃生路。然而她一脚蹬出,却踩进了灶台下的灶洞里,蹬了个空,整个人掉回地上。这一串动作兔起鹘落,冯老头只觉得一眨眼的工夫笑笑就翻了个身,从坐着变成了趴着。他以为笑笑故意把什么东西压在身体下面,厉声呵斥,让笑笑转回身来。

笑笑翻身坐起,双手摊开以示没拿东西,同时把右脚从灶洞里抽回来。光线昏暗,笑笑的脸在阴影中,冯老头看不清她正紧咬牙关,鼻翼抽动,满脸惊怖之色。

刚才踩进灶洞的那一脚,惊动了盘踞其中的某物,此刻那物正顺着笑笑的腿曲行而上,隔着裤子都能感觉到阴冷滑腻。那是一条游进灶中冬眠的大蛇,这几日乍暖的反常气候令它复苏。笑笑面对冯老头都能拼死反抗,甚而敢与之搏杀,但对蛇却是本能的恐惧,一条蛇爬上身,不尖声惊叫已是用尽了全部的意志,手脚都不受控制地轻微颤抖起来。

然而她还在坚定地抽回右腿。那条腿沉重异常,她能感觉到多出来的那份重量,蛇头已经爬过膝盖,但尚有大段身躯留在灶里,正随着她的腿一起被慢慢地拖出来。冯老头说了句话,说的什么笑笑完全听不进去,也不知该如何作答,大脑无法分心他顾。她伸手探向右腿,眼睛不敢看,凭着感觉一抄,捞中了。她几乎要晕倒,手上的触觉不敢细想,只当自己是无知觉的木头人,另一只手也伸过去一托,把那大蛇从腿上捞起。那蛇尚不灵活,只是附在她的腿上,没有紧紧缠绕,居然就这样被她托起来,往冯老头身上猛然抛出。

笑笑本想把蛇扔到冯老头的脖颈上,但那大蛇怕得有二十斤重,又在扭动着，使不上力，才扔出就往下坠。冯老头怪叫一声，拿刀胡乱挥架，却砍了个空，那蛇落到他的左腿上，惊吓之后活跃了许多，蛇信咝咝，顺着腿就往上爬。冯老头大叫着后退，但那蛇缠附在他身上，他退蛇也退，蛇头已游到了他的大腿上部，更要往上探。他要拿刀去砍去戳，但蛇紧贴着腿，一时难下手。笑笑趁机爬起来，本想照原计划逃往里屋，但看冯老头手足无措的模样，又因为后退让出了大门，心一横冲到门前，双手抠住已经拽出一半的侧门沿，下死力一扒。清新的风灌进来，门开了。

笑笑迎风冲出去，顺着土埂跑过感恩小黄的银色路虎车，沿来路往停车场跑。她不知道那蛇能把冯老头拖多久，不敢指望太多，发力狂奔，一脚脚飞蹬在地上，左脚板和右腿骨震得刺痛。这还不算什么，她一边跑一边大口呼吸，每一口气吸进去，都胀得胸骨剧痛，每一口气吐出来，又憋得要窒息断气。她喘得气越来越急，痛得气越来越短，几乎要提不上来了，但又必须提上来，必须用力喘、拼命跑，那就只有咬牙苦熬。

跑上一处高地，笑笑痛得熬不住，停下来歇气。折着腰呜咽似的喘一阵，回头正望见冯老头从土埂上跑出来，吓得直起腰再向前跑。一口气跑进停车场，经过那辆黑色途观时并不停留，直跑到再前方一辆红色MINI Cooper车前，拉开车门将小豆角一把拉出来，牵着他再往回跑。笑笑一身的泥污汗污血污，小豆角说姐姐你怎么回事呀，姐姐你的帽子呢？笑笑这才知道自己掉了帽子，她跑得牙都软了，哪有力气回答。魏姐推开另一扇车门跳下来，追在后面喊，你跑什么呀？笑笑不答，魏姐几步赶过精疲力竭的笑笑，伸手作势一拦。笑笑直往她手上撞过去，魏姐本是虚拦，但笑笑沾了她的手，竟双膝一软跟跄扑倒，连累小豆角也一起摔倒。小豆角一骨碌爬起来，正要去拉笑笑，忽然"啊呀"叫了一声，两只眼睛瞪大了往前方看，张大嘴想喊又不敢喊，愣了片刻，才叫出一声"爷爷"。魏姐在旁边问他，这是你谁？

笑笑跪在地上爬不起来，汗珠子顺着鼻尖往下淌，心跳得如同打鼓，脑袋嗡嗡作响，每次吸气却只能浅浅一口。她仰起头，见冯老头大步流星穿过停车场向她走来,花白头发虬张如百千蛇尾,乌青色袄子上湿渍斑斑,一手提一条无头大蛇,另一只手虚握,嶙峋骨节遍涂狰狞赤色,也不知道是蛇血还是人血,尖刀则不知藏于何处。

小豆角没迎上前,在笑笑身边踯躅,反倒是魏姐抢上去一拦,问他:"你认得马儿吗?"

笑笑撑着地的手直打战,却不知从哪里又生出一股力气,跪姿由双膝而单膝,继而艰难站起,拉着小豆角从远端绕向途观,小豆角竟不抗拒,跟着她走。

冯老头此刻怒发如狂,压根儿不打算和魏姐说话,尖着嗓子厉喝一声"滚开",握着死蛇的手重重一挥,蛇尾拍打在魏姐的肩膀上。魏姐却被激怒,一步不退,左手一把薅住冯老头夹袄前襟,右手揪住死蛇,竟将之夺下来掷在地上,鼻子顶鼻子和冯老头对视,唾沫星子喷到他脸上,说你拿条长虫唬谁呢,你是不是知道马儿去哪里了,我是马儿她妈!冯老头一愣,盯一眼魏姐的眼睛,竟又移开目光,说一句"别挡俺",斜着抢出两步,想要绕行。魏姐突然间泪花迸溅,尖叫一声,飞扑上去,从侧后方抱住冯老头。

"我女儿怎么了?你说,你别跑,你说呀,我女儿怎么了?"

笑笑听着身后魏姐的号叫声,拉开后车门让小豆角上车,钻进驾驶室,一脚油门。后视镜里,她看见魏姐和冯老头倒在积雪消融后的泥泞里,翻滚着,撕扯着。

4

小豆角左手托着小纸偶,右手托着大一点点的纸偶。

"这个是我,这个是姐姐。"

"能给我看看吗?"

小豆角把右手递到魏姐面前。

魏姐小心地拈起纸偶，也托在掌心，仿佛托着一件珠宝。

"做得很可爱。"魏姐夸奖。

"姐姐就是这样子的哦！"小豆角认真地说。

"真的吗？"魏姐不禁把纸偶拿近细细端详，又因为老花眼看不清再度拿远。

"真的。我照着姐姐做的。"

"为什么手和脚都是黑的呀？"魏姐问。

"因为姐姐就是黑黑的呀。"

"她是穿着红衣服吗，她是不是喜欢红颜色？"

"不是不是，姐姐不怎么穿红衣服。但是姐姐在我心里是红颜色的，所以我才涂了红色。"

"她是不是暴脾气呀？像一团火，所以是红的？"

"不是不是，姐姐可好了。她也不是火，红颜色是因为、因为……"小豆角歪起脑袋，蹙起眉头，想要找出合适的话来说出心里的感觉。

"像太阳！太阳不是红的吗？"小豆角说。

"啊。"魏姐有些吃惊，"原来我女儿像太阳呀。"

她瞧着造型卡通的纸偶，把它轻轻贴上面颊，闭起眼睛，情不自禁地低唤一声："囡囡呀。"

小豆角看着魏姐。最初，魏姐在他心里是啪啪响的鞭梢，单独和魏姐待着有点慌，但很快就安定下来了，到这一刻，他觉得魏姐像春日里轻轻的风，原来姐姐的妈妈是这样温柔的一个人呀。姐姐，你找妈妈，你妈妈也在找你呢。姐姐，我好想你呀，你在哪里呀？

我女儿有多高呀？我女儿是粗嗓子还是细嗓子呀？我女儿喜欢吃甜还是喜欢吃咸呀？我女儿谈过男朋友没有呀？小豆角并不总能回答出魏姐的问题。

前几天里，小豆角和笑笑说过马儿，都是他在说，笑笑听。现在，他又说一遍马儿，是魏姐问，他回答。小豆角很少有机会能说姐姐，他喜欢说姐姐，心里暖洋洋，像那一轮毛茸茸的太阳又升起来了。说了一会儿，他对魏姐说，等一等哦，然后闭起眼睛。他又看见了马儿，风吹过半摇下来的车窗玻璃拂上他的面颊，小豆角感受着风，知道这不是在梦里，他真的看见姐姐了。他不敢叫，不敢激动，不敢哭泣，怕惊走了姐姐。他看着马儿，对魏姐描述姐姐此时的模样。她还是短头发，眼睛明亮，嘴唇饱满，牙齿洁白，她穿一件白底蓝条纹的T恤，蓝色牛仔短裤，光脚丫，皮肤黑得发光，在一面巨大的彩帆前叉腰而立，她似站在一片流彩上，又似是粼粼的水波，又似是一条大鱼的灿烂的背脊，他想要辨清，姐姐却慢慢淡去了，最终只剩下一片白金色的光。他遗憾地睁开眼睛，告诉魏姐，姐姐走啦。

魏姐把脸上流淌的泪水抹去，问小豆角，马儿和他的那段旅程是什么样的，最后在上海是什么样的。小豆角发现他又记起了多一些细节，像是刚才姐姐告诉了他似的，心底的那团黑小了一圈。他细细讲给魏姐听，魏姐又问起爷爷，这里面有一个秘密，小豆角这几天本就时时在想，要不要告诉笑笑这个秘密，好像是应该说的，现在魏姐问了，他就把秘密讲了出来。

车静静地停在田野边，魏姐和小豆角坐在后排说着话，前排挡风玻璃上挂着一个圆瓷片吊坠，瓷面上印着魏姐和一个男孩的合影，风吹进来时，瓷片缓缓无声旋转。

不知不觉间，时间过了快两小时，魏姐按照约定把车开到停车场，但笑笑还没有回来。魏姐要带小豆角去吃点东西，小豆角不肯，因为笑笑叮嘱过，得要等她回来才能下车。魏姐自己下车去买了饼干火腿肠和可乐，坐回车上和小豆角一起吃。小豆角一边吃一边看窗外，魏姐问他在看什么，小豆角摇摇头，魏姐顺着他的视线看，是一辆停在对面的灰色长安小轿车，并没有什么稀奇。

小豆角吃完午餐，车里安静了一小会儿，魏姐忽然问，如果马儿现在在车里会干什么。小豆角说，姐姐会给我讲世界，讲故事。魏姐问什么是讲世界，怎么讲世界，小豆角答了，魏姐笑着说，我女儿世界看得比我还多呀，又问讲什么故事，小豆角便讲了小美人鱼的故事。魏姐听完，想了会儿，和小豆角说，我来给你续下去好不好？小豆角拍手说好。

小孩子很喜欢这个水晶球啊，把它放在床头柜上，早上起来看一眼，晚上睡觉看一眼，中间的一整天就都是好心情了。过了段时间，小孩子长大了，长成小年轻了，懂一点事情了，就知道这个水晶球不得了，是真正的宝贝，就更宝贝这个水晶球了，不敢给别人看，怕被别人抢走了。

小美人鱼在水晶球里过了好多年，有点闷的，因为没人和她说话，她说话声音传不出去呀，唱起歌在外面听也是嗡嗡的嘛。但她可以跳舞，用身体说话，和小年轻两个人比画，时间长了，也能猜到个大概的意思。慢慢地，她倒是喜欢上了这个小年轻了，她也见不到别的男人呀。但是这个喜欢不是相互的，小年轻也喜欢水晶球，喜欢这条神奇的小美人鱼，但是他只把她当成个宝贝来喜欢，不是当成一个爱人来喜欢，毕竟大小差得太多了呀，最多最多，当成一个宠物来喜欢。

又过了一段时间，小年轻长成大男人了，男人嘛，爱现宝的喽。

魏姐突然一拍额头，"哦哟"了一声，停下来。
小豆角痴痴看她。
魏姐呆愣了一会儿，又重新把故事续下去。

小美人鱼不是有一个愿望的吗，她就许愿，让自己长得大一点，她就大了一点，但是还不够大，再大一点，啪啦啦水晶球被她撑碎啦，她变得和大男人一样大啊，这样两个人就可以在一起啦！

"可是不对呀，"小豆角说，"她还是鱼尾巴呢。"
魏姐又"哦哟"了一声，开始发呆。

让我也入梦

乐园

1

马儿和小豆角从烟囱掉进稻田，滚了一身泥浆，湿淋淋爬上田埂奔逃。回头看并没有人追，却也直跑到大路口才敢停下。在水渠里洗掉泥污，马儿把镯儿擦干净，对着太阳转一圈，确认没磕碰坏，放下心来，取出水壶给小豆角喝水，自己一捧一捧掬水喝，又把水扑在脸上，心里恨恨念叨，希望那两个坏蛋给砖头砸死。

许是看起来可怜，姐弟俩在大路上拦下来一辆面包车。马儿说能不能捎我们一段，司机问去哪儿，马儿说上海，司机说我这是去扬州的，马儿说扬州也行。司机说能给五十油钱不，马儿说大哥我阿弟这么点没分量的，三十行吗，小豆角脆生生恳求，大哥哥帮帮忙吧。司机打量一番，说当我做好事，你们怎么弄得和逃难似的。马儿说确实刚遭了难，碰到坏人了。司机路上光放音乐不说话，把他们放到扬州长途车站，下车时收了三十块钱，却问马儿，知不知道小姑娘随便上别人车很危险？马儿说也不能世界上全是坏人吧，司机说小心点好。

到上海的最后一班车四点半发，马儿在便利店买了水和干粮，掐着点赶上车，气喘吁吁刚坐定，司机就发动了。运气好，马儿想，离开那个鬼地方之后，美好世界又回来了。她拆了一袋方便面，把面饼一掰为二，和小豆角分了干嚼。

"小豆角，你是不是想阿爸了？"马儿悄声问。

小豆角点头。

"有多想？有一点想，还是很想？"

"很想很想，好久没看见阿爸了。"

"那你妈妈呢，想吗？我是说……你妈。"

"一点点，还好。"

"那乐园呢，你还想去吗？"

"想的，也很想很想。怎么啦姐姐，你不带我去啦？"小豆角扭过头来看马儿。

"去的去的，明天就去。"

小豆角松了口气，在椅子上撑撑手，转转脚，扭扭腰。马儿帮他把靠背调低一点，又问："还有大海呢，你还想不想和姐姐一起上帆船去游大海？"

"想啊。可是姐姐，我们还找妈妈吗？"

"找。"马儿说完轻轻叹了口气，又说，"但也不知去哪里找。只能边走边找。"

小豆角往她这边蜷着身子，没说话。

"如果你再也看不见……"马儿停下来，觉得不能这么说，换了个角度问，"姐姐和阿爸里面，你……"她又再次停下，觉得这么问也不好，再看小豆角，已经睡着了。

这样也好，还是别问了，马儿想。

原本马儿的想法很简单。小豆角的坏妈妈跟人走了，爸爸又不着家，这滋味可真不好受。有多不好受，马儿自己也尝过。弟弟可怜，姐姐帮他找个新的妈妈，找个好的妈妈，找到了最好，哪怕找不到，跟在身边，那也总比从前过得好吧？有风有雨马儿挡着，有吃有玩马儿让着，回头要打工挣钱，也找个能带着小豆角的，等到了该上学的年纪，大城市里的学校不比县城好吗？

马儿想的尽是好处，没想过坏处，可是下午在那间密室里，小豆角和阿爸说电话，激动得让马儿吃惊，明明前一天还没怎么提过阿爸，怎么突然之间就这么想了？小豆角说很久没见阿爸了，不才四天吗，马儿背上结的疤才开始痒痒呢。但小豆角不会瞎说，时间对他这样的小小孩来说，大概过得格外慢格外细吧。还有就是血缘了，那是他的亲阿爸，甚至小豆角都有点想花萍呢！马儿理解不了。马儿也有血缘上的亲人，但样子都不记得了，她挺想在梦里见一见的，没梦成。

　　马儿把思绪收回来，继续想小豆角的事。小豆角现在就很想阿爸了，他说了两个很想，往后每过一天，这想念还会更加强吧。明天游完乐园，他还会想去海上吗？去了海上，他又能忍耐多久呢？一天？两天？环游世界……唉，马儿叹了口气，归根结底，小豆角还是太小了，他选不了自己的路，还是需要阿爸的呢。

　　让他回去吧，等游完了乐园，再带他去海上转一圈，然后就让阿爸领回去，希望阿爸能多点时间陪陪他，要么，给他找个心肠好的新妈妈。

　　想着想着，马儿也睡着了。她做了个梦，梦中所见一醒就被抹掉了，只有一颗心嗵嗵嗵嗵直跳，肯定在梦里看见了了不得的人和事，是不是亲爸亲妈？天色已经暗了，车还在高速公路上开，黑漆漆的路面上，两条光带延伸到远处。昨天坐长途夜车的时候，她也见到了这样的光带，光带不是自己发光，而是映着车灯亮起来，神奇极了，虽然车是往黑里开，但却开在一条明路上呢。这会儿也是，但又和昨晚不同，光路上开着许多车子，简直不比白天少。黑路上开一段，就会经过一大片各种各样的光亮，再开一段，又经过一大片光，光和光的间隔越来越短，最后连接到了一起，四下里全是亮着灯的建筑和闪烁的广告牌。进上海了，马儿激动地想。

　　下车前，马儿和前排乘客借了手机给阿爸发去短信。

　　阿爸，我手机掉了，借了别人电话。我和小豆角平安，我们到上海了。明天我们去乐园玩，玩好以后，你如果要来接小豆角，就接他回去吧。你要是忙，我也可以把他送回村里。但我还是要走的。等我找到方便的电话，再和你联系。

下午在好心大哥的面包车上，马儿就发现手机掉了。原本是小豆角拿着和阿爸打电话的，也不知掉在稻田里，还是和滑板一起留在了七叔的房子里。说不定阿爸正往花骨朵村去呢，得和他说一声，让他改去上海吧。马儿怕和阿爸直接通话，有点尴尬，本来翅膀硬了带着弟弟去飞了，结果半道上还是要喊阿爸救命。现在要是通上话，阿爸肯定会在电话里骂：去什么乐园？停下等我过来！所以还是等明天去好乐园再说吧。

小豆角一路上都在睡觉，临下车才被叫醒，转眼间就神采奕奕。这会儿快到九点，原本该找旅馆睡觉，但看小豆角的模样，一时半会儿安分不了，索性夜游大上海。马儿事先查过上海的好玩去处，首选当然是外滩，而且外滩晚上有灯，适合夜游。下车后问门口穿制服的保安大叔，保安大叔说你第一次来上海玩的话，地铁一号线坐到人民广场站，下来沿着南京东路一直走到外滩，这样四个景点都齐了，最实惠。怎么是四个景点？地铁也是景点呀！

马儿在郑州坐过一次地铁，不怵，这一路她等着看到无穷无尽的新东西呢。地铁上常有人会看她和小豆角，她想衣服上的污泥早已经拍掉了，不算脏呀，便看回去，有的人笑笑，有的人把视线转开。马儿继续看上海地铁上的人，怎么有这么多人，下到站台时，上一列车刚开走，几分钟就又等来一列，没一个座位空着，这可是晚上九点了呀！

车上的人一个一个都很不一样。男孩把西装搭在臂弯里，压低声线用无线耳机说电话，摇头晃脑，青春痘涨得通红，像是碰到了好事。扎短马尾的中年男人双手拄住滑板，庄重得像拄着一把骑士剑，哪儿都不靠着，却站得很稳，威风！一对情侣坐在长椅上，长发女孩穿一袭白底

231

黄波点长裙，把头倚在伴侣肩上，伴侣扎一头脏辫，右臂有漂亮文身，马儿偷看了好几眼，觉得她也是女孩。旁边坐着个长睫毛的泡泡裙公主，金色大波浪，耳环是璀璨的流苏，一边长一边短，拿一把西洋扇子，摇几下，偷看脏辫女孩一眼，再摇几下，又偷看一眼。还有自顾自摇摆的黑人女孩，躲在大提琴盒子后面的忧郁男孩，穿明黄色僧服边打电话边笑嘻嘻点头的和尚，两个白衬衫系领节别着某某合唱团徽章的银发老人，笔记本电脑在膝上打开飞快打字的微秃中青年……

　　这么多人，又这么不一样！县城里那条商街上有时人也多，但那儿的人都是一样的劲儿，当然他们有的高有的矮，有的做这个有的做那个，可感觉是过着一样的生活，或者就那么几种活法，马儿数得出来。可是在这里，在晚上九点钟上海的一条地铁上，有这么多不同的人，他们各有各的活法，各有各的故事。怪不得叫魔都呢，只这么一个车厢，已经让马儿开始想象，支撑着这些活法背后的世界，该是多么光怪陆离呀。这就是马儿要看的世界呀！

　　没几站就到了人民广场，马儿走出车厢，还觉得没看够人。她领着小豆角从地下走到地上，出口就靠近南京路，这下让她惊讶的换成了光。光来自参差错落楼宇的窗户和外墙，来自大大小小的屏幕和缤纷的霓虹灯，当然也来自天上星辰，但却被人间的灯火掩去光彩。这些光里走着比地铁里多得多的人，马儿不禁想，先前在地铁里可能还是小瞧了上海。

　　等走进南京东路，连小豆角都惊叹起来，惊讶的首先还是人，喔，一条路可以有这么多这么多的人呀！县城的商街哪怕是过大节，都从不曾挤进这么多人，可是在这条南京路步行街上，寻常日子晚上九点多，人不停地从大大小小的路口涌入街上，又涌进两边辉煌的商店大楼里，又从大楼里带着各种各样的东西回到街上。从商店里回来的人都有股喜气洋洋的劲头，肯定是得了好东西，马儿心痒痒地想。

马儿还在看人，小豆角已经支着鼻子叫唤起来。他看见的是各种各样的好吃的，蝴蝶酥鸡仔饼章鱼丸子老虎脚爪油馓子苔条饼萝卜丝饼粢饭糕牛肉脯猪肉薄脆鲜奶布丁芝士泡芙马卡龙法式舒芙蕾杨枝甘露双皮奶葡式蛋挞草莓糖葫芦北海道冰激凌冰激凌奶昔现挑现榨的几十种混合果汁……这其中的大部分马儿没听过没见过！许多美味还是现做的，小豆角走不动道了，一个个柜台一家家铺子地挪，吸着鼻子看好吃的慢慢成形飘香出炉，然后转过头来对着马儿眨眼睛。马儿拣着便宜的买，都是最小的分量，但不多会儿也已经花出去大几十块。有一瞬间，马儿感觉到了梦的光影，她问小豆角，这里像不像做梦，小豆角说，梦里可没有这么多好吃的呀。

所有这些——这些人，这些食物，这些气味，这些情绪，一浪一浪一浪一浪地推过来，翻出细碎的晶莹剔透的浪花，映闪着缤纷的光华。马儿觉得自己在海上了，她闻到贝壳的味道，闻到珊瑚的味道，闻到庞大鱼群的味道，也许还有美人鱼的味道。马儿觉得自己像一粒微小的泡沫，乘着浪花向前涌，忽然之间，一切平复，气味远去，只留下江水的微腥，灯光退开，四周开阔，她知道自己走到了外滩。马儿见过外滩，但亲眼见不一样，江两岸都是披着光的高楼，对岸的高楼是往天上刺的，流光变幻不定，这边的大楼却和大地铸成一体，连光都稳重巍峨。江东和江西的光落进中间的大江里，都被江水收去，收成一道混沌的乌色。马儿想，这江就是上海的定海神针，两岸的钢筋水泥还没有的时候，江就已经在这里了，上海滩浪奔浪流，风云变幻，其实都抱在她的臂弯里。

吹了会儿江风，马儿领着小豆角沿南京路往回走，折进一条小路，那儿有个网吧，先前逛街时她见过广告灯牌。网吧在二楼，木头楼梯又黑又窄，一踩就吱吱嘎嘎地响，二楼倒干净明亮，空调很足。管理员看上去比马儿大不了几岁，和马儿说未成年人不能上网，马儿说你真搞笑，

233

这么个小不点懂上网？就我上网。管理员说十二块钱一小时，马儿吓了一跳，管理员又说，不如包夜，包夜二十五。马儿心里一动，往里面张望，见到几张空着的沙发，椅子也是能调节椅背的电竞椅。本来她就为过夜的事发愁，上海住宿贵，这么晚不知去哪里找便宜旅馆，索性在网吧睡一夜，这条件可真不差。乐园的门票也不便宜，马儿自己攒的钱已经花掉一半，她可不想用小豆角的压岁钱。

小豆角在厕所里被马儿用湿毛巾擦身的时候就睡着了，确实是睡着的，马儿认真看了，他不光闭着眼睛笑，还吧咂嘴。擦完身，马儿把他抱到一张放倒的电竞椅上，他还在笑，马儿看着这笑，便觉得带他出来没错。

第二天两人早早出发，按照马儿查好的线路，一趟公交换两条地铁，九点五十就到了乐园外。乐园外，还并不是乐园，却已经了不得了。

马儿对乐园有过许多想象，但她还是没想到乐园能这么厉害。她不知道该怎么来准确形容，她有个傻乎乎的想法，觉得乐园就像是一盆菜，一盆你没走到桌边就闻到味儿的好菜。比如葱爆羊肉，还在锅里嗞啦啦炒着，香气就溢到屋子外面，那味儿沾着鼻尖就直钻肚肠，然后脑子里"砰"的一下，凭空就蹦出来一盆油淋淋香喷喷热腾腾的葱爆羊肉来，那模样和等会儿在饭桌上真看见时一般无二。

乐园也是这样，都还没到乐园呢，不知什么时候，耳畔就浮动起欢乐的歌曲，自然得像是空气里自带的，像是地里长出来的。当然马儿知道，乐曲是从藏得很好的音箱里放出来的。可看看这儿呀，奇妙的尖屋顶圆屋顶上镶着火箭小象和云朵，墙面有浮雕和彩绘，路上净是一重一重扎满气球的圆形廊柱，还有拦在路中央或者藏在角落里的卡通塑像或者动物立牌。许多墙面是大幅的电子屏，盛装的公主王子在里面和你打招呼，也有兔子和浣熊，还有一条从这个屏幕游到另一个屏幕，猛地跃出半个身子的大鲸鱼！这样的地方，不正应该从早到晚伴着欢歌吗？

人从地铁上，从公交车和旅游巴士上，从满停车场的小轿车里涌入这条通往乐园的道路，数量和昨晚的南京路上一样多，他们中的一大部分都戴着奇妙的头饰，多数是耳朵——狐狸耳朵、老鼠耳朵、猫耳朵，还有人戴着挂了长长胡须的假鼻子，还有人拖着毛茸茸的尾巴……他们是什么时候把这些戴上去的？真是不可思议，先前在地铁里没见谁戴着，一切发生在不知不觉之间，仿佛从乐园里荡漾出一片梦的涟漪，轻轻从每个人的额梢拂过，然后一切就变成了梦里的样子。

穿过这片乐园小镇，马儿和小豆角抵达了乐园入口，旁边的湖面上，还有喷泉随着音乐在跳舞。进园时碰上个小问题，背包里的烟花过不了安检，安检员安慰小豆角，晚上乐园里有盛大的烟花，这盒烟花压根儿用不上。小豆角双手捧着烟花放进寄存箱，又小心又郑重。114，他念叨着箱号，马儿说回头到了海边放给你看，小豆角就又开心起来。

进了乐园，时间就在一簇簇琉璃梦幻中加速，几乎是转眼之间，日头就往西沉了。有些游玩项目是马儿之前能想到的，多层的旋转木马，空中起舞的飞猪，风驰电掣的光速车，和想象的一样美好。还有一些是梦幻中的梦幻，比如坐上一艘海盗船，在幽暗的神奇通道中向着海底行驶，各种各样的鱼群、宝藏和守卫在航道中出现，瑰丽的光和诡奇的声响相伴，最后在海底乘湍流直上海面，加入炮声隆隆的海盗船大乱战；又比如飞跃世上的诸多奇景，一开始就飞往珠穆朗玛峰，穿过湿漉漉的云气，扑向白雪皑皑的山巅，在绝崖上一掠而过，然后到了埃及的金字塔，金灿灿的日头底下，密密麻麻的蚂蚁一样小的人在搬动着巨石，然后是巴黎铁塔的塔尖，大峡谷的瀑顶和瀑底，蜿蜒的长城……所有人都在惊呼，到后来，马儿连惊呼都忘却了，她沉浸在这场无比真实的梦境中，甚至觉得自己融入了贯穿奇景的长风。一切停下来的时候，她心潮汹涌,差点流下眼泪,这就是她要去看到的世界呀!

各种各样穿戴的人偶在乐园里穿梭,公主和王子,巨人和侏儒,熊和狐狸,飞象和马,她们在车队上巡游,在城楼上跳舞,在拐角处游戏,她们各有名字,许多游客和她们打招呼,说一些故事中的话,还抱在一起拍照。到了这会儿,太阳快落了,她们就提醒起大家,该去城堡前看烟花了。

烟花从高高的城堡后面升起来。六点半,先听见一声哨响,两秒钟后,一点火星越过城堡的中央塔尖继续高飞,马儿的脖子随着这星火越抬越高。好高啊,她想,比县城烟花坡上的任何烟花都高!砰,星火炸成十多道往四方辐射的银线,砰,银线又炸出无数的金银花朵,金银花朵一层一层绵密地开放,把半个天空持续点亮。欢呼声起,烟花大会开始了!

一首乐曲开始播放,先是诸多乐器的盛大合奏,点点星火乘乐升上天空,以马儿从未想象过的密度把天空恒定在烟花盛开的状态。然后,踩着乐曲的鼓点,烟花们有节奏地升起来,音乐变成了烟花的指挥。左边三株、右边三株、中间五株,快速三连发、中速五连发、极速五连发,高空、中空、低空,圆形、椭圆形、方形、雪花形……马儿一会儿想,原来光是唱着歌的呀,一会儿又想,原来音乐是有颜色有光的呀!

马儿的整个人都在满天的光影中荡漾着了。眼睛里映着烟花,一呼一吸的时候,又像把烟花吸进了身体,无数梦一样的花朵和心脏一起在身体里鼓荡,在身体里开放。旁边人高高低低地呼喊,马儿却开心得说不出话,她拉着小豆角的手,一会儿紧一紧,一会儿又紧一紧。要记住呀,要记住这样的时候,马儿用尽全力地想。一定记住,一定记住的,小豆角大声喊着。原来说出来了呀,喜悦的激流冲上心头,马儿把小豆角抱起来,举向天空。哟呼,她向着烟花喊,哟呼,小豆角相和,哟呼,

236　　　　　　　　　　　　　　　　　　　　　　　请记得乐园

她再喊，哟呼哟呼哟呼！

2

　　海边的游乐园距离乐园十多公里。

　　称呼这里为"游乐园"其实不怎么准确。踩着封门钢板上的格栅翻进去，正好落在高高堆起的防汛沙袋上。沙袋后一条往下的长阶，阶面上浮着薄沙，越往下去沙越厚，最底一级的石阶没进沙里一半，原本的游乐园地面也就完全成了沙场。不能叫沙滩，因为再往海几十米才是堤，堤外才是沙滩。风浪起时，沙子被卷过堤，水退沙留，日久天长，成了如今模样。游乐园在这样的荒芜中败落了，更可能是早败了游乐园，才荒芜至今。

　　一切可移动的设施都搬走了，只剩沙场中央一具底座深埋的木马，漆落尽，扛着残缺和裂纹，在夜色中化成模糊的一团。小豆角坐在这模糊的一团上，在他的前方，荒芜游乐园近海的北侧，架着一匹巨物，月色和远方海面的细碎波光附在它表面的斑驳上，让它从夜的模糊中浮出来。这是一架废弃的摩天轮，仍能分辨一些漆色，骨架银白，有一盏挂兜是红色，有一盏挂兜是黄色，余下都近褐色。

　　咻——砰，红色烟花从摩天轮上升起来。

　　这景象并不发生在现实中，是马儿为小豆角描述的，土烟花忘在了乐园的寄存柜里，她只是假装把烟花在这里放起来。

　　咻——啪，这一朵是绿色的，咻——快看最后一朵升起来啦——

237

啪啦啦啦，这次是七彩闪光哒!

摩天轮安静地坐在这片言语的辉煌中，那模样让马儿想起昨天下午的铁皮尖顶屋，它们近乎一种神异，荒芜的沙场和盈盈的稻田都归它们统辖。又一幅画面叠进来，那是一片麦田，一个高个子和一个矮个子在轻摇的麦浪里讲述隐秘往事。这层层叠叠的意象之后还藏了一幅底片，马儿分辨不清，却又异常清楚地知道那是什么——十多年前，一个小女孩在这里被带离家园。

海边，在马儿创造出来的烟花消散之后，她忽然看见了自己过往的一生。

海在黑暗里不时弄出一点沙沙的动静，马儿到得晚，没见到海，但她听到了海的声音，闻到了海的味道。马儿全心全意地体会海，她原本以为海是自由，是冒险，是未来，但她没想到还体味到了家园。

把小豆角带离海边游乐园时，马儿忍不住回望。才离开没几步，木马已经看不见了，她却仍觉得木马在看着自己，透过海，透过沙，透过时间。她直觉到，当年在这儿被拐走时，木马也在。

游乐园在一条滨海路上，这条路和南京东路一样是人行路，却冷清得多。往内陆方向两条街的地方，马儿找到一家三百元一晚的旅馆，前台在二楼，房间在四楼，从窗户能望见月光里的摩天轮。马儿把小豆角哄好，说服他一个人留在房间里，自己又回到街上。

马儿走了三条街，问了两个人，来到一家快关门的饮食店。招牌上写着"老刘东山羊肉"，又写了"白切羊肉卤羊肉羔羊冻"，门脸子小小的，主卖熟食，但也开了扇堂食的小门，门槛里两张方桌，一个小女孩儿趴在桌上写作业。马儿没进门，她瞅着店招心里想，自己本是应该姓刘的。

熟食窗口没有人，小女孩跑到门口问她是不是买羊肉，七八岁的模样，扎着两根小辫，衣服和鞋都很新。马儿没顾上回答，借着店头的光仔细看她长相，觉得并不怎么像自己。小女孩回头喊爸爸，说有客人。

内堂的帘子一掀，出来一个方脸的中年男人，身材瘦小，套着件厨房裙子，马儿一见就知道是他，问，你是刘广生对吗？男人点头。马儿说，我是马儿，我现在叫马儿，我原本应该是叫什么名字的？男人这时刚看清马儿的模样，一愣后就要笑，要说句什么，忽然哽住。他自己也奇怪，没想明白，就听见女儿咯咯咯地笑，说姐姐你叫什么名字怎么来问我爸爸呀？马儿说，因为是他起的呀。刘广生猛一缩，像要退却，最终反倒往前走了一步。他盯着马儿看，情不自禁开始揉自己的头发，一下又一下，又抹自己的眼睛鼻子和嘴，大口喘气。他突然转身，半推半拉让女儿回屋，再快步走出来，踮起脚把卷帘店门拉下，这才又站到马儿的面前。

"你几岁啊？"

"我十六。我前些天遇到一个叫黄国宪的上海警察，他告诉我的。可是他没告诉我，我原本叫什么名字。"

刘广生嘴唇嗫嚅，那神情似哭似笑，缓缓说："你叫刘微微，微笑的微。"

马儿在心里吧嗒了一番这个名字，还是觉得陌生。

刘广生开始问她许多问题。这么多年去了哪里，生活怎样，养父母待她怎样，现在读书怎样，等等。马儿一一答了。他又进一步细问，家是什么样的，有几间房，村子是什么样的，到城里多远，等等。马儿又把这些答了。此情此景，其实并不在马儿的想象中。她以为会抱头痛哭呢，就像戏里演的那样。她倒是想不到自己抱头痛哭会是个什么模样，但她想，那是因为没到那个时候，没到那个地方，没遇见那个人，真站到亲爸亲妈跟前，应该会哭一哭的吧！可是现在非但自己没有哭，亲爸也没有哭，他站在一尺半的地方，很近，又没那么近，他伸一伸手就挨到马儿肩膀，却始终没触碰这个失散多年的女儿，双手纠结成一团拱在肚子前头，身体佝着，有点像是在给马儿作揖。

所以，遇上了是这样的呀。是应该这样的吗？马儿一边应付着问题一边想。亲爸真像条鱼，正在向她吐泡泡，咕嘟咕嘟咕嘟，真古怪！马儿心里也在咕嘟咕嘟地冒泡泡，像沼泽里的沼气，她觉得难受，要么就喷发，要么就安静，别这么卡着。

背后的门里开始有人说话，可能是上海话。卷帘门一把拉起大半，一个三十多岁的女人钻出来，冲刘广生扔了句话，尖嗓子高调门，刘广生低声回了两句，马儿都听不懂。然后他用普通话对马儿说，你等我一下哦，我马上就回来，千万别走开呀，还有很多话要和你讲的。然后他就和女人一起钻回去，卷帘门又往下拉了拉，留了半人高的一截空当。

马儿倒是松了口气。她听着里面窃窃私语，忽然想走，又记得亲爸的话，只好待着。没多久，卷帘门再拉起来，一个人钻出来，不是亲爸，是先前的女人，却换了一副面孔，满脸都是关切。她双手攥住马儿的一只手，用力地摇，用力地叹息。马儿知道这不是她亲妈，心里想，倒是一个好人呢。她说了好几句话，马儿说，姨，我不是很能听懂。她换成普通话，说孩子这么多年你真是苦了啊。马儿说没有没有，也不算很苦。她略微一愣，又说，孩子，你千里迢迢，照理该在我家住下，可家里小，阿姨给你另找个住处先歇下，我们来日方长。马儿说有住处了，这次只是来看一眼，不多待。她又略微一愣，停下来细细地看马儿，然后从裤兜里摸出一沓钱塞过来，说这钱你先收着，酒店钱可不能让你出。马儿手忙脚乱地往外推，她很坚决，说这不是什么钱，你来回得要路费住宿，还是你嫌少？马儿说不赢推不赢，只好收下来，先前那点说不明白的古怪感觉又涌起来。她把钱给了马儿，好似松下一口气，说话也换成了一半上海话一半普通话，说哎呀他在里面搞什么，怎么还不出来，我去把他叫出来，便钻回屋去。

稍停，刘广生钻出来，店门外又是父女二人相对。这一次，他伸手去握了马儿的手，湿漉漉全是汗。刘广生摸到马儿掌上的茧子，把她的手翻过来，借着灯光细看，马儿有些尴尬，把手缩回去。刘广生的眼泪忽然开了闸，一把抱住马儿，说爸爸对不起你，爸爸没有用，翻来覆去地说。马儿被妈妈这样抱过，此外再无别人，这会儿被亲爸抱住，心里并不抗拒，不禁想，这应该就是血缘了。亲爸哭得直抖，马儿伸手轻轻拍他的背，说爸爸啊，我没事的，你不要哭啦。一边说，一边自己的眼眶也湿起来，忽然冒出来一句话。

"爸爸，你倒是没有来找我。"

刘广生松开手，撩起褂子下摆抹了把脸，叹息一声，说："囡啊，不怪你怨爸爸，但是爸爸怎么可能没有找过你呢？你被拐那会儿，七天七夜我不睡觉地找你啊，镇上都走遍问遍了，再去附近的镇子，见着人就问，见着人就给看你的照片，还有汽车站火车站，那是你妈在跑，还有公安局、打拐大队，天天都去，黄公安就是那时候认识的。"

马儿说："那就好，爸爸，我以为你没找过我呢。那就行啦，那就行啦。"她笑起来，又说，"我那会儿被带出上海啦，我一路往北去了，你们在上海找不到我了。"

"乖囡，你是个乖囡，你要是没被拐，一直在，那有多好。"

这会儿是十点多，街上几乎没有人，刘广生说，囡你累不累，你要不累，我们多说会儿话。马儿说好，就在马路牙子上坐下来。刘广生说哪能坐这里，你起来。他拉起卷帘门，从里面搬出一张方桌两把椅子，露天摆在夜风里，又去切了碟羊肉，拿了两听可乐一壶酒，再点上一盘蚊香。店堂里这会儿没有人，母女俩早就进了后屋，但刘广生还是又把卷帘门拉下来，仿佛要隔断这一世的生活，来专心和上一世的女儿说话。他把可乐推给马儿，却问马儿喝不喝酒，马儿说不怎么喝，但是可以喝，他就给马儿倒上，两个人碰杯。马儿一喝进嘴就噫一声，说这是什么酒，真怪。刘广生开心地笑起来，说这是黄酒呀，囡！马儿又喝一口，说，爸，妈去了哪里，我也想见她呀。刘广生叹了口气，说我也很多年没有她的消息了，我给你说说她。

　　刘广生就给马儿说妈妈，其实说的是他们两个人，以及有了马儿之后三个人的事情。

　　马儿的亲妈叫魏莹，花木镇人，花木造大公园时魏家是拆迁户，补了四套房加现金，但离了土地反倒败落了，又是赌又是炒股的，都输。具体刘广生没说得太细，总之魏莹找到他时是落难的，是他把魏莹从那一锅泥浆里捞上来的。但魏莹和他也处不好，嫌他没本事，刀子嘴总戳软肋，要不是有了马儿，两人未必能结婚。说到这里，刘广生喝了口酒，马儿心想，还好还好，否则就没我这个人啦，也喝了口酒。

　　结了婚矛盾也还在，刘广生被魏莹逼着去城里闯，在陆家嘴一家饭店里做后厨，每天往返两个多小时，不到半年就受不了，又做过餐厅的海产货配送，也没干长。马儿被拐那天，两个人刚吵过一架，各自置着气，都没顾孩子。马儿被拐走后，两人四处找孩子，过了阵子，明白希望渺茫，又开始吵架，相互埋怨。

　　"吵着吵着，有一天，你妈忽然不和我吵了，我骂上去，她冷冷看我冷冷笑，还几嘴，也不多说。又过几天，我们吵架，从你被拐走到底是谁的错开始，把所有事情从头再翻一遍，你妈又是那副表情，我忽然也不想说了，心里明白过来，我们到头了。说起来，我和她是因为你才走在一起，你没有了，我们也绑不到一块儿了。"

"我们离婚以后,你妈就离开镇上了。她没回娘家,在城里待了阵子又去了北京,再后来就不知道了。她也又结了婚,也又离了婚,一个人带儿子,嗯,她也又生了个孩子,应该比文文大不了多少。文文就是……你刚才见过的。她的事情,我都是间接知道的,我和她没直接联系,我连她的微信都没有,我后来也又结了婚,有了文文,更不方便去打听她的事情了。哦对了,她电话我是有的,多少年没打了,不知道换过号码没有。我一会儿抄给你,你可以试试看。"

原来这个妈妈也找不到了,马儿不禁想。

"从黄公安那里得了你消息的时候,我这家店做的还是卤水生意,月月亏钱,文文那时候又三天两头地发烧,真是焦头烂额。你阿姨么,唉,其实她那个性子和你妈一样,不饶人的,我想了好几天,真把你接回来,家里非天翻地覆不可。我和黄公安说,让他去找你妈,看她有没有余力。"

刘广生止住话头,喉结咕哝了几下,像在吞咽一些话语。他的视线转向酒杯,看了会儿,把酒喝了,捏着空杯子转了几转,这才又开口对马儿说:"囡,说到底,还是你爸我太没用。我这店换成卖羊肉以后,生意一天好过一天,那时候我又想,好不容易过上几天安生日子,好不容易……"

他又哽咽起来,抹了把眼泪,说:"囡啊,你爸那么多年也是刚挣扎出来,才喘上两口气,对不起啊,真是对不起啊!"

"哎呀,你怎么总哭。我现在挺好的,你看,你不来找我,我不也来找你了吗,我不也出来了吗?"

马儿不知道该怎么宽慰这个新见面的亲爸,话出口觉得大概又说错了什么,好在刘广生停了哭,问她接下来是什么打算。马儿说打算到处看看。一说到今后的事,马儿心情转佳,不由微笑起来。刘广生点头说,你好不容易来一次上海,是该好好玩,这几天我不守店了,带你玩一个星期两个星期,玩多久都行。马儿说我是要去看世界,不光是看上海。刘广生不明白看世界是什么意思,马儿就给他解释。

她说,要去看珊瑚看冰川看极光。

她说,要去看金字塔看泰姬陵看卢浮宫。

她说,要看见自由奔跑的象群和豹,还有山巅云雾里的龙,还有浮海踏波的麒麟。

还有,天底下的不同颜色的人,路上碰见了,冲他们笑一笑,吃饭碰见了,同他们喝杯酒。

刘广生听了哈哈大笑,说你这是要出国啊,我都没出过国呢。饭要一口一口吃,路要一程一程走,我也想去看金字塔,我都舍不得花那钱,你钱从哪里来呢?马儿说,我自己攒了钱,阿姨又给了我钱,路上花完了,我再停下来挣一会儿钱。刘广生不当真,却问,那你不上学了吗?马儿说,行万里路,也是读书,我过一年两年再回来上学,也不耽误。刘广生说,那你下一站想去哪里?马儿说去海上,具体哪里听船长的。然后她说了七彩帆船的事。刘广生吓了一跳,说天底下哪里有这样的事,你这是碰到了骗子啊,千万不能上当。这话马儿听奶奶说过,听爸爸说过,现在亲爸又说一遍,倒也不意外。她不像前几次那样争辩,只是听着,心里自有主意。刘广生见马儿不响,拿不准这个女儿的心思,又补了几句话。

"我讲几句你这个年纪不爱听的,但老人的话,真是金玉良言。其实我小时候也不知道险恶,觉得哪里都能去,什么事都能做,结果怎么样?半辈子在泥里打滚!这个世界看着光鲜,踩下去都是泥。你不可能改变它,你得了解它的规则,然后才知道什么事能做,什么事真做不了。怪我,你这辈子没开个好头,现在你从村里出来了,觉得外面的世界很大,但千万别迷了眼。你要定心,你这个年纪,得好好读书,将来考个大学,再找个好工作，人生这才上正轨。人心隔肚皮，世界上坏人多，别相信天上掉馅饼，别相信免费的午餐，别相信陌生人会带你环游世界。这就是这个世界最基本的规则啊。"

刘广生说得诚恳，不蛮横，是真的在讲道理，但马儿反倒有话要说了。

"世界上不是坏人多，世界上好人多！"这一句话，马儿说得气呼呼，说得理直气壮，说得斩钉截铁。

"哪有人天生想干坏事呢？干坏事不都是不得已吗？又有谁会一辈子只干坏事不干好事呢？总有行好的时候呀，那不就是心底里还向着好吗？彻头彻尾的坏人，一门心思的坏人，那不是疯子吗？世界上是疯子多，还是正常人多呀？"

"爸，你说的泥，踩着都是泥，我懂。但泥不是坏呀，泥是脏，泥是苦，泥是累，我不怕脏不怕苦不怕累，我可就喜欢在泥里打滚呢。我喜欢踩着泥跑，只要跑得快，就不会陷到泥里去。爸，我现在可是叫马儿呀，我从前叫过刘微微，但我现在是马儿了。

"爸，你比我多看了这个世界几十年，你比我看得多，看得广，但世界可不光你看到的这点呀。你看，我就喜欢泥，喜欢黑，也喜欢光，喜欢这个世界上许许多多的东西，这个世界上有你这样的人，也有我这样的人，更有船长那样的人。爸，你没看过金字塔，你怎么能知道金字塔底下的人是什么样的呢？我要去看世界，就是要去看你还没能看到的地方，看你还没能看见的人。"

马儿说得激动，说得畅快。这道理她第一次讲出来，讲给亲爸听，自己也仿佛搬了把小椅子坐在旁边听。讲着讲着起风了，马儿忽然觉得这风认得，这就是掀掉屋顶，把她从铁皮坟墓里救出来的风呀，风也来听她讲！她心里高兴，便仰起头问："喂，我讲得对不对啊？"

刘广生正要掰碎了一条一条和马儿细细分说，说世界不是你这样的，你更改变不了世界，世界是我这样的。马儿抬头一问，突然间天地一白，照彻长街，马儿开心大笑，说看，它说我对，随后闷雷轰隆隆滚过去。刘广生挣扎半生，是信命的，见了天色就把话都憋回了肚里，心里想，这个女儿真是要去一个他不熟悉的世界了呢。

　　吃光羊肉喝尽酒，马儿和刘广生道别，刘广生要给她拿把伞，她说不用，近得很，便在雨里奔跑起来。一路跑回旅馆，停下时她有些眩晕，想这黄酒居然还挺有后劲。歇了片刻，她跨步上楼，到四楼格外放轻脚步，刷开房门。屋里亮着灯，床上没有人，卫生间也没有人，小豆角不见了。

　　马儿愣怔了片刻，茫然四顾，目光扫过窗户，摩天轮的轮廓在远处若隐若现。她被电了个激灵，回过神来，打开房门在走廊里大喊一声小豆角，没有人应，她冲进楼梯间，黑暗里一圈一圈奔下楼，喊了一路，跑到二楼时被前台大妈拦住。大妈说深更半夜你鬼吼什么，马儿说出大事啦，小豆角不见啦，我弟弟不见啦，大妈说，这不是他爷爷来找他了吗，怎么没在房里吗，大晚上的不应该带出门吧。马儿说什么爷爷，小豆角哪有什么爷爷，他爷爷早没了呀。大妈愣了，说不应该呀，我这不是见了鬼吧？

　　大妈定一定神，说你可别骗我，你爷爷说，孙儿吵着要来上海玩，你没和大人说就带他来了，他跟在屁股后面紧赶慢赶的，还怨你不懂事呢。这地址不也是你自己告诉他的吗，否则他怎么能知道呢？包括你们住在四楼他都知道，就是忘了具体房号才问的我。他报了你的名字，还知道你小名是马儿，对不对？他也说了小豆角，我听你就是这么叫你弟的，这都没错呀，全都能对上呀，他是肯定认得你们的呀！马儿说但我就是没有这个爷爷啊，他长什么样？大妈一形容，马儿就"哎哟"叫出声来，这不是那个七叔吗！她问大妈人是什么时候走的，大妈说我怎么知道，前台那里看不清楼梯间的，马儿心急火燎，不再和大妈啰唆，冲出楼去，在街上边跑边喊小豆角。跑到十字路口，她停下来连喊了十几嗓子，四下望望，一个人都不见，又折回到反方向的十字路口再喊，还是没有回音。

现在要怎么办，马儿站在雨里想，七叔把小豆角拐走了！可是七叔怎么知道她住在这里，还知道住在四楼？马儿望向旅馆的方向，那幢楼的四楼亮着一扇窗户，她明白过来，七叔肯定是跟在她后面，见她进了旅馆，四楼新亮起一间屋子，便知道她和小豆角住在那儿。但他是从哪里跟过来的呢，海边的游乐园吗？他怎么知道我会去那里呢？他都不知道我要来上海呀！哎呀，和稻香男孩说过要来上海，坏家伙知道，坏老头也就知道了。我来上海，那是肯定要到海湾镇找亲爸的呀，到了海湾镇，那肯定会去海边游乐园的呀，这是自己被拐走的地方，这个地方还是坏老头自己说出来的呢！大概白天和小豆角在乐园玩的时候，坏老头就已经等在海边了吧！

他是要报复所以才追过来的吗？他拐走小豆角，该不会是又做回了人贩子吧？他们会不会已经不在海湾镇了，会不会已经不在上海了？

忽然之间，马儿发现自己和当年的亲爸一样了。让他们变成这样的，是同一个人。

雨珠子打在马儿的脸上，她呼呼喘气，瞪着眼睛往远方看。天上的星星月亮被雨云遮盖，地上暗淡的路灯掩在雨雾里，四面八方都通向黑暗。有一处例外，游乐园的方向，半空中有隐约的轮廓，那是摩天轮。可是不该看得见呀，没有月亮没有星星，滨海路上街灯也少，是什么光在照着摩天轮呢？

马儿想着的时候，已经跑了起来，她没想清楚，也等不到想清楚，直觉里她受到了一种启示，她得去看看。夜雨里，这片天地起伏不定，长街如一条悬空在黑暗里的吊桥，一脚一脚踩得深深浅浅。马儿闻到自己喘息中带出的酒味，一股劲道随着酒意从心里迸发，她"啊"地叫出来，像马儿长嘶，然后，她在这无着无落的世界上跑得更快了。

跑过最后一个街口，滨海路就在前方几十米了，到滨海路往右一转，就是游乐园，就是摩天轮。马儿清楚地看到，有一片光自右向左，正行经滨海路，白茫茫一道横贯。她奔向这条光的通道，跑进去往右一转，顿觉白光刺目，一时间什么都瞧不见，不由得停下脚步。她举起一只手遮在额前，勉强分辨出白光源自卡车大灯。卡车的车头被光遮在后面，马儿却觉得熟悉，因为阿爸开的就是这种车子。一瞬间她觉得这就是阿爸的车，但阿爸怎么会在这里？

马儿顶着光重新跑起来，游乐园就在前头了，因为这光，她看不清里面是什么情况。卡车发动机隆隆地响着，轰鸣中夹杂着人声，听不清说的是什么，但其中一个竟似阿爸的声音！

小豆角！马儿喊。小豆角，小豆角！无人回应她。

卡车屁股甩在路中间斜停着，停得匆忙又急迫。马儿眯眼一瞅，车上没人，车边没人，人肯定在游乐园里。暗红色的封门板被照得发白，马儿不减速，冲上去跃起，手一搭脚一蹬，翻过一米多高的钢板。升至最高处她往里面看，瞪大的眼睛早被强光刺得流泪，这会儿只瞧见两个人影绕着木马打转，都是大人。马儿的胃在半空中翻腾起来，踩上门后的沙包时脚发软，再落到地上就完全站不住了。马儿摔跤经验丰富，团身一滚，却忘记前面是一道长阶，骨碌碌滚了下去。

直滚到沙滩停住，马儿双手撑地要爬起来，胸腹间一阵恶心。她跪坐着深呼吸，突然发现暗处伸着一只小脚。

马儿一眼就认出来，那是小豆角的脚！那只脚一动都不动！

马儿吓坏了，来不及站起来，拼命爬过去。真是小豆角！他坐在地上，背靠台阶侧面，头向左歪斜，双脚向前伸直，垂落的双手爪子一样勾起，眼睛明明睁着，却对马儿毫无反应。马儿双手抓住他肩膀，他猛地一下抽搐，叫他依然不答，再叫几声，他又抽搐了一下。

马儿知道小豆角一定是犯病了。他从来没有这么厉害地发作过，一时间马儿不知道该怎么办才好。背后木马处传来硬物的击打声，又有搏斗和闷哼声。马儿转头，见刚才绕着木马跑的两人此时纠缠翻滚在一起，暗处分不清哪个是哪个。忽然，一个人把另一个人压在了下面，马儿叫声阿爸，骑在上面的人转头看她，猛又被掀翻。马儿连忙爬起来，一眼望去沙滩上别无他物，就赤手空拳小跑过去。

"你别过来！"一个人厉声呵斥，却是七叔的声音。

马儿加紧步子，一团黑影飞砸过来。她想躲，身体没跟上眼睛，脑袋才一歪，太阳穴就被硬物狠狠砸中。

耳畔似有钟声响起，一片金红色在马儿的眼前炸开，仿佛烟花。

3

旋转，旋转，旋转，千百条光束从天外照下来，在头顶心一转，化作无数的色彩涌进脑袋，小豆角觉得自己在向前飞驰，或是疾速后退，在跳跃，也在翻滚。他想叫，却喊不出声，又听见一个声音在远处喊，小豆角，小豆角，小豆角。他努力要答应，拼尽了全力，忽然间束缚松脱，一切流光幻影消失。他发现自己原来睁着眼睛，真实的世界来到眼前——昏暗一片。玻璃窗外已经看不见摩天轮了，它在月光下披着迷蒙的光晕仿佛还是片刻前。现在天上没有月亮，小豆角不知道自己到底出神了多久，这次好像与从前不同。

小豆角。

真的有人在叫自己,还有敲门声!

小豆角。

不是姐姐的声音。

"你是谁呀?"小豆角问。

"我们昨天还见过面的,你们弄坏了我的屋子。"门外有人说。

小豆角吓了一跳,他想起这个声音了——那个叫七叔的怪老头!

"你你你想要怎么样?"小豆角心怦怦乱跳。

"没怎么样,我就是来告诉你一声,你姐姐在我这里,她不会回来了,你别等她。"

"你胡说,你骗人,姐姐怎么会在你这里?"

"她就是在我这里!你姐姐,那个叫马儿的小姑娘,她晚上出去,有没有和你说去哪里呀?"

"没有说。"小豆角老实回答。

"因为她是来找我的,否则她怎么会不和你说呢?她觉得找我会有危险,所以才不和你说的。好了,你自己待着吧,我走了。"

小豆角冲上去打开门,门外没人,他跑到走廊上,七叔在两步外看着他。

"把我姐姐还来,你这个坏人!"小豆角怒视他。

七叔不生气,蹲下来和小豆角说话。

"我不是坏人,你姐姐才是坏人,你们偷偷进我的房子,还把我的房子弄坏了,得赔。"

对小豆角来说,姐姐说不好的肯定是坏人,现在被七叔一说,从"坏人"的角度一想,忽然呆住了。偷进别人屋子是不对的,弄坏了别人东西更加不对呀。小豆角猛然慌张起来,屋子都坏了,老头不就没家住了?这可怎么赔得起呀,这可怎么得了啊!

"可是,屋顶是自己坏掉的呀。"小豆角小声地说。

七叔板起脸:"胡说,不是你们爬上去,屋顶才不会倒。你姐姐得负责。"

小豆角只觉得一座大山压下来,泪珠啪嗒啪嗒往下掉,一边哭一边说:"是我先爬上去的,是我叫姐姐爬上去的,你不要抓姐姐,你抓我好不好,我把姐姐换回来好不好?"

"你这么小,有什么用?你能搬起几块砖?我看你的样子就不乖,还是你姐姐懂事情。"

小豆角连连保证自己乖,说能搬起三块砖,吃饱了饭四块也行,而且他跑起来很快,保准能干活。七叔还是摇头,小豆角又要哭,七叔说你搬的砖肯定没有你姐多,这没啥说的,不过你姐其实也想你,我带你去瞧她一眼,但你们我得留下一个,到时候你们自己商量。

小豆角跟着老头下楼,楼道里没灯,老头用手机打灯,忽然"咦"了一声,却没再说别的话。光一晃一晃的,有点吓人。出门更是夜路,小豆角越走越慢,老头问他怎么回事,他说你不会是骗我吧,老头说那你回去,就知道你没用,胆子这么小,本来也不用你,我就让你姐干活就行了。说完这几句,老头不去管小豆角,自顾自打起电话来。小豆角反而紧贴上去,生怕被他甩掉。

七叔拨通电话,刚喂了一声,那边就是一阵急促话语。七叔手机的音量大,小豆角耳尖,多少能听到一点,觉得电话那头的声调有点熟悉。

七叔说，之前电话开了静音，所以没接着，什么事？对面的声音小了下去，七叔听了几句就"嘿嘿"笑一声，虽然是笑，可小豆角觉得他并不高兴，说合着你把我卖给了个外村人？那头声音又高了，小豆角听出来了，是稻香男孩啊！不光听出是谁，还听懂了他说的。当然听不完整，听懂两个成语，一个是"凶神恶煞"，一个是"屁滚尿流"，还听了一句"给您报信"。七叔又嘿嘿笑，说你这个是一条消息卖两家啊，他是怎么找到你的？小豆角听到稻香男孩像是说了"手机"这个词，忽然明白过来，原来自己掉了姐姐的手机，是被他捡到了呀，连忙嚷嚷起来：还我手机，让他还我手机！

七叔挂掉电话，问小豆角："是我的房子值钱，还是你的手机值钱？"

小豆角瘪起嘴巴不说话了。

又走了两条街，小豆角问："还有多远啊？"

"还有很远，你是不是累了？"

"不累，一点儿都不累。"小豆角赶紧说。

七叔叹了口气，说："我看你这孩子就是爱说瞎话。"

"我哪里说瞎话了？"

"昨天你在我房子里的时候，一会说你十岁，一会儿说你二十岁，这还不是在骗人？"

小豆角低下头不说话。

七叔停了脚步，小豆角急了，说："你怎么停下了？快带我去见姐姐呀，我真的不累，我也不说瞎话了！我保证！"

"那你说说，你几岁了？"七叔看着小豆角，问。

"我……我其实是四岁。"小豆角小声说，然后又补了一句，"但是我真的有力气，我能干活！"

七叔盯着小豆角的脸看了会儿，问："你真是四岁，该不会又是在骗我吧?"

"我真没骗你,我真是四岁。我是二〇一三年生的呀。"

"那你说说,你住在哪里,你爸爸叫什么,你妈妈叫什么?"

小豆角一一答了,七叔又跟他确认,说:"你妈妈叫花萍?她长什么样,有多高,有多大年纪?"

小豆角却不知道妈妈多大年纪,只能尽力形容花萍的长相。然后又说,她本来是我妈妈,可是现在……姐姐说,妈妈扔下我跟别人走了,所以我现在没妈妈了。

"所以你的的确确不是阿芸生的了。"七叔的话里犹有些不甘。

"阿芸那是姐姐的妈妈呀,姐姐说要带我去找她,找到了让她也当我的妈妈。可是,不是没找到嘛。"

七叔听罢怔怔出神,又抬起头看天。小豆角不敢催他,也跟着往天上看,天上黑漆漆的什么都没有,不知道这老头在看什么。七叔瞅了会儿天,忽然"哈"地笑了一声,这笑和前面的"嘿嘿"味道一样又不一样,一样的地方,是都不算开心地笑,不一样的地方,小豆角说不清楚。

七叔笑罢,低头来看小豆角,轻轻叹一口气。小豆角问,现在可以去找姐姐了吧?七叔又笑了,没出声,小豆角觉得他这回的笑最像笑。七叔弯腰拉起小豆角的手,转身往回走,小豆角急了,说怎么往回走呀,怎么不去看姐姐了呀?七叔说,不是往回走,你想不想爸爸,我带你去看你爸爸。小豆角想姐姐,也想爸爸,就被七叔牵着走了。走了会儿,小豆角脚步慢下来,不是不想走,是身体疲倦。七叔把他举起来,小豆角被两只大手掐得腰疼,刚要喊叫,已经被举过头顶,又往后一放。这情形小豆角熟悉得很,双腿自然分开,落在了七叔肩膀上,双手环住七叔的脖子。七叔原本挎了个布包,这时伸手从包里取出件东西,往裤腰处一插,小豆角低头刚瞧见个黑色的把子,七叔就撩起上衣遮掉了。

253

七叔驮着小豆角走向海边。起风了,小豆角被迎面一吹,魂儿摇摇晃晃的像要被吹跑了,他咬紧牙,又觉得牙也是酥软的。走得近了,摩天轮显出形来,小豆角精神一振,说爸爸在那里吗?七叔说,看看吧。

走到游乐园门口,路灯照不进,望进去黑沉沉的,沙滩与海混成一片。七叔说看样子还没来,等等吧。他把小豆角放下来,小豆角说姐姐一个人没事吧,七叔说没事,小豆角现在觉得七叔没那么坏,半信半疑,又问爸爸什么时候来,七叔说你等不及可以回去,小豆角只好不响。七叔问小豆角要不要进去骑木马,小豆角说骑过的,七叔说也对,小豆角说可以坐摩天轮吗?

游乐园北侧有一道通向渔船码头的长长堤岸,楔子般插入大海。摩天轮的地基和堤岸一体,比游乐园的沙场高出两三米,以铁台阶相连,如今也用栅栏封着,栅栏里面有个木板封死的售票小屋,小屋后又有铁台阶通向登摩天轮的小平台。这些物件都锈蚀腐烂得厉害,不如木马光滑干净,所以之前马儿没让小豆角进去玩。

小豆角从栅栏宽大的缝里挤进去,七叔跟着翻进去。他们绕上平台,摩天轮每个座舱的门都打开着,小豆角不想坐最底下一个,七叔就把他举到高一层的座舱里。其实看出去都是一片昏黑,但小豆角觉得风不一样。他在里面蹦一蹦,喊"转咯",摩天轮微微一颤,重归寂静。

小豆角待在座舱里,他本是站着的,忽然发现自己坐了下来。他倒不奇怪,一定是又恍了神,只是不知道过了多久,往平台看,七叔模糊的人影还在。关于七叔,小豆角一直藏了个疑惑,此时觉得他不全像个坏人,又离着点距离,好奇心涌上来,忍不住开口发问。

"老爷爷,你那个铁箱子里面,到底藏着什么东西呀?"

话问出去一时间没有回音,小豆角心提起来,怕惹他生气,却听七叔回答道:"藏了点见不得光的东西。"

"但那个地方明明就会被太阳照到的呀?"小豆角不明白。

"见不得光,所以要被太阳晒晒。你太小,不懂的。"

小豆角确实不懂,他把这些记下,打算碰到姐姐的时候问她。

七叔明明说小豆角不懂,可是停了一会,又在昏黑中开了口,也不知是说给谁听。

"都是从前作的恶,扔了不合适,也有点不舍得,锁起来放在那里日晒雨淋,算是,算是。"七叔说了两次"算是",没是出个究竟,又不说话了。

七叔没说明白,小豆角当然更听不明白,但听懂一个"恶"字,又不安起来,心想这老头果然是坏人吗?便也不敢说话,只期盼爸爸快点儿来。

过了会儿,七叔又开口了,是接着原来的话头说,好像他沉默的时候,脑子一直没从这个话题里跑出来过。

"箱子里还有几封信,包进塑料袋的,不知道烂掉没有。但是这信总是不适合给你姐看的,因为这信是阿芸写给我的。"

信是什么东西?小豆角不太明白。他只知道手机短信。

七叔在黑暗里长吁了口气,又接着自言自语说:"我也知道多半是假话,她在麦子地里和我说的话,多半也是假的。我是知道的。她就是要找个人把她救出去。嗯,我是知道的,我是知道的。"

说到这里,七叔仿佛才回过神来,说:"哎呀,现在和你是说不着这些了。"

小豆角在肚皮里奇怪,现在说不着,那原来是说得着的吗?

这时候,代表七叔的那一团黑忽然动了,他扔下一句"你就待在这里",急匆匆走下平台,翻过栅栏,往游乐园入口去。小豆角的视线追着去,看见那儿有光。

是爸爸来了吗？小豆角激动起来，也要去，可是舱外一片黑，不知道该往哪里跳往哪里爬。正瞪大眼睛分辨，一道闪电划破夜空，趁着一闪而过的光亮，小豆角站在舱门口往一根粗大的支撑柱一扑，顺着柱子滑下去，一屁股坐到平台外的沙地上。他爬起来，不顾被铁锈刚蹭的疼，绕过售票小屋，钻过栅栏。雷声在这时滚来，随后雨点落到身上，很凉。小豆角不在意，只管往入口方向跑，光从挡门钢板的上方漫过来，从钢板拼接的空隙里射进来，很亮，很美，很远。

小豆角看见七叔的黑色背影，他站在防汛沙袋上，半个身体露出钢板，挡掉了一片光。他像在和人说话，他一定是在和爸爸说话！

小豆角拼命跑。可是这段路为什么这么长？脚下的地为什么这么软？好不容易跑到长阶下，往上看，台阶高入云，高入天，高入光。小豆角一级一级爬，自黑往光爬，他听不见台阶上的人在说什么，只觉得嗡嗡响。钢板空隙里射进来的光从不到一指宽逐级打开，在某一级台阶打开成了一道光门，小豆角爬上这级台阶，恰好走进光门里。黏厚的黑立刻被驱散了，小豆角面前一空，魂灵一轻，顺着光被接引进一层莫名世界里。嗡嗡声消失，头顶刺入一簇一簇的光，似烟花，似日月，似今生前世，全都落进脑袋里，沉进血脉里，天地一会近一会远，夹在中间的小小躯壳被牵扯着，哪儿都去不了，缓慢地旋转、弯折，飘浮在寂静的黑洞里。

现实世界变成了遥远的空间，发生在那儿的事情难以理解，色彩和声音都不再是原先的形态和顺序，像是光线入水后的弯折。小豆角拼了命地想要知道那儿发生了什么，想要知道爸爸怎么样了，但这种拼命的念头都只能隐约地运转，他的大脑正在风暴中，一切逻辑在风暴中都不复存在。也许有人在说话，是爸爸吗？也许有人走近他，是姐姐吗？也许他曾被抱起又放下，是怪老头吗？所有这些揉成了庞大的毛线球，被关进黑箱里。这个黑箱会在他的意识中长久存在，此后的许多个日日夜夜，他将一次又一次地在黑箱里摸索，尝试解开线球。

这个夜晚，小豆角脑中的风暴渐渐平息之际，他长久地停留在一个边界地带。他无法掌控自己的身体，但却拥有奇妙的感知。他感觉自己又回到了摩天轮的舱室中，无边黑夜里，他看见三个人——爸爸、姐姐、七叔。他不知道能看见这些是一场神迹。从高处的某个视角，他凝望着他们，无悲无喜。那是长长堤岸的尽头，大大小小的渔船停泊在码头，三个人乘一艘小船离开大陆。黑暗海面，小船前进，前进，前进，直至没入天边亮起的一片奇异的光里。

4

马儿在黑暗里不知道荡漾了多久。

马儿觉得自己像一瓣细碎的泡沫，被一首古老的歌谣托举在波浪的温柔之间。童话《海的女儿》的最后，小美人鱼没有得到爱情，化作了海上的一朵泡沫，升向天空。不知道怎么回事，这个在网上查到的原著结尾比马儿印象里的故事悲伤，所以她没有给小豆角讲。现在，她觉得做一朵飞向天空的泡沫也很棒。如此，马儿感觉到了大海，感觉到了天空，便也感觉到了身处其间的自己。

开始听见声音了——马达的突突声，船头破开波浪和波浪回击船舷的水声；也感受到身体的波动了——在起伏着，在摇摆着。马儿懂得了，自己这是在船上，自己终于来到大海上了啊。不用看见大海的样子，不用闻见大海的味道，马儿很笃定地知道这一点。只可惜她的确闻不到也见不到，她艰难地呼吸，细微的气流经过重重阻碍进入身体，所有的气味就这样被过滤掉了，除了血腥味。见不到是因为没有睁开眼睛，睁开眼睛——缓慢的思索间她有过这个想法,但是身体不知道该如何执行。泡沫是不能睁眼的,她想,一睁眼,泡沫就破了。

她一开始回想就剧烈晕眩,一下子把回想的力气消耗掉了,也许需要更多的积攒才可能做到,也许做不到。痛起来了,好几个地方痛,一时还分辨不清。不要痛,不想痛,马儿想。说来奇怪,痛又慢慢离开了。马儿放松下来,浮在一片空茫中。

不知又过了多少个起伏,马儿发觉自己还挨着另一个人,他压着马儿的腿,可能已经压了很久,如果不是他忽然动了一下,马儿还意识不到这一点。过了会儿,他又动了一下,马儿等着他再动,可是他却安静了,直到马儿快要放下这件事,忽然被压住的地方一松,那个人把身体撑起来了。不,撑是撑着了,却还没有起,还若即若离地挨着马儿,他一定很用力气,以至于马儿能感觉到轻微的颤抖。一瞬间,他和马儿脱离了接触,不知道他是以怎样的姿态起身,小船猛地一荡,一声低吼爆发,喑哑得像是撕裂了胸膛,仿佛一头兽濒死一搏,马儿分辨不出它身为人时是谁。紧跟着一声"扑"的闷响,一个躯体倒下来,碰撞在马儿的腰腹处,不再动弹。马儿肚子上热热的,有液体慢慢渗过来。

海风吹拂中,小船上恢复了安宁,水声和马达声间多出了喘息声,一声一声又沉又重。此时小船上已披有一层薄薄的光,这是一天的初生,在这片刻的光景里,天地间一切都是毛茸茸的。马达停下来了,小船减速,漂浮在海上。船身又晃动起来,沉重的呼息在搬动一具身躯,船开始侧倾,"嗵"一声重物入水,海面上溅起小小的水花,晨光在水花间闪烁跳跃,折射到附近的粼粼波光中,忽然之间,整片海面一齐闪耀,朝阳升起来了。

一个高大的身躯摇摇晃晃地在船上站起来。他凝望着眼前的闪耀之海,异乎寻常之景似在对他的行为作出告诫。人形之兽露出无声的笑容,低头看看马儿，又抬头望望朝阳。忽然，他蹲低身体，继而倒卧下来。

前方，一切辉光的来处，正驶来另一艘船。

那是一艘帆船，高高扬起的风帆鼓满着，向海岸疾行。帆呈七彩，彩彩都披朝霞之光，帆下有一人，站得和桅杆一样笔直，也披着霞装，一人一帆，似是乘着浩瀚的光而来。在这洋洋之光外，小渔船上伏倒着的人在祈祷，在等待，祈祷这光不要照到他的罪恶，等待这阵光快快过去。然而他很快醒觉了，迅速脱掉染血的衣服，赤裸上身，胡乱撩起海水擦拭脸颊和身体，直起腰用力拉动马达的启动绳，把船发动起来。同一片海面上，两艘船相对而行，越来越近。交错之际，七彩帆下的人见远处渔船上有人遥遥挥手，便也举手致意。海面下，新鲜的躯体犹在缓缓下沉，海面上，两道白色的航迹平行伸展，背向离去。

马儿对这场交会无所知觉。她在那一片空茫中往上浮，往上浮，升向天空，进入未知之境。一双臂膀从后面轻轻抱住她，妈妈，马儿喊出来，是妈妈。那双臂膀奋力一推，她风驰电掣向前闯去，巨大的风扑面而来，风声"磬铃铃""磬铃铃"漫空而响，她看见了，一片璀璨的星云在尽头旋转。新世界，是新世界！

你也将抵达　　乐园

1

笑笑一路横冲直撞上了高速，时速直飙过一百五十公里，如果不是再往上车身抖得厉害，她恨不得把油门踩上两百。至于事后会不会收到罚单，扣六分还是十二分，又或是吊销驾照，她都顾不得了。她还时不时地瞄后视镜，看看灰车有没有跟上来——理智上她知道那破车开不到这个速度，但就是忍不住。她所有精神都放在开车上，不停地超车，小豆角和她说话，她都没有余暇分心回应。直到过了镇江，她才稍稍放松，觉得应该不会被追上了。

精神一松，原本支棱着的身体就散开了，脑袋胳膊腿各归各难受起来，光痛就有许多种，钝痛抽痛隐隐作痛，还有酸胀麻和困乏，一齐涌上来的时候，笑笑一阵恍惚。小豆角在旁边喊姐姐姐姐，笑笑缓过这口气，把速度降下来，伸手摸摸他的脑袋，说我没事。小豆角说可是你出了好多血呀。笑笑说不是我的血，你看都干了。小豆角上上下下看，说姐姐你手上的没有干。笑笑瞥了一眼左臂，右手搭上去一按，是痛的。这只手架过冯老头一刀，皮衣开了口子，原来刀锋真割进去了，她才知道。她又去摸胸口，心想那一刀有没有扎进去？胸口也是痛的，但这里还挨过一肘子，好像和手臂不是一种痛。如果真扎到心脏，也不会是这样子吧。以现在的身体状况，开回上海会很辛苦。可是笑笑转念又想，为什么要一口气开回去，已经甩掉冯老头了呀，真是被吓魔怔了。

小豆角突然放声大哭，说都是因为他姐姐才会受伤，说自己是个坏孩子，在吕梁就不应该回来，应该坐长途车回白尾岭村，这样姐姐就不会受伤。他说他不去上海了，不去乐园了，他可以自己回家去。笑笑从访仙镇出口下高速，到收费口时小豆角还在哭着嘟囔，笑笑说你这样哭，别人以为姐姐是坏人呢。小豆角胡乱抹脸，努力收声，别过脸不去看收费员，憋得一抽一抽。

过了收费站，笑笑靠边停车，小豆角眼泪还在流，说姐姐你痛不痛，这么多血，一定很痛的。笑笑摸摸他的脑袋，说姐姐很厉害的，姐姐不怕痛。她一边安慰小豆角，一边留神从收费口出来的车辆，始终不见冯老头的灰车，这才彻底放心。她在手机上搜了家附近的快捷酒店，驱车前往。

开过两个路口，笑笑对小豆角说："小豆角，你以后跟着我过吧。"

小豆角愣了。

"你不应该回去。你妈妈是不是没了？"

小豆角点头。

"你想你爷爷吗？"

小豆角摇头。

"那你想你爸爸吗？"

小豆角看她一眼，也摇头。

"那你跟着我，就这么定了。回头我去找你爸爸说，反正你不能再跟着你爷爷。"

小豆角露出犹豫的表情，似乎有点儿挣扎。

"你的马儿姐姐，我来帮你一起找。听姐姐的话吗？"

小豆角点头。

笑笑笑了。

路过药房，笑笑进去买了纱布和大创可贴。下车前她用湿纸巾擦拭脸和手，整理头发，脱了大衣再反穿上——这学自冯老头。她的大衣是单面的，反穿不像样子，但总比满身血污好。只是大衣反穿左臂也有血迹，买药时她掩着，售货员没多问。

到酒店开了房间，笑笑草草洗了个澡——热水淋在身上像辣椒水。吹头发时看镜中的自己，真是伤痕累累。最吓人的是双乳间紫黑色的乌青，呼吸一重就痛，估计至少是骨裂；左乳一点血痕，那一刀还是破皮了，但不深；左臂刀伤是深的，具体多深笑笑没敢细看，一握拳就剧痛，还渗血，往好里想没伤到动脉；双手手掌都有不同程度的挫伤，手臂手肘也有挫伤或乌青；一张脸倒是奇迹般完好无损，头上是旧伤，结疤了，笑笑忘记不能洗头的医嘱，热水冲上去却也疼得还好——和手臂上的刀伤相比是这样。笑笑转过身从镜子里看背，一大片青，这是被冯老头从铁梯上拽下来摔的，那一下的滋味现在想起来都要龇牙咧嘴。腿上当然也有乌青，之前的旧伤也加重了些，但经过那样的剧烈奔跑之后，现在还能站能走，想来不算大问题。笑笑看着镜中人，想到不久之前，这个人还会为晒斑和痘印苦恼，不禁失笑。不管怎么样，现在自己有了非常清晰的马甲线呢。

一觉醒来天都黑了，笑笑伸手去拿手机，胳膊吱吱嘎嘎地响。她几乎爬不起来，花了很久才能下床，无处不在酸痛，好像身体一歇下来就散架了，各个部位都在要求更多的休息。但更充分的休息，还是等回到上海温暖的家里吧。

去酒店边的小饭馆吃过晚饭，再启程已经是八点半。高速上笑笑卡着一百二的限速开，估计十二点前能到家。越往上海开路况越畅通，同行车辆稀少，对向车道却是反过来的，非常繁忙。车过苏州时，对面车灯不断，连成一条长龙，到了昆山，对面的车流已经变得相当缓慢，而这一侧，稀白车灯不能及的远处一片漆黑，一辆前车的尾灯都看不见。

再往前开，有一段路看不见对向车道，小豆角都忍不住问笑笑，怎么没有车呀，上次去上海有好多好多车的呀。等到再次看见对向车道，那里已经大堵车了。就要进上海了，笑笑想，上海发生什么事了？

又开了一会儿，前方总算见车了，有两辆，打着双闪停在硬路肩。接近的时候，笑笑把车速降低，心想要不要问问情况。随即她发现那两辆车不是停着，而是在倒车，一犹豫就错身而过了。他们是想要倒回上一个高速出口吧，笑笑想，前面就是上海，他们不敢进上海去。

接下来的二三十公里，对面的车道几乎停滞不动。笑笑在江桥收费站出高速，十几个收费口空空荡荡，竟只有这一辆车通过，这样的情景她此生从未见过。刷手机付了费，杆子升起来，收费亭里的人戴了一副口罩，镜片后的两只眼睛注视着笑笑，似颇好奇与不解。笑笑更好奇更不解，忍不住问她。

"说是……"收费员压低了声音，"说好像是 SARS 又来了。"

一时之间，笑笑不知道该对这个消息做出什么样的反应。前一刻她还在奔逃在受伤在流血，经历从未想象过的生死搏斗，这撑满了她整个世界，但在这一刻，一个更大的世界压过来，把之前所有东西覆盖掉，之前的那些好像变得微不足道了。这奇幻荒谬的对比让笑笑失语。

护栏的另一边是密密麻麻的车阵，这边只她一辆车，收费杆还没有降下来，没有人催促她，仿佛她可以地老天荒停留下去。

许久，收费员叹了口气，问："那你还要进来吗？可是，你也没办法退回去呀。"

笑笑呼出一口气，对收费员说谢谢，车窗升起来的时候，收费员喊："快去买口罩啊，药店里都要卖空啦。"

驶离出城主干道后，就见不到密集的车流了。路上还是有车在开，但路况极佳，再繁华的路段都不会堵车，仿佛提前过年了。仪表盘显示还能开十公里，笑笑不敢再找别的加油站，怕又吃一次闭门羹撑不到回家。车进小区时，她准备和保安多说几句好话，她已有一辆911停在地库里，照理停不了两辆车，但保安心不在焉，竟直接放行。十二点了，她想。

地库里的车比平日多，笑笑找了个空位停下，一手拖着行李箱，一手拉着小豆角，走到楼幢入口的时候，她忍不住想，千里归途啊。她对小豆角说，我们到家了。小豆角看着小小的电梯厅，说真新真漂亮。电梯上到十六楼，门锁用指纹开启，"嘀"一声轻响，锁舌松开，推开门一片光，她从不关客厅的灯，一切还是她离开时的样子。

小豆角站在门口不敢进，笑笑把他拉进来，想找拖鞋，却没有这么小的。小豆角光着脚走了两步，说地这么热呀，笑笑说以后你就住这儿了。把小豆角在客房安顿好，笑笑窝在沙发里，一边给手机充电，一边搜索消息。

　　其实晚上爸爸就发了微信说这事，她开车没看见。微博和朋友圈里早就传遍了，只是笑笑这几天完全不看群消息，不刷朋友圈不看微博，漏了。微信里到处都是超市的照片，食品和生活用品的货架上寥寥无几。怪不得那么多人赶着出城，怪不得只有她一辆车进城。冯老头敢不敢进上海呢？笑笑想，他敢的，他什么都不怕，而且他多半和自己一样，不知道疫情突如其来。

　　笑笑又去乐园的网站瞧了一眼，果然早在两天前就公告闭园，这事不过去，想必也不会再开园。反正小豆角在这里住下了，去乐园也不急于一时。但有一件紧要事情，家里到底还有多少食物？笑笑饭局多，空在家里的时候，有时吃外卖，有时让钟点工做几个菜，肉蛋菜米全是钟点工买来报账，有多少存量，她一概不知。她拉开冰箱门看了一圈，又打开厨房里各种极不熟悉的橱柜查看，共计找到五百克包装的高档有机米三包，冻肉冻虾少许，饺子一包，橙子四个，也许还有饼干和零食放在别处。

　　小豆角食量大，这点东西能顶几天？笑笑叹了口气，倒也并不十分担心，她有好几家高级餐厅经理的电话和微信，明天联系一下。餐厅关门了，后厨还存着食材，他们也有进货渠道，只要肯花钱，吃总是能解决的。只不过多半钟点工没法上班了，她得尝试自己下厨。

　　笑笑忽然发现，疫情对国内医药是重大利好，那么世界范围也会影响吧？这会儿大洋彼岸的市场交易已经开始了，她打开账户，看见数字时不禁"嘿"了一声，盈利三十六万余，然后就在她眼皮底下，又跳到了三十七万美元。虽然这点儿盈利得多加个零才对她真正有意义，但终归有了个好的前景。笑笑判断消息还在发酵阶段，当即把杠杆加足，全仓买多。操作完，Alex 的新微信跳了出来。

有事耽搁了，你还需要刀吗？
还有什么要帮忙的吗？
你回上海了吗？
见一面吧。

四条微信，最后一条是刚收到的。从下午到现在笑笑就没理过他，余悸未消，也余怒未消。在高速路上笑笑就想明白了，Alex 这是故技重施，自己又上了他第二次恶当！第一次是她被关在后备厢，Alex 电话里说挖到尸骨了，报警了，她傻乎乎苦等救援，要不是发现了身边的尸骨袋，她根本想不到 Alex 在扯谎。这一次 Alex 摆明了不想扯进杀人案里，听了她的要求，不拒绝也不接受，不报警也不买刀，全程糊弄。真是太自以为是了，笑笑想，凭什么就觉得 Alex 会为了财色，冒犯重罪的风险把自己搭进去呢？但想明白是一回事，对 Alex 她是真恨到牙痒痒，就算有把柄捏在他手上，也先晾他一阵，想必 Alex 心里也有数。

考虑到自己的现实处境，笑笑回了 Alex 这条微信。

你在上海？

Alex 说他在，笑笑说自己缺米缺肉缺菜缺饮料，能支援就见面。Alex 说可以支援。笑笑约了他明天下午两点，不见物资不开门。Alex 说你放心。笑笑是怎么都不会再对 Alex 放心了，但这件事不像买刀送刀，做不到笑笑也没有损失，她本就备了别的路，Alex 是多出来的，备份嘛越多越好，折腾他心里也能舒服点。

笑笑躺在床上，一时之间睡不着。也许是因为下午睡过，也许是因为今天的经历浓度超标了。本以为桃源居的最后一晚是她此生最惊悚的时刻，紧接着前天被塞进后备厢、荒村里挣命、山岭间奔逃，到了今天，她先是和冯老头贴身搏杀，又撞进了一座这样的上海，个人的一朵浪花被汹涌海潮吞没。

笑笑睁开眼睛。她意识到自己在焦虑，这些天可焦虑的点太多了，但此刻多了一个未知的压力源，火星在雾中闪烁，看不清源头。她开始刷朋友圈，刷了一会儿想，倒没见 Alex 发动态。她专门点进去看，Alex 最后一条动态是在桃源居门前的笑嘻嘻自拍，配文猜猜我在哪儿？时间是一月四号。估计他拍完这张照片，就给笑笑打了电话。Alex 也不是每天必发朋友圈，以往的内容大多是秀人脉、秀项目、秀品质生活，这两天他没什么可秀的，不发也正常。然而笑笑心里的火星更焦灼了，她想了想，在微信里搜索有关 Alex 所有的聊天记录。

一月四号之后，Alex 所有的聊天记录都只在和笑笑之间。

这不正常！她和 Alex 有许多共同的微信群，Alex 在群里向来活跃，怎么会两天来在任何群里都一言不发？最近的一条群发言也是在一月四号，比那条朋友圈晚一个多小时，算起来，是她被困在后备厢里求救，而 Alex 以为她在演戏的时候。那之后她终于让 Alex 相信她身处险境，他一个人开车来堵冯老头，结果被冯老头吓垮吓跑。吓跑之后，Alex 再也没有发过朋友圈，再也没有在群里发过言，只有和自己的单独联系。

笑笑翻看几天来和 Alex 的微信对话，毛骨悚然。以一月四号为界，Alex 和她的微信对话有明显的不同。一月四号之前，Alex 一直是用语音，而在那之后，Alex 只用文字。之前笑笑也留意到这个变化，但 Alex 最早和她说话也是文字，直到抓住她的把柄，这才改成了语音。一方面小人得志，另一方面也是他刻意表现上位姿态向她施压。所以笑笑以为 Alex 英雄救美失败，有所收敛。可是现在疑心一起，再看一月四号之后的微信，和更早时相比，有两个巨大的变化。一是最近两天的文字都很简短，二是最近两天 Alex 没有说过一句英文。

笑笑从头顶心麻到尾椎骨，背上一遍又一遍地起鸡皮疙瘩。这两天拿着 Alex 手机和她联络的到底是谁？

她拨打 Alex 的电话，没人接听。

如果是最恶劣的可能，如果是那个直接在她脑子里跳出来的可能，那这一切是怎么发生的？Alex 是怎么死的？他明明逃走了呀！那时笑笑在后备厢里，分明记得冯老头最终没追到他，掉转头又往回开。在那之后，两者还有交会的可能吗？没有！那之后冯老头用不可思议的速度赶到吕梁宾馆，然后连夜奔赴上海，怎么和 Alex 再有交集？等等，在往太原的路上，她借司机的手机给 Alex 发短消息，Alex 回复"好的"，那个时间点手机就拿在冯老头手上了？他怎么做到的？

笑笑反复思量那天的经历，她想起那个不解之疑——冯老头是如何赶到吕梁宾馆的？冯老头开车去找她的手机，返回荒村发现她逃跑，再赶去吕梁宾馆，反复折回三次，无论如何都不可能在那个时间点赶到吕梁宾馆。除非冯老头没去捡她的手机！那他去干什么了？

突然之间一个解答跳了出来，真会是这样吗？笑笑在微博上搜"山西车祸""吕梁车祸"，又多加了关键词"山"和"翻车"，没有。打开抖音搜，有了。

一月四号，一辆宝马轿车在吕梁山区坠下山崖，车主死亡。短视频里是个俯拍的远景，只能看到半山腰的白色侧翻车身，拍摄者说如果不是警察拦着，他很想翻下去拍近景，因为听最早发现的村民说，死者有一只手的大拇指没了，像是被割掉的。

笑笑猜，Alex 的手机是指纹解锁的。

冯老头不是没追上所以不追了，是看见前车坠崖才不追的。他去找笑笑的手机之前，先去了事故现场，也许是想确认 Alex 有没有摔死，拿走手机则是为了不给警察留下可能追踪到自己的线索。在那之后，他才打算去找笑笑的手机，从路线上说，会再次经过通向荒村的小路，那时他一定看见了山中的浓烟。所以，冯老头比预想的更早发现了笑笑逃跑，他没有反复折回，所以才来得及在那个时间点赶到吕梁宾馆。

笑笑猛地跳下床。她让 Alex 明天给她送物资，她把自己的地址告诉了冯老头，真是十足的蠢货！冯老头可不会等到明天，他已经往这里来了！

笑笑飞快穿好衣裤，裘皮大衣不能穿了，从衣帽间拎出一件羽绒冲锋衣，又胡乱抓了堆衣物抱到客厅，把摊在沙发边的行李箱一掀，倒空了塞新的。塞到一半想起来小豆角，冲到客卧把小豆角摇醒，让他快穿衣服，马上就要离开。小豆角迷迷瞪瞪，笑笑抓起衣服帮他穿，套反了袖子，小豆角说姐姐我自己来，又问是不是爷爷找过来了。笑笑不答，冲回客厅装箱。

手里忙乱，各种念头走马灯似的转。一会儿想，为什么要逃，冯老头知道地址也进不来。又想，哪怕进不来，有人知道你在哪里，一直在附近徘徊，这多可怕？千日防贼终有一疏，太被动了。再说也不是真进不来，指纹锁怕断电，强磁也能让电子锁失效，还是得跑。

也真是好笑，她算计 Alex，想让 Alex 去买刀，结果看到消息的人却是冯老头。不知道冯老头看到，是什么表情，看到她进废屋故意跌一跤去摸刀时，又是什么表情，一定觉得非常可笑吧。

再想到，冯老头去花骨朵村这事儿也能厘清了。他在上海扑空，猜测她的去向，向感恩小黄打听，结果她自己微信 Alex，说因为小豆角会去一次苏北，不打自招。这才有感恩小黄给魏姐的两通电话，第一通时他还不确定冯老头会不会来，第二通的时候确定了。这么说，他吃准冯老头知道马儿的下落？他就是为这个死的？

还有个时间没对上，昨天就对 Alex 说要来苏北，冯老头怎么今天才赶来？是因为算出她的行程，吃准了她得要今天才能到花骨朵村？对了，冯老头之前连夜开车赶到上海，恶魔也是人，也得睡觉啊。

行李箱合起来又打开，笑笑去保险箱里取出所有现金——四扎，扔进行李箱，拉起拉链，又复拉开，冲到厨房拿了把尖头厨刀，塞进行李箱夹层，合拢行李箱。还有什么东西要带？算了，就这样，缺什么东西，用钱解决。

笑笑穿上鞋柜里最舒服的运动鞋，把肿胀的脚塞进去颇费力气。临出门选包，不要高调不要奢华，拿了运动时拎的帆布包。出门前先看猫眼，生怕冯老头正好赶到，变成开门揖盗。倒也没有。其实他也没那么容易进小区，保安看到可疑人物不该放进来的，进来也没那么容易上十六楼，进电梯要刷卡的。

在电梯前按下按钮，左侧电梯开始运行，代表楼层的数字从1起跳，跳到3的时候，右侧电梯也动了，两架电梯同时升上来，彼此相差两层。笑笑此时容易往坏处想，冯老头该不会正搭右侧电梯上来吧？不会这么巧，她安慰自己，而且他不该上得来。可是心脏"咚咚咚咚"越跳越快，像是身体先行出现了某种征兆。她想想现在的时间，凌晨一点多，很少有人会在此刻回家。

要先躲回去吗，左边电梯升到八楼时她想。如果不是冯老头的话虚惊一场，是的话就被堵在家里。电梯升到十楼，就这样赌一把吗，她想？她拉着小豆角站到左边电梯正前方，紧贴着电梯门，然后拿出手机，面容解锁，拨打Alex的电话。电梯升到十二楼，下一秒跳到十五楼，没有十三和十四层。"叮"，电梯到达，但门还没有开，右侧电梯升到十五层，电话接通了，"嘟……嘟……"轻微的接通铃声在手机听筒中响起，与此同时，另一组陌生的和弦音从右边电梯门的中缝里挤出来。门开了，开到一半时笑笑就把小豆角推进电梯，然后自己也拽着行李箱闪进去。和弦铃声更响了，"叮"，右边电梯到了。笑笑按B1层，按关门键，手指在上面猛戳，发出"嘚嘚嘚嘚"剁肉般的连续敲击声。和弦铃声大作，那边电梯门打开了，几乎同时，笑笑眼前的门开始关起，关到还剩半尺，缝里一花，有人走到了电梯前。门合上了，没有动，没有下降，铃声就隔着一层轿厢门在对面响，笑笑以为下一刻门就要开了，然而电梯终于开始向下运行。笑笑猛烈地出汗，里衫湿透，所有的汗腺一齐把血泵成虚脱的汗液。突然，她听见冯老头恶魔般的声音响起来。

"闺女。"

"是闺女哇？"

笑笑惊得几乎尖叫，然后发现声音是从手机里发出来的。冯老头竟接了 Alex 的手机。

她一把掐断电话。

电梯轿厢里一片沉寂。B1楼层到了，电梯打开，笑笑拉着小豆角出电梯，往旁边看一眼，另一台电梯还停在十六层没动。冯老头一定在观察她要停在哪一层，笑笑想，应该按个一层掩护一下的。出电梯厅时笑笑又回头望了一眼，那台电梯正在向下运行，他跟来了。

笑笑拖着行李箱跑向她的保时捷911。那辆车停的离楼栋出口有些距离，慌乱中她跑过了头，按遥控开锁，车子在背后叫了两声，她再跑回去，打开前车盖把行李箱和小豆角的背包都扔进去，合上盖，"砰"一声响，吓得她往楼栋出口瞥了一眼，视线被遮挡，什么都看不见。开门上车，小豆角却不敢拉把手，赶紧爬过去从内侧开了门。小豆角上车，压着嗓子对笑笑说，姐姐这车好漂亮啊。笑笑哭笑不得，让他赶紧关门，他关了但没关死，还留一条缝，笑笑正要再关一次，听见一个声音在呼喊。

闺女。闺女啊。

声音从门缝里渗进来，不知道离得有多远。笑笑把车钥匙插进方向盘左侧的插口，但不敢发动，这车发动时的瞬间声浪太大。她低声嘱咐小豆角藏好，小豆角往下出溜，蜷进了座位的腿部空间里，笑笑上半身向副驾倾倒，贴着挡位杆靠在副驾座位上。

冯老头喊了两声，又改口喊小豆角，声音在某个区域巡游了一阵后，开始接近。小豆角听见爷爷喊自己,后脑勺在笑笑鼻子前面动了动。索性发动起来冲出去,笑笑想,要是老头挡路,就撞死他!她又知道不可能,主动撞人,不管撞死撞伤,自己都得搭进去。冯老头不再叫喊,但笑笑听见了轻微的脚步声,冯老头正走在最近的车道上。自己这辆车太显眼了,笑笑想,见鬼的火红色。但她只能等待,什么都做不了。不,万不得已时,还是要发动起来冲一把!

脚步声越来越近,沙,沙,沙,沙,后跟有些拖地,速度不快不慢。这声音和笑笑的心跳声混合,让她错觉冯老头已近在咫尺。脚步声停了,就在离她不太远的地方。笑笑的手捏紧,为什么要把刀放在行李箱里,她想,为什么不放在帆布包里?脚步声再次响起,一步,两步,三步,经过车前了,四步,五步,停了。我穿的是黑衣服,笑笑想,是暗的,他不容易看见。不对,车的内饰是棕黄色的,座椅是亮黄色的,黑色反而容易暴露!

脚步声再起,更重,更急。他在大步远去。他看见什么了?笑笑明白了,是黑色途观,她租来的那辆车。

"闺女。"冯老头又喊了一声。

他一定正站在那辆车前,接下来他会靠上去,贴着车玻璃往里看,再接下来,他会发现车里没人。现在,趁他没挡在出库路线上,冲出去!

笑笑猛地直起腰,脚踩刹车,一把拧动车钥匙,发动机"嗡"一声响,右手把排挡拉到D,松刹车换油门一脚踩下去,同时心里闪电般过了一遍出库路线,右左左右……但什么都没有发生,油门踩下去没有一点声音,发动机复归沉寂。笑笑重拧车钥匙,"嗡",声音颤抖而孱弱,仪表盘上一个红色标志闪动。是电瓶没电了,她有一个多月没开这辆车,竟然就亏电了。笑笑再拧了两次,期待中的澎湃声浪始终不至,远处传来冯老头的哈哈笑声,他听见了这未遂的发动声,他找到笑笑了!

电影中车辆终会在最后一刻发动,但笑笑不敢在现实里赌,对小豆角喊一声"下车跟我跑",拔了钥匙开门就跑,连车门都来不及关,行李更是没时间拿。跑了几步回头看,小豆角刚下车,笑笑稍候一步,余光里已经能瞥见冯老头,不敢多看,拉上小豆角的手就逃。小豆角喊姐姐别拉我,我自己跑更快。身后冯老头一声暴吼:"小豆角你敢跑!"小豆角头一缩,跑得更快了。

笑笑跑到自己的楼栋入口前,刷开门冲进去,门徐徐关闭,冯老头只在几步之外。笑笑喊一声"小豆角按电梯",一把把门拽回来。冯老头扑到门前,张开双手一推,门"轰"地一震,又抓住把手往里一拉,门"咔"地一抖,终究没有开。笑笑往后退了半步,盯着近在咫尺的冯老头,他手按玻璃,脸孔慢慢贴近,口中"嘀"地喷出一口气,玻璃上起了白雾。

"电梯到了。"小豆角在后面喊。

"你先上去,一楼等我。"

"你敢!"冯老头吼。

笑笑看着小豆角进电梯,刚转回头,见冯老头竖起眉毛,眼珠子弹出来,腮帮子鼓膨,筋骨虬张的手钳住钢把手,再次猛推猛拉,像一只笼中凶兽,门被拽得哗啦啦直响。笑笑说没用的,这门是防弹玻璃,拿铁锤砸都砸不碎,你停一停,我们说两句话。其实她在瞎扯,心里慌得很,生怕这门多拉上几把就会碎一地,只是面上一点不露。冯老头停了手。

"你干什么盯着我不放?"

"你不知道?"

"因为小豆角?还是因为你杀的人?"

"当然因为俺娃。你拐俺娃做甚?"

"我没拐他。我是要……算了,就算是我拐了他。但是冯叔,我是在帮你,也是在帮小豆角。"

冯老头冷笑。

"冯叔,我没在跟开你玩笑。你不知道你自己现在什么情况吗?你车里那个不算，Alex 也不算，就说感恩小黄，你血都擦干净了？尸体埋好了？车处理没有？你都处理好了也没用，他在村里有父母亲戚朋友，家里迟早要报警，满村的摄像头，车上还有行车记录仪，魏姐又见过你，警察一定知道是你，这回你跑不了。你要逃了，冯叔，你要逃了，你没有多少时间了。你最好跑国外去，找个蛇头，钱不是问题，我来出。但小豆角不能跟着你天涯海角逃，我认这孩子当干弟弟，他以后我来负责，让他在上海长大，在上海读小学读中学，以后我还供他出国读大学，去欧洲去美国，这不比他在村里长大好？"

"鬼扯！俺娃得跟俺。"

"冯叔，你怎么不明白呢？再说你是爷爷，你不得问问孩子爸什么意见？这孩子现在要是跟着你，没几天他就得眼睁睁看着自己爷爷被警察抓走，这对孩子真的不好。冯叔，你现在最该想的是要怎么逃。"

"警察抓不了俺，倒是你，是你想让警察把俺抓了吧？"冯老头盯着笑笑，忽然怪笑起来，说，"俺要是真被警察抓了，俺就把你那些破事都抖出来。俺枪毙，闺女你骗那么多钱，够不够无期的？"

"不是冯叔，"笑笑急了，"怎么就警察抓不了你了？现场指纹你擦过没有啊，还可能有 DNA，他最后一通电话是打给你的对不对，警察都不需要找到他的手机，直接就能查到，太多线索了，更别说还有摄像头。我不可能去告诉警察，但这事真还用不着我和警察说。"

冯老头摇头："俺杀过人！俺还不止杀过一个咧！没见哪个警察寻上俺。俺知道咋对付警察。你不报警，警察抓不了俺，警察抓了俺，那准是你报的警，你也跑不了。"

"时代不一样，科技不一样了啊，冯叔你知不知道什么是天眼系统啊，你知不知道什么是 DNA 啊，你知不知道什么是联网大数据啊！"

冯老头只是摇头，说："俺不管那些。俺只拿准一个，要么俺两个都在外面，要么俺两个一起进去。"

冯老头的固执让笑笑沉默了。和恶魔讲不通道理。

冯老头隔着玻璃，饶有兴致地瞧着笑笑。他知道自己把她拿住了。

"你把孩子还俺，俺掉头就走，咋样？"

笑笑盯着冯老头看，看见他眼白里的血红色，看见他褶进皱纹里不见光的皮，脸一点点垮下来。

她低声说："咱们两个都在外面。但是都在外面，你想要杀了我，对不对冯叔？你不会放过我的。"

冯老头扬起一边眉毛，然后另一条眉毛也挑起来，眨眨眼睛，像要忍住什么，嘴慢慢向一边斜起，伸出舌头蘸一蘸嘴唇，五官蠕动出一个魔鬼的微笑。

"这不是闺女你想动刀子的么？你带着刀子没有了？你把门打开，俺给你杀，杀了俺你可得要埋好，指纹啊那啥啥 A 的都擦掉，哦，还有监控咧，嘿，嘿嘿嘿嘿，那咋办咧？"

笑笑扭头就走，按开电梯，走进轿厢，门关起。她深呼吸，明白自己被关进了斗兽笼子，只能活着出来一个。规则并不公平，如果冯老头被警察抓住，她一样是输家。她竟然还得和警察赶时间，哪怕是赶时间去死。

电梯到一楼，小豆角守在门口。笑笑拉着他快步走出大堂。中岛居然还坐着中年管家，对笑笑说刚才有个老头找，话才说半句笑笑就出去了。

车库出口在小区远端，笑笑和小豆角一路跑出小区，那辆灰色长安就停在路边，屁股冲她。她多望了一眼，跑过马路，穿过对面购物中心和办公楼之间的空地，没入上海的无边夜色。

2 ....

江水的两岸依然亮着灯光，江东那些大厦的镜面上甚至还有霓虹，电视塔也在变换着色彩，仿佛宴至中途，所有人齐刷刷鞠躬说"去去就回"，留下菜肴在圆盘上空转。

这是小豆角第二次来外滩。街道如旧，灯光如旧，江水如旧，却是两个世界。

真像走在梦里面呀，小豆角对笑笑说。

要真是一场梦，他已经在梦里走了好几天。天光总在不经意间变换，白昼和黑夜的分界变得模糊，时间的流逝忽快忽慢，如果身边带着药，他想自己应该吃一颗。然而他觉得这场梦正通向三年前，浩荡的江上拂来旧日的风，心底的黑一点一滴晕开，走过的街巷合拢成一条时光隧道，他相信马儿就等在隧道的另一端。所以在地库里他闷头奔跑，假装没听见假装没看见。他本不是忤逆的孩子，但只有留在这里，才可能找回姐姐。他不要回去。还有一层小豆角不敢深想，花骨朵村停车场上追来的那道身影，地下车库里追来的那道身影，既熟悉，又陌生，又熟悉。最后的那一份熟悉，是从心底黑洞里爬出来的。所以，他竟有些不敢回去了。

这一天白日沉沉，街灯亮得很早。下午小豆角跟着姐姐逛了山阴路，姐姐说从前鲁迅就住这里，小豆角问鲁迅是谁，姐姐说是个一百年前讲故事的人，小豆角问都讲了什么故事，姐姐让他认了字自己看，说那会儿有不少像鲁迅一样的人，想用讲故事来创造新世界。又逛了四川路，姐姐说这条路几十年前曾经和南京路一样繁华，说完笑了，说现在也和南京路一样繁华。

他们通过一座镂空的铁桥进入外滩，笑笑指给小豆角看南京东路，说你上次就是从这条路上来的。小豆角站在外滩的堤岸上努力眺望那条空空的路，风中淡淡的江腥味忽然有了奇妙的变化，南京东路每一家紧闭的店门都打开一条缝，各种食物的味道丝丝缕缕飘出来，拧成一股钻进小豆角的肚子。笑笑把小豆角抱起来看黄浦江，江水荡漾，一座摩天轮从波光倒影中升起来，小豆角看着幻象，觉得似曾相识，觉得身处其中。小豆角问笑笑，乐园里是不是有一座摩天轮，笑笑说大概有，小豆角问乐园离得还远吗，能去吗，笑笑没马上回答，却把小豆角放下来，独自凝望江面。小豆角说，我想看看黑着的没什么人的乐园，我觉得那儿发生过对我很重要很重要的事情，有关姐姐的事情。笑笑低头看他，忽然笑了笑说，走，我们去乐园吧。

小豆角和姐姐手拉着手，离开外滩，沿着一条不那么宽的路往前走。姐姐照例给他介绍，说现在走的这条是广东路，正常时节会开着许多本地人爱光顾的小吃店，还有前面的一条云南路上也有好吃的。小豆角很久没吃上热饭了，问都有什么好吃的，笑笑答得绘声绘色，从生煎包说起，说上海的生煎包都分哪几种，会有肉汤飙出来和汁收进肉馅里的，皮松的和皮薄的，至于底是一律要煎到焦脆的，小豆角口水直流。说完生煎包又说葱油饼，猪油最要紧，烤一会儿就要捞出来刷一层猪油，再送进去烤，等到整张饼烤到酥脆，包层油纸趁着烫就得吃，饼在牙底下咔啦啦崩碎，满口都是葱香油香，别提多美。小豆角听得心满意足，又犹有不甘，说姐姐你再说点好吃的，我听你说，能闻见香，能吃着半口。笑笑说我再给你说一碗黄鱼面，还没起头，前面开来一辆警车，笑笑一步跨到路中间，张开手把车拦下来。

笑笑说自己是区里的，负责把这个孩子接到川沙人民医院，转运车坏了，调不出别的车，想请警察帮忙送一下。小豆角站在旁边使劲展露笑脸。警察吓了一跳，说这孩子是发烧了？笑笑说没有没有，这孩子的父母前几天被隔离了，孩子一个人在家，想把孩子接了一起隔离，孩子没问题，别担心。警察松了口气，又有些疑惑，问你负责接孩子，那你到底是区里什么部门的？小豆角心里慌得很，但笑笑一点儿都不虚，反而提高调门开始抱怨，说对呀，这事情根本就不该我们管，我做流调三天三夜没合眼，真是上上下下乱成一团！警察反倒安慰，还有孩子在呢，不说这些，这几天谁不辛苦？就当为人民服务了！我们本来也不管送人去川沙啊，上来吧。

警车在延安路隧道入口被拦下来，那儿另有一辆警车看守。开车的警察下去说了很久，然后喊同志你来一下。笑笑下车时门没关死，手又轻轻勾一勾，小豆角赶紧下车追上去。

看隧道的警官似乎职级更高，又问了一遍缘由，笑笑原话再说一遍。他说这不应该，现在浦东的事归浦东，浦西的事归浦西，黄浦的人为什么要拉到川沙去隔离？应该隔离在浦西才对。笑笑说现在这是要送孩子和爸妈团聚。警官说你有过江证明吗？笑笑说原来车上有通行证，可这不是车坏了吗，这才求助你们警察同志的。警官说要是人命关天的事情，我担了责任放你过去，他说到这里看看小豆角，小豆角又努力冲他笑。他摇摇头，说这孩子精神不错，你也不要为难我了，必要的程序走一下，你让上面联系我们分局，有个备案大家好交代。笑笑叹一口气，说好吧。

笑笑开始打电话，同时往远处走了几步，然后声音变得大起来，似在与电话那头争吵。

"怎么能这样呢，这事情不是王秋霞批的吗？现在这么搞小孩子去哪里？喂喂听得见吗？你让王秋霞和我说，这不是玩人吗？喂？"笑笑看看手机，似乎信号不佳断线，又走到更远处重新拨过去。

"现在能听见吗，我和你说小孩子出来了再回去，小区都不见得让进了，我还要找街道找居委，怎么川沙就不接了，孩子跟父母不挺好的？"

笑笑转讲上海话，机关枪一样越讲越快，忽然大哭起来，仿佛情绪崩溃。小豆角吓了一跳，警察也吓了一跳，笑笑冲警察摆摆手，转到旁边警察看不见的小路上，一边哭一边继续大声讲电话。

"这不是白相我吗？做事体哪能噶拆烂污？嗯，嗯，好我听侬讲我听侬讲。"

笑笑早把手机揣好，低声对小豆角说一声"跑"，一起发足狂奔，在前面路口转弯，扯掉口罩继续逃，下个路口再转，连着跑过好几个街区，感觉不会被警察追到了才停下来,两个人倚着电线杆子大喘气。

"哎呀,还是没骗到。"笑笑对小豆角说。

"好惊险呀。"小豆角说。

"还好跑掉了。"

"姐姐真厉害。"

"哪有。"

两个人沿街慢慢往前走。

路面慢慢亮了起来,小豆角抬起头,月亮正从云层间露出脸来。

忽然之间,一个女声在这一片清亮的光里出现了。声音攀着月光,缥缥缈缈从天上降落下来,降落到这条空空荡荡的街道上。

> 月亮在白莲花般的云朵里穿行,晚风吹来一阵阵快乐的歌声
> 我们坐在高高的谷堆旁边,听妈妈讲那过去的事情
> 我们坐在高高的谷堆旁边,听妈妈讲那过去的事情

声音是从左边沿街居民楼的高层传来的,她唱了这几句,没有继续,停了一会儿,又返回去从头再唱。

> 月亮在白莲花般的云朵里穿行,晚风吹来一阵阵快乐的歌声
> 我们坐在高高的谷堆旁边,听妈妈讲那过去的事情
> 我们坐在高高的谷堆旁边,听妈妈讲那过去的事情

这真是有魔力的歌声呀,小豆角仰起脸,听着听着,觉得自己要在歌声中飘浮起来了。

这几句唱完,在对面,不,仿佛是在峡谷的对岸,另一个声音起来

了。那是一个更高更嘹亮的女声,有点儿上年纪,可是两句之后,苍老的外壳逐渐褪去,仿佛时光倒流,声音变得越来越年轻。

  一条大河波浪宽,风吹稻花香两岸
  我家就在岸上住,听惯了艄公的号子,看惯了船上的白帆
  这是美丽的祖国,是我生长的地方,在这片辽阔的土地上,到处都有明媚的风光

  街道变成了大河,两边的楼是高高的岸,哗啦啦,哗啦啦,哗啦啦……
  歌声中,一盏接一盏的灯亮起来了,一扇接一扇的窗户推开了。一曲唱罢,没有掌声,空空荡荡的街道又归静寂。但那些灯都没有熄灭,那些窗都没有关起,夜色的空旷中许多个心跳声在等待。
  又一曲起,这次不是歌声,是口哨声,如雀鸟婉转轻啼,入人心中。这是小豆角熟悉的歌,曲刚入耳,心里就浮出歌词,好像有个小小人儿站在心头和唱。

  让我们荡起双桨
  小船儿推开波浪
  海面倒映着美丽的白塔
  四周环绕着绿树红墙
  小船儿轻轻飘荡在水中
  迎面吹来了凉爽的风

  余音袅袅,月光消隐,长街重归街灯之下,一切似乎到此结束。足够了,这堪称一场奇遇,孤灯夜巷流浪,竟遇见一场乘着月光而来的音

乐会。街上只有两名听众，但这歌并非是唱给他们听的，甚至也不是唱给楼里的彼此听的，它的聆听者是一条条街道，是一栋栋楼宇，是一整座城市。

一个粗粝的沙哑的男声在后方的天空里响起来，他唱出一首完整的歌谣。风在歌声中吹荡起来，街又亮起来了，月光铺洒所有昏暗的角落，甚至那些漆黑之物都蒙上了银色。

> 船儿弯弯入海港　回头望望沧海茫茫
> 东方之珠拥抱着我
> 让我温暖你那苍凉的胸膛
> 月儿弯弯的海港　夜色深深灯火闪亮
> 东方之珠整夜未眠
> 守着沧海桑田变幻的诺言
> 让海风吹拂了五千年
> 每一滴泪珠仿佛都说出你的尊严
> 让海潮伴我来保佑你
> 请别忘记我永远不变黄色的脸

小豆角有一点想哭，可他不知道为什么。他望向姐姐，却见她微微仰起的脸上早已淌满泪水。

最后一首歌是从邻近的窗户里传来的。屋子关着灯，月色照进半间屋，在光暗边界，小豆角隐约看见歌者坐在床沿的模糊身影。那是一个极苍老的嗓音，中气也不足，唱到高音时是无声的。但小豆角又觉得不是无声，是声音唱入了过去的时光里，唱入了逝去的历史里。他甚至也不是在歌唱，而是在述说。

这是大地对月光的回应。

不要问我从哪里来

我的故乡在远方

为什么流浪

流浪远方　流浪

为了天空飞翔的小鸟

为了山间轻流的小溪

为了宽阔的草原

流浪远方　流浪

还有　还有

为了梦中的橄榄树　橄榄树

不要问我从哪里来

我的故乡在远方

3

笑笑曾经去过云南知子罗 —— 一座县城整体搬迁后留下的空壳，遗忘之城。上海呢，所有的人都还在，他们只是不怎么出门。笑笑走在空旷的街道上，有一种被注视的感觉，每一扇窗后都仿佛有眼睛在看她，又或者是这座城市在看着她。逃出小区时，笑笑没想过会流落街头，她以为钱可以解决一切问题，直到她发现自己发烧了。非常时期，没有酒店收她，再多钱也不行。笑笑也不敢去医院就诊，怕被隔离。她照着 SARS 估算这波疫情，觉得顶天两三周一切就会恢复正常。冯老头在江苏杀人，现在江苏警方不会来上海，上海警方腾不出手，有一个真空期。万一她被隔离一个月，出来上海复苏了，冯老头被抓了，把她的事情一顿乱咬，那要怎么办？

笑笑对街头生活适应得飞快：从骑手处订购物资，寻找干净厕所，寻找过夜处并倒头就睡，几天不洗澡，编各种理由应付巡警。每天在电话亭里醒来时，笑笑都有一种强烈的魔幻感，此时的上海才是真正的魔都呀。

笑笑其实已经没那么怕了。冯老头咬出她又如何，警察未必会相信这么个老头子，没有受害人申告，真会立案调查吗？一切都有变数。当然，有选择的话她不想走到这一步，因为她也没那么怕冯老头了。她想通一件事，现在是冯老头要来杀她，反击属于正当防卫——如果她能做到反击的话。

笑笑认真琢磨过反击的事。正面冲突她是吃亏的，冯老头力气大得不像老人，怎么让自己别太劣势呢？要是在平日，可以找人对冯老头下黑手，可现在人脉和金钱的作用降到了最低。或者说，这才是真正考验人脉和金钱的时候，笑笑远不在金字塔尖上。她试着和一个快递员聊过，还没交底就放弃了，快递员挣着远高于从前的钱，谁会傻到放着手上的快钱不挣，接莫名其妙的脏活呢？

唯一能帮到她的大概是冯老头的伤。车库里隔着玻璃门对峙，笑笑注意到了冯老头按住玻璃的左手——颜色发暗，掌沿肿胀。那是之前搏斗时被锈刀扎破的伤口，正在发炎。笑笑祈祷冯老头能得破伤风，或者其他厉害的病，只要不去医院，拖得越久症状就越严重。冯老头不会去医院的吧，他正满大街找自己吧，笑笑想。如果能在某个恰当的时候——手伤很严重但还没到非得进医院的时候，和冯老头狭路相逢，大概可以抹平体力上的差距。至于在哪里狭路相逢，笑笑心里有点谱，无非那几个地方。

在街上游荡了几天之后，笑笑拿高价买的水银体温计一量，三十八度五，烧非但没退，还更高了。趁着上公共厕所时小豆角不在身边，她拔下鞋子看自己的左脚——好几天没脱鞋，脚肿得像个紫红色的馒头，不痛，用指甲使劲扎都不痛。她打过破伤风针，那现在是什么问题？她用手机查，败血症？脓毒血症？坏疽？想想有点好笑，冯老头会是什么病她都没认真上网查。但又实在笑不出来。

真是公平，笑笑想，现在又和冯老头一条起跑线了。那个两难问题，那个问过自己好多次的问题再度支到鼻子前。是躲进医院等警察抓到冯老头，还是尝试反击？都没把握全身而退。

黄浦江畔，她作出了决定。

冯老头知道小豆角想去乐园，也知道笑笑承诺带小豆角去乐园，哪怕乐园关着，他会不会守在门口？也许会，也许不会，这本就是笑笑猜测的几个地点之一。笑笑决定去乐园，冯老头在，做个了结，冯老头不在，那么从寂静的乐园出来以后，就去医院吧。

笑笑紧接着又作出了另一个决定。因为疫情对医药板块的影响，她融资账户的盈利已经高达一百五十万美金，对医药的坚定看多得到了回报。黄浦江畔，她选择获利了结，转而融券卖空，杠杆比例放到最大。与大多数分析不同，笑笑觉得疫情不会延续太久，极可能在一个月内结束，届时过热的医药板块必然下跌。如果她是对的，债务问题将彻底解决，如果她是错的，那就爆仓。

笑笑决心和过去脱离。人生一浪来一浪去，她从未自行抉择过，而现在，她不再把一切托于命运，她相信自己的判断，要给自己一个未来。

如此决然之后，笑笑一头撞在了意料外的挫折上——渡江竟如此困难！要是她都没办法过江的话，冯老头也到不了乐园吧？

他们依江北走，看见杨树浦电厂高高的烟囱时，一条柯基在街道上出现了，跳跃着来到近前，欢愉地摇着肥臀转圈。

等笑笑转过一圈心事，小豆角把柯基领过来，俨然已极亲密。小豆角说小白坐下，柯基乖乖坐下；小豆角说小白站，柯基前爪离地站起来；小豆角说小白叫，柯基汪汪汪。小豆角说，姐姐姐姐，你看它真能听懂我说话耶。笑笑说为什么叫它小白呀，小豆角说你看它脖子白爪子白多可爱。笑笑想，训练得这么好，不知道它的主人在哪里。

小豆角又和柯基讲悄悄话，讲了一会儿，柯基向前方跑去，不多远又折返，衔一衔小豆角的裤管，再往前跑。

"它在让你跟上去呢。"笑笑说，"你和它说什么了？"

"我说我想去乐园。姐姐我们快跟上去，它能带我们去乐园呢。"

若说一条狗真能听懂人话，真能领着他们去乐园，自然荒诞。但跟着小狗走一走，又有什么关系呢，笑笑想。

有一度，笑笑以为小狗会跑进杨浦发电场庞大遗迹的荒芜中去，但并没有，它沿着柏油马路笔直向前，仿佛真有一个确定的目的地。夕阳下，江岸边，长街上，一高一矮两道身影紧随着一个毛茸茸的扭动的翘屁股，一路小跑。

笑笑慢慢落在了小豆角后面。昨晚一通猛跑之后，左脚的伤好像又有进展，走起来越发虚了，皮肉骨都像变成了棉花，时不时还会在深处"咚"地痛一下子。

"咚"。笑笑打了个趔趄，差点蹲下来，她蹙紧眉眼等劲儿过去，再睁开眼睛时，小豆角已经不在面前的直道上了。

"小豆角！"笑笑一边喊一边赶。

小豆角从前面十字路的右转道口出现，朝她招手。

"姐姐快来，小白过桥啦。"

过桥，过什么桥？笑笑一时恍惚，他们一直沿着杨树浦路走，右边是浦东方向，是黄浦江啊，先前经过了杨浦大桥，现在这里是什么桥？这条柯基还真要领他们去浦东去乐园？

转过路口，前方果然出现了一座桥，规模不大，无法与杨浦南浦之类的过江大桥相比。小豆角在桥头等她，柯基已经消失在暮色中。

黄浦江上不可能有一座这么小的桥，但这又的确是黄浦江的方向。

桥对面一片昏然，像是夕阳已经在那头先一步落下去，夜雾又先这头一步升起来。是不是在做梦？笑笑想，她看见了一座不存于现实中的桥吗？桥通向何处？

笑笑走到桥头，拉起小豆角的手，这时她看见那条柯基了，就停在桥中心。小豆角催促她快快过桥，昨夜的歌声隐约又开始回响，笑笑走上桥去，一脚松一脚紧。

往对岸走的时候，夕阳从掩映的云层后徐徐现身，桥下的河水泛起金光，这一切发生在行进中，仿佛世界是他们走亮的。笑笑看见对岸的树和房子，明白自己并非走入一个梦境，然而梦幻感反而更强烈了。她想到这是哪里了，这是复兴岛啊，杨浦区的远端，一个被大多数上海人遗忘的黄浦江上的小岛。她刷到过岛上的探险视频，造船厂搬迁后，这里似乎已经没有人居住了。

柯基跑向桥尾，那儿早有七八条犬懒散地卧着，黄白黑花各色，品种不一体形不一。柯基跑入其中时，所有狗儿一同起身，散入岛内，如浪花落回大海，转眼就不见了。这一切发生得无声无息，没有狗儿叫一声，倒是小豆角追着喊了几声"小白"，这个短暂的名字显然未被认可，柯基再未现身。

"看起来它真能听懂你说话。"笑笑对小豆角说，"它领我们来了它的乐园呀。"

岛上只一条路，光秃秃行道树虬张的枝干空隙中，露出远处高耸的龙门塔吊，那是船厂的遗迹。厂区在临江的路东，路西原是生活区，笑笑和小豆角才走了一小段，就经过了许多扇破旧的门面。岛上与别处不同，小区口没有值守的保安，居民楼窗户是暗的，路灯相隔很远，两盏里倒有一盏不亮。

笑笑和小豆角继续往复兴岛深处走，寻找今晚的落脚地。小豆角忽然"呀"了一声，笑笑问怎么了，小豆角说又有人在唱歌。笑笑耳朵不如小豆角尖，仔细分辨，似有乐声。再往前十几步，乐声真切了，不是歌声是琴声，不从左边的生活区来，却从右边理应荒弃的厂区来。这倒像个鬼故事了，但现在太阳还没完全落山，而且琴声并不幽怨，反倒相当昂扬。不远处就有一个厂区入口，拦车的杆子是放下来的，却拦不住人。笑笑和小豆角从杆子下钻进去，想去寻一场奇遇。

水泥地面裂纹纵横，标语铁牌锈迹斑驳，厂房外墙上满是爬山虎根茎，想来到了夏天，整片建筑都要被绿色埋葬。江风浩荡穿行，琴声乘风翻飞，一浪高，一浪低。

两人穿过厂房，铁红色的龙门吊依江而设，像守望的巨人。另有一具吊车有四足支撑，光那四足就比旁边的两层厂房高出一大截。巨足漆成绿色，绿色前一道灰色人影，和他们一样没戴口罩，头顶鸭舌帽身着长风衣，正面朝黄浦江忘情演奏。

笑笑和小豆角走近，那位演奏者犹自不觉，执琴弓的手急速颤动，身躯随之俯仰。一曲奏罢，他摘下帽子，露出一头银发，向着江水一欠身，然后他转回身来，仿佛要再向背后的观众谢幕，却瞧见真有两个观众，不禁一怔。小豆角噼里啪啦鼓着掌，他笑起来，便向小豆角和笑笑鞠了一躬，风度翩翩。他风衣里穿的是西装，还打了领带，在上海的冬天里可算单薄，下装是西裤皮鞋，脸也刮得很干净，像是站在一个正式的舞台上演出。

老人戴回鸭舌帽，重新夹起小提琴开始演奏，他面向笑笑和小豆角，这一曲似是为他们而奏。弦音刚起，笑笑就觉得忧伤，琴声入耳，直直往下沉，沉进心里面，沉进土地里面。这其实不是忧伤，而是悲怆，这悲不为击倒听众，不为让听众大放悲声，反而让听见的人站得更稳，更结实。一曲奏罢，小豆角童言无忌，说好难过呀。老人反倒满脸歉意，对他们说不好意思。

"本来没想着拉这个曲子，不知怎么回事，弓就自己动起来了，这是自己跑出来的曲子啊。没想到今天有了听众，现在听众难觅呀。"

笑笑说："您小提琴拉得这么好，怎么会听众难觅？您往外滩人民广场或者静安寺一站，在那儿演奏，保准有人拍了视频传到网上去，肯定大火。"

老人听了舒心，哈哈大笑，说那倒是的，要不是这个病毒，我还要上新春音乐会呢，现在看来是悬了。笑笑说原来您是专业的演奏家。老人说退了休，在大众乐团里发挥发挥余热。笑笑说可是您怎么会来这里演奏呀？老人说我就住这儿呀，大半辈子都在这座岛上，年轻时候在船厂工作，到老了住的还是船厂分配的房子。笑笑吃了一惊，说我以为岛上没人住呢。老人叹了口气，说是没剩下几个人了，大家都在往外搬，你们现在是想不到当年的热闹啦，那会儿这可是个几万人的大厂啊。

说起当年，老人举起琴弓四下指点，兴致一起，说得手舞足蹈，一会儿像个指挥家，一会儿又像是此起彼伏的诸多音部。他说到当年厂里的新春音乐会，他总是离观众最近的演奏位，又说到夏天的露天纳凉晚会，地点放在江边，布告一放，住在岛上的都来参加，都来看他独奏，那叫一个热闹，那叫一个得劲儿。

"所以现在我常常就会来这里，你别说，一个人拉琴，但总觉得好像还有人听，好像还有人吹口哨，还有人叫好，还那么热闹，还……"

老人停住不再往下说。他望一望江，望一望塔吊，一声唏嘘。

"我这是拉给过去听啊，纪念一下那些往事。"

老人问起笑笑和小豆角怎么会跑到岛上来，笑笑说沿着江一直走，就到了这里。老人问为什么非要过江去呢，笑笑说想过江去乐园呀，哪怕关着，老人问为什么关着也非得去乐园呢，笑笑不知该怎么解释，只能说，就是忽然间想去了，忽然间觉得非去不可。笑笑说了这话，看看小豆角，问他是不是非去不可？小豆角重重点头，说非去不可。笑笑说，我们这会儿去乐园,就像您这会儿在江边拉小提琴一样,那股劲儿自己知道,可别人不一定懂。老人点头,说这话有道理,这世上好多事情,凭的就是一股只有自己懂,或者自己也半懂不懂的劲儿。得有这股劲儿,我支持你们。

他蹲下来把琴收进琴包,动作慢条斯理,站起来的时候笑笑扶了他一把,他对笑笑道谢,把琴包背上,却杵在原地没动。

老人看着黄浦江,好一会儿,忽然说:"我有法子过江。"

说完他自己倒笑起来了,夕阳照在他脸上,眉毛眼睛都在跳跃。他被自己这一句话说得神采飞扬了,就像琴声行入华美篇章。

他拿出手机打电话,说某某某你那个船是不是还扔在老地方,我要用一用,钥匙你藏哪里了?挂完电话他消失了二十分钟,再出现的时候推着个小车,车上载两个包。笑笑说这是船吗?老人说对啊,你还想要什么船,能过江就行。笑笑说充气船能过江?老人说啥船不能过江,充气船都能漂流长江了,过一下黄浦江算什么,要是我再年轻点儿,都不用船,举着琴盒就游过去了。笑笑吃了一惊,说您也要过江?老人说对,我也过江,我也去乐园。笑笑蒙了,说为什么呀,您也忽然来劲儿了吗?老人说对,就许你们年轻人有劲儿?我老头子也有劲儿。

"其实我早想去乐园里拉琴了,问过,手续挺麻烦。为什么想去呢,你们看我在这里拉琴,拉的人都七十岁了,听我拉的人呢……"

老人这里张张,那里望望,都是空处,都是斑驳。

"属于这里的时间啊,过去了。这里不光是我的过去,也是这座城市的过去。所以我刚才说了,我在这里拉琴是拉给过去听,是重温旧梦。但乐园啊,乐园里面全都是梦,那可不是旧梦,那是未来的梦,做梦的人都还有好长的一辈子要过呢。一切皆有可能,他们做的是那样的梦啊。我对着过去拉了那么多遍琴,我也想要对着未来拉一次琴。乐园关着没关系,我相信音乐,生老病死,苦痛伤悲,歌一直都在。我在这里拉琴,琴声留在过去，我在乐园里拉琴，琴声留在未来。"

笑笑点点头，她接到了那股劲。

老人引路，笑笑把车推到一处临江平台，有台阶延伸到江面。两个包一个装着瘪橡皮艇，另一个装着打气筒、桨和救生衣。橡皮艇充气后膨胀到两米多长，一米多宽，老人趴在艇身上，贴着耳朵一寸一寸听，也让笑笑和小豆角一起听，确保没有漏气点。救生衣只有两件，老人让笑笑和小豆角穿，自己往地上一坐，看夕阳化入金波。

笑笑拿出饼干分食，她从没有像现在这样观察过夜晚的到来，她发现白天和黑暗的分界是被一步跨越的，并没有临界状态。某一刻，江上仅余的薄薄金色瞬间消散，突兀地现出底下的黄褐色浊流。

"行了。"老人说。

橡皮艇被从台阶上一级一级推下去，慢慢进入水中。老人拉着绳子，让笑笑先上船，然后是小豆角。

"对了，还不知道您怎么称呼呢。"老人跳上船的时候，笑笑问。

"叫我老陈就好。"

老陈坐在船头划左桨，笑笑坐在船尾划右桨，小豆角夹中间。老陈拿桨往堤岸上一撑，小船摇晃着荡向江心。

上海这几天不算冷，但上了冬天的黄浦江，寒气从风里来，从薄薄的橡皮艇底板下面来，从桨与浪飞击交溅的腥珠子里来，三面夹攻。小豆角抱紧大出几号的救生衣挡风御寒，笑笑奋力划桨，想着活动开了没那么冷，却没想力气使得太大，桨使得太急，船头掉转了一百八十度。

笑笑心里着慌。这毕竟不是公园里游湖，翻船了也出不了大事，黄浦江在岸上看不过如此，真下到江里，两岸昏沉水雾茫茫，眼里能看见对面灯火，心里仍不禁生出无边无涯的错觉。笑笑把甫生出来的怕与悔掐掉，对老陈道了声歉，说自己不太会划，力气使猛了。老陈安慰她，让她听着口令下桨，"一二一二一二一二……"

船到江心时已经转了七八个圈，或从左到右转，或从右到左转。如果转着圈能到对岸也好，但到江心后，说来奇怪，再怎么喊号子使力气，一会儿进三退二，一会儿进二退三。笑笑已经是满头大汗，她忽然明白过来，这船不是她和老陈划到江心的，是被水流卷到江心的。她忍不住开口问老陈。

"老陈，你到底会不会划船？"

老陈闷头划了好几桨，才出声回答："公园划过，我想划船嘛不就那么回事，这江也不宽。"

"你不是船厂的吗，你不是还能游过江吗？"

"造船和划船还是有点不一样，不过划船总比造船简单。别急，我们这不是划得越来越好了吗？"

"后面，后面。"小豆角喊。

后面一艘黑沉沉的江轮驶来，船头高出江面两三层楼，相比小艇堪称庞然巨物。笑笑和老陈奋力一顿猛划，压根儿顾不上喊号子讲节奏，桨能抡多快抡多快，最终与江轮擦身而过。小艇被抬到浪尖又卷落下去，跌宕之间几近翻转，三人一齐惊叫，下一刻重心回摆，小艇再次骑上浪峰，起伏逐级减少，总算是没了倾覆之忧。笑笑这才有余暇抬眼，惊喜地发现已经渡江三分之二，对岸在望。只是对岸的高楼去了哪里？然后明白过来，这船竟又是划了回去，离浦东更远了。能划回浦西，自然也能划去浦东，老陈和笑笑以此互相安慰，不过刚狠狠出了一把力气，手都是软的，得歇过力来再说。

小船儿轻轻漂荡在水中。一轮明月升起，江上波光粼粼，船乘月色而行。两岸风貌缓缓移转，渐渐地，不光江水，连岸上都明亮了起来。浦东的东方明珠电视塔和摩天高楼，浦西的海关钟楼和古典建筑群，他们从杨浦复兴岛浮江而行，又回到了外滩，回到了昨晚曾经来过的地方。昨晚他们在岸上，此时他们在水中，昨晚他们是看客，此时他们在一条无限延伸的画影儿里。

"看，大鸟！"小豆角突然指着天空喊起来。

夜幕里，一道黑影从他们的头顶上翩翩飞越。

"老鹰还是仙鹤，黄浦江上怎么会飞这么大的鸟？"老陈惊讶。

这黑影飞得比金贸大厦腰身高，夜里只能看到个轮廓，但给人的感觉翼展极宽阔，滑翔许久都不扇动翅膀，不似寻常水鸟。

"这是人，在用滑翔伞飞。"笑笑说。

那人不知在哪幢超高层的楼顶上起飞，乘着江风，在宽阔的江面上一路往北飞去。这是正常时节见不到的不可思议之景。

"好想飞呀，如果我也可以飞，那该有多好啊。"小豆角说。

滑翔伞远去，江风和缓，两岸景色美好。奇妙的平静抓着船上的每一个人，他们陷在其中，许久都没说话。

直到又一条船对着他们驶来。

这船不大，船头没比橡皮艇高多少，有了前次的经验，笑笑和老陈不再慌张，甚至还有余裕把船头掉向浦东方向，这才操桨划水。可是划了一阵，不知怎么回事，却离那船越来越近了。笑笑紧张起来，然而越慌越乱，不知哪一边的力气又使岔了，船头竟然再次掉转，横向江心。笑笑以为要撞，可两船偏偏还保持着七八米的距离，橡皮艇的速度没变快，是来船的速度变慢了。

小豆角喊起来："那边在叫我们耶。"

"哎，哎，哎！"

突突突的马达声中，夹着一个清脆的声音。对面船头露出半个纤细身影，一边喊一边冲他们招手。

橡皮艇上三人一齐举手相应。

"你们好呀。"那个女孩儿大声喊。

"你好。"三个人一同喊。

"你们去哪里呀？"女孩儿又喊。

"去浦东。"笑笑答。

"去乐园哦。"老陈答。

"你去哪儿呀？"小豆角喊。

"我要去青浦！"女孩儿喊。

说这几句话的时候，大船赶了上来，船头与他们齐平。马达声熄灭了，笑笑和老陈也停桨不划，一大一小两条船中间隔着五六米，慢悠悠并排漂在江上。

"黄浦江能到青浦？"笑笑奇怪地问。

"我本来也哦晓得，送我的阿哥说的，黄浦江通横……横啥河浜？"女孩把头转向后方。

"黄浦江到横潦泾，再走斜塘到泖河，泖河到拦路港，拦路港通淀山湖。"一个声音从后面的驾驶舱转来。

"没错，黄浦江源头是淀山湖。"老陈说。

"阿哥说天亮能到，上岸再走两步就见到我爸爸啦。我也是第一次坐噶长辰光的船。"女孩说。

"这么折腾去青浦呀？"

"我爸爸残疾人，我要帮伊送菜呀。有个快递阿哥接单，讲伊开运沙船载我去。"女孩一口爽利的上海话，声音像一串月光弹珠，在江面上弹跳跃动。

"我以为伊讲笑话，结果夜饭辰光伊在网上讲，侬是某某小区对哦，侬看得到苏州河的话侬看一眼。我上阳台一看，苏州河亮起一盏船灯。"

女孩扑哧一声笑出来，她忍了一下，又仿佛觉得没什么好忍的，索性欢快地笑起来。

"哎呀，这段辰光闷是闷得来，到了船上头，到了黄浦江上头，我一记头就开心了。还好阿拉小区靠苏州河，坐船帮爸爸送菜去嗳，坐船到青浦嗳，我想也没想过，做梦一样嗳。网上头好心人真多。"

马达声又响了起来。

"好了好了哦讲了，我要继续赶路了。没想到还有人在黄浦江上划船，那还要结棍，划船嗳。哈哈，我就是打个招呼，我现在开心得碰到人就想打个招呼。"

运沙船再次向着黄浦江的源头出发，船头驶过橡皮艇，然后是船身，船尾。

笑笑忽然大喊一声："喂，好搭只顺风船哦？"

运沙船驶过南浦大桥，往东折入白莲泾，深入一段路之后，寻到一处方便靠岸的地方。

四个人在船上聊了不少话，小豆角盯着女孩腕上的镯子看，说这是不是玛瑙的呀？女孩说小弟弟你蛮识货，小豆角说我姐姐也有一只，和你的一样红，是她妈妈给的，有一对，她们一人戴一只呢，女孩说我这只也是爸爸送的。

临告别时，女孩忽然一拍脑袋说，不对呀，我们在往江上游去，你们怎么能从复兴岛漂到外滩呢？你们逆流而上了呀！笑笑和老陈面面相觑，月光在这刻仿佛有了重量，自头顶心轻轻一拂，教他们遍身酥麻。好神奇呀，女孩说，我不会真在做梦吧？

橡皮艇和救生衣留在了运沙船上，老陈拜托好心的船主大哥代存，等他从乐园回来，等疫情结束，大家再约一顿酒。

乐园小镇空无一人，乐园正门紧闭，但靠着湖边的一处侧门是用矮栅栏封的，翻进去很容易。笑笑对老陈说，咱们在这儿分手吧，我想先去湖边走走，要是有缘分，咱们乐园里再见。

笑笑领小豆角往湖边去。乐园内外一盏灯都没有，但湖边有水面倒映星光月色，比别处亮三分。笑笑牵着小豆角的手停在一处拱门下，两个人向前凝望，都没作声。

笑笑独自走到停在湖边的灰色长安车前，伸出锤头敲了敲车窗。

笃，笃，笃。

没有回应。

她取出手机贴着玻璃照进去，是一辆空车。空车，脑海中浮起这个词语时，笑笑情不自禁地朝车后盖看去，那儿依旧微微翘起。她鬼使神差地往车尾走了两步，手扶上后盖，触感回馈，似乎没有盖紧。她屏住呼吸，把后盖往上一托，开了。尸骨袋已荡然无存，横陈在后备厢里的是一支六角锤头的格斗手杖。笑笑本能地拾起它，正好适用于自卫。

笑笑转身朝向乐园，黑沉沉中，传来一缕小提琴声，忽扬上，忽坠下，忽消隐，恍惚而朦胧，如黄浦江上的月影，令乐园的昏黑夜色也荡漾起来。

"走吧，我们进乐园。"她对小豆角说。

4

小豆角在几排寄存箱间绕来绕去，上上下下地看。笑笑用手机帮他打光。

"怎么没有了？"

"你记得烟花存在几号箱子？"笑笑问。

"114号。"小豆角肯定地回答。

"可是这里没有114号箱子呀。"笑笑说，"这里逢4的号码都是跳过的，你看，104也是没有的，124也没有。"

"但我记得明明就是存在114号呀，怎么回事呀？"

"那只有你记错咯。其实就算你没记错，找到箱子了，里面的东西也不可能在。毕竟都过去三年了。"

"三年了。"小豆角声音低落下去,"真是好长好长的时间呀。"

从寄存区出来,笑笑走在前面,后面一声惊叫。回头看,小豆角没磕没摔,黑暗里一对乌溜溜的大眼睛瞪着她看。笑笑问怎么啦,最后一个字还没说出口,猛烈的震动突然降临,她像一枚在筛盅里翻飞的筛子,世界崩碎成许多片绕着她飞舞,每一片世界都在尖叫。

世界重新合拢后变得倾斜,笑笑瞪着这个奇怪的世界,眼皮都动不了,一侧脸孔又冷又硬。思维缓慢运行,直到一只脚出现在视野里,她才明白自己的脸正贴在地面上。

一只黑色棉鞋。黑色深浅不一,有些黑比较浅,那是蒙了尘灰,有些黑更深重,那是浸过血渍。时间以缓慢的速度播放,细节历历可辨。另一只鞋也出现了,然后是一种声音,像火星溅击镔铁,黢黑色的铲头随后在她鼻尖前拖行而过。那人走进寄存区的黑暗里,小豆角发出一些声音,那人又发出一些声音,他走出来,依旧拖着铲子,步伐变得和之前不一样,一只橙色童鞋在视野边沿出现,蹬动得并不坚决。

笑笑的心智缩回到蒙昧时期,世界的细节扑面而来,却无法读懂。婴儿每分钟长大一岁,某一刻她明白了那只童鞋属于小豆角,他被冯老头夹在肋下带走了,又等待了一阵,她才能懂得那几句对话的含义。也不算真正的对话,小豆角先是咿咿呀呀地挣扎,冯老头一声暴吼,小豆角就闭嘴了。

他吼的是什么来着?

"你还认你达达吗!"

这句话像一个密码,一个按钮,说出来,小豆角就顺服了。

笑笑想着这句话。达达是什么意思? 达达是爸爸的意思吧? 那冯老头这句话是什么意思? 冯老头……是小豆角的爸爸?

这也太让人吃惊。可是许多细节也因此对上了。

怪不得小豆角每次提到冯老头表情都有些奇怪,问到爸爸时也从来没有正面回答过，只说爷爷不让提。怪不得冯老头紧盯自己不放，完全不考虑扔下"孙子"逃亡的提议，他甚至未必非杀她不可，他也许只是想要抢回儿子？

笑笑想得并非没有道理。虽然冯老头做事发狠发狂，但不可否认的是，小豆角是他在这人世唯一的牵绊。他也曾设想过，他们爷俩一起生活下去，小豆角为他养老送终。

可是笑笑又想，他为什么要把儿子说成孙子？早知道小豆角是冯老头的儿子，她就把他留在桃源居了。

笑笑摇摇晃晃坐起来，摸摸后脑勺，以为瘪进去一块，其实高高肿起，触手黏稠。还是走运的，她想，铲子是拍上来的，不是劈上来的。冯老头手黑，这是沾了小豆角的光，他不想在儿子面前铲掉自己半拉脖子。

明知道冯老头就在乐园里，还是被袭击了，笑笑说不清自己此刻是懊恼还是沮丧。可是老陈先入的乐园，老陈还在拉小提琴呢，冯老头的注意力应该被吸引过去才对呀。想到这里，笑笑才发现乐园一片寂静，并无琴声。她恍惚了，回忆如江上月波时隐时现，到乐园的这一路，究竟是真是幻？

帆布包掉在一边，东西撒了一地，笑笑无力拾取，只捡了格斗手杖倚为支撑，艰难站起，迈出一步又停下来。脚是海绵做的，痛、晕眩、恶心和一阵阵的耳鸣让她差点又坐回地上。喘几口气，她走出第二步，歇一歇，又走一步。抬眼打量四周，刚转动脖子，晕眩感猛然放大，一切都旋转起来。她连忙闭上眼睛，可是没用，哪怕是眼底的黑暗也在旋转，无法逃脱。她在旋涡里摇摇晃晃，以为跌倒了，一睁眼发现还站着，她拄杖干呕，眩晕减轻，世界不再卷着她翻滚，而是从左往右慢慢转三十度，归零，再从右往左转二十九度，归零。她绷住脖子不敢转，拨动眼珠，黑夜中的乐园在一百二十度的视野里缓缓起伏，一切日光下可爱瑰丽之物，此时翻转内胆蠕动着。

真是脆弱呀，她想。以为有了豁出生死的觉悟，就可以和冯老头相搏，结果一触即溃。不过冯老头其实是小豆角的爸爸，年纪要比面相年轻得多，本来觉得他筋骨力量不似老人，原因却在这里。

笑笑慢慢往前走，其实却不知道该往哪里去，她还没有想好。她对小豆角的呼唤气息奄奄，也有同样的原因——她未能确定自己的心意。是要夺回小豆角，还是就此离开？是要和冯老头再搏一场，还是就此离开？

风完全止息，树影历历，枝叶间没有窸窣低语，无以为她指引。握杖的手掌心潮热，杖尾点在地上，哒，哒，哒，哒……顺着地上的方砖石，她走入盘旋往复的小径。

不知不觉笑笑走到一方高地。一样的石板路，这一块却比别处高出几分。几分之别，不知为何让笑笑从茫然里醒觉，她低头踩踩脚下石板，绵软松动，抬起头，发现自己又回到了乐园中央的主干道。她停下的地方是主路中心，入口门楼上如有王子公主们表演，这里能望见，深处城堡前若飞腾起焰火，这里也合适观赏。所有的欢乐存在于过去和未来，它们高高耸立，近乎接壤。

幽风拂面，笑笑打了个冷战，鼻息烫唇，不知烧到几度。恍惚间又回到了二〇一九年年尾，孤身一人，身在异乡，前路叵测。三千里挣扎求生，重归原点。

"阿芸。"

她听见一声低唤，转头望去，冯老头在几步外拄铲而立。

月光下他脸色灰暗，眼窝深陷，眼白密布血丝，泛着猩红色的光。他的眼神本有些涣散，随着笑笑转过头来，四目相对，身子一缩，脚下退了半步。他似正从迷离中还过魂来，目光开始收拢，从笑笑的脸上移开，慢慢往下滑。

他认错人了，笑笑想。阿芸是谁？刚才那个瞬间冯老头是在害怕吗，这么凶神恶煞的一个人会怕谁？她跟着冯老头的视线往下看，看见自己的脚，看见自己脚踩的那块石板，猛然觉悟。

原来她叫阿芸！

阿芸在石板下面！

冯老头把自己认成了阿芸！要不是这样，他早就一铲子上来了。所以他的状态也很糟糕吧，他和自己一样在发着烧吗？

"你没看错。"笑笑说，"否则乐园这么大，我为什么偏偏在这块石头上停下来？"

冯老头从笑笑嘴里听见阿芸的名字，身体陡然一震，然后摇头否认。

"俺带她来乐园，俺让她了了心愿，她来寻俺做甚？俺给她寻的这地儿多好？她得念俺的好。"

"那她为什么来寻你？你刚才是不是看见她了？"

"那她也是在念俺的好。"

笑笑往脚下望了一眼，冯老头也跟着往她脚下看，笑笑却又猛抬头问："那她是怎么死的？你杀了她，还要她念你的好？"

"俺也么真想杀她，俺下手不重，就是不凑巧。俺对她算好的，她要买个女娃陪她，俺就给买了，还非要当妈，明明差不过一轮，得是一辈儿的姐妹才对。"

冯老头说着说着慢慢把头抬了起来："俺知道她在想甚，她想把辈分定了，好不让俺打马儿的主意。买个女娃当女儿养，那么招人笑话的蠢事，俺还是依了她。俺对她还不够好？"

"可她做了甚？"冯老头眼露凶光，音调忽然拔高，"她寻野男人！俺冤枉她么有？那些年里俺还真以为冤枉她了，嘿，野男人自己寻上门来了，问俺把你咋样，问俺是不是把你杀了！嘿，人贩子给你来讨公道了，去海里讨哇，俺给你入土了，他可没你这运气！"

冯老头话语间变了称谓，阿芸仿佛从地下起身，与笑笑相合，一起承接穿透时间的恶意。原来这阿芸非但与他无冤无仇，也不涉钱财纠葛，竟似是他的妻子——被他活活打死的妻子！且听他话里的意思，还涉及另一宗命案！笑笑心头突突直跳，周身毛孔过电般酥麻，先是惊惧，既而一股愤怒燃起。这愤怒从无有退路的心底里来，也从收纳罪恶的脚下大地里来，轰然席卷全身，沸腾她的血液，炸响她的魂魄。她要逃走的犹疑被冲刷干净，情不自禁发出一声吼，另一个"我"仿佛随着这一声吼飞身而出，从她张大的嘴里冲出去，从她绽裂的眼角溅出去，七窍奔出无形之物，汇同有形的格斗手杖，一同向前，呜呜有声！

这当头一杖对于冯老头，就像拨火棍挑动炉火，他两只眼睛里的猩红血光一下子旺盛起来。不论他此刻是失智还是回魂，都是一样的恶魔凶性，对着破风抡来的一锤，不闪不避，不吭一声，低头缩胸弓背，一步反抢上前。笑笑手杖下落之时，冯老头已经冲到身前，混浊气息上逼眉睫，花白头颅直顶胸膛，六角锤头本是威力最大的攻击端，被近身之后却"鞭长莫及"。

眨眼之间形势变化，笑笑却像吃了秤砣铁了心，不管冯老头一头扎进来会发生什么，只顾把手杖顺着原来的轨迹奋力砸下去。

锤头未落，杖身先点到冯老头后脑，交击处靠近握把，与其说击打，不如说是被脑袋搁住了，完全发不出力。花白头颅被压得一沉，下一刻撞入笑笑胸腹，六角锤头同时敲在冯老头后背上，但力道已经被头顶去了七八分。冯老头"嗷"地一号，上挥的手力道稍泄，那手里攥握着铁铲，电光石火间他来不及掉转铲头，只把铲柄往笑笑的头猛捅，正撞中笑笑下巴。半秒前笑笑那一声吼余音未消，嘴未合拢，被铲柄自下而上一顶，头被打得向上仰起，"咔嗒"一声上下牙交击，咬下舌尖一块肉。

笑笑被这合身一撞撞得失去重心，向后就倒。如何倒在地上的已经不知道了，剧痛钻心，脑袋炸裂，眼前一片黑红，不知爆开多少条毛细血管。过度疼痛导致整条舌头进入应激状态，僵死肿大回缩，堵塞气道。笑笑扔了手杖，双手捧着脖子在地上翻滚，嚆嚆作声，血从舌尖断口涌出，倒流入喉再从嘴角咕嘟咕嘟满溢出来。冯老头拖着铲子追着她踢，一脚踢在左腮，血和碎肉一起喷出去，在地上多染出一片暗色，一脚踢在肩膀，踢得她半身掀起，一脚踢在捧着脖子的手上，又是一口血箭飙出去。三脚踢过，冯老头掉转铲头，高高举起，照着笑笑的头劈落。

笑笑脖子上挨了一脚，血喷完气道打开，奋力一滚，耳畔"铛"一声响，崩飞的石屑溅击在眼皮上。她继续翻滚，脸在冰腻湿冷的地上蹭过，那是血混了泥水，原来不知何时已经开始下雨。"铛"，她躲过下一铲滚到手杖边，抓到的是锤头，不管，眼前一片迷蒙，照着大概的方向贴地横扫过去。

杖扫在冯老头腓骨上，冯老头号叫着拄铲半蹲下去，笑笑躺在地上收杖再扫，使不上力，被立在地上的铲子挡住。她挣扎着爬起来，全身的血都在沸，动作却不利索，摇摇晃晃想要站直。她的对面，咫尺之遥，冯老头也在努力站起。两人恶狠狠瞪视对方，细雨中似有阴雷相击，但在这一秒内，他们皆无力他顾，像两只笼中困兽。

下一秒，笑笑发出不成调的嘶喊，在一团舌血红雾间挥杖，被冯老头用铲拨开。笑笑想到看过的格斗教程——打四肢和当枪戳，后撤一步收杖，要向前突刺时，冯老头抢铲打来。笑笑猛然意识到铁铲长而手杖短，要再后撤躲避，身体重心已经前移，来不及调整，索性效仿冯老头先前的做法，咬牙前跨半步，歪头刺出一枪。她避过了铲锋，铲头铲柄相接处砸在左肩，浑身一震，骨头"咯"一声响，羽绒飞起，斜方肌像被斧割入，倒是不痛——现在舌痛都不觉得，身体不是自己的，只听见轰隆隆的血流声，双腿抖得要跪下来，究竟挺住了。这一刺对着胸膛去，隔着棉袍扎在左腹，冯老头背弓成虾米，一只手松了铲柄来摸肚子，笑笑赶紧再刺，左手发不出力了，全凭右手。冯老头摇晃一下，要来抓手杖，笑笑"哈"一声大叫，刺出第三下，冯老头撒铲倒地，嘴里咯出血来。

笑笑的情绪无穷尽地喷涌，无法思考。忽然之间动不了，冯老头两只手牢牢攥住手杖，眼睛瞪得和血沫子一样红。笑笑刺不动夺不动，手杖像在冯老头胸膛生了根。她啐出一口舌血，再次回夺，这一回非但松了，冯老头还反向一推。她踉跄后退，才退一步，左脚就被冯老头钩住，一把拉倒。

两人在地上缠滚。额头磕鼻梁，额头回撞太阳穴，手指抠进眼皮，牙齿咬入虎口，拳头砸开牙齿，牙齿再咬入脖颈，拳头猛击下巴，膝盖撞进裤裆，手肘横击颧骨……一切坚硬之物都用来搏斗，血水泥浆口涎挥洒涂抹。

笑笑眼前一黑，冯老头撩起棉袍捂在她脸上，两只手使劲按压。笑笑奋力挣动，提膝乱顶，挥拳乱打，冯老头身体往旁边挪转，好让她打不到，手还死按着她的头，压上全身重量。笑笑手往两边够，右手摸到冯老头时气力消散大半，捏掐捶打，已是毫无章法的最后挣扎，冯老头却猛一缩，笑笑挣脱出来，见他捂着心口吸气，应是攻击到了刚才的刺伤处。笑笑翻身爬出几步，气短身软，听见后面有铲子和地面的摩擦声，奋起余力，手足并用蹿出去，跌跌撞撞跑起来。冯老头拖着铲子追，两个人一前一后，各自压榨身体最后一分力量，跑得比正常步速快不了多少。

笑笑大口大口地喘气，双腿灌铅，一步拖一步，回头看冯老头，虽然一脚高一脚低，却追近了。她转入曲折小路，希望能给冯老头受伤的脚踝多点压力。前方是飞猪游乐场，小路贴着巨型机械绕了条弧线。笑笑下小路直线穿越，才进细石铺地的游乐场，起伏的路面让她左脚一软，跪倒在地。双手撑着碎石子喘气，吸进去和吐出来的都是血腥，眼前一片黑红色。她再次站起，走了两步，迎面是一架降在低处的飞猪座舱，她要绕过去，扶上座舱想借个力，结果整个人都靠了上去，全身上下只剩了心脏还有力气跳 —— 疯狂地跳。

笑笑转头朝后看，模糊的视野里，冯老头停在游乐场外，像在看她，又像在看别处。她脑筋转不动，只盼他多看一会儿，好多喘几口。

冯老头拖着铲子走进来。

动起来！笑笑对自己喊，声音在颅内回荡。动起来啊！冯老头走到面前，铲子举起来，那动作一点儿都不快。铲子举到最高，笑笑往边上挪，贴着飞猪绕，铲子落在猪翅膀上，像在敲击一件乐器，铛，共鸣悠长。笑笑绕到座舱后面，冯老头跟过来，一切都像是慢动作。她又多逃了三四步，脚踩进一个小坑，向前扑倒的时候心里没有一点儿惊讶，知道自己只能到这里了。她的脸埋进碎石子，心里想，要看着天空死，要看一下月亮和星星，就挤出剩下的力气，翻过身来。

没有月亮，没有星星，只有滴滴冬雨。铲子还没敲上来，也许有两秒钟看看黯淡的天空。可是也看不见完整的天空，天空被交错的机械臂分割得支离破碎，每根机械臂都托着一只停止翱翔的飞猪。有一只猪停在最顶端，翅膀扇动，似要飞上夜空。"飞喽"，一声飘飘荡荡的喊落下来。跟着这喊，铲子也落下来了，先是铲头，再是铲柄，冯老头在她身畔一迈而过，高举双手，似在向着天空祈祷。

黢黑乐园起伏。不知何时小豆角停止挣扎，他闻着熟悉的爸爸的味道，很久以前这也是安心的味道。他恳求过爸爸不知多少次 —— 带我去乐园吧，我能在乐园闻见姐姐的味道，能在乐园想起黑洞里的事。现在他来了。爸爸的味道现在算什么味道？绝望、阴郁、残暴、疯狂这些词小豆角都不懂得，所以他不知道爸爸现在是什么味道。

搂住脖子，在背上趴好，爸爸命令。然后爸爸开始往高处爬，最后把他安放在一个小房子里。就在这里等我，爸爸严厉告诫，别想自己爬下去，一定会摔死。

小豆角被独自留在黑暗的高处，一只飞猪的心匣内，匣门开着，偶有雨丝飘入。他并不害怕，他不是第一次待在这样的环境里了，甚至有点儿熟悉。心里的黑匣子缓缓开启，里面的黑飘出一缕，化入外面的黑，两种黑相互浸润，小豆角没在里面，感觉身躯随着内外的涌浪摆动。这仿佛是他的魔法时间，又仿佛和以往不同。他站起来，扶着舱门往外看，外面是更广大的黑，延伸到无限，又连接在心底。心底的黑匣子几乎不存在了，只隔了很薄很薄一层膜。快打破，小豆角想，快打破它。他把手伸出舱，想要多接一点黑进来，双手越张越大，像拥抱又像飞翔，半个鞋子踩在舱外，却并不害怕。这是我的魔法时间呀，小豆角想，再给我多一点魔法吧。

"铛"。小豆角听见了钟声，脚下细微的震动在心头放大，他明白了。

不是这里，不是这个乐园，是另一个乐园，在海边，有沙滩，有浪声，有腥味，是那个乐园呀！去那个乐园呀，小豆角想，快一点去，马上就去，立刻去！眼前一片茫茫的黑色，但摩天轮就在那里，木马就在那里，烟花就在那里，他看见了，"咻"，"啪"，眼前闪耀起来了，好近啊，如果可以飞过去的话，对，为什么不飞过去呢，就像在江上飞翔的那个人一样，人明明是可以飞的呀，飞起来呀，听，姐姐在耳边说，你可以的，飞喽，飞喽，飞喽。

飞喽。

烟花不停地升起来，不停地绽放，光一蓬又一蓬，一重又一重，一浪又一浪，所有的颜色堆叠在一起，小豆角在光里穿梭，在色彩里飞翔，黑匣子炸开了，炸成一团缤纷，小豆角扑进去，碎片射入大脑，在眼前炸出一小簇一小簇的光影，在耳边炸出一小段一小段的声音。

"抓着手机！报警去！"

……

"他杀了阿芸！"

……

"透你妈做甚捏！"

……

"你为什么要杀妈妈？"

……

"滚！"

……

"为什么杀妈妈！"

……

"松手！"

……

冯老头手吃不住力，再用胸膛去迎，最后抱着小豆角倒在地上。

"你疯啦！"冯老头哑着喉咙骂。

笑笑翻了个身，慢慢跪坐起来，听见冯老头又骂。

"做甚捏，透你妈做甚捏！"

她抬起头，见小豆角骑在冯老头身上愤怒地哭喊。冯老头起不了身，嘴里一边骂一边咳血，那模样很是骇人，但小豆角不管不顾。

笑笑坐在地上喊了小豆角好几声，不应，起身再喊他，最后走上去把他拉走。蹒跚走出飞猪游乐场，身后传来冯老头一声号叫，回头看，阴影蠕动——他从地上爬起来了。

笑笑拉着小豆角穿过光速车的轨道，绕过旋转木马，经过沉着海盗宝藏的湖面，最后躲进中央城堡。冯老头一直在后面的黑暗里，有时看不见人，只听见受伤野兽般的长嚎。笑笑锁上城堡大门，关上所有窗户，拉上窗帘。她贴着窗就地坐下，轻轻一拉，小豆角跟着她坐下来。小豆角柔弱顺从，任她摆弄，沉默得像块石头。

城堡外时时响起冯老头的呼号，也许他不知道两人躲在这儿，在乐园里徘徊寻找，不愿离去。这呼号并不让笑笑害怕，若他真的闯进城堡，就再作一场生死之搏。冯老头因为小豆角伤上加伤，要不是顾及小豆角的感受，笑笑本不必躲。长夜里，呼号有时离得远，有时离得近，有时疯狂，有时孱弱，慢慢地，呼号弱下来，变得像风声，又或者真的只剩下风声。笑笑昏昏沉沉地听着风声，觉得身体越来越重，竟不怎么痛，也不知道自己烧到多少度。她在某一次眨眼间睡去，又醒过来，抬起头望望，窗帘边缘没有光，夜还有多长？往旁边看，小豆角头一动，也转过来看她。她不知道小豆角身上发生了什么，这时也没有力气细问，她觉得小豆角轻易不愿意说。

小豆角的脸是模糊的一团，眼睛藏在这团模糊里，眼中没有光。

"他为什么让你叫他爷爷？"笑笑问。

她有点担心小豆角会继续不说话，但小豆角回答了。

"他说爷爷和孙子适合桃源居。爸爸和儿子，客人会奇怪，会担心，也会问起妈妈，不好。"

因为舌伤，笑笑说话含混，每一个字都拉扯伤口产生疼痛。她听了小豆角的回答，沉默片刻，又说："我给你讲故事吧，小美人鱼，我来讲完它。"

她说一句要歇一歇，等痛镇定了再说下一句。像是漆黑的屏幕上文字闪闪烁烁，忽然又多出新的一行。

少年很喜欢很喜欢水晶球。很喜欢很喜欢小美人鱼。

每天早上，他和小美人鱼说早安。每天晚上，还要说晚安。晚安之外,他会再对小美人鱼多说一句话:"快快长大哦。"

可是小美人鱼在水晶球里是长不大的。而且,她只能唱歌,只能跳舞,只能诉说或者倾听,一切都是单方面的。他们最喜欢玩的游戏,是少年一根大大的手指点在水晶球上,小美人鱼小小的手掌贴在水晶球上,这是他们最近的距离。小小的水晶球,把她和少年隔成了两个世界。

有一天晚上,少年说完"快快长大哦",又说完"那么晚安咯,我们明天见",灯火熄灭的时候,小美人鱼咬破了嘴角的小水泡,许下心愿。

从这个夜晚开始,她与少年在梦中相见。

周一周二周三,她去少年的梦里。周四周五周六,少年来她的梦中。周日的晚上最厉害,他们两个一起做各自的梦,两颗梦摇摇晃晃地靠近,"砰"一声碰在一起,融在一起。

窗帘边缘透出了光。

笑笑靠着墙睡了一晚,她被某种声音惊动,倚着她的小豆角也醒了,笑笑问他听到什么没有,小豆角摇头。

她慢慢起身。昨夜她超越体力的极限,抵达生与死的分野,这让她此刻每一寸的挪动都释放出酸和痛。她经受着这折磨,并不吭声,甚至在品尝它们,这样鲜明的伤痛是远离死亡的,她想自己的烧开始退了。

她找到了手机,屏幕碎了,但还能点亮。她想干些什么,又不知该干什么。拨110吗,拨120吗?都不必了。和爸爸或其他亲人联系?也不必。Alex?他早已死了。想了一会儿,她打开了融券账户。那些数字卡在碎裂屏幕的折射里,她看了很久,转了好多角度,都看不清,因为不可能有八位数盈利的,除非出了大消息。

她放下手机,掀起窗帘一角,白茫茫看不清楚。她来到大门前,侧耳倾听,门外悄无声息,既无呼号,也无风声。她打开了门。

门外是一片异境，白色徐徐展开来，磅礴如高墙，柔和似轻浪，眉睫微微一动，人已在雾中。好大的冬雾呀。

笑笑不知不觉走出门去，雾把天地混同一体，只要开了门，屋里屋外便已没有区别。

有什么东西在雾中若隐若现，是一只兔子。毛茸茸的长耳朵隐在白雾里，红眼睛格外醒目。她叫什么名字来着？玲菲菲儿还是安娜菲儿，又或是别的什么？

兔子一蹦一跳地欢快行进，很快就从雾中完全显现。她的脚步突然一顿——她看见笑笑和小豆角了，然后快步跑过来。

"你怎么了，你还好吗，要叫救护车吗？"头套里传出惊慌失措的声音。

笑笑一愣，随后明白是因为自己的形象。经过了昨夜，她不知道自己现在是什么模样，但显然把兔子小姐吓到了。

"我没事的。但你是怎么回事呀，难道乐园开放了？"

"你不知道吗？"兔子小姐惊讶地问。"一切都正常啦，凌晨发的消息，不都应该传遍了吗？"快乐从兔子小姐的声音里满溢出来，"乐园十点钟正式开放，但我们已经上班了，开园前有好多准备工作呢。"

四周涌动的白雾让这个消息有巨大的不真实感。

"那SARS呢？"笑笑追问。

"其实没有SARS，SARS没有重来。专家说病毒可能发生了自限性变异，虚惊一场。真是好难熬的一周呀，好在一切都过去了。再有十天就过年啦，总算能过个好年。"

笑笑仿佛又回到了那个进上海的收费站前，巨大的事物轰隆隆碾过去了。

她告别兔子小姐，在雾气中踩着主道，向乐园大门走去。

一路上，飞猪先生、小象先生、狐狸小姐和纱裙公主等诸多乐园角色在雾中隐现。行到中途，笑笑在一块略高的石板上驻足，前方又有一只兔子——比先前那只更高大，手捧一琴匣似的物件，向笑笑微微欠身，旋即反身没入雾中。笑笑怔然，忽又见到更远处，另一位童话角色摘下头套微笑，其实并不能看清面容，却分明是昨夜江上给父亲送菜的女孩，笑笑张口欲呼，女孩又隐入雾中。在这条小径上，许许多多的幻想角色从雾中走出来，又有许许多多真实的身影走向雾中去了。笑笑拉起小豆角往前疾行，那些乐园角色对她注目，冲她打招呼，然而她想见的人总是先一步没入雾中，化为翻滚的白色烟气。她在乐园大门口停留，回望，明白那些人终不可复见。

她走了出去。

"有听到什么声音吗？"笑笑问小豆角。

"那里。"小豆角指了一个方向。

他们走入湖中，雾水相接，整座湖都化作了雾。脚下是一座窄桥，但看不清桥面，循声前行，仿佛是声音把他们托住。那声音一步步明晰起来，天色也越走越亮，下了桥走到对岸，雾气已经稀薄得遮不住太阳，阳光冰片一样搁在手背上，搁在面颊上，冷冷的。那声当空而响，漫长，又似转瞬将逝，无法将之与俗世的具体之物对应，一定要形容的话，有些像鸽哨，比鸽哨更清越，当然，此刻并无鸽群飞过。

眼前是大片田野，略显稀疏的冬小麦洒在地里，点点青绿。青绿中倒卧一具尸体，是冯老头，皮肤呈黑色，分开不过六小时，冯老头却仿佛在麦田里腐败了六十天。

笑笑要去遮小豆角的眼睛，却发现他并未注意到自己的父亲。他正抬头望向远方。

海的方向出现一座山脉，巍巍然高有万米，遮去半幅天空。主峰奇崛，覆盖冰雪，其质晶莹，在晨光下作七彩闪耀。这座未在人间留过记载的神山出现得堂皇，毫不闪躲，毫不扭曲，让人心里明白，这绝非蜃楼雾景。最后一丝薄雾退散，田野和神山之间澄然洁净，以至于笑笑可以清晰洞见，有一道线自山脚起，上接山脊，正向着七彩之峰攀去。那线由数不尽的小点连成，线头处有一小点莹莹脉动，闪烁腾挪，似一匹头马，在神山间欢快奔行。

感谢我的太太赵若虹在本书写作中给予的帮助

图书在版编目（CIP）数据

请记得乐园/那多著. -- 北京：人民文学出版社，2024（2024.9重印）
ISBN 978-7-02-018606-8

Ⅰ.①请… Ⅱ.①那… Ⅲ.①长篇小说-中国-当代 Ⅳ.①I247.5

中国国家版本馆CIP数据核字(2024)第068557号

责任编辑　徐子茼
装帧设计　陶　雷
责任印制　苏文强

出版发行　人民文学出版社
社　　址　北京市朝内大街166号
邮政编码　100705

印　　刷　北京盛通印刷股份有限公司
经　　销　全国新华书店等

字　　数　257千字
开　　本　890毫米×1290毫米　1/32
印　　张　10　插页2
版　　次　2024年4月北京第1版
印　　次　2024年9月第2次印刷

书　　号　978-7-02-018606-8
定　　价　59.00元

如有印装质量问题，请与本社图书销售中心调换。电话：010-65233595